M./W.

Weihn. 2018 von M./M.

D1718999

Verlag 3.0

Johannes Sieben

HIMMELSSTAUB

– gefangen im Koma

Verlag 3.0

Johannes Sieben
Himmelsstaub
– gefangen im Koma
Roman

ISBN-Print: 978-3-95667-072-5   Edition BUCH[+eBook]
ISBN-eBooks: 978-3-95667-073-2   ePub
                      978-3-95667-074-9   mobi

© 2014 Verlag 3.0 Zsolt Majsai,
50181 Bedburg, Neusser Str. 23 | http://buch-ist-mehr.de

Sollten Sie Fragen oder Anregungen haben, können Sie gerne
eine E-Mail senden an service@verlag30.de

Lektorat: Sabrina Lim, 71404 Korb
Umschlaggestaltung: Wolfgang Tümmers
                            Attila Hirth | http://kurziv.hu
Satz und Layout: Olaf Lange, 69126 Heidelberg
eBook-Erstellung: Gerd Schulz-Pilath | datamorgana@mac.com

Printed in EU

Bibliografische Information der Deutschen Nationalbibliothek
Die Deutsche Nationalbibliothek verzeichnet diese Publikation in
der Deutschen Nationalbibliografie; detaillierte bibliografische Daten
sind im Internet über http://dnb.ddb.de abrufbar.

Für Gabi, Jane und Johannes

Prolog

Seit Milliarden von Jahren existiere ich. In der Ewigkeit. Ein Staubkorn im All. Es geht mir prächtig! Ich sehe nichts. Ich fühle nichts. Ich höre nichts. Ich weiß nichts. Ich bin noch nicht, aber ein Teil von mir ist. Grenzenlos und frei.

Milliarden zufällige Dinge geschehen um mich herum. Ich fliege durch Raum und Zeit, werde hier angezogen, da weggezerrt. Wunder geschehen hier am laufenden Band. Es gibt unendlich viele von meiner Sorte. Eine große Ordnung in einer großen Unordnung.

Vieles ballt sich zusammen, anderes fliegt auseinander.

Ich werde mit anderen Staubkörnern zusammengepresst. Wir werden immer mehr. Unzählig viele. Riesige Haufen von Staubkörnern. Es wird immer enger. Wir bilden Zellen. Zellhaufen. Riesige Zellhaufen. Wir teilen uns. Vermehren uns. Ich bin der Zellhaufen.

Ich teile mich ständig weiter. Ich wachse. Ich fühle. Ich höre ein dumpfes Rauschen und rhythmisches, dumpfes Klopfen. Es ist warm und gemütlich. Um mich herum ist Wasser. Ich werde wieder zusammengedrückt. Es wird eng. Sehr eng. Ich werde durch einen dunklen Tunnel gequetscht. Ich sehe Licht am Ende des Tunnels.

Riesige Hände strecken sich mir entgegen. Sie greifen nach meinem Kopf und ziehen mich aus dem engen Tunnel. Ich bekomme keine Luft. Das Licht wird dunkler. Ich schreie! Schreie immer lauter. Jetzt bekomme ich Luft. Ich bin geboren. Ich lebe!

7

Man legt mich vorsichtig meiner Mutter in den Arm. Ich bekomme die warme Brust. Ich trinke. Ich schlafe und erhole mich von meiner Geburt.

Ich hatte eine glückliche Kindheit, lernte viel für die Schule, aber auch für das Leben.

Habe geliebt, gelebt, gelacht. War manchmal traurig. Habe geheiratet und zwei herrliche Kinder gezeugt, meinen Beruf geliebt und meine Familie. Meine Eltern begraben. Nicht nur einen, sondern viele Bäume gepflanzt. Bin immer auf der Sonnenseite des Lebens alt geworden. Habe mit meinen eigenen Händen und denen meiner Frau ein schönes Zuhause geschaffen. Ich war glücklich. Welch herrliches Leben auf dieser Erde!

Jetzt bin ich am Ende meines irdischen Daseins angelangt. Ich sehne mich zurück. Zurück in die Ewigkeit. Zur ewigen Ruhe.

Man lässt mich nicht gehen. Man hält mich mit Gewalt hier, wo ich jetzt nur noch leide, nicht mehr lebe, sondern sterbe. Langsam sterbe. Ganz langsam. Viel zu langsam. Das ist grausam.

Wo sind die großen Hände, die mich auf die Welt geholt haben? Warum helfen sie mir jetzt nicht wieder zurück? Zurück durch den engen Tunnel, zurück zu den anderen Staubkörnern? Zurück ins Universum, aus dem ich gekommen bin?

Warum lässt man mich nicht los, nicht gehen? Ich will weg!! Hat denn niemand Erbarmen?

I

Leichte Übelkeit steigt in mir hoch. Komisch. Was ist das? Langsam erwache ich aus einem Traum, dessen Inhalt wieder viel zu schnell verdämmert. Ich war wieder jung. Irgendwas mit der Schule. Vokabeln nicht gelernt. Deutscharbeit. Text wieder nicht gelesen. Examen. Ich glaube, keine Ahnung mehr zu haben. Von nichts. Oder war das der Traum von gestern? Wie ging es noch weiter? Alles verschwimmt von meinem Traum und ich versuche, es festzuhalten. Es ist weg. Draußen dämmert es ganz langsam. Homers ‚Rosenfingrige Morgenröte' lächelt durch unser Schlafzimmerfenster. Auf der Fichte davor begrüßt die Singdrossel wie jeden Morgen fröhlich lockend den jungen Tag. Wie kitschig das klingt! Aber manchmal sind die Wunder der Natur so bezaubernd und schön, dass man sie gemalt oder beschrieben, sogar fotografiert als kitschig bezeichnen würde. Da sind mir besonders die Sonnenuntergänge in Namibia in Erinnerung. Auf Fotos würde man sie nicht für echt halten.

Mist. Der Traum ist weg. Vielleicht kommt er zurück, wenn ich noch mal versuche, einzuschlafen.

Wieder diese Übelkeit. Leichter Brechreiz. Wird wohl wieder verschwinden.

Ich döse vor mich hin, bald muss ich sowieso aufstehen. Ich höre Gabi, meine Frau, schon emsig hin und her laufen. Der Föhn geht wieder los, wie eine Boeing.

Was ist nur mit mir los? Mir ist so komisch. Ach Quatsch!

„Gustav, komm Herrchen wecken!", höre ich Gabi sagen. Schon spüre ich, wie mein Hund Gustav zu mir ans Bett getrappelt kommt und mir freudig durchs Gesicht leckt. Guten Morgen, mein allerbester Freund!

Meine Beine kribbeln. Ich versuche aufzustehen. Irgendwie fehlt mir die Kraft. Verrückt. Schlafe ich noch? Träume ich noch? Ich mache die Augen zu und versuche, an etwas Schönes zu denken.

So etwas wie Angst steigt in mir hoch. Nicht verrückt machen! Ich habe Herzklopfen. Verdammt! Ich stehe jetzt einfach auf. Keine Panik aufkommen lassen. Sag ich meinen Patienten doch auch immer. Anderen einen Rat geben ist aber leichter, als selbst danach zu handeln. Einfach aufstehen und alles ist weg!

Ich werfe die Bettdecke zur Seite und stehe auf. Geht doch. Kein Kribbeln mehr. Kraft für zwei. War doch auch gerade noch beim Kardiologen. Alles okay. Bin topfit. Ich beuge mich zu meinem Hund hinunter und schmuse ausgiebig mit ihm, wie jeden Morgen. Vor Freude kriegt der sich gar nicht mehr ein. Wuselt um mich herum wie verrückt, bevor er sich wieder, mit sich und der Welt zufrieden, in seinem Körbchen einrollt.

Shari, seine Oma, fast 17 Jahre alt, stocktaub, aber sonst noch recht fit für ihr Alter, verschläft wieder mal den Morgen, am liebsten den ganzen Tag, bis ich sie vorsichtig anschubse und wecke. Etwas unwirsch schaut sie mich an und wedelt pflichtgemäß leicht mit dem Schwanz. Sie leckt einmal kurz meine Hand, schiebt den Kopf wieder unter die Pfoten und döst weiter.

Auf ins Bad. Ich drehe schon mal die Dusche auf, weil es immer etwas dauert, bis warmes Wasser kommt, und beginne, mich zu rasieren. Der Rasierapparat fühlt sich irgendwie schwerer an. Ich schaue in den Spiegel. Nein, ich sehe aus wie immer. Nichts ist anders. Oder ist der Mund links etwas schief? Blödsinn! Ich rasiere mich fertig und gehe duschen. Irgendwie kribbelt mein Bein. Das rechte? Das linke? Einbildung. Duschgel. Einseifen. Shampoo auf den Kopf. Abduschen. Fertig. Raus aus der Dusche. Abtrocknen.

Jeden Morgen dasselbe. Routine. Automatische Abläufe. Automatismen. Mehr unbewusst macht man das alles. Heute scheint das alles irgendwie in Zeitlupe abzulaufen. Warum nur? Ich schaue auf die Uhr. 7:45 Uhr. Habe noch Zeit. Ich ziehe mich an. Meine Frau legt mir immer alles hin. Brauche ich nicht zu überlegen, was ich anziehen soll. Nach Gabis Meinung verstehe ich da eh nichts von und würde mir nicht zusammenpassende Sachen anziehen. Okay. Mir ist es gleich. Ist auch ganz praktisch, diese Regelung.

Ich wecke Shari noch mal, Gustav steht schon an der Tür. Wir gehen hinunter. Shari muss ich manchmal dabei helfen, die Treppe hinauf- und hinunterzukommen. Wenn sie zu lange gelegen hat, ist sie noch etwas wackelig und rutscht dann schon mal die Treppe ein Stück hinunter. Ich lasse die beiden in den Garten. Kurze Zeit später stehen sie aber wieder in der Küche, legen sich auf ihre Decke und schauen mich erwartungsvoll an. Gleich gibts ja Futter. Nein, vom Frühstückstisch gibt es, von mir zumindest, nichts. Meine Frau sieht das manchmal anders.

Der Tisch ist wie immer gedeckt. Gabi ist schon in der Praxis. Sie fängt mit den Mädchen um halb acht an. Ich um halb neun. Bin ja auch der Chef! So kann ich in Ruhe frühstücken und die Tageszeitung, also die Nachrichten von gestern, lesen. Meistens hat sich die Welt schon wieder etwas verändert und die Neuigkeiten der Tageszeitung sind schon überholt. Trotzdem ist es so eine Tradition. Frühstück mit Zeitung. Die Kommentare sind ja auch oft lesenswert. Sie ändern die Welt leider auch nicht.

Ich schneide meine beiden Brötchen auf. Jeden Morgen zwei Brötchen mit Marmelade. Am liebsten Holunder. Von Gabi selbst gemacht. Das Messer ist heute schwerer als sonst. Ist das ein anderes als an anderen Tagen? Nein. Wie immer. Alles merkwürdig heute. Es schmeckt auch irgendwie anders als sonst.

Ich esse widerwillig die Brötchen, trinke den Kaffee. Wieder leichte Übelkeit. Ein Blick auf die Uhr. Zwanzig nach acht. Es wird Zeit. Was hab ich gerade in der Zeitung gelesen? Vergessen! Ich rufe die Hunde und gehe mit ihnen eine Runde durch den Garten. Wie immer. Shari ist wieder zu faul. Sie läuft direkt zur Gartenküche, in der ich die Hunde füttere.

Das war in den ersten Jahren, als die Kinder noch klein waren, unsere Sommerküche. Hier kochte Gabi, und die Kinder, Jane und Johannes, konnten dann im Garten toben. Von hier aus hatte Gabi sie im Auge. Schöne Zeit damals. Meine Frau war damals noch nicht mit in der Praxis. Sie war zu der Zeit nicht immer mit sich und der Welt zufrieden. Sie beneidete mich ein wenig, weil ich meinen ,Spaß' mit den Mädchen – zwei Arzthelferinnen und einem Lehrmädchen – und den Patienten hatte, sie aber mit den Kindern alleine war. Heute sieht sie das anders. So lustig ist eine Arztpraxis nicht immer, wie man es im Fernseher sieht. Über 25 Jahre ist das her! Wo ist die Zeit nur geblieben?!

Nachdem ich die beiden gefüttert habe, gehe ich in mein Sprechzimmer, das eine Tür zum Garten hinaus hat. Meine Beine fühlen sich so schwer an wie Mehlsäcke.

Ich setze mich an meinen Schreibtisch und schalte den Computer ein. Warum fühlt sich der Einschaltknopf so seltsam an? Als ob er unter Strom stünde.

Der Rechner fährt hoch. Das dauert immer. Als ich meine Praxis 1987 am 1. April anfing, hatten wir noch keine Computer. Das waren noch Zeiten! Alles war viel einfacher. Was solls. Geht nun mal heute nicht mehr anders.

Ich schaue auf die Uhr. Habe noch etwas Zeit. Ich muss noch mal raus an die frische Luft. Sofort kommen beide Hunde auf mich zugestürmt. Die glauben wohl, ich ginge mit ihnen noch mal durch den Garten. Ich gehe auch ein Stück. Die Beine sind immer noch so schwer. Ich habe das Gefühl, sie tragen mich nicht mehr weit. Ich schwanke leicht. Bekomme etwas Angst. Leichter Schwindel. Ich glaube, ich bin verrückt. Psychosomatisch heißt das doch. Ich reiße mich zusammen und laufe ein Stück mit den Hunden bis zum Ende des Gartens. Es ist ein sehr großes Grundstück. Etwas wild. Kein gezirkelter Garten, sondern meine geliebte Wildnis! Rundherum stehen große Bäume, die im Sommer wunderbaren Schatten spenden. Habe ich selbst gepflanzt. Vor ungefähr dreißig Jahren. Wie riesengroß die geworden sind! Zwischen den Bäumen führt ein schmaler Pfad rund um den Garten bis zu einer kleinen, wenn auch künstlichen Quelle. Von dort führt ein kleines Bächlein wieder zum Haus hin und fließt durch drei verschieden große Teiche, um vom letzten unterirdisch wieder zur Quelle zurückzufließen. Ich habe vor Jahren sogar mal von der Gemeinde einen Preis für naturnahe Gärten bekommen. Wir verbringen viel Zeit in unserer grünen Hölle. Mit Arbeit, aber auch zum Ausruhen. Für unsere Kinder war es immer ein Paradies mit vielen Ecken zum Verstecken und Spielen und Klettern. Die Reste eines Baumhauses stehen immer noch. Molche gibts im Wasser und Frösche. Viele Libellen im Sommer und die unterschiedlichsten Vögel, von Eulen über Spechte bis zum Zaunkönig. Sogar ein Eisvogel war mal am Teich. Abends fliegen immer die Fledermäuse. Durch die abendliche Beleuchtung an den Gebäuden, die die Insekten anlockt, haben diese erstaunlichen kleinen Vampire viel Beute. Wie schön ist das alles!

Mir gehts wieder besser. Alles wie weggeblasen. Ich streichle meine beiden vierbeinigen Freunde noch mal und gehe wieder in mein Sprechzimmer. Der Rechner läuft jetzt. Ich rufe, wie jeden Morgen, per Datenfernübertragung die Laborwerte vom Vortag ab und schaue sie mir an. Das mache ich immer zuerst. Vielleicht sind einige Werte nicht in Ordnung. In besonderen Fällen muss ich dann sofort mit den Patienten telefonieren. Ist aber nicht so sehr oft nötig. Das meiste sind Routinekontrollen. Heute ist nichts Besonderes dabei.

Jetzt muss ich aber schnell anfangen. Die Zeit läuft jetzt doch wieder zu schnell. Zunächst ist morgens immer ein TÜV. Manchmal auch zwei oder drei. TÜV ist in unserer Praxis die Gesundheitsuntersuchung. Bei Männern kommt noch die ASU dazu, die Krebsvorsorge. TÜV und ASU! Etwas rustikal ausgedrückt vielleicht. Hat sich aber bei uns so eingebürgert und die Patienten finden es auch lustig. Zumindest die meisten. Wir sind schließlich auf dem Land. Ich bin als Landarzt ja auch ziemlich rustikal. Spreche platt mit den Leuten und nicht lateinisch. Kommt aber gut an bei den Patienten. Mir machts auch Spaß und ich will keinen künstlichen Abstand erzeugen. Wir tragen auch keine weißen Kittel, sondern ganz normale Alltagskleidung. Weiße Kittel allein machen keine Sauberkeit und Ordnung.

Ich gehe den Mädels „Guten Morgen" sagen, unterschreibe vorn an der Theke einige Rezepte und nehme den ersten Patienten aus dem Wartezimmer mit in mein Zimmer.

„Hallo, Wilhelm, alles fit?", frage ich ihn.

„Noch ja! Und bei dir?"

„Mir gehts supergut, wie immer, danke!"

Hier auf dem Land duze ich mich mit vielen Patienten. Ich war ja als Kind schon oft hier bei meinem Opa, der damals hier wohnte und die Metzgerei und die Wirtschaft mit meiner Oma betrieb.

Es ist ein sehr großer, sehr alter Bauernhof, ehemals eine Brauerei, deren es hier am Niederrhein sehr viele gab. Ein sogenannter Viereckhof. Mein Urgroßvater Gottfried hat das Anwesen ca. 1900 gekauft. Er hatte einen Großhandel für Futtermittel und Sämereien. War ein reicher und tüchtiger Mann. Er ist mit ungefähr 50 Jahren zusammen mit seiner Frau Eva 1918 an der ‚Spanischen Grippe' gestorben. Man nannte ihn ‚Der grobe Fritz'. Ich habe wohl einige Eigenschaften von ihm. Ich bin auch nicht zimperlich und manchmal etwas grob, im Handeln und auch in der Wortwahl. Gegen Erbgut kann man nichts machen!

Mein Opa Anton hat dann den Hof übernommen. Da meine Mutter nach dem Tod ihres Bruders, der im Zweiten Weltkrieg gefallen ist, schließlich alles geerbt hat, bin ich heute der ‚Alte Sieben vom Lindenhof‘. Ich hätte ein schlimmeres Schicksal haben können! Aber so ein großer Komplex ist zwar toll und ich bin auch sehr stolz darauf, ich habe aber auch immer nur hier gearbeitet und renoviert und investiert. Das kann niemand ermessen. Aber es macht mir und auch Gabi viel Spaß und wir leben dafür. Ich hätte noch Arbeit und auch Ideen für ein zweites Leben!

Wilhelm, mein erster Patient an diesem Morgen, liegt schon bis auf die Unterhose entkleidet auf der Untersuchungsliege. Ich schaue noch einmal schnell in den Spiegel. Nein, alles ist okay. Nichts im Gesicht ist schief, sehe aus wie immer, etwas blass vielleicht. Fühle mich okay. War alles Einbildung.

Ich setze mich neben Wilhelm und beginne mit der Untersuchung. Zuerst suche ich den ganzen Körper nach Muttermalen ab. Keine auffälligen zu sehen. Ich höre Herz und Lunge ab. Alles okay. Während ich den Bauch von Wilhelm abtaste, zwinkere ich ihm zu.

„Wieder ein paar Kilo zugelegt?“

„Nur wenig, bestimmt!“, grinst er zurück. „Ich versteh das auch nicht! Ich ess doch kaum was! Nur ganz wenig, ehrlich. Morgens ein Scheibchen Brot und mittags zwei kleine Kartöffelchen!“

„Schon klar!“, antworte ich. „Auf dem Brot ist nix drauf und die Kartöffelchen weinen auf dem Teller vor Einsamkeit!“

„Nee, ein bisschen Käse und Wurst und ganz dünn die Butter sind auf dem Brot. Und ohne Soße und einem winzigen Stück Fleisch schmecken die Kartoffeln ja nicht!“

„Klar. Verstehe. Kenn ich. Dann ist der Bauch wahrscheinlich vom Hungerleiden voller Wasser. Nennt man Hungerödem, kommt vom Eiweißmangel! Oder es war der Wind. Der bläst auch dicke Arschbacken!“

Wilhelm lacht.

„Du glaubst mir ja doch nicht. Aber vom Essen kann es wirklich nicht sein!“

Ich schaue ihn sehr ernst an.

„Okay. Dann guck ich mal mit dem Ultraschall, ob du vielleicht schwanger bist!"

„Blödmann", gibt er zurück. Wir lachen beide.

Ich greife zum Schallkopf am Ultraschallgerät. Hängt der fest in der Halterung? Kriege ihn nicht da raus. Meine Finger rutschen von dem Ding ab. Sie kribbeln wieder. Kaum Gefühl in der Hand. Der Schweiß bricht mir aus. Alles verschwimmt kurz vor meinen Augen. Fieber? Ich muss kotzen. Bloß jetzt nicht mitten in der Untersuchung schlappmachen! Reiß dich zusammen, denke ich bei mir. Ich atme tief durch.

„Ist dir nicht gut?", fragt Wilhelm mich. „Du bist so blass plötzlich!"

Panik erfasst mich. Scheißtag! Ich setze mich ganz gerade neben ihn auf die Liege und stütze mich mit der linken Hand auf das Ultraschallgerät. Noch mal tief durchatmen.

„Doch. Mir gehts prima! Wie immer."

Entschlossen greife ich noch mal zum Schallkopf. Jetzt habe ich ihn fest in der Hand. Fühlt sich auch alles wieder normal an. Klemmt auch nicht mehr fest. Gott sei Dank! Ich gebe etwas Gel auf Wilhelms Bauch und beginne zu schallen. Rechte Niere okay. Linke Niere okay. Aorta nicht erweitert. Bauchspeicheldrüse unauffällig. Keine Lymphknoten. Gallenblase steinfrei, Gallengang frei. Fettleber, natürlich. Wie immer. Die rheinische Fettleber! Hier bei uns fast der Normalfall! Noch ein Blick auf Blase und Prostata. Auch okay.

„Bis auf deine fettige Leber ist alles in Ordnung!", sage ich, nicht ohne Ironie.

„Ist das schlimmer geworden?", fragt er.

„Nee, wirste überleben!"

Mit Mühe stehe ich auf, bugsiere den Schallkopf wieder in seine Halterung und sage Wilhelm, er solle sich wieder anziehen. Wir besprechen noch das EKG und die Laborbefunde. Ich muss raus hier.

„Insgesamt bist du noch ganz fit. Machs gut und vergiss nicht dein Scheibchen Brot, wenn du zu Hause bist!", versuche ich gequält zu lächeln.

„Nee, nee!" Lachend gibt er mir die Hand. „Tschüss und danke!"

Er ist noch nicht ganz aus dem Zimmer, als ich auf den Hof stürze und zum Haus hinüberwanke. Ich gehe hastig zur Toilette und kann gerade noch den Deckel hochheben, als auch schon der erste Schwall sich aus meinem Magen ins Becken stürzt. Verdammt! Kotzen ist für mich das Schlimmste! Ich würge noch weiter und glaube, gleich kommt der Magen mit raus. Was habe ich denn gegessen? Nichts Besonderes, glaube ich. Ich erinnere mich aber überhaupt nicht, was es gestern gab. Wieder bricht mir der Schweiß aus. Noch mal würgen. Jetzt geht es etwas besser.

Ich gehe in die Küche und trinke ein Glas Wasser. Der saure Geschmack im Mund lässt etwas nach. So! Geht wieder. Kann ja mal passieren. Sicher ein Infekt. Hat mich irgendeiner angesteckt. Magen-Darm-Virus grassiert ja wieder mal. Noch ein Schluck Wasser. Der Bauch ist wieder ruhig.

Langsam gehe ich wieder zurück in die Praxis. Ich kann ja über den Hof von außen direkt in mein Sprechzimmer gehen. Niemand hat gemerkt, dass ich weg war. Auf meinem Schreibtisch liegen die Karten der nächsten beiden Patienten. Ich öffne die Tür zum Wartezimmer.

„Frau Schneider bitte!"

Ich begrüße die Patientin mit Handschlag, wie ich es immer tue. Ihre Hand fühlt sich so ungewöhnlich an, irgendwie leblos. Ist ja auch schon alt, die Frau. Oder liegts an meiner Hand? Ach Quatsch! Nicht wieder verrückt machen. Bestimmt sagt Frau Schneider gleich wieder ‚mir ist es nicht gut'. Das sagt sie immer.

„Na, Frau Schneider! Was kann ich für Sie tun?"

„Ach, Herr Doktor, mir is et jar nich juut!"

Hab ichs doch gewusst! Mir ist es doch auch nicht gut heute!

„So genau wollt ich es nicht wissen. Was ist denn heute besonders schlimm?", versuche ich freundlich zu lächeln. „Mir is et schon seit Tagen überhaupt jar nich juut!", antwortet sie betont wehleidig. Sie hat eine Altersdepression und meistens hilft es, den Blutdruck zu messen und ein paar aufmunternde Worte für sie zu finden. Kleine Psychotherapie.

„Dann mess ich mal Ihren Blutdruck, Frau Schneider!"

„Ja, dat hätt ich jern. Der is bestimmt wieder so furchtbar hoch!", sagt sie schon etwas munterer.

„Einhundertvierzig zu achtzig! Der ist aber sehr gut für Ihr Alter!", sage ich anerkennend zu ihr. Eigentlich war er ein bisschen niedrig, aber nicht besorgniserregend. „Liegt sicher am Wetter. Sie müssen viel trinken, Frau Schneider! Das ist die beste Medizin, gerade im Alter!"

„Ja, ja. Dat verjess ich immer. Ich hab auch keinen Durst. Aber ich stell mir jetzt wieder überall eine Flasche Wasser hin. Dat haben Sie ja schon öfter jesagt."

„Ja, machen Sie das. Dann gehts Ihnen auch besser. Vergessen Sie Ihre Tabletten auch nicht."

„Mach ich. Ja, das Alter und die Einsamkeit!", stöhnt sie.

„Sie können jederzeit kommen, wenn es Ihnen nicht gut geht. Oder ich komme dann zu Ihnen, ja?"

„Ja. Dat is nett. Vielen Dank, Herr Doktor! Auf Wiedersehen!"

„Bis bald, und halten Sie sich fit! Und trinken!!"

Läuft fast immer nach dem gleichen Schema ab. Ist aber lieb, die Patientin.

Eines meiner Mädchen kommt durch die andere Tür hinter mir herein und bringt eine weitere Krankenakte.

„Sie sind etwas blass heute, Chef!" Sie schaut mich fragend und etwas besorgt an. „Gehts Ihnen nicht gut?"

„Doch. Wieso? Ich muss sicher mal wieder unter die Sonnenbank! Braun sieht man besser aus!" Ich versuche, scherzhaft zu klingen. Gelingt wohl nicht ganz. Sie schaut mich so merkwürdig an, geht dann aber wieder aus dem Zimmer.

Der nächste Patient sieht verdammt mies aus. Ich kenne ihn schon lange. Wenn der kommt, hat er auch was. Er bekommt schlecht Luft, hat Schmerzen in der Brust. Ich befrage ihn kurz und gehe mit ihm sofort in den EKG-Raum. Ich rufe eines der Mädchen und warte, bis das EKG geschrieben ist. Dachte ich es doch! Frischer Herzinfarkt. Ich gehe kurz mit meiner Helferin vor die Tür und sage ihr, dass sie sofort einen Notarztwagen anfordern soll.

Wieder im Raum, sage ich ganz ruhig: „So, Josef. Das scheint ein kleiner Infarkt zu sein. Aber keine Panik. Kriegen wir wieder hin. Ich leg dir jetzt eine Nadel für eine Infusion in den Arm. Nimm mal hier von dem Spray, dann gehen die Schmerzen schnell weg. Hier, die Tabletten musst du auch schlucken."

„Ist es sehr schlimm?", fragt er ängstlich.

„Nee", versuche ich ihn zu beruhigen. „Aber du musst jetzt ganz ruhig liegen bleiben. Du musst damit ins Krankenhaus. Das ist sonst zu riskant!"

„Gut. Es geht jetzt auch schon etwas besser." Er gähnt. Typisch bei Herzinfarkt.

„Wird schon wieder. Der Krankenwagen ist schon unterwegs. Erschreck dich nicht, die kommen ja immer mit Musik!"

Er ist vom Kreislauf her stabil. Trotzdem bin ich froh, wenn er im Krankenhaus ist. Ich höre den Rettungswagen schon von weitem sich nähern. Kurz darauf kommen drei Sanitäter und der Notarzt hereingelaufen.

„Frischer Infarkt!", sage ich zu dem Kollegen. „Muss so schnell wie möglich auf die Kardiologie zur Angiographie."

Sie schauen sich alles an, schließen ihr EKG an und heben den Patienten auf die Trage.

„Mach es gut Josef. Bist da in guten Händen. Wir sehen uns bald wieder!"

„Ja. Bis bald!", sagt er. „Und danke!"

Ich höre den Rettungswagen wieder, wie er sich mit eingeschaltetem Martinshorn entfernt. Ist immer aufregend und etwas stressig, so ein Fall. Hat aber alles gut geklappt, und wenn nichts schiefgeht, wird der Josef bald wieder hier vor mir sitzen. Wahrscheinlich mit einem oder mehreren Stents. Noch zwei Patienten. Ich spüre wieder diese Unruhe in mir aufsteigen. Hitzewallungen. Übelkeit. Ich fühle mich so schwer. Die beiden sind Bagatellfälle. Einmal Grippe, einmal ‚non vult laborare Syndrom'. Das heißt, der hat heute keine Lust zu arbeiten und braucht eine Arbeitsunfähigkeitsbescheinigung. So lange Worte gibt es auch fast nur im Deutschen. Ich drucke sie aus und gebe sie ihm mit der Bemerkung: „Dieses Jahr aber nur noch, wenn du mal wirklich krank bist!"

„Ja klar!" Er sieht mich, noch nicht mal beleidigt, lächelnd an. Mir ist es so verdammt schlecht. Mit Mühe erhebe ich mich aus meinem Sessel und wanke zur Hoftür. Ich gehe raus an die frische Luft. Sofort kommt Gustav angerannt und wedelt freudig erregt wie verrückt mit dem Schwanz.

„Na, mein kleiner Freund!" Ich bücke mich leicht und streichle sein seidiges Fell. Wenn du wüsstest, wie ich mich fühle, mein allerbester Freund! Es geht mir total beschissen. Ich kann es nicht einordnen. Ich schwitze. Mein Herz rast. Meine Beine sind wie Blei. Meine Arme gehorchen mir nicht mehr. Schwindel. Ich lasse mich einfach auf den Boden sinken. Ich höre die Vögel lustig zwitschern, ein letzter Blick in den Garten. Dann dämmert es mir vor Augen. Panik ergreift mich. Ich spüre noch, dass ich ganz auf der Erde liege. Gustav bellt und leckt mir durchs Gesicht. Alles wird schwarz. Ganz weit höre ich aufgeregte Stimmen nach mir rufen. Hastige Schritte nähern sich. Totale Schwärze legt sich auf mich. Die Stimmen werden leiser. Dunkelheit. Stille. Nichts mehr. Gar nichts.

II

Ein sonniger Tag! Ich habe gerade mein Brötchen mit Leberwurst und viel Zucker darauf gegessen und jetzt gehts ab in den Garten.

Ich bin 5 Jahre alt und darf noch nicht zur Schule. Gemein. Mein Bruder darf schon. Der ist knapp 3 Jahre älter als ich. Mann, war ich neidisch, als der zur Schule gehen durfte und so eine tolle Schultüte bekam mit vielen Süßigkeiten und so drin! Ich bekam damals aber auch eine. Kleiner zwar, aber sie hat mich ein wenig getröstet. Wir bekommen immer etwas geschenkt, wenn der jeweils andere Geburtstag oder Namenstag hat. Meine Eltern wollen keinen Neid zwischen uns und wir findens prima.

Zuerst gehe ich zum Sandkasten. Heute ist kein Kindergarten. Toll. Geh ich sowieso nicht gerne hin. Der Sand stinkt. Hat wieder eine Katze reingeschissen. Wenn ich die erwische! Ich grabe das mit meiner kleinen Schaufel aus und bringe es zur Mülltonne. Muss ich fast jeden Tag machen. Der Sand wird immer weniger! Papa wird mir bestimmt bald wieder neuen besorgen.

Unser Garten in Grevenbroich ist ein wahres Kinderparadies. Eine große Hoffläche mit festgefahrenem Kies zwischen dem schweren Eisentor zur Straße und den am Ende des Grundstücks liegenden Garagen.

Hier kann man klasse mit dem Fahrrad fahren. Rechts davon ist, durch eine niedrige Mauer getrennt, über die man laufen und springen kann, der eigentliche Garten mit Wiese und Bäumen, Sträuchern und Blumenbeeten. In einer Ecke leben in einem Stall unsere Meerschweinchen.

Wir haben auch Zwerghühner, eine kleine Ziege und eine Voliere mit Wellensittichen und Kanarienvögeln, die auch oft Junge haben.

Im letzten hinteren Teil des Grundstücks ist noch die Hauptattraktion, ein Bunker aus dem Krieg, wie Papa immer erzählt. Was Krieg genau ist, hab ich aber nicht verstanden. Der Bunker ist jedenfalls das Größte! Man kann drumrum laufen, wobei es an der Seite zum Nachbarn sehr eng ist. Gerade deshalb macht es so viel Spaß. Man kann auch mit etwas Mühe hinaufklettern und drüberlaufen. Ist aber viel höher, als meine kurzen Arme reichen. Zu zweit geht es besser. Vom Fahrrad aus klappt es manchmal auch. Man fällt dabei auch schon mal. Das ist nicht schlimm. In den Bunker hinein dürfen wir nicht. Hat man uns verboten. Es gibt eine Eingangstür. Die hab ich aber noch nie ganz aufgekriegt, nur einen Spaltbreit, sodass ich mich grade durchzwängen konnte. Da geht es eine kleine Treppe runter, allerlei Gerümpel liegt da und dann kommt noch eine verrostete Eisentür. Dahinter liegt das Geheimnis! Ich kriege die Tür aber selbst mit all der mir als Fünfjährigem zur Verfügung stehenden Kraft nicht auf. Mist. Irgendwann wirst du mir nachgeben müssen, verdammte Tür. Ist aber ja eh verboten.

Eine zweite Einstiegsmöglichkeit ist ein kleiner viereckiger Turm auf der anderen Seite des Bunkers. Da kann man sich mit sehr viel Kraftanstrengung hochziehen und steht dann auf einem kleinen Podest. Da ist eine Eisenplatte vor einer Öffnung. Die ist wackelig und lässt sich etwas bewegen. Aber nur etwas. Dann klemmt sie so fest, dass man auch hier nicht weiterkommt. Wirft man einen Stein durch den Spalt, hört man ihn kurz darauf in Wasser platschen. Klingt wie in einer Höhle. Hmm. Ist wohl tief. Sicher doch gefährlich. Irgendwann, Bunker, werd ich dich ganz erobern! Später. Warum reizt das einen so? Weil es verboten ist?!

Noch ein tolles Spielzeug ist unsere Teppichstange im Garten. Sehr, sehr hoch. In der Mitte ist eine Schaukel dran. Macht auch Spaß. Toller aber ist es, die Stange hinaufzuklettern und dann langsam wieder herunterzurutschen! Wie das so süß kribbelt! Zwischen den Beinen, bis ganz oben in den Bauch. Genau am Pipimann aber am stärksten. Kann ich immer wieder machen. So ein tolles Gefühl. Wo kommt das her? Immer wieder. Das Gefühl wird immer stärker und süßer. Nach zehnmal rauf und runter an der Stange hat man aber keine Kraft mehr. Schade!

Von der Mülltonne aus gehe ich nicht sofort zum Sandkasten zurück, obwohl ich für heute da ein größeres Bauwerk geplant hatte. Hat Zeit. Ich hab ja noch den ganzen Tag. Ich laufe über die kleine Wiese, auf der nicht allzu große Apfelbäume stehen. Plötzlich sehe ich etwas durchs Gras hüpfen. Ein kleiner Spatz!

Den muss ich fangen! Ich bücke mich langsam und krieche auf allen Vieren langsam auf das Vögelchen zu. Es duckt sich. Als ich die Hand vorsichtig danach ausstrecke, macht es sich noch kleiner, legt den Kopf zurück und sperrt den Schnabel auf. Es piepst laut. Hat sicher Hunger, denke ich. Ich nehme es vorsichtig in die Hand. Es bleibt mit aufgerissenem Schnabel leicht zitternd in meiner kleinen Hand geduckt sitzen. Neben mir liegt ein ziemlich großer Stein am Rand der Wiese im Blumenbeet. Da ist bestimmt ein Wurm drunter! Mit einer Hand kriege ich den Stein nicht gedreht. Mist! Ich setze mich auf den Hintern und drücke fest mit beiden Beinen dagegen. Geschafft! Tatsächlich! Ein riesengroßer Regenwurm liegt da und will schnell in der Erde verschwinden. Ich bin aber schneller, erwische ihn gerade noch und ziehe in aus seinem Loch. Hm. Der ist aber lang! Egal. Ich halte ihn dem Spatz in den geöffneten Schnabel. Der fängt auch tatsächlich an, den Wurm zu schlucken. Dann aber würgt er ihn wieder aus. Keinen Hunger, kleiner Spatz? Ich versuche es noch mal. Der Schnabel bleibt jetzt aber fest geschlossen. Na gut. Wenn du keinen Hunger hast!

Ich stecke den Wurm in die Hosentasche. Vielleicht mag er ihn ja später. Ich stehe auf und gehe mit meinem kleinen neuen Freund zum nächsten Apfelbaum. Ich schaue nach oben. Da muss doch irgendwo das Nest sein. Vielleicht kann ich ihn da wieder reinlegen. Kein Nest zu sehen. Auch in den anderen

Bäumen nicht. Doof. Irgendwo muss er doch rausgefallen sein. Ich suche überall. Nichts. Egal. Dann zieh ich dich groß!

Der kleine Vogel hat noch nicht viele Federn, aber doch schon einige. Der muss ja auch das Fliegen sicher noch lernen, überlege ich. Und wenn der keine Mama mehr hat, muss ich es ihm beibringen. Also auf den Baum mit uns beiden. Ist gar nicht einfach mit einer Hand, aber ich hab ja eine große Tasche in meinem Hemd. Muss ich nur aufpassen. Ich stopfe den kleinen Kerl in meine Hemdentasche und schon bin ich auf dem ersten großen Ast angekommen.

So, kleiner Piepmatz, jetzt kommt der erste Flugunterricht! Ich hole ihn vorsichtig aus meiner Tasche, nehme ihn in die flache Hand und werfe ihn leicht nach oben von mir weg. Hui! Der Spatz schlägt einmal kurz mit den wenig befiederten Flügeln, dreht sich in der Luft einmal um sich selbst und trudelt im Sturzflug zur Erde. Das war aber noch nicht besonders gut! War ja auch der erste Versuch. Fliegen lernen dauert sicher länger!

Ich springe vom Baum und nehme ihn wieder in meine Hand und stecke ihn in die Tasche. Wieder rauf auf den Baum. Diesmal etwas höher. Das ist sicher besser zum Fliegenlernen. Ich werfe ihn wieder von mir weg. Etwas höher als beim ersten Mal.

Wieder fällt er fast wie ein Stein zur Erde. Verdammt. Ist der zu dumm oder mach ich etwas falsch? Noch ein Versuch. Aller guten Dinge sind drei, sagt Mama immer. Noch höher klettere ich. Weiter trau ich mich nicht. Ganz schön hoch. Jetzt aber, kleiner Spatz! Danach machen wir dann mal Pause.

Etwas kräftiger werfe ich ihn abermals weit von mir, ganz vorsichtig. Als ob ich einen Ball geworfen hätte, plumpst er, ohne auch nur den Versuch gemacht zu haben, mit den Flügeln zu schlagen, in den ‚Robobembom' Strauch. Mama nennt den so. Komischer Name. Sollen wir nicht kaputtmachen. Wo ist der Spatz? Ah! Da hängt er ja im Strauch. Er lässt den Kopf so merkwürdig hängen. Ist ihm schlecht? Er rührt sich nicht mehr. Die Äuglein halb geöffnet, schaut er mich so traurig an. Ich hole den Regenwurm aus der Hosentasche. Dann freut er sich bestimmt. Ich halte ihn ihm vor den Schnabel. Nichts. Er holt noch mal tief Luft. Dann liegt er ganz still in meiner Hand. Schnell laufe ich durch das Büro meines Vaters die Treppe rauf. „Mama, Mama, guck mal schnell. Der kleine Spatz ist sicher krank. Was hat er nur?"

Mama nimmt den Spatz, betrachtet ihn und sagt: „Ich glaube, Hänschen, der ist tot!"

„Aber ich wollte ihm doch nur das Fliegen beibringen", weine ich lauthals los.

„Das kann man doch nicht", sagt Mama und nimmt mich auf den Schoß. „Und verhungert wäre er auch. Wenn die Vogelmama sich nicht kümmert, müssen die sterben. Du hast es sicher gut gemeint. Das nächste Mal wartest du aber erst mal ab. Manchmal kommen die Vogeleltern zurück und kümmern sich, auch wenn so ein Baby aus dem Nest gefallen ist. Geh jetzt und begrab ihn im Garten!"

Schluchzend nehme ich das Vögelchen vorsichtig wieder in die Hände und gehe traurig zurück in den Garten. Ich mache mit der Schaufel ein kleines Loch und lege ihn vorsichtig hinein.

„Schade, kleiner Freund. Ich hätte dich so gerne großgezogen." Ich fülle die Erde wieder auf ihn. Dann suche ich zwei kleine Stöcke, binde sie mit einem Stück Kordel – hat man ja alles in der Hosentasche – zu einem Kreuz und stecke es in die Erde. Der Regenwurm ist ja auch noch in meiner Tasche! Ich lege ihn wieder an die Stelle unter dem Stein. Langsam kriecht der wieder zurück in sein Loch. Wenigstens der lebt noch. Während ich den großen Stein wieder umdrehe, höre ich laut ‚tatütata-tatütata'. Aufgeregt laufe ich zum Straßentor. Das ist bestimmt die Feuerwehr! Das riesengroße rote Auto mit der Leiter auf dem Dach. Das Tor ist immer abgeschlossen. Ich darf ja nicht alleine auf die Straße. Der Schlüssel steckt. Mal rausgucken darf ich sicher! Bestimmt! Sieht ja auch keiner. Ich drehe den Schlüssel um, öffne das Tor und gehe auf den Bürgersteig. Da kommt schon das Auto mit Blaulicht angerast. Ist aber nicht die Feuerwehr. Viel kleiner. Mit Fenstern rundherum. Ich glaube, das ist ein Krankenwagen.

III

Dumpf, wie durch Watte, höre ich das Martinshorn. Dieses verhasste Geräusch. Wie oft habe ich es verflucht, als ich selbst noch als Notarzt mit dem Rettungswagen den ganzen Tag und auch in der Nacht unterwegs war. Hatte selten was Gutes zu bedeuten. Wenn ich Glück hatte, war es ein Fehlalarm. Besser als ein Einsatz bei einem Verkehrsunfall. Man fühlte sich damals zwar wichtig, war man ja auch, aber es war oft wenig erfreulich. Sterbende, Tote, Verletzte. Aufgeregte Angehörige. Leid und Not. Schön war der Tag, als ich meinen allerletzten Einsatz hatte, mit dem Bewusstsein, niemals mehr solche Einsätze fahren zu müssen.

Warum höre ich jetzt wieder dieses verhasste Horn? Es nähert sich. Der Rettungswagen ist doch eben hier mit meinem Patienten Josef weggefahren. Warum kommt der zurück? Stimmt da was nicht? Ist da etwas passiert unterwegs?

Mir kommt das auch alles so seltsam vor. Warum liege ich hier auf dem Hof auf der Erde? Ich sehe nur verschwommen meine Frau, die sich über mich beugt und ständig meinen Namen ruft. Auch meine Angestellten stehen um mich herum. Das Martinshorn wird immer lauter, bis es urplötzlich verstummt.

Ich will aufstehen. Es geht nicht. Nichts kann ich bewegen, weder Arme noch Beine reagieren. Ich fühle sie aber. Sie wollen aber nicht. Was ist passiert? Ich versuche, mich zu erinnern. Weiß noch, dass ich auf den Hof gegangen bin, weil mir so mulmig und schlecht war. Dann bin ich zusammengesunken. Ja, und dann? Keine Erinnerung mehr. Ich bekomme Angst. Große Angst. Das Grauen. Habe ich einen Schlaganfall oder

Herzinfarkt? Eine Hirnblutung? Weitere schlimme Diagnosen fliegen durch meinen Kopf. Ist das jetzt mein Ende? Muss ich sterben? Ich muss doch noch so vieles tun! Noch für so vieles sorgen. Ich kann doch Gabi nicht allein lassen mit all dem Unfertigen auf unserem geliebten Lindenhof. Das schafft sie nicht alleine. Jeden Tag ist doch was kaputt und ich bin der Kaczmarek, der Hausmeister, der alles zu reparieren versucht und das auch meistens schafft. Lieber Gott, Vater und Mutter, lasst das nicht zu, noch nicht. In ein paar Jahren vielleicht. Aber doch jetzt noch nicht!

Zwei Männer in roten Jacken beugen sich über mich. Sie öffnen mein Hemd, kleben mir Elektroden auf die Brust. Ich friere. Ich schwitze. Es dreht sich alles. Einer misst meinen Blutdruck.

„EKG sieht normal aus", höre ich entfernt jemanden sagen. „Blutdruck ist normal. Kreislauf stabil."

Hört sich schon mal nicht schlecht an.

„Keine Reflexe", sagt ein anderer. „Pupillen starr. Könnte eine cerebrale Blutung sein."

Neiiiin!!!! Das bitte nicht!

„Wir müssen ihn auf schnellstem Wege in die Neurologie bringen, in die Stroke Unit!!"

Sie heben mich wenig vorsichtig auf und legen mich auf die Tragbahre. So sieht also das Ende aus? Es verschwimmt wieder alles, was sowieso nicht scharf zu sehen war.

„Hören Sie mich?", schreit jemand.

Ja, verflucht, merkt ihr das nicht? Ich will antworten, aber es geht nicht. Ich kriege keinen Ton heraus. Ich kann den Mund nicht bewegen. Es wird wieder dunkel um mich und still, entsetzlich dunkel und still.

Es rumpelt. Ich höre wieder zwei oder drei Leute sich unterhalten. Einer legt mir eine Infusion an. Das Martinshorn schreit mich laut an. Wir fahren wohl ins Krankenhaus. Ein anderer gibt mir eine Spritze in den anderen Arm. Ich spüre das alles.

Tut verdammt weh. Warum kann ich mich nicht bewegen, wenn ich doch alles fühle?

„Das wird nichts mehr mit dem", höre ich den Sanitäter – oder ist es der Notarzt? – zu meiner Rechten sagen. „Pupillen reagieren nicht. Keine Reflexe!"

„Piks mal mit einer Nadel in den Fuß!", sagt er zu einem anderen.

Au! Verdammt, tut das weh. Ich will den Fuß wegziehen. Geht nicht. Er sticht noch zweimal kräftig zu.

Hör doch endlich auf damit, du Arschloch!!

„Keine Reaktion", sagt das Arschloch. „Der is fertig! Gut, dass er uns nicht hört!"

Ich höre alles, du Mistkerl! War ich auch so, als ich noch im Notarztwagen gefahren bin? Nein. Sicher nicht. Hoffentlich nicht! Ich kann mich jedenfalls nicht erinnern. Gedacht und befürchtet habe ich es öfter.

„Hoffentlich kriegen wir den noch lebend zur Klinik. Tot nehmen die uns den nicht ab. Dann haben wir wieder die Fahrerei und das Palaver."

Oh ihr Wichser! Könnte ich euch doch in eure verdammten Ärsche treten!

Die Fahrt geht weiter. Es schaukelt wie verrückt. Das Martinshorngeheule geht mir durch Mark und Bein. Ich werde auf der Trage nach rechts und links gerissen. Die fahren wie die Wilden. Wollen mich ja noch lebendig abliefern.

Ich will denen die Meinung sagen. Geht nicht. Kein Ton kommt über meine Lippen. Ich werde wahnsinnig. Warum war ich nicht gleich tot?

Durch den oberen Teil des hinteren Fensters, das zu zwei Dritteln undurchsichtig ist, sehe ich rechts und links große Häuser, Ampeln, Straßenschilder. Wir sind also irgendwo in der Stadt. Es geht rasant links herum, dann rechts, wieder ein Stück geradeaus. Das Blaulicht spiegelt sich in den Fenstern der Fassaden. Bei jeder Kurve zieht es mich heftig von der einen zur anderen Seite. Ich fall denen noch von der Trage!

Mit einem plötzlichen Ruck hält der Wagen auf einmal an. Die hintere Tür wird aufgerissen. Die Sanitäter springen raus und ziehen mich auf der Trage aus dem Auto.

„Der lebt zum Glück noch. Jetzt schnell in die Ambulanz!", höre ich einen sagen.

Hastig rollen sie mich vom Rettungswagen weg und in einen großen Flur hinein. Hinter uns schließen sich automatisch große gläserne Schiebetüren.

„Notfall!", ruft jemand. „Schnell, schnell, aus dem Weg!"

Weiter und weiter werde ich gerollt, durch endlose Flure, um zahlreiche Ecken, bis wir schließlich in einem Raum, der mit grellem Licht und vielen medizinischen Geräten ausgestattet ist, ankommen. Ich muss brechen. Will mich erheben, geht nicht. Ich merke, wie mir Erbrochenes aus dem Mund läuft.

„Der kotzt. Verdammt! Auf die Seite drehen, damit er nicht aspiriert!"

Sie rollen mich recht unzärtlich auf die Seite. Mein Arm liegt krumm unter mir, tut weh.

„Absaugen!", ruft einer.

Ich spüre, wie sie mir einen Schlauch in den Hals stecken. Scheißgefühl. Nach einiger Zeit ziehen sie das verdammte Ding wieder heraus. Sie drehen mich wieder auf den Rücken. Mein Arm ist wieder frei, schmerzt aber noch heftig.

Ein weißer Kittel mit einem bärtigen Kopf beugt sich über mich und leuchtet mir mit einer Taschenlampe in die Augen. Das ist so schrecklich hell, dass es wehtut. Will die Augen schließen. Klappt nicht. Mach die Lampe weg!

„Keine Pupillenreaktion", klingt es aus dem Bart.

Ich sehe, wie er einen Reflexhammer nimmt und mir auf Beine und Arme klopft.

„Nichts!"

Wieder ein Stechen mit einem spitzen Ding in meine Fußsohlen. Ein brennender Schmerz durchbohrt mich wieder. Ich kann die Füße nicht zurückziehen.

„Da ist nichts mehr bei dem, außer, dass er noch nicht ganz tot ist. Den können wir hier nicht brauchen. Wir haben kein

Bett frei!", sagt der Bart zu den Sanitätern. „Versucht es mal an der Uni. Die werden auch nicht begeistert sein!"

Während die alle, jetzt etwas leiser, miteinander reden, höre ich meine Frau laut und schnell sprechend den Raum betreten. Ach Gabi, hol mich schnell hier raus und lass mich zu Hause sterben, in Ruhe und Frieden! Bitte, bitte!

„Machen Sie doch was!", schreit sie fast. „Helfen Sie bitte meinem Mann. Der stirbt doch sonst noch!"

„Mmh, Frau, äh, äh, ich weiß Ihren Namen nicht. Aber das sieht sehr schlecht aus. Wir haben auch kein Bett frei für solche Fälle."

„Das geht doch wohl nicht!", schreit Gabi ihn an. „Mein Mann ist privat versichert und außerdem ein Kollege von Ihnen!"

Zuerst betretenes Schweigen. Dann sagt der Bart, plötzlich freundlicher, wie verwandelt: „Das ist natürlich etwas anderes. Ich rufe sofort den Professor und dann sehen wir weiter!"

Zu den anderen schreit er, schon aus dem Raum laufend: „Los, bringt den Kollegen sofort auf die Intensivstation. Aber rasch!" Schon ist er weg.

Gabi beugt sich über mich und ich spüre Tränen auf meine Wangen tropfen. Sie weint. „Bald bist du wieder gesund", schluchzt sie.

Wieder werde ich durch endlose Flure gerollt. Schnell geht die Fahrt. Eine Krankenschwester läuft mit einer Infusionsflasche, die sie in Kopfhöhe hält, neben mir her. Der Schlauch der Infusion wackelt vor meinem Gesicht und führt zu meinem Arm.

„Schnell! Aus dem Weg da!", ruft sie in den Flur.

Sie schieben mich in einen riesigen Aufzug. Dann geht es aufwärts. Ich höre die Stimmen von drei oder vier Personen. Sie unterhalten sich ziemlich leise. Alles kann ich nicht verstehen.

„Wieder typisch! Privatpatient!"

„Klar. Dann geht alles."

„Der ist doch am Ende! Schon fast tot! Aber der Chef muss ja auch noch was verdienen. Sonst kann der sich den neuen

Ferrari nicht leisten!" Ich höre die anderen leise lachen, bis der Aufzug sanft zum Stillstand kommt.

Weiter geht die Fahrt durch noch mehr, noch längere Flure, bis wir in einem riesigen Raum ankommen. Es stehen einige Betten an einer Wand. Es piepst und blinkt von zahlreichen Monitoren, helles Licht schmerzt in meinen Augen, die ich nicht schließen kann. Überall laufen Pfleger und Schwestern in blauen Kitteln und mit Mundschutz sowie Kopfbedeckung – blauen OP-Papiermützen – herum. Hier ruft einer, da reißt einer eine Schranktür auf und holt etwas Verpacktes heraus.

„Los! Beeilung! Nummer drei verblutet! Schnell! Plasmaexpander!"

Drei laufen zu dem Bett neben mir. Da ich den Kopf nicht bewegen kann, sehe ich nicht, was sie machen. Zwei andere beginnen, mich auszuziehen. Sie heben meine Beine hoch und ziehen an meiner Hose.

„Schneller!", höre ich einen anderen. „Schneidet die Klamotten doch auf, sonst müssen wir die Braunülen ja wieder neu legen! Der braucht die Sachen ja doch nicht mehr! EKG anschließen! Zentralen Zugang legen! Oxymeter anlegen! Sauerstoffmaske auf die Nase! Beeilt euch. Gleich kommt bestimmt der Alte. Dann muss das alles laufen. Privatpatient!"

Ich werde verkabelt, ein weißes, langes Hemd wird über mich gelegt, eine Klammer spüre ich am Zeigefinger der rechten Hand. Eine Schwester stülpt mir eine Sauerstoffmaske auf Nase und Mund. Ein anderer dreht meinen Kopf zur Seite und sticht, wohl mit einer dicken metallenen Kanüle, kräftig zu.

Au! Verflixt, tut das weh! Schon mal was von Lokalanästhesie gehört? Scheiße! Ein wahnsinniger Schmerz ist das. Die denken ja, ich fühle nichts. Ich spüre genau, wie der mit der Nadel in meinem Hals bohrt und immer tiefer geht.

„Mist!", ruft er. „Das war die Arterie!"

Ich merke, wie etwas Warmes meinen Hals hinunterläuft und auf meine Schulter spritzt. Blut.

„Abdrücken!", schreit er einem Pfleger zu. „Ich versuchs an der anderen Seite!"

Man drückt mit Gewalt gegen meinen Hals, während mein Kopf nach rechts gerissen wird. Wieder sticht die dicke Nadel. Noch schmerzhafter als vorher. Immer tiefer bohrt sie sich in meinen Hals. Ich kriege kaum Luft. Der Schmerz, der verdrehte Kopf, die pressende Hand an meiner rechten Halsseite. „Jetzt liegt das Ding richtig! Her mit dem Katheter!" Sterile Handschuhe reichen ihm einen langen, dünnen Plastikschlauch. Das Gefühl, wie der Schlauch langsam, aber zügig innen in meinem Hals durch die Vene bis zur Brust geschoben wird, ist nicht angenehm, aber immerhin nicht so sehr schmerzhaft. „Fixieren und an den Perfusor anschließen!", wendet sich der Meister ab und verschwindet aus meinem Gesichtsfeld. Endlich liegt der Kopf wieder gerade und relativ schmerzfrei. Der Druck rechts am Hals hat auch aufgehört. Hoffentlich sind die jetzt erst mal fertig und lassen ab von mir. Was kommt wohl als Nächstes? Ich weiß ja ganz genau, wie es weitergeht!

„Exitus!" Hektisches Laufen um mich herum. Was jetzt? Ich? Bin ich gemeint? Ich sehe euch doch! Ich höre euch doch! Bin ich trotzdem tot? Hatte ich mir anders vorgestellt. Sie huschen aber alle an mir vorbei zu dem Bett nebenan. Kurz darauf wird das Bett an mir vorbei weggeschoben. Einen kurzen Moment sehe ich aus den Augenwinkeln, dass das Bettlaken auch den Kopf des anderen Patienten bedeckt. Der ist also tot! Nicht ich! Soll ich jetzt froh oder traurig sein? Hat der es jetzt besser als ich? In jedem Fall braucht er nicht mehr zu leiden, was auch immer er hatte. Fast beneide ich ihn!

Ich weiß zu gut, was noch alles auf mich zukommen kann. Schmerzen. Schmerzhafte Untersuchungen. Qual. Vielleicht schneidet man mich auf. Den Kopf? Spritzen, die ich so hasse. Was habe ich bloß? Kann mir keinen Reim machen. Sich nicht bewegen können, nicht die kleinste Bewegung, aber alles hören, alles sehen, alles fühlen. In welche Diagnose passt das denn? Mir fällt keine ein. Habe ich etwas, das noch niemand hatte? Blödsinn!

„Achtung, der Chef kommt!", tönt es von der anderen Seite des Raumes.

Es herrscht auf einmal andächtige Stille, vom Piepsen der Monitore und verschiedenen Motorengeräuschen, einem Saugen und Pumpen, abgesehen.

Schon tauchen drei große, weiß bekittelte Gestalten an meinem Bett auf. In einigem Abstand bleiben sie am Fußende stehen wie die Heilige Dreifaltigkeit.

Bin ich jetzt also doch tot? Habe ich es nicht gemerkt? Sind die drei Figuren das ‚Jüngste Gericht'? Ich war sicher, das gäbs nicht. Nee, haben alle ein Stethoskop um den Hals. Gibts im Himmel bestimmt nicht!

Ich würde schmunzeln, wenn ich nur könnte! Kenne ich alles noch aus meiner Zeit als Assistenzarzt. Respekt hatte man zu haben und Ehrfurcht! Unsere Scherze über diese Auftritte haben wir natürlich hinterher auch gemacht.

„Der neue Privatpatient. Eben mit dem Notarztwagen hier eingetroffen und sofort hier auf die ITV und versorgt", berichtet der kleinere der Dreifaltigkeit. Der Bart steht an der anderen Seite. Der Professor, natürlich in der Mitte, wie Gottvater persönlich, allerdings ohne Bart, dafür mit goldgefasster, oben randloser Brille tief auf der Nase, sodass er über sie hinweg auf mich hinabschaut, und um den Hals eine große, grellbunte Fliege, fragt mit ruhiger, aber sehr bestimmender Stimme, die für seine Größe etwas hoch klingt: „Klinik?"

„Im Moment noch unklarer Fall", erwidert sichtlich angespannt der Kleinere zu seiner Linken. „Zu Hause zusammengebrochen. Nicht ansprechbar. Keine Reflexe. Keine Schmerzreaktionen. Schlaffe Tetraplegie, wie es scheint. Pupillen ohne Reaktion. Auf Geräusche keinerlei Reaktion. Herz und Kreislauf stabil. Spontanatmung. Keine Inkontinenz – bis jetzt. Möglicherweise eine Hirnblutung!"

Gottvater hat die rechte Hand an sein Kinn gelegt. „Schädel-CT. Sobald wie möglich. Privat, sagten Sie? Dann besser auch noch Ganzkörper-MRT. EEG, neurologische Untersuchung, komplettes Labor und so weiter. Sie wissen ja! Das ganze Programm. Vor die Therapie haben die Götter die Diagnose gesetzt!" Anstandshalber verhaltenes Lächeln und zustimmendes Kopfnicken vom Bart und dem Kleineren.

„Gut. Danach so schnell wie möglich auf meine Privatstation", verkündet er, dreht sich um und entschwindet mit den beiden anderen im wehenden Kittel aus meinem Gesichtsfeld.

Ich höre sie an einem anderen Bett kurz verhoffen.

„Was ist hier?"

„Apoplex", antwortet der Bart. „Stabil. Noch keine Besserung seit drei Tagen."

„Auch privat versichert?"

„Nein. AOK."

„Gut, gut", höre ich Gottvater sagen. „Dann kann er auf die Allgemeinstation. Sie kümmern sich um das Weitere. Wir brauchen die Betten hier!" Er wendet sich ab und die Schritte der Dreifaltigkeit entfernen sich rasch.

Die Geschäftigkeit im Raum beginnt wieder. Hastende Schritte von allen Seiten. Gemurmel. Manchmal leises Lachen. Zurufe. Geklapper von Geräten und Instrumenten. Das Piepsen der Monitore. Summen. Brummen. Rauschen. Ich merke, wie ich immer müder werde. Könnte ich doch die Augen schließen! Irgendwann schlafe ich wohl ein.

Ich fliege. Schwerelos schwebe ich über eine weite Landschaft mit vielen großen Feldern und Wiesen. Ein Kirchturm kommt mir entgegen. Das ist doch unsere kleine Kirche! Da, da ist unser Hof. Wie toll das von oben aussieht! So ordentlich alles! Wie früher meine Modelleisenbahn. Da steht ein Krankenwagen mit Blaulicht vor dem Tor zu meiner Praxis. Was macht der da? Viele Leute laufen da herum. Plötzlich fährt er los. Dieses schreckliche Getute hört man bis hier oben. Ich fliege hinterher. Aus dem Dorf hinaus, über die Landstraße bis zur Autobahn. Über rote Ampeln hinweg. Mann, hat der es eilig!

Weiter rast er auf der Überholspur der Autobahn. Ich komme kaum mit. Er erreicht eine größere Stadt. Links ab. Rechts ab. Hält vor einem riesigen Gebäudekomplex. Die Fahrer springen heraus. Auf einer Bahre schieben sie jemanden in das Gebäude. Ich schwebe weiter hinterher, komme gerade noch durch die Tür, die sich genau hinter mir schließt. Viele weiße Kittel. Hektik. Meine Frau! Was macht die denn hier? Rennt da schreiend herum. Bist du verrückt geworden, Gabi?!

Weiter fliege ich hinter der Bahre her, die kreuz und quer durch das ganze Gebäude geschoben wird. Ich halte über einem Bett in einem hell erleuchteten Raum. Ich gleite etwas tiefer, wer liegt da in dem Bett? Ich? So was! Ich träume wohl! Wieso sehe ich mich selbst da liegen, mit Schläuchen am Arm? Scheißtraum. Es wird dunkler. Dunkler und auf einmal ganz still. Schwarz. Schweigen.

Habe wohl kurz geschlafen und was Blödes geträumt. Ein hübsches Gesicht beugt sich über mich. Lange blonde Locken. Ganz in Weiß gekleidet lächelt es mich freundlich, aber ernst an. Jetzt fällt mir alles wieder ein. Wo ich bin und wie ich hierhergekommen bin. Was passiert ist.

Die sieht aber doch aus wie ein Engel! Gibt es die doch? Bin ich jetzt doch schon im Himmel? Bei solch hübschen Engeln wäre das ja nicht das Schlechteste!

„Hallo! Hallo! Hören Sie mich?", schreit der Engel mich mit einer recht tiefen, aber eher doch menschlichen Stimme an. „Ich bin Neurologin und werde Sie jetzt untersuchen!"

Doch nicht der Himmel! Doch kein Engel! Irgendwie schade!

Sie fängt an, mit einem silbernen Reflexhammer auf mir herumzuklopfen. Auf die Fersen, auf die Knie, mehrfach auf den Bauch, auf beide Arme, auf die Handgelenke und auf die Ellenbeugen. Ich spüre jeden Schlag. Tut nicht besonders weh. Mit dem spitzen Ende des Hammerstiels zieht sie kräftig über meine Fußsohlen. Das kitzelt. Dann rechts und links unterm Bauchnabel nach unten. Sie schüttelt den Kopf langsam, das Engelshaar wogt schön um ihren Hals.

„Nichts!", murmelt sie zu sich selbst. Sie klatscht laut mit den Händen vor meinen Ohren und sieht mir dabei direkt in die Augen.

Hübsch bist du ja, du vermeintlicher Engel! Was hast du jetzt noch auf Lager? Dachte ich es mir! Sie nimmt ein kleines Köfferchen und stellt es auf meinen Bauch. Zwei Kabel mit spitzen Nadeln am Ende hält sie in ihren Händen, die sehr schön schmal und wohlgeformt sind, aber von zahlreichen, wohl modischen und auffälligen Ringen geziert werden. Eher nicht mein Geschmack! Ich weiß wohl, dass die Nadeln Schmerz bringen und schon fährt die erste in meinen Oberschenkel, gefolgt von der zweiten in die Wade. Verdammt, das pikst aber mehr, als ich dachte. Nach kurzer Zeit zieht sie die Dinger heraus und sticht sie ins andere Bein. Hat sie ein leicht sadistisches Lächeln auf ihren geschwungenen, beinah wollüstigen Lippen? Ich tue ihr sicher Unrecht. Kenne die Untersuchung ja. Elektromyogramm nennt man das. Wieder scheint sie unzufrieden mit dem Messergebnis und haut mir die Nadeln in beide Arme, erst rechter Oberarm und Unterarm. Dann noch mal das gleiche links. Engelshauptschütteln.

Sie packt das Köfferchen wieder ein und stellt es neben sich auf einen fahrbaren kleinen Tisch, steht auf und zieht einen anderen Tisch mit einem großen Monitor zu sich heran. Sie nimmt eine Menge Kabel mit kleinen Saugelektroden und pappt sie mir auf die Stirn, die Schläfen und hinter die Ohren, sowie in den Nacken. Dann befestigt sie noch einige an verschiedenen Stellen mitten auf dem Kopf zwischen den Haaren. Der Monitor leuchtet auf und ein Gewirr von Kurven erscheint. Sicher ein Dutzend verschiedene untereinander. Ein EEG. Da verstehe ich nichts von. EEGs waren mir immer ein Rätsel. Nacheinander drückt sie auf verschiedene Knöpfe. Immer andere, noch verrücktere Kurven werden sichtbar. Sie steht staunend mit verschränkten Armen davor, eine Hand am Kinn und zwei Finger auf dem Mund, und sieht den laufenden Zacken zu. So ähnlich sehen die Kurven der Seismologen bei Erdbeben aus, geht mir durch den Kopf.

Während der Monitor noch läuft, greift sie zu einer kleinen Taschenlampe und leuchtet mir abwechselnd in das rechte und linke Auge. Das ist wieder so grell! Schlimmer als die Nadeln. Jetzt drückt sie mit dem Daumen auf meinen Augapfel. Hör auf, du Teufel! Niemals bist du ein Engel! Auch wenn du so aussiehst! Das ist ein höllischer Druckschmerz. Das andere Auge auch noch! Du Biest! Könnte ich dich bloß packen! Sie zaubert eine lange, dünne und scherenartige Zange aus der Kitteltasche und nähert sich damit langsam meiner Nase. Neiiiiiiin! Bitte das nicht! Das ist der schlimmste Test. Habe ich früher auch schon mal gemacht. Jetzt gerade tut mir das leid. Damit kann man testen, ob jemand Bewusstlosigkeit simuliert.

Niemand hält den Schmerz aus.

Sie öffnet die Zange und schiebt sie langsam in meine Nase, in jedes Nasenloch ein Zangenmaul. Dabei sieht sie mir wieder genau in die Augen. Langsam, ganz langsam schließt sich die Zange. Zunächst ist es nur ein leichter Druck. Dann drückt sie das Gerät immer fester. Grinst sie hämisch dabei? Um den leicht geöffneten Mund spielt ein Lächeln, ein böses Lächeln. Zwischen den schönen Zahnreihen sieht man die Zungenspitze blitzen wie bei einer Schlange. Immer kräftiger wird der Druck. Es schmerzt. Der Schmerz wird immer größer, je kräftiger sie drückt. Das ist brutal! Ich halte das nicht mehr lange aus. Weg mit der Klemme. Ich bin doch kein Tanzbär oder Bulle! Hölle pur! Will schreien. Kein Ton. Wie weit lässt sich Schmerz steigern? Ich kann nicht mehr. Das hält keiner aus. Mir verschwimmt alles vor Augen. Werde ich endlich bewusstlos? Was kann der Mensch noch aushalten? Schwarze Stille. Kein Schmerz mehr.

IV

Die Sonne scheint. Es ist tolles Wetter, schön warm. Ich laufe in kurzen Seppelhosen durch den Garten. Die Lederhose scheuert immer so an den Beinen. Mama wäscht die immer. Fühlt sich dann an wie Sperrholz! Meine Freunde haben immer so schön schmutzige, die sind viel weicher. Aber Mama meint, die müssten sauber sein.

Mein Bruder ist aus der Schule zurück und läuft hinter mir her, kriegt mich aber nicht. Bin schneller. Ab, hinter den Bunker. An der niedrigsten Stelle, da, wo ich ein paar Steine aufeinandergeschichtet habe für solche Fälle, ziehe ich mich auf den Rand des Bunkers. Geschafft!

„Haha, hier kriegste mich nicht!", rufe ich meinem Bruder stolz von oben zu.

Schon klettert er auch hoch. Als er es auch geschafft hat, kommt er langsam auf mich zu.

„Ich bin der Größte! Der Held der Helden! Jetzt hab ich dich!", schreit er, greift mich und versucht, mich auf den Boden zu werfen.

Verbissen kämpfen wir. Er ist ein wenig stärker, ich schneller. Noch während wir mit unserem Ringkampf beschäftigt sind, sehen wir, wie sich das Tor zur Straße öffnet und unser Onkel Hans, mit zwei Tüten bepackt, auf den Hof kommt.

Schnell lassen wir voneinander ab und legen uns flach auf den Bauch, um ihn zu beobachten. Bedächtig schließt er das Tor wieder und geht in den Garten. Er hat eine prächtige, glänzende Glatze und eine große Brille auf der Nase. Er ist irgend so ein Gelehrter. Landwirt mit Diplom oder so was. Immer etwas vergeistigt und zerstreut. Gutmütig. Ein ideales Opfer für uns heute!

Wir bleiben ganz still auf unserem Beobachtungsposten. Mal sehen, was sich ergibt. Irgendein Streich wird uns schon einfallen.

In einer Ecke an der Straße, direkt an der Mauer, ist ein viereckiges Stück des Gartens abgetrennt. Da macht er sich zu schaffen.

Eigentlich steht da nicht viel an Grünem. Mein Vater und er haben da mal umgegraben. Einen ganzen Nachmittag. Sehr tief. Sie haben sich immer wieder gebückt und Körbe voller Wurzeln aus der Erde gezogen.

„So viel Unkraut in einer Ecke!", meinten sie zu meiner Mutter, als die zu ihnen ging, um zu sehen, was sie da taten.

„Das sind doch all die Blumen, die ich hier gepflanzt habe!", sagte sie verärgert.

Mein Onkel wurde sehr verlegen, war ihm wohl peinlich. Mein Vater guckte beleidigt, nahm seinen Spaten und ging. Mama suchte einiges von dem ‚Unkraut' wieder aus den Körben und steckte es in die Erde zurück. Das war im Herbst letzten Jahres.

Jetzt packt Onkel Hans seine Tüten aus. Was mag da drin sein? Viele kleine, bunte Tüten fördert er hervor. Einige Bunde mit Grünzeug und noch große, braune Tüten. Aus der anderen Tasche holt er eine Briefwaage. So eine hat Papa im Büro. Darauf wird abends die Post gewogen. Je nach Größe und Gewicht müssen da unterschiedliche Briefmarken drauf, hat er mir erklärt.

Aber was soll die Waage im Garten? Wir müssen näher ran. Vorsichtig und vor allem ganz leise klettern wir hinunter und kriechen zunächst auf allen Vieren, immer hinter Sträuchern verborgen, langsam in Richtung Onkel. Bald sind wir ganz nah heran und legen uns auf den Bauch hinter einen kleinen Busch, der uns gerade noch verdeckt. Onkel Hans merkt nichts. Er ist zu beschäftigt mit seinen Tütchen. Es sind bunte Blumen darauf zu erkennen. Er öffnet eins, kippt den Inhalt auf die Waage, schüttelt leicht den Kopf, nimmt die kleinen

Körnchen einzeln in die Hand und geht damit zu dem abgegrenzten Stück Garten. Dort angekommen, steckt er die Körnchen einzeln, immer im gleichen Abstand voneinander, in die Erde. Als alle versteckt sind, kommt er zurück, nimmt ein anderes Tütchen und das gleiche Spiel beginnt von vorn.

„Was macht denn der?", frage ich flüsternd meinen Bruder. „Ich glaube, der sät Blumen!", gibt der mir leise zur Antwort. Wir schauen wie gebannt auf das Geschehen. Jetzt nimmt er noch einmal alle Tüten, sortiert sie irgendwie, anscheinend nach Farbe, und legt sie dann säuberlich der Reihe nach neben sich auf den Boden. Dann geht er wieder mit dem Inhalt von einem, nach vorherigem Wiegen und Kopfschütteln, zurück, und steckt auch diese Körnchen in die Erde, nicht ohne zwischen jedem Einzelnen den gleichen Abstand zu halten.

Das ist doch unsere Chance!

Ich krabble schnell, aber ohne Krach zu machen, hinter dem Busch hervor, greife nach den ersten drei Päckchen und bin wieder im Versteck, bevor der Onkel zurückkommt. Er will nach den Blumensamen greifen, verhofft kurz, schüttelt, dieses Mal langanhaltend, den Kopf und schaut überall auf der Erde herum.

„Waren doch eben mehr!", spricht er leise zu sich selbst. „Merkwürdig!", grummelt er, schaut noch mal genau überall hin, nimmt das nächste und beginnt die Prozedur von vorn. Wir kichern vor Freude über unseren gelungenen Spaß, ganz leise, damit er uns nicht hört.

Schnell kriecht mein Bruder vor, nimmt jedes zweite bunte Tütchen und kehrt blitzschnell zurück. Er kann sich gerade noch auf den Bauch legen, hastig atmend, als Onkel Hans auch schon wieder zurückkommt. Er schaut verblüfft auf seine vermeintliche Ordnung. Jetzt steht er still und streicht mit der Hand über seine Glatze. Fehlen da wieder welche?

„Es ist doch nicht windig", murmelt er. „Sehr, sehr merkwürdig!"

Er bückt sich und sortiert alles neu. Das nächste Päckchen, Inhalt auf die Briefwaage, zurück und in die Erde stecken.

Jetzt aber! Wir beide raus hinter dem Strauch, ich schnappe mir die restlichen Tüten, bis auf eine, und mein Bruder nimmt die Waage. Zurück in unser Versteck.

Onkel Hans kehrt zurück. Erschüttert bleibt er stehen. Er schaut sich um, völlig entgeistert und verwirrt. „Das geht doch nicht mit rechten Dingen zu. Nein so was!" Heftig schwenkt er den Kopf hin und her. Dabei fällt ihm die Brille auf die Erde. Jetzt können wir uns vor Lachen nicht mehr halten und prusten laut los. Er hebt die Brille auf und setzt sie wieder auf die Nase. Er sieht sich um und entdeckt uns natürlich sofort. Langsam kommt er hinter den Strauch zu unserem Versteck, sieht all seine vermissten Utensilien und lächelt uns an. Ein seltener Anblick bei ihm!

„Ihr seid aber zwei Lümmels!" Mehr sagt er nicht.

Wir sammeln alles auf und bringen es wieder, mehr oder weniger ordentlich, an seinen Platz. Ein leises ‚Entschuldigung' will gerade aus unserem Mund, als ein lautes, wenig Gutes verheißendes „Peter!! Hans-Wilhelm!! Kommt mal beide sofort nach oben in die Küche! Aber dalli!", vom Balkon aus zu uns herunterschallt.

Mama! Sie hat uns wohl beobachtet. Oh, oh! Das verheißt nichts Erfreuliches. Wenn sie mich Hans-Wilhelm nennt, bedeutet das Unheil. Sonst nennt sie mich meistens Hanni oder Hänschen! Sicher hat sie schon den hölzernen Kochlöffel in der Hand. Damit ist sie Meisterin. Nicht nur beim Kochen, sondern auch, wenn es darum geht, uns damit den Hintern zu versohlen. Und bei kurzen Hosen trifft der auch schon mal die Beine. Das ist nicht lustig!

Mein Bruder läuft in blindem Gehorsam schnell zum Haus und durch den Kellereingang nach oben. Erst mal abwarten, sage ich mir. Nur keine Eile! Ein bisschen warten, dann ist Mamas erste Wut meistens verraucht. Hat bisher immer funktioniert. Meine Prügel waren dann immer weniger heftig und weniger lang anhaltend als die, die mein Bruder bekam.

Langsam, ganz langsam gehe ich auf dem längsten Umweg durch den Garten in Richtung Kellertreppe. Unten angekommen, will ich das Licht einschalten. Vielleicht kann ich mich im Keller noch etwas beschäftigen. Ich schalte das Licht ein. Nanu? Es bleibt dunkel. Ich drehe noch mal am Schalter. Nichts. Es bleibt finster.

„Aua, au, au!", höre ich Peter von oben deutlich weinen. O weh! Der Arme! Besser noch etwas warten. Ich taste mich im Dunkeln vorwärts. Kenne den Keller ganz genau und finde mich auch mit geschlossenen Augen zurecht. Langsam, langsam, denke ich. Kommt alles noch früh genug.

Ich setze mich auf die unterste Stufe der Holztreppe, die nach oben führt. Ich döse so vor mich hin. Vielleicht vergisst Mama mich ja. Von wegen! Von oben höre ich noch ein paarmal: „Aua, aua!", dann Stille. Ich werde immer müder. Schlafe gleich ein. Da! „Hans-Wilhelm, Hans-Wiiilllhelm!" Ruhe. Wie von ganz weit weg klingt es wieder und wieder.

Jetzt aber ganz leise. Und nicht mehr Hans-Wilhelm. „Johannes", flüstert es ganz nah.

Johannes nennen mich nur die Nonnen im Kindergarten.

„Johaaaaannes!"

Finsternis. Schweigen. Schlaf. Ruhe.

V

„Johannes! Johannes, hörst du mich? Verstehst du mich?"
Durch dichten Nebel dringt die Stimme ganz leise an mein
Ohr. Ringsum wird alles allmählich heller und klarer. Habe
wohl geschlafen und geträumt. Die Realität dringt brutal in
mein Bewusstsein. Krankenhaus! Intensivstation. Warum bin
ich nicht in meinem Traum geblieben?

„Johannes!"
Ich sehe ein mit grüner Schutzmaske bedecktes Gesicht direkt vor mir. Meine Frau. Ach, Gabi, könnt ich dir doch etwas
sagen, dir die Hand reichen, dich umarmen, dir wenigstens ein
Zeichen geben. Was denkst du nur?

Gabi streicht mir über die Stirn und den Kopf. Sie nimmt
meine Hand und flüstert immer wieder meinen Namen.

„Johannes, was machst du? Wie geht es dir? Hast du
Schmerzen? Bleib hier! Verlass uns nicht! Wir brauchen dich
doch noch!"

Ich sehe ein paar Tränen in ihren rehbraunen Augen. Sie
verschwindet aus meinem Blickfeld, meine Hand weiter festhaltend. Ich versuche, die Hand zu bewegen. Nichts. Ich will
sprechen. Nichts. Ihr mit den Augen folgen. Nichts. Nichts.
Nichts kann ich. Ich verzweifle. Muss ihr doch irgendwie klarmachen, dass ich sie höre, sehe, rieche, fühle! Irgendwie!

Mir tut der ganze Mensch weh. Hat mal ein Kind in der
Praxis gesagt. Wie recht es hatte! Könnte ich mich nur ein
wenig bewegen! Die Infusion am Hals brennt. Es piepst und
brummt überall weiterhin um mich herum. Nervt ziemlich.
Man gewöhnt sich nicht daran. Es ist so trostlos. So habe ich
mir mein Ende nicht vorgestellt. Habe immer gehofft, einfach

nicht mehr wach zu werden oder tot umzufallen. Das wünscht sich wohl jeder. Was, lieber Gott, wenn es dich denn gibt, hast du mit mir vor? Wie lange muss ich reglos liegen und leiden? Warum? Und warum jetzt schon? Warum so?

Zwei Pfleger kommen ans Bett.

„Wir bringen ihn jetzt in die Radiologie zum MRT", sagen sie zu meiner Frau.

Sie lässt meine Hand los und küsst meine Stirn. Die beiden Pfleger rollen mich aus der Station heraus, durch die Flure, in einen Aufzug. Sie flüstern miteinander.

„Die geben dem nicht mehr lange, hat der Doc gesagt!", höre ich den einen sagen.

„Tja", erwidert der andere, „der sieht auch scheiße aus. Sollten ihn vielleicht besser direkt in die Leichenkammer bringen!" Sie lachen leise.

Ach, hättet ihr doch recht! Dann wäre ich erlöst. Ich war auch mal Pfleger. Damals haben wir sicher auch so manche Bemerkung gemacht, von der wir glaubten, sie wäre lustig und die Patienten bekämen das nicht mit. Ich verzeihe euch, Jungs!

Die Aufzugtüren öffnen sich, wir fahren hinaus und durch eine andere Tür mit der Aufschrift ‚Radiologie' gehts weiter. Sie schieben mich in den Raum mit dem Kernspintomographen. Man hebt mich aus dem Bett auf den Schiebetisch des Gerätes. Ich werde festgeschnallt. Ist so üblich. Bei mir eigentlich überflüssig. Kann mich ja gar nicht bewegen. Ein anderer Schlauch wird an meinem Hals befestigt. Sicher Kontrastmittel. Dann gleitet der Tisch mit mir in die lange Röhre des Gerätes. Ich kenne die Dinger. War schon mal drin. Nichts für Leute mit Platzangst. Festgeschnallt in einer engen Röhre. Ein paar Zentimeter Platz über dem Kopf und an den Seiten. Von Kopf bis Fuß. Gleich fangen die Magneten an zu brummen. Ein ziemlicher Krach. Normalerweise bekommt man Kopfhörer mit Musik zum Übertönen der Geräusche und zum Entspannen. Hat man bei mir jetzt vergessen. Aber die meinen ja auch, dass ich sowieso nichts mitkriege.

Niemand ist mehr im Raum. Ich kann zwar nur gerade so vorne den runden Ausschnitt an meinen Füßen sehen, aber ich höre auch keine Stimmen mehr und die Tür wurde zugeschlagen. Der Tisch bewegt sich ein wenig, bleibt stehen und ein unheimliches, schmerzhaft lautes Getöse, ein hohes Brummen und Fiepen, dazwischen hochtoniges, ausgesprochen unangenehmes Kreischen und Sirren entweicht der Maschine rings um mich her. Minutenlang. Abrupt verstummt alles. Der Tisch bewegte sich ein kleines Stück fußwärts, steht still, und der fürchterliche Krach beginnt von neuem.

Oh Gott! Was hatte der Chefarzt gesagt? Am besten Ganzkörper-MRT? Dann dauert das noch mehr als eine Stunde. Sicher bin ich anschließend taub oder wahnsinnig geworden! Das ist nicht zum Aushalten. Mit den Kopfhörern wäre das nicht so schlimm. So ist das wie Folter.

Wieder ein Stück weiter runter, wieder der höllische Lärm. Immer und immer wieder. Ich kann keinen klaren Gedanken mehr fassen. Hoffentlich ist das bald vorbei! Mein Zeitgefühl ist auch nicht mehr zuverlässig. Mir wird schwarz vor Augen. Alles verschwimmt. Die Geräusche werden leiser, angenehm leise. Keine Geräusche mehr. Nacht.

Zunächst leise und verschwommen höre ich wieder Stimmen. Grelles Licht von Neonröhren brennt mir in den Augen. Aber zum Glück ist das laute Brummen weg. Ich werde wieder durch die Flure gerollt und auf der Station auf meinen Platz geschoben. Piepsen überall.

Was kommt wohl als Nächstes? Schon steht der Bart wieder an meinem Bett. Ich spüre wieder die Hand meiner Frau auf der meinen liegen.

„Wir müssen Ihrem Mann", wendet er sich an Gabi, „noch eine PEG, das ist eine Magensonde zur parenteralen Ernährung, und einen suprapubischen Katheter, das ist ein Blasenkatheter, der durch die Bauchdecke in die Blase geschoben wird, legen. Dann kommt er auf die Privatstation!"

„Was ist denn jetzt mit ihm? Was hat er denn? Wird er wieder gesund?" Meine Frau klingt weinerlich und verzweifelt.
„Der Chef spricht nachher oben mit Ihnen!", sprichts und geht.
Das hört sich an, als ob ich noch lange im Bett liegen dürfte. Sondennahrung und Dauerkatheter! Die müssen wohl irgendwas im MRT gesehen haben.
„Du wirst bald wieder zu Hause sein!", flüstert Gabi mir ins Ohr.
Hoffentlich hast du recht, möchte ich ihr gerne sagen. Ich glaube es aber noch nicht, auch wenn ich noch Hoffnung habe. Wie lange liege ich jetzt schon hier? Stunden? Tage? Ich weiß es nicht. „Ich muss Ihrem Mann jetzt die Sonde und den Katheter legen!", kommt ein in grüne Kleidung vermummter, großer Typ auf mich zu. „Wollen Sie solange draußen warten?" Er sieht zu meiner Frau.
„Wenn ich darf, möchte ich lieber hier bleiben!"
„Kein Problem, aber Sie müssen etwas zur Seite gehen!"
Schon breitet er allerlei Instrumentarium auf mir aus, nachdem er mir den ganzen Bauch mit einem Desinfektionsmittel eingesprüht und ein OP-Tuch darübergebreitet hat. Schon sehe ich eine riesige, silbern glänzende Kanüle in seiner Hand und auf mich zukommen. Du wirst mich wohl zuerst betäuben, du Arsch, denke ich gerade, als Gabi ihn fragt: „Wird das vorher nicht betäubt?"
„Das ist sicher nicht notwendig. Unsere Neurologin hat ja eindeutig festgestellt, dass Ihr Mann keinerlei Schmerzen empfindet, außerdem ist das nicht so sehr schmerzhaft."
Diese dusselige Kuh im Engelsgewand hat sich aber geirrt, möchte ich laut schreien.
„Ah, da kommt ja schon der Kollege mit dem Endoskop. Wir müssen das zunächst durch den Hals in den Magen schieben, um zu sehen, ob die Magensonde richtig liegt."
Schon beugt sich der andere über mein Gesicht, öffnet meinen Mund mit Gewalt, klemmt mir ein ringförmiges Mundstück zwischen die Zähne und beginnt, das Endoskop hindurch in meinen Hals zu schieben, ziemlich zügig kann er das.

Wie ich das hasse! Einmal habe ich es geschafft, das Ding bei Bewusstsein zu schlucken. Schrecklich war das. Das letzte Mal habe ich mir eine Ampulle Propofol spritzen lassen, ein Kurznarkotikum. Da habe ich nichts gemerkt. Jetzt spüre ich den Schlauch zügig durch den Rachen gleiten. Am Kehlkopf ist es am schlimmsten. Man muss würgen bis zum Kotzen. Kommt sich vor, wie ein Fisch am Haken sich fühlen muss. Ich kann weder würgen noch brechen. Schade! Würde ihm gerne mitten ins Gesicht kotzen. Habe das Gefühl, zu ersticken. Will mich aufbäumen und mit der Hand nach dem Folterinstrument greifen. Nichts kann ich! Nur erdulden. Versuche, an etwas anderes, möglichst etwas Schönes, zu denken. Geht nicht.

Der Schlauch gleitet immer tiefer. Ich spüre ihn in der Speiseröhre, dann im Bauch irgendwo.

„Bin jetzt im Magen. Ich insuffliere noch Luft, dann kannst du mit der PEG loslegen!", tönt der Schlauchschieber.

Ich merke, wie sich mein Magen aufbläst. Kein schönes Gefühl. Immer mehr Luft pumpt er da rein, wie bei einem Frosch, dem man einen Strohhalm in den Hintern steckt. Alter Bubenstreich. Die armen Frösche! Als Kind macht man sich bei solchen Späßen keine Gedanken über die Qualen, die so ein Tier erleidet. Am eigenen Leibe ist das ganz anders.

Die blitzende Nadel saust auf meinen Bauch zu. Himmel und Hölle! Mit einem infernalischen Schmerz, wie von einem glühenden Schwert, bohrt sich das Teil durch meine Haut, dann immer tiefer. Bin ich hier in einer mittelalterlichen Folterkammer? Hat man oft gesehen und geschaudert. Aber erst als Betroffener weiß man, was es wirklich bedeutet. Ich halte den beiden zugute, dass sie mich für schmerzfrei halten. Das nutzt mir jetzt aber auch nichts.

„Okay, du bist durch. Ich seh die Sonde!", sagt der mit dem Endoskop. „Schieb noch zehn Zentimeter weiter, dann kannste sie fixieren! So ist gut. Liegt optimal. Ich lass jetzt noch zwei Liter Wasser reinlaufen, damit die Blase voll wird und du den Suprapubischen legen kannst!"

Ah ja! Erst aufblasen und dann ertränken, geht mir durch den Kopf, als ich auch schon das kalte Wasser in meinem Magen spüre. Die Luft hat er vorher wohl wieder rausgelassen. Es bläht sich wieder gewaltig unter den Rippen. Ein wahnsinniger Druck. Zwei Liter? Fühlt sich eher an, wie ein ganzer Eimer. Noch bin ich in mein Ertrinken vertieft, als ich spitze Nadelstiche an der Bauchhaut spüre. Nicht schön, aber weniger schmerzhaft als die vorherige Prozedur. Habe mich öfter selbst genäht nach kleineren Verletzungen. Zu Hause oder auf der Jagd. Auch ohne Betäubung. Also jetzt nicht meckern! Das Wasser blubbert durch meine Gedärme. Der Druck lässt nach. Meine Frau hält weiter die ganze Zeit meine Hand. Manchmal drückt sie fester. Sie leidet anscheinend mit. Sagt nichts. Ich spüre ihre Hand leicht zittern.

„Katheter fixiert. Die Blase müsste jetzt voll sein. Ich lege den Blasenkatheter jetzt gleich. Geht schnell!"

Schon hat er die nächste dicke Kanüle in der Hand. Ich würde gerne wegsehen oder die Augen schließen. Von wegen. Hilflos muss ich alles mit ansehen.

Meine Gedanken schweifen zurück in meine Zeit als Arzt an der Klink. Neben dem normalen Stationsdienst haben wir Assistenzärzte auch im OP, auf der Intensivstation und auf der Kardiologie unsere Dienste gemacht. Auch mit dem Rettungswagen habe ich wohl Hunderte Fahrten gemacht.

Hatte ich nicht auch vermeintlich bewusstlose Patienten, denen ich Kanülen und Braunülen in den Arm, in den Fuß oder den Hals gestochen habe? Haben die das auch gemerkt und gelitten? Hatten die auch solche Schmerzen und Angst und konnten es nicht äußern? Haben die uns auch zugehört?

Wir waren im Umgangston, wenn wir unter uns waren, ja auch nicht immer zimperlich. Das ist auch eine Art Selbstschutz. Man kann nicht mit jedem leiden. Dann geht man kaputt in dem Job.

Aber wenn das alles anders ist, als man es uns gelehrt hat, anders, als wir geglaubt haben und dessen wir uns sicher waren, wo liegt dann der Fehler? Wo liegt der Irrtum? Ich bin nichts Besonderes, nicht einmalig in meiner Anatomie und Physiologie. Man hält mich hier nach allen Tests für bewusstlos, nicht ansprechbar und mithin für schmerzfrei. Wie kann das sein? Müssen wir das neu überdenken? Habe ich ungewollt auch Patienten ohne mein Wissen so gequält? Der Gedanke zehrt an mir und frisst sich fest in meinem Kopf. Gibt es da Dinge in allen Lebewesen, die wir nicht kennen? Trotz unserer modernen Techniken und all unserem Wissen muss da irgendwas sein, das noch nicht bekannt ist. Kein wieder aus seiner Bewusstlosigkeit aufgewachter Patient hat mir je etwas Derartiges erzählt, habe auch noch nie davon gelesen. Aber was ist mit denen, die nicht mehr aufgewacht sind? Die konnten nichts mehr berichten. Gibt es da einen Unterschied? Unsere Psyche ist weitgehend unerforscht. Warum sollten also unsere heutigen Erkenntnisse endgültig und vor allem richtig sein? Das Gehirn ist vielleicht doch nicht nur eine elektrochemische Drüse. Der Mensch und auch jedes Lebewesen sind vielleicht doch mehr, als nur ein atmender und verdauender Zellhaufen.

Sollte ich das hier überleben und wieder fit werden, werde ich mich damit auseinandersetzen. In jedem Fall werde ich mein ärztliches Verhalten und Handeln verändern.

Werde ich das hier überleben?

Wieder ein glühendes Schwert durch meinen Bauch, diesmal sehr weit unten im Bereich unter dem Nabel. Langsam, besonders langsam fährt die Nadel in meinen Unterleib. Immer tiefer. Kommt bestimmt bald am Hintern raus, habe ich den Eindruck. Der Arzt bohrt weiter, zieht vor und zurück, nach rechts, nach links.

„Hmm. Nichts. Kein Urin. Verdammt, jetzt kommt Luft. Bin im Darm! Die Blase ist wohl noch nicht voll oder liegt tiefer. Ist mir noch nie passiert!" Er schüttelt den Kopf und nuschelt mit sich selbst.

„Zieh raus und versuchs tiefer!" Der andere hat sein Endoskop in der Hand und tastet meinen Bauch ab. „Du hast den Darm perforiert. Muss nix passieren. Beobachten! Soll ich mal probieren?"

„Ja, versuch dein Glück!"

Ich bemerke ein stärkeres Zittern an Gabis Händen. Gleich springt sie denen ins Gesicht und kratzt ihnen die Augen aus. Ist sonst meistens nicht so schweigsam, sondern sehr impulsiv. Die Umgebung und die Herren Ärzte scheinen sie aber zu bremsen. Okay. Jeder hat drei Wurf. Der zweite hat schon die nächste Kanüle in der Hand. Er lässt sie regelrecht in meinen Bauch sausen, schneller als der Schmerz mein Hirn erreicht. Ein undefinierbares Lächeln huscht über seine Augen.

„Treffer!", ruft er stolz, nicht ohne ironischen Unterton. „Muss man halt können! Läuft. Beutel anschließen. Mit einer Naht fixieren machst du aber noch. Ich muss noch woanders zum Spiegeln hin!" An Gabi gewandt: „Auf Wiedersehen, gnädige Frau!"

Er nimmt sein Instrumentarium und geht. Mit einem fast bösen Blick sieht sein Kollege hinter ihm her, greift wieder zum Instrumententisch, nimmt Nadel und Faden und sticht wieder zu, viel heftiger als eben bei der Magensonde. Hat wohl Wut im Bauch, weil er sich blamiert hat. Fast habe ich Mitleid. Das kann jedem passieren, denke ich gerade noch, als der Schmerz des Nähens mich erneut erreicht.

Mir wird irgendwie wieder so knitterig im Kopf, alles entfernt sich, die Geräusche, die Helligkeit. Ich spüre noch so gerade ein paar Hände meinen Bauch abtasten, als ich auch schon im Nirgendwo abtauche.

VI

Neben mir steht eine kleine Obstkiste. Meine Knie sind braun von Gartenerde. Ich habe ja meine kurze Lederhose an und bin mit meinem Opa im Gemüsegarten gegenüber, quer über die Straße vor seinem Haus, und muss ihm helfen. Wir haben Osterferien, da bin ich meistens eine Woche hier. Aber Gartenarbeit mag ich eigentlich nicht so sehr. Lieber spiele ich auf dem großen Bauernhof, der meinem Großvater gehört. Mein Bruder kommt erst morgen oder übermorgen, warum weiß ich auch nicht. War krank, glaube ich. Jedenfalls muss ich Opa helfen, Kartoffeln zu pflanzen.

Opa steht immer mächtig früh auf morgens. Das mag ich auch nicht. Zu Hause kann ich viel länger schlafen, bis ich von alleine wach werde. Das ist prima. Aber Opa kennt da kein Erbarmen. Er scheucht mich ganz früh aus dem warmen Bett.

In der Kiste neben mir sind Kartoffeln. Die stehen da in Reih und Glied drin wie die Zinnsoldaten. Es gibt auch nicht nur eine Kiste davon, sondern hinter uns auf der Schubkarre stehen noch ganz viele. Sollen alle heute gepflanzt werden. Oben haben die Kartoffeln, die ziemlich verschrumpelt aussehen – nicht so schön dick und prall wie die, die Mama immer schält – eine kleine weiße Spitze, wie ein weißer Wurm, der da rausguckt. Aber härter als ein Wurm. Bricht auch ab, wenn man zu stark dran wackelt. Dann ist mein Opa immer stinksauer. Das wäre der Keim, und wenn der ab ist, kämen die Kartoffeln viel später raus, hat er mir erklärt. Habe ich zwar nicht ganz verstanden, aber ich gebe mir Mühe, keinen zu beschädigen. Vorher standen die Kartoffeln in der Küche unterm Fenster und man konnte jeden Tag sehen, wie diese

Keime länger und länger wurden. Manche kamen aber nicht oben, sondern unten oder an der Seite raus. Dann drehte Opa sie so, dass der Keim nach oben zeigte. So hatten zum Schluss alle ihren Wurm oben. Sah lustig aus.

Jetzt muss ich die Dinger auch so in die Erde legen, nachdem Opa mit einer Gartengabel ein Loch gemacht hat, dass eben dieser Wurm nach oben zeigt. So hat er es mir gezeigt. In jedes Loch nur eine einzige Kartoffel. Das kann dauern bei der Menge und wir sind noch nicht lange im Garten. Ist ein sehr großer Garten. Einen Morgen groß, hat mein Großvater mal gesagt. Spaßig. Ein Morgen. Wie groß ist das? Er ist jedenfalls riesig im Vergleich zu unserem ja auch nicht kleinen Garten zu Hause. Es gibt auch viele Obstbäume dort und Sträucher mit leckeren Stachelbeeren und sauren Johannisbeeren, im Sommer gibt es Erdbeeren. Lecker, direkt vom Strauch in den Mund schmecken sie am besten. Viel verschiedenes Gemüse, Erbsen, Bohnen und auch Spargel. Der lugt morgens immer aus so langen Sandhügeln heraus und wird dann mit einem Spargelmesser – einem langen, flachen Eisenteil mit Griff – geerntet. Dazu sticht Opa, nachdem er den Spargelkopf, den man manchmal nur an dem etwas aufgeworfenen Sand erkennt, mit dem Finger vorsichtig rundherum etwas freigelegt hat, mit dem Messer irgendwo unterhalb des Kopfes schräg nach unten in den Sandhaufen und zieht den Spargel dann ganz langsam nach oben heraus. Das würde mir auch Spaß machen! Darf ich aber nicht, weil er meint, ich könne das nicht. Recht hat er, denn bei einem heimlichen Versuch, diesen Trick nachzumachen, als Opa gerade nicht da war, habe ich es natürlich nicht geschafft. Beim ersten Mal hatte ich nur einen ganz kurzen Spargelkopf in der Hand und beim zweiten habe ich nichts getroffen und nur den Kopf abgebrochen, als ich ihn herausziehen wollte. Habe die beiden Stücke schnell in die Tasche gestopft, als Opa zurückkam.

Wir sind mittlerweile an der zweiten Kiste. Langweilig ist das! Loch machen, Kartoffel reinlegen, Erde wieder drauf. Und in den Herbstferien dasselbe andersrum. Dann darf ich die

Dinger wieder alle aus der Erde holen. Verrückt! Warum lässt man sie nicht gleich in der Küche liegen? So ganz verstehe ich das nicht. Auf alle Fälle sind es im Herbst bedeutend mehr, die wir rausholen, als wir jetzt verstecken. Erstaunlich eigentlich. Ich habe plötzlich eine Idee, wie wir schneller fertig werden können. Ich lege in jedes Loch zunächst mal zwei. Dann denke ich, wenn ich den Keim nach unten lege, brauch ich im Herbst nicht so viele aufzuheben. Da Opa das nicht auffällt – er steht ja einen halben Meter mindestens von mir weg und hat schon mehrere Löcher hintereinander gemacht – lege ich drei und vier Kartoffeln, immer Keim nach unten, in ein Loch. Hui, das räumt! Bald hole ich schon die fünfte Kiste, als mein Großvater doch stutzig wird. Er sieht die leeren Kisten, blickt auf die zwei Reihen, die wir erst gepflanzt haben, und kommt schnell darauf, dass hier was nicht stimmt. Er kommt näher, schaut in die noch offenen Löcher und sieht des Rätsels Lösung.

„Du Schweinhund!", einer seiner Lieblingsausdrücke.

Er dreht die Gabel um und haut mir mit dem Stiel quer über den Hintern, nicht so sehr fest, aber trotz Lederhose merke ich es deutlich. Das Ende vom Lied ist, dass er alle Löcher wieder öffnet, ich die überzähligen Kartoffeln wieder herausholen und die eine verbleibende richtig herum drehen muss.

Er beobachtet jetzt jedes Loch genau. Da habe ich mich wohl verrechnet. Jetzt dauert alles noch länger. So was Blödes! Irgendwann sind wir aber doch fertig und ich darf spielen gehen.

Eigentlich bin ich nicht gerne hier bei meinem Großvater, Opa Anton. Der versteht mich nicht, weil er wohl wenig Verständnis für Kinder hat. Alles darf man nicht, essen muss man, was auf den Tisch kommt. Zu Hause darf ich mir immer was wünschen. In den Schränken hat man nichts zu suchen, obwohl da so tolle alte Sachen stehen. Auf dem Speicher gibt es zwei Räume mit ganz vielen uralten Sachen. Darf man auch nicht hin. Dann gibt es noch das ‚Gängschen', die spannendste Abteilung. Alte Schränke und Kommoden mit den tollsten Sachen! Alte Nägel und Schrauben, Bestecke, Lampen, Bilder – tausenderlei

Dinge, deren Bedeutung ich nicht kenne. Ist aber immer abgeschlossen. Auch verschlossen ist der ehemalige Pferdestall unten auf dem Hof. Da hat er sein Werkzeug und alte Bretter, ein Ölfass und Gartengeräte, altes Eisen, große Nägel, krumm und verrostet und vielerlei mehr. Kurz, es gibt viel zu erkunden, aber alles ist verboten. Das Gute ist aber, dass Opa glaubt, das ausgesprochene Verbot würde ausreichen. Weit gefehlt! Ich weiß ja, wo die Schlüssel sind und so kann ich immer wieder mal ein Geheimnis nach dem anderen lüften. Das macht Spaß. Nur erwischen lassen darf ich mich nicht. Dann gibts gewaltigen Ärger. Da ist nämlich das ‚Fritzchen'. Es ist so eine Art Damoklesschwert, das ständig über meinem kleinen, unternehmungslustigen Kopf schwebt. Fritzchen ist eine Haselnussgerte, einen Zentimeter dick und sicher fast einen Meter lang. Ein Schlag damit auf den Hintern oder, noch schlimmer, auf die nackten Beine, tut verdammt weh. Fritzchen ist mein Freund nicht. Liegt immer griffbereit auf dem großen Geldschrank neben dem Küchenschrank, und wenn Opa sagt: „Muss ich das Fritzchen holen?", tue ich meistens, was er von mir will, wenn auch widerwillig.

So sinne ich auf eine Möglichkeit, Fritzchen außer Gefecht zu setzen. Da habe ich gleich zwei Ideen.

Als ich mal allein in der Küche bin, klettere ich auf den Küchentisch. Von da aus komme ich, wenn ich mich ganz strecke und schräg gegen den Geldschrank abstütze, gerade so eben mit den Fingerspitzen an das Objekt meiner Begierde und angele den Haselstock herunter. Dann breche ich ihn in der Mitte vorsichtig, aber nicht ganz, entzwei. Die Rinde bleibt zur Hälfte ganz, das Holz ist gebrochen. Ich fülle etwas Klebstoff – habe ich extra von zu Hause mitgebracht – in die Bruchstelle und drücke diese wieder fest zusammen. Dann mache ich an einem Ende des Stockes mit einem Brotmesser rundherum eine Kerbe in die Rinde. Da binde ich eine dünne Kordel drum, die so nicht abrutschen kann, und binde das andere Ende – die Schnur ist doppelt so lang wie ich – oben an den Schrank, der solche gedrechselten Verzierungen trägt. Mit großer Anstrengung lege ich das Fritzchen wieder genau an seinen Platz, gefesselt und mit einer Schwachstelle versehen. Nun warte ich auf die nächste günstige Gelegenheit zur Provokation, um das Ergebnis meiner Tat zu testen. Schon der nächste Morgen gibt mir die Chance.

Opa trinkt zum Frühstück immer eine große Tasse Kaffee, ich bekomme eine große Tasse Muckefuck. Er tut sich immer ein mit Zucker verrührtes Eigelb in den Kaffee und mir auch in meinen Muckefuck. Das schmeckt lecker! Dann trinkt er morgens gerne einen Cognac im Kaffee. Ich auch! Ich kriege aber keinen!

Als er die Tassen vollgeschüttet hat, dreht er sich zum Küchenschrank um und nimmt die Flasche Cognac heraus, gibt sich einen ordentlichen Schuss davon in den Kaffee, dreht sich wieder um, schraubt die Flasche zu und stellt sie zurück.

Zeit genug für mich, die Tassen zu vertauschen. Opa setzt sich hin und beginnt, die Brote zu schmieren. Für mich auch. Weißbrot mit Butter und Zucker drauf. Dann schneidet er meine Scheibe in kleine Würfel. Wie er es macht, weiß ich nicht, aber auf ein oder zwei Würfel tut er immer Buko-Käse, ohne dass ich es sehe, den ich hasse, den er aber für gesund hält. Ich finde die Stücke natürlich sofort und lege sie zur Seite, wobei ich heftig das Gesicht verziehe und sage: „Die ess ich nicht!"

„Los iss, das ist gesund! Du bist so schmal im Gesicht, du kannst ja eine Ziege zwischen die Hörner küssen!" Er sagt das natürlich in rheinischem Dialekt, der mir geläufig ist.

„Nein! Ess ich nicht!"

Er sieht mich an.

„Soll ich das Fritzchen holen?"

Darauf habe ich doch gewartet!

„Hols doch! Ich ess das nicht!"

Er steht langsam und drohend auf und greift mit der Hand zum Geldschrank. Schon hat er die Gerte und will ausholen, erst mal nur zur Demonstration. Ich trinke derweil meinen guten Kaffee mit Cognac. Boah, ist der stark. Ich muss husten. Aber lecker ist der Kaffee mit Ei, Zucker und Cognac!

Ich sehe das Unheil auf mich niedersausen, als es die Kordel strafft und kurz vor mir bremst. Opa guckt verblüfft auf das Stöckchen und erkennt, dass ich ihn wohl ausgetrickst habe. Er setzt sich, fummelt die Kordel ab und legt demonstrativ die Gerte neben sich auf den Tisch. Ich sehe ein Lächeln auf seinem Gesicht. Selten bei ihm. Ich habe den Kaffee fast halb ausgetrunken, fühle mich etwas eigenartig und leicht, ganz leicht schwindelig. Ein bisschen schlecht wird mir auch. Lasse mir aber nichts anmerken. Austrinken will ich das Zeug aber jetzt nicht mehr. Ist wohl doch nichts für Kinder.

Opa isst sein Butterbrot und greift dann erstmals zu seiner Tasse. Irritiert probiert er noch mal, steht auf, holt die Cognac-flasche erneut aus dem Schrank und will sich gerade etwas davon in die Tasse schütten, als ich laut lospruste. Er sieht zuerst mich etwas erstaunt an, dann auf meine Tasse, nimmt diese hoch und einen Schluck daraus. Seine Miene verliert das eben gesehene Lächeln. Mit den Worten ‚Du Sausack‘ nimmt er das Fritzchen, holt aus und schlägt mir, wenn auch nur leicht, auf den Rücken.

Mit einem kurzen Knacken gibt dieses seinen Geist auf und die untere Hälfte fällt hinter mir aufs Sofa. Jetzt aber weg, denke ich und bin schon unter dem Tisch, zwischen Großvaters Beinen hindurch und aus dem Zimmer, die Treppe runter auf den Hof.

Im Erwachen – es ist noch ganz dunkel und ruhig im Zimmer – sehe ich meinen Großvater vor mir. Ach, Opa! Wie lange ist das alles her. Jetzt liege ich genauso elend hier wie du damals, bei uns in Grevenbroich. Ich war vierzehn Jahre alt, als du gestorben bist. Du hast dich auch sehr quälen müssen. Jede Nacht habe ich dich mit Mutter zusammen neu gebettet. Immerzu hast du gestöhnt. Dein Bauch war ganz dick und du warst ganz gelb überall. Gebrochen hast du immerzu. Dann hat der Hausarzt dir eine Spritze gegeben und wenig später warst du erlöst. Was da wohl drin war? Vielleicht war es auch Zufall. Ich war sehr traurig und Mutter hat schrecklich geweint.

Es war trotz allem immer so schön und lustig bei dir. Früher auf dem Lindenhof!

Wirklich hart hat er mich mit dem Haselnussstock nie geschlagen. Später habe ich Fritzchen wieder geklebt. Ich besitze es heute noch – mit Bruchstelle und Kerbe.

Mein Großvater war nicht wirklich böse. Manchmal aber etwas grob und jähzornig. Nachher tat es ihm dann immer leid. Dann gabs Schokolade als Entschädigung, aber selten.

Er ärgerte uns auch gern. Zum Beispiel fand er es sehr lustig, mir einen ‚Bart zu pflanzen'. Dann hob er mich morgens hoch und rieb seine Wange, die dann noch voller harter Bartstoppeln war, an meinem Gesicht, rechts und links, bis die Haut rot war und brannte. Ich fand das gar nicht witzig.

„Jetzt kriegste auch 'nen Bart!", lachte er dann immer, wenn mir schon die Tränen in den Augen standen und ich laut schrie.

Hat doch noch über zehn Jahre gedauert, bis bei mir der erste Flaum sich zeigte.

Nein, böse war er nicht. Er hatte auch viel mitgemacht. Wurde im Ersten Weltkrieg verwundet, eine Schusswunde am rechten Arm. Dann starben seine Eltern beide innerhalb einer Woche 1918 an der Spanischen Grippe, die damals viele Millionen Menschen das Leben gekostet hat. Sie waren gerade einmal fünfzig Jahre alt geworden. Da stand er dann als Ältester alleine mit vier Geschwistern und dem Lindenhof im Alter von dreiundzwanzig Jahren. Ursprünglich hatte er fünf Geschwister, noch einen Zwillingsbruder. Der war aber als kleines Kind ins Plumpsklo gefallen und ertrunken.

Er war Metzger, Wirt und Ackerer, wie das damals hieß. Also Landwirt. Furchtbar viel hat er wohl arbeiten müssen. Neben meiner Mutter hatte er noch einen Sohn. Der fiel als junger Soldat dann mit einundzwanzig Jahren im Zweiten Weltkrieg.

Das halbe Dorf wusste es zwar schon länger, meinen Großeltern hat aber niemand etwas vom Tod des Sohnes gesagt, weil in der Woche eine Treibjagd stattfand und das Schüsseltreiben, das ist das Abendessen nach der Jagd. Das ist immer recht laut, lustig und ein richtiges Zusammenbesäufnis, und sollte in deren Wirtschaft abgehalten werden.

Der Jagdherr war wohl irgendwie in der Partei, der NSDAP, und hatte natürlich Angst, dass meine Großeltern das Schüsseltreiben dann nicht abhalten würden, wenn sie wüssten, dass ihr Sohn in Russland vermisst wurde, was so viel bedeutete, dass er höchstwahrscheinlich tot war. Er wollte es ihnen deshalb erst am nächsten Tag sagen.

Als das Essen nach der Treibjagd in vollem Gang war und alle schon angetrunken lauthals Jägerlieder sangen, hat irgendjemand aus dem Dorf meinem Großvater doch davon erzählt. Der war natürlich ob dieser boshaften Gemeinheit außer sich vor Zorn und Trauer über den Verlust des Sohnes und lief in einer Wut in die Wurstküche, holte einen dicken, eichenen Wurstknüppel, an dem sonst die Würste aufgehängt wurden, rannte wie von Sinnen in den Gastraum und schlug in blinder Wut auf die völlig verblüfften Jäger ein. Vor allem auf den Jagdherrn hatte er es natürlich abgesehen.

Alle sprangen wild schreiend durcheinander und suchten ihr ,Heil Hitler' in der Flucht. Wer es nicht bis zur Tür schaffte, sprang aus dem Fenster. Opa schlug so lange auf alles und jeden ein, bis auch der Letzte geflüchtet war. Er ließ sich nicht bremsen.

Die meisten trugen erhebliche Blessuren davon. So ein Wurstknüppel ist ein hartes Ding. Ich habe heute noch welche davon. Die Sache hatte für meinen Großvater aber keine Konsequenzen, da alle sein Handeln als gerecht empfanden und die Beteiligten ein schlechtes Gewissen hatten.

Meine Oma hat sich von der Nachricht über den Verlust des Sohnes niemals erholt und lag von da an meistens nur im Bett. Wenige Jahre später ist sie dann auch gestorben und Opa war alleine.

Die Wirtschaft und die Metzgerei hatten sie vorher verpachtet und er lebte im ersten Stock des Hofes und nur für seinen Garten, seine Hühner, Enten und Kaninchen. Am Wochenende kam er immer mit dem Omnibus zu uns nach Grevenbroich. Montags wollte er aber immer wieder nach Neuenhoven in sein Reich.

Eigentlich mochte ich ihn sehr. Er hatte manchmal die tollsten Sprüche, in Platt natürlich, drauf. Aber die Wohnung war im Winter saukalt, vor allem das Schlafzimmer war nicht beheizt. Die Betten waren immer eiskalt, morgens waren Eisblumen an den Fensterscheiben und man musste sich mit kaltem Wasser waschen, nachts in einen Toiletteneimer pinkeln. Ein Bad oder wenigstens ein Klo gabs oben nicht. Das war ganz weit hinten auf dem Hof. Ein Plumpsklo mit zwei Holztüren mit ausgesägten Herzchen drin. Da gab es unendlich viele, ganz dicke und fette Spinnen. Tausende. Auf den Holzsitzen mit Löchern drin, auch ein kleines für Kinder – waren ja auch für die Wirtschaft – saß es sich sehr unkomfortabel, vor allem wegen des widerlichen Gestankes, der aus dem Keller darunter emporstieg.

Es plumpste wirklich unter einem, wenn man sein großes Geschäft dort machte. Daher wohl auch der Name. Zur abschließenden Krönung hatte man kleingerissenes Zeitungspapier, um sich den Hintern abzuwischen. Mann, war das hart am Popo, wie Schmirgelpapier. Ich hasste dieses Plumpsklo!

Zu Hause hatten wir schon ein richtiges Bad mit Wanne, Heizung und Heizofen für warmes Wasser und eine richtige Toilette mit Wasserspülung. Das war richtig gemütlich. Da machte das Geschäftemachen Spaß. Nachher gab es im Lindenhof dann einen Anbau mit richtigen Toiletten für die Leute aus der Wirtschaft. Das war auch nicht sehr schön, ging aber so.

Opa blieb aber seinem Plumpsklo und dem ‚Sickes‘, dem Pissoir daneben, bis zum Schluss treu.

Von diesen Widerwärtigkeiten abgesehen, war es aber immer aufregend und spannend bei Opa, wenn ich nicht gerade im Garten helfen musste. Was gab es da nicht alles zu entdecken!

Die alte, riesige Scheune, ehemalige Schweine- und Kuhställe, sogar eine Kegelbahn, die aber nach dem Krieg nicht mehr benutzt wurde. Und was dort überall für herrliches Gerümpel lag! Die tollsten Sachen. Holz und Eisenteile, Steine in allen Größen, die unterschiedlichsten alten Schränke, Stühle, Bänke und Tische. Die Schränke waren natürlich auch vollgestopft mit den abenteuerlichsten Dingen. Jeden Tag konnte man etwas Neues finden, immer gab es eine Ecke, in der man noch nicht gewesen war.

Das war ein richtiges Abenteuerland, und dass das meiste sowieso verboten war, machte es noch viel spannender. Das wog die Nachteile auf.

Morgens gingen wir mit Opa meist zuerst in den Pferdestall, um Hühnerfutter zu holen, das sich dort in einer hölzernen Futterkiste befand und ein beliebter Treffpunkt für alle Mäuse des Anwesens war. Da mussten wir ganz leise sein, damit die uns nicht hörten. Das war immer spannend. Ohne Licht anzumachen, gingen wir leise in den Stall, Opa zog einen seiner Holzschuhe – sogenannte Klompen – die er immer auf dem Hof und im Garten trug, aus. Dann musste einer, mein Bruder oder ich, den Deckel der Holztruhe ganz schnell öffnen, während Opa mit seinem Holzschuh mehr ungezielt und wahllos in die Kiste schlug, immer und immer wieder. Meist war er schneller mit seinem Klomp als die Mäuse und nicht selten erschlug er so zwei oder drei davon. Es gab aber trotzdem jeden Morgen immer wieder neue Mäuse.

Dann ging es mit dem Futter zum Hühnerstall, der auf der Kegelbahn untergebracht war. Beim Reingehen flogen die Spatzen gegen das geschlossene Fenster, die vorher unten durch das Loch in der Mauer, das auch die Hühner benutzten, um nach draußen zu gelangen, hereingekommen waren, um sich ihren Teil vom Futter zu holen. Das gefiel meinem Großvater nicht so sehr und deshalb fing er immer einige der gegen die Scheiben fliegenden Spatzen und riss ihnen kurzerhand die Köpfe aus. Einige konnten auch durch das Loch für die Hühner dem sicheren Tod entkommen.

„Ihr klaut kein Futter mehr!", pflegte er dann zu sagen.

Uns machte das auf Dauer irgendwie nichts aus, wir kannten das ja. Und das teure Futter war ja schließlich nicht für Spatzen, sondern für die Hühner gedacht. Klauen geht nicht. Durften wir auch nicht.

Wir durften dann die Eier suchen, die die Hühner nicht immer nur ins Nest legten, sondern auch schon mal in abgelegenen Ecken versteckten. In den Nestern lagen Steineier – Eier aus Ton oder so was. Die sollten den Hühnern wohl zeigen, wo sie ihr Ei hinzulegen hatten. Manche verstanden diesen Hinweis aber anscheinend nicht richtig, was Opas Zorn gelegentlich erregte. So schnappte er sich mal ein Huhn, das in einer Ecke auf dem Boden nicht nur ein Ei gelegt hatte, sondern dort ein eigenes Nest unterhielt, in dem mittlerweile fast zehn lagen und die es stolz dort ausbrüten wollte.

Er ging mit dem Huhn in der Hand auf den Hof hinaus, packte es fest hinter den Flügeln, nahm ein langes, ganz schmales Messer aus der Tasche und stach es dem armen Huhn, als es sich gerade lautstark über die Behandlung beschweren wollte und den Schnabel zum Gackern öffnete, eben dort ganz tief in den Hals hinein. Sofort schoss ein dicker Strahl Blut aus dem Hühnerschnabel und alsbald hörte es auf zu flattern und hing leblos in seiner Hand. Es wurde dann in einen Eimer heißes Wasser getaucht und gerupft.

Ja, so streng waren die Sitten auf dem Lindenhof bei Opa Anton! Wer nicht gehorchte, wurde bestraft. Wir Kinder aber glücklicherweise nicht mit dem Tod.

Hätte der Großvater etwas mehr Verständnis für Kinderherzen gehabt, wär ich viel lieber zu ihm gefahren. Aber das ging ihm völlig ab.

Einmal hat er, und das war das Schlimmste, was er mir antun konnte, in Grevenbroich meinen Lieblingsteddybären mit Namen Moppi, der fast täglich Geburtstag oder so etwas hatte, von mir heiß und innig geliebt wurde und mein ständiger Begleiter war, einfach aus dem Fenster runter in den Garten geworfen. Moppi war für mich ein Lebewesen und ich war felsenfest davon überzeugt, dass er jetzt tot auf dem Hof lag.

In einer Wut griff ich zu einem Messer, das auf Mamas Küchenschrank lag – Strafe muss ja sein, hatte ich bei Opa gelernt – und stürzte mich so bewaffnet, schreiend und weinend zugleich auf den überraschten alten Mann. Hätte meine Mutter mich nicht im letzten Moment am Hosenboden festgehalten, hätte ich in meiner Raserei sicher zugestochen. Bestraft wurde ich nicht, aber entschuldigen musste ich mich schon. Opa bedauerte auch seine Tat, nachdem Mama ihn leise getadelt hatte und er schenkte mir und Moppi, der den Fenstersturz zum Glück unbeschadet überlebt hatte, eine große Tafel Schokolade, die ich mit meinem kleinen Teddy gemeinsam verzehrte.

Ich machte ein anderes Mal Ferien in Neuenhoven und spürte, dass einer meiner Milchzähne ziemlich wackelig war. Opa wollte ihn mir herausziehen. Das erschien mir bei ihm aber nicht ratsam. So fummelte und wackelte und zog ich so lange an dem Zahn, bis ich ihn endlich in den Fingern hatte. Es blutete zwar ein wenig und tat auch ein bisschen weh, aber zum Glück war er raus. Ein erster Schritt zum Erwachsenwerden!

Das musste ich unbedingt Mama und Papa sofort mitteilen. Aber wie? Telefon gab es hier nicht und schreiben konnte ich noch nicht. Was also tun? An Ideen mangelte es mir aber ja nie. Ich bastelte aus dickem, braunem Packpapier einen Karton, genauer einen Subminiaturkarton. Er war etwa einen Zentimeter breit und genau so hoch und lang. Zwei Teile, die man aufeinander schieben konnte. Gerade groß genug für meinen Milchzahn. Ich legte ihn da hinein, steckte das Ober- auf das Unterteil und freute mich, dass ich das ‚Paket‘ so zu meinen Eltern schicken konnte, damit sie an meinem Größerwerden teilhaben konnten. Würden die staunen!

Ich ging zu Opa, erklärte ihm meinen Plan und bat ihn um eine Briefmarke. Ich wusste ja, dass der Brieträger nur etwas mitnahm, wenn solch eine Marke darauf war. Warum das so war, wusste ich nicht. Mit einer Briefmarke hätte man den kleinen Karton fast einwickeln können. Der Großvater sah mich völlig verständnislos an und sagte nur: „Du bist ‚stabiliert‘

doll!", was in etwa so viel hieß, dass er mich und meinen Plan für völlig verrückt hielt. Damit war das Thema für ihn erledigt und er ließ mich mit meinem Paket einfach stehen.

Was jetzt? Ich war wütend! Nie tat er mal, was ich wollte. Ich fasste kurz einen Entschluss und einen Apfel und lief über den Hof auf die Straße, die mehr ein befestigter Feldweg war, und machte mich auf den Weg Richtung Heimat, nach Grevenbroich.

Die würden noch mehr staunen, wenn ich ihnen persönlich den Zahn brachte! Die Richtung kannte ich, und ungefähr auch den Weg. War ich ja schon oft mit Papa im Auto gefahren. Außerdem war ich ja schon fast sechs!

Ich lief also drauflos, mal schneller, mal langsamer. Das zog sich aber! Immer kamen mir wieder irgendein Baum oder ein Haus bekannt vor. Manchmal wusste ich nicht, ob es nun geradeaus richtig war, oder ob ich links oder rechts abbiegen sollte. Ich folgte wohl mehr meinem Gefühl. Zwei oder drei Stunden ging und lief ich so. Ein wenig Angst überkam mich manchmal unterwegs. Es waren immerhin fast zehn Kilometer von Neuenhoven bis Grevenbroich. Endlich erreichte ich die Stadt und atmete auf. Hier kannte ich mich jetzt gut aus und dann war ich schließlich auf der Bahnstraße und stand vor meinem Elternhaus. Ich lief hinein – die Tür zur Anwaltspraxis meines Vaters stand tagsüber immer auf – rannte die Treppe rauf und überreichte meinen Eltern stolz das Zahnpaket.

„Wo kommst du denn her?", fragten sie ungläubig und voller Schreck. „Du bist doch in Neuenhoven! Ist der Opa auch hier?"

Ich erzählte ihnen die ganze Geschichte und sie wurden abwechselnd blass und rot im Gesicht, nahmen mich dann aber in den Arm und mir das Versprechen ab, so etwas nie wieder zu tun. Ich verstand zwar nicht, warum, aber sie meinten, dass das doch sehr gefährlich gewesen sei. Hatte doch alles prima geklappt und der Zahn war doch wirklich ein bedeutender Grund für meine Unternehmung! Ich versprach es aber, um sie zu beruhigen. Dann packten sie den Zahn mit Verpackung in die Glasvitrine im Wohnzimmer, nachdem sie ihn hinreichend bewundert hatten, und mich ins Auto und brachten mich nach Neuenhoven zurück.

Dort schimpfte meine Mutter ordentlich mit meinem Opa. Nicht nur, weil er mir keine Briefmarke gegeben hatte, sondern vor allem, weil er nicht richtig aufgepasst hatte. Mein Vater sagte nichts, er wäre auch gar nicht zu Wort gekommen bei der Philippika, die Mama ihrem Vater ins Gesicht schmetterte. Der sagte auch nichts, außer dass es ihm leidtäte und er das nicht so ernst genommen hatte. Ich bedauerte ihn jetzt richtig!

Armer Opa! Das hatte ich doch nicht gewollt. Die Sache war dann aber auch erledigt, ich bekam etwas Schokolade von ihm und die Ferien konnten weitergehen.

Mich zog es immer auf den Hof, um wieder auf Entdeckungsreise zu gehen, während mein Bruder es vorzog, auf dem Sofa zu liegen und Karl May zu lesen.

Oft mussten wir natürlich mit in den Garten, um zu helfen. Einmal wollte Opa eine Gartenlaube bauen. Da wurde dann vorher das Material im Pferdestall zusammengesucht. Alte Holzbänke wurden auseinander gehauen für die Bretter, krumme, verrostete Nägel gerade geklopft und alles auf die Schubkarre gelegt und dann rüber in den Garten gekarrt. Auch ein uraltes Fenster und eine noch ältere Tür kamen mit.

Opa war darin sehr sparsam. Wofür hatte er das sonst auch alles verwahrt? Das einzig Neue waren eine Rolle Dachpappe und die Pappnägel dafür. Eine Betonplatte wurde mit Sand und Zement hergestellt und schon am nächsten Tag begann die Konstruktion des ‚Lusthäuschens‘, wie Opa es scherzhaft nannte, wohl in Anlehnung an Gartenpavillons in großen Schlossparks.

Er wollte zum Ausruhen auch ein altes Sofa hinein- und eine Sitzbank davorstellen. Bei allem Geschick, das Opa handwerklich an den Tag legte, zum Schluss stand eine etwas windschiefe Bretterbude mit schiefhängendem Fenster und ebensolcher Tür im Garten. Auf Äußerlichkeiten legte er nun mal keinen Wert und war zufrieden mit unserem Werk.

Jetzt musste aber noch die teure neue Dachpappe oben drauf, damit das Lusthäuschen auch Wind und Wetter trotzen konnte. Damit wurden mein Bruder und ich beauftragt. Nachdem die Pappe passend in der Länge geschnitten war – es waren zwei Bahnen erforderlich – sollten wir beide diese festnageln. Das war mal eine schöne Aufgabe! Und weil das so schön war, nagelten wir munter drauflos. Viel mehr Nägel hauten wir da rein, als selbst für einen Hurrikan nötig gewesen wäre. Und damit auch in tausend Jahren noch jeder sehen konnte, wer das so perfekt befestigt hatte, kam mein Bruder auf die gute Idee, unsere Initialen und das Datum mit Nägeln dort zu verewigen.

So nagelten und nagelten wir munter weiter, wobei manche Nägel auch krumm und verbogen durch die gute Dachpappe sausten, bis unser Großvater doch misstrauisch wurde, leise die Leiter heraufkam und das Werk betrachtete.

„Ihr Schweinhunde! Seid ihr verrückt? Die teuren Nägel! Und undicht ist es auch bei so vielen krummen Nägeln!", wütete er und warf in seinem Zorn den Hammer nach uns, der meinen Bruder am Kopf traf und eine kleine, blutende Wunde verursachte.

Da war Opa plötzlich ganz still, holte uns vom Dach und verband die Wunde schlechten Gewissens.

Im Schuppen war es nachher vom Regen immer nass, sodass er nicht die erwarteten tausend Jahre stand, sondern zügig vor sich hinfaulte.

In der Scheune waren zwischen dicken Stützbalken Sprossen angebracht, sodass man fast bis unter das Dach hochklettern und von da aus runterspringen konnte. Unten lag jede Menge altes Stroh in großen Haufen. Lag wohl schon lange da. Oft spielte ich da alleine oder mit dem Neffen des Wirtes, der mit seinem kleineren Bruder auch oft seine Ferien auf dem Lindenhof verbrachte. Josef hieß er und war etwas jünger als ich. Mein erster Sexpartner! Er holte nämlich oft sein Pimmelchen raus und pinkelte in jede Ecke. Ich schaute immer interessiert zu und schließlich tat ich es ihm gleich. Wir pinkelten gemeinsam und zeigten uns auch gegenseitig, was wir da Tolles in der Hose hatten.

Machte Spaß und kribbelte auch so schön, wenn wir uns gegenseitig anfassten. Meiner war aber der Größere und er staunte nicht schlecht, wenn mein Pipimann plötzlich steif wurde und in die Höhe ragte. Das konnte er nicht! Ich war mächtig stolz auf diese Kunst. Erklären konnte ich das auch nicht, und wenn in der Schule später der Schularzt kam, ein dicker Mensch mit glänzenden Wangen, der einem besonders lange da rumfummelte – es machte irgendwie den Hauptteil seiner Untersuchung aus – hatte ich immer Angst, dass mein Glied steif würde. Wie hätte ich ihm das erklären sollen, und was hätte der wohl gesagt? Ist aber vor Angst und Scham nie passiert. War ja auch sicher was Unanständiges, das Erwachsene nicht wissen durften.

Später hat mich diese Angst noch lange eingeholt, wenn ich sie gerne nicht gehabt hätte. Es führte dazu, dass meine ersten Versuche in der Liebe kläglich scheiterten, weil der verdammte Pimmel dann nicht stand. War ich alleine, war er fast den ganzen Tag immer wieder in ‚Hab Acht' Stellung.

Auch mit meinem Bruder hatte ich in Neuenhoven das erste und gleichzeitig letzte Mal ein sexuelles Erlebnis.

Wir schliefen immer in einem Bett. Es war das Ehebett der Großeltern. Wir in dem einen, Opa in dem anderen. Der kam aber abends immer später ins Bett, weil er meist vorher, wenn wir schon schlafen sollten, noch unten in der Kneipe ein paar Bier trank. Während ich versuchte, einzuschlafen, merkte ich, dass das Bett wackelte. Zu Hause hatte ich auch schon oft die Matratze im Bett meines Bruders, das zwei Meter neben meinem in unserem gemeinsamen Schlaf- und Spielzimmer stand, rhythmisch quietschen gehört und mir gedacht, dass er, genau wie ich, mit seinem Zipfel spielte.

Als das Wackeln schlimmer wurde, fragte ich ihn einfach: „Was machst du da?"

Sofort hörte das Wackeln auf.

„Nix!", antwortete er.

„Ich weiß doch, dass du an deinem Pimmel rumspielst", flüsterte ich. „Machste doch zu Hause auch jeden Abend. Hör ich doch immer!"

Er nahm meine Hand und führte sie an sein Glied. Mann, war der Pimmel dick und hart.

„Jetzt reib mal da dran!", forderte er mich auf und ich tat, wie mir geheißen. Irgendwie fühlte sich das gut an. Ganz warm war der und hart, aber trotzdem samtweich.

„Jetzt reib schneller, schneller!", keuchte er und bald darauf spürte ich etwas Nasses an meiner Hand runterlaufen und fragte ihn, was das sei. Pipi war es nicht. Das sei Samen, aus dem Babys würden, gab er mir zur Antwort. Verstand ich zwar nicht, fragte aber nicht weiter danach, sondern forderte ihn auf, bei mir auch mal zu reiben.

„Nein. Das tut man nicht. Das ist eine Sünde. Außerdem muss ich dich jetzt umbringen, weil du mein Geheimnis kennst!"

Nun gut. Das machte mir keine Angst, denn das hatte er mir schon oft angedroht wegen anderer kleiner Nettigkeiten, die ich ihm angedeihen ließ. Umgebracht hatte er mich noch nie. Ich hatte auch nur eine vage Vorstellung davon, was das genau war und wie er es machen wollte. Ich nahm es also nicht so ernst. Wir haben nie mehr davon gesprochen und so was auch nicht mehr gemacht. Morgen war ja auch der letzte Tag der Ferien in Neuenhoven und am Montag durfte ich endlich auch zum ersten Mal in die Schule! Wie ich mich freute! Später hielt sich die Freude dann auch schon mal in Grenzen! Sehr oft!

Ich spielte noch ein bisschen an meinem Pimmelchen und schlief dann ein.

VII

Wieder Rumpeln. Helligkeit. Eine runde Lampe an der Decke. War doch gerade noch bei Opa in Neuenhoven. Leider nur ein Traum. Schöner Traum! War lustig! Wo bin ich? Ach ja. Mein ganzes Elend wird mir langsam wieder bewusst. Was kommt jetzt? Der Aufzug, in dem ich mich mit den beiden Pflegern befinde, kommt abrupt zum Stehen, die Türen gleiten langsam auf und die beiden schieben mein Bett hinaus, kurz über den Flur zu einer großen Tür. Daneben ein Schild mit der Aufschrift ‚Privatstation Prof. Dr. Dr. med. Jakill‘. Hoffentlich ist Mister Hyde nicht auch hier, saust es mir mit leichtem Galgenhumor durch den Kopf. Man schiebt mich an die Wand mit Blick aufs Fenster. Sehr schönes Zimmer, denke ich. Wenn man hier nur nicht als Patient läge! Rechts neben mir ist noch ein Bett. Ich glaube, jemanden darin liegen zu sehen. Auch mit allerlei Schläuchen und Apparaturen versehen. Ja. Ein Leidensgenosse. Wenn der auch so fit ist wie ich, können wir uns ja prächtig amüsieren und uns hier ein paar schöne Tage machen! Hahaha.

Wo kommt meine gute Laune her? Hab doch nichts geraucht oder getrunken. Haben die mir irgendwas in die Infusion getan?

Während ich über den Grund meiner merkwürdigen Euphorie, eher ist es Verzweiflung, nachdenke, geht die Tür auf und der Chef – Gottvater – und sein Oberarzt – der Bart – stellen sich an das Fußende meines Bettes.

„Ergebnisse?“, fragt der Professor seinen Adlatus.

„Bisher alles negativ. Keine Blutung. Keine Herde im Kopf. Alle Organe soweit in Ordnung. Ursache für den Zustand völlig ungeklärt. Die Neurologen sind sich sicher, dass das Großhirn ausgefallen ist!"

„Mmh! Seltsam. Apallisches Syndrom. Aber ohne Trauma bedarf es weiterer Abklärung. Wachkoma. Labor war ja bisher auch ohne Ergebnis. Kein Infekt erkennbar. Wir werden weiter suchen und untersuchen!"

„Ziemlich aussichtslos nach meiner Meinung! Ich glaube nicht, dass hier irgendeine Chance auf Genesung besteht! Minimaltherapie wäre mein Vorschlag!", bemerkt der Bart, wenn auch ziemlich unsicher und sehr leise.

„Ihre Meinung, lieber Herr Kollege, interessiert mich nicht! Verstanden? Das ist ein Privatpatient mit durchaus vitalen Organen, sodass wir noch sehr vieles unternehmen können. Sie kennen meine Verpflichtungen gegenüber der Klinik und den anderen Chefs im Haus. Man muss es auch mal ökonomisch sehen. Was meinen Sie eigentlich, wovon ich Ihre Zulage zu Ihrem jämmerlichen Oberarztgehalt zahle? Sie wollen mir doch nicht mit Ethik kommen? Mit Medizin muss auch Geld verdient werden! Wovon soll die Klinik denn existieren? Von den Wartungsgebühren der Kassenpatienten? Ich habe auch Verträge mit der Pharmaindustrie. Läuft gerade eine sehr interessante und auch lukrative Studie mit einem neuen Medikament in Phase-Drei. ‚Longlife' heißt das sinnigerweise. Werden wir hier einsetzen."

„Ich bin selbstverständlich ganz Ihrer Meinung, Herr Professor! Ich meinte ja nur! Aber Sie haben natürlich völlig recht! Entschuldigen Sie bitte meine Voreiligkeit!"

„Schluss jetzt mit der Diskussion! Volle Diagnostik weiter! Volle Medikation zur Erhaltung der Vitalfunktionen. Volles Programm in jeder Hinsicht! Wehe, der stirbt zu früh, dann suchen Sie sich einen anderen Job. Ich dulde keine Widerrede! Von subordinierten Leuten wie Ihnen schon gar nicht! Denken Sie an ‚Longlife'. Hab erst einen in der Studie. Die läuft nur noch 6 Monate. Da brauch ich Ergebnisse! Egal welche!"

Er ist während seiner Ansprache rot angelaufen und schwitzig vor Wut. Der Bart steht mit zerknittertem Gesicht, sichtlich kleiner geworden, neben ihm wie ein ausgedrückter Schwamm mit Haaren.

„Noch etwas, Herr Oberarzt! Kein Wort von unserem Gespräch an die Ehefrau oder sonst jemanden! Ich rede selbst mit der. Ist das klar? Sonst doch sicher keine Fragen mehr!", dreht sich weg und schreitet zur Tür.

„Selbstverständlich, Herr Professor! Alles, wie Sie wünschen!", ruft er ihm noch hinterher, als die Tür schon zuschlägt. Er bleibt an meinem Bett stehen. Schaut mich an. Sehe ich etwas Menschliches hinter dem Bartgesicht? Ist da etwas wie Mitleid in seinem Blick? Er sieht mir genau in die Augen, als ob er da etwas sucht.

„Du arme Sau! Dem in die Hände zu fallen, ist schon grausam. Der lässt keine Kuh sterben, die er noch melken kann. Ich würds dir leichter machen! Deinem Bettnachbarn gehts aber genauso wie dir, falls dich das tröstet! Gut, dass du uns nicht mehr hören kannst. Hoffentlich spürst du auch wirklich nichts!"

Er sieht mich noch eine ganze Weile stumm an, als es an der Tür kurz klopft und meine Frau hereinkommt.

Ich bin noch völlig sprachlos – leider wörtlich gemeint – von dem soeben Gehörten. Geahnt habe ich das ja immer, eigentlich auch gewusst. Meine Privatpatienten habe ich auch immer gewarnt, mit der Bemerkung, dass sie im Krankenhaus gefährlicher leben als Kassenpatienten und in den fragwürdigen Genuss jeglicher Untersuchung geraten, wenn sie nicht auch mal kritisch bei den Halbgöttern in Weiß nachfragen und nach Sinn und Zweck sowie Konsequenzen einer Untersuchung fragen. So unverblümt ist es mir aber noch nie zu Ohren gekommen. Der kann ja nicht wissen, dass ich alles mitbekommen habe.

Was kann ich jetzt machen, um diesen Torturen zu entfliehen? Die haben mich doch abgeschrieben, wissen noch nicht mal, was mit mir los ist! Was soll ich nur tun? Ich kann gar nichts tun. Nichts! Nichts! Niiiiichts! Ich will es rausschreien! Nichts! Nichts! Nichts!

Gabi setzt sich zu mir und nimmt wieder meine Hand. Hilf mir doch! Hol mich hier raus! Ich versuche, ihre Hand zu drücken. Nichts! Nichts! Nichts geht! Mir tut der Rücken weh vom Liegen. Es schmerzt am Steiß. Bald werd ich da wund sein. Wenn mich wenigstens mal jemand auf die Seite drehen würde! Es juckt an der Stirn. Zum Verrücktwerden. Das Jucken ist noch schlimmer als der Schmerz! Einfach nicht dran denken. Nicht dran denken! Als ob das so einfach wär! Warum kann man den Kopf nicht ausschalten? Hab mir immer schon einen Knopf gewünscht, mit dem man das Gehirn mal auf Standby schalten kann. Für meine Frau habe ich mir auch so etwas gewünscht – per Fernbedienung auf Standby schalten können, wenn das Reden nicht stoppen will!

Früher, wenn ich nachts wach lag und mir tausend Dinge durch den Kopf gingen. Wenn ich Sorgen hatte, wenn die Rechenmaschine in meinem Kopf ratterte und ratterte und vor lauter Schulden das Konto immer weiter unaufhaltsam in die Miesen rutschte. Damals konnte ich mich aber wenigstens mit einem Buch ablenken. Aber jetzt? Jetzt kann ich gar nichts machen, außer dem Wirrwarr in meinem Hirn zu lauschen. Ein Königreich für einen Standbyknopf!

Ich höre die Tür aufgehen und sich wieder schließen. Der Bart, seines Zeichens vom Chef geprügelter Oberarzt, tritt näher und macht sich an meinen Schläuchen zu schaffen. Er hat eine Spritze in der Hand und schon hebt er meine Decke hoch und setzt sie mir seitlich in den Hintern. Und gleich zaubert er eine zweite aus der Kitteltasche und setzt sie kurz daneben.

„Was ist das?", höre ich Gabi fragen.

„Heparin. Damit Ihr Gatte keine Thrombose bekommt!", antwortet er knapp.

„Zwei?"

„Das andere ist ein Medikament zur Erhaltung der Lebensfunktion!"

„Was ist denn jetzt mit ihm? Können Sie mir immer noch nichts sagen?" Gabi klingt etwas gereizt. „Nach all den Untersuchungen müssen Sie doch irgendwas wissen!"

„Der Herr Professor kommt gleich und spricht mit Ihnen. Ich bin nicht autorisiert. Er will ausdrücklich selbst mit Ihnen reden!"

Gerade will er sich abwenden und gehen, als der Chef auch schon reinkommt.

„Sie können gehen, Herr Oberarzt!", spricht der Professor betont freundlich. „Sie werden unten auf der Allgemeinstation dringend gebraucht. Danke!"

Schweigend steht er, über seine Brille äugend, und sieht erst zu mir und dann zu meiner Frau. Jetzt kann ich seine kleinen Schweinsaugen richtig sehen. Unsympathisch!

„Sehr guter Mann, mein Oberarzt!", sagt er leise, als der Bart das Zimmer verlassen hat. „Guter Arzt. Ich vertraue ihm sehr und er hat auch sehr gute Ansichten, die ich sehr begrüße und teile!"

Oh du verdammter Heuchler! Könnt ich dir doch dein falsches Maul stopfen!

„Was ist denn jetzt mit meinem Mann? Was hat er? Können Sie etwas für ihn tun? Was fehlt ihm? Wie geht es weiter? Muss er sterben?"

„Davon kann doch keine Rede sein, gnädige Frau!"

„Ich bin keine gnädige Frau! Ich will wissen, was mein Mann hat!"

„Regen Sie sich nicht auf, Frau, äh, Frau ...?"

„Sieben!", brüllt Gabi fast.

„Frau Sieben, ja natürlich! Entschuldigen Sie. Habe ein schlechtes Namensgedächtnis! Also vom Sterben reden wir erst mal noch lange nicht. Alle vitalen Funktionen sind völlig in Ordnung. Es besteht keinerlei Lebensgefahr nach jetzigem Stand. Wir vermuten ein passageres apallisches Syndrom. Es erfordert aber ..."

„Was heißt das auf Deutsch?"

„Eine Art Wachkoma. Wir kennen aber die Ursache noch nicht genau. Es erfordert eben noch weitere genaue Untersuchungen. Das wollen Sie doch natürlich auch! Bis dahin wird alles zum Wohle Ihres Gatten getan, was medizinisch möglich ist. Nicht wahr? Sie müssen uns bitte vertrauen. Wir haben nur das Wohlergehen und die baldige Genesung Ihres Gatten im Sinn!"

„Wann wird man denn Genaueres wissen?"

„Tja. Das kann ich noch nicht genau sagen. Aber sicher bald. Wir wollen noch Gehirnwasser entnehmen, um eine Infektion mit Viren oder Bakterien auszuschließen! Das bringt uns sicher einen Schritt weiter. Sie müssen noch ein wenig Geduld haben. Alles braucht seine Zeit!"

„Leidet er nicht? Ich werde das Gefühl nicht los, dass er Schmerzen hat, dass er bei Bewusstsein ist und alles mitbekommt, dass er verzweifelt ist, dass er mir was sagen oder mir ein Zeichen geben will!"

„Nein, nein. Da kann ich Sie völlig beruhigen, gnä..., äh, Frau Sieben. Er befindet sich eindeutig in einem Koma und spürt, sieht und hört nichts. Er schläft ruhig und schön. Nichts bekommt er mit!"

„Ich weiß nicht. Ich spüre es aber trotzdem!"

„Vertrauen Sie uns. Es wird schon wieder. Entschuldigen Sie mich jetzt bitte. Ich muss zu einer wichtigen Besprechung!"

Schon ist er schnellen Schrittes aus meinem Blickfeld und zur Tür hinaus.

Ach Gabi! Wenn du wüsstest, wie recht du hast. Dein Gespür ist besser, als das Wissen und die Arroganz der Ärzte! Ich hab gewusst, dass du es fühlst. Schließlich sind wir fast dreißig Jahre ziemlich glücklich verheiratet, wenn auch nicht immer nur die Sonne in unserer Ehe geschienen hat. Gewitter gehören auch dazu. Wir gehörten eben immer zusammen. Aber was nutzt uns jetzt dein Gespür? Ich kann mich dir nicht mitteilen. Ich will auch noch nicht sterben. Vielleicht geschieht ja noch ein Wunder, obwohl die selten sind! Ich will ja kämpfen und auch alles ertragen. Egal, was noch auf mich zukommt. Ich will wieder gesund werden und zu dir, den Kindern und zu Gustav, meinem Hund, und unserem Lindenhof zurück!

Nur dort wollte ich doch immer sterben und meine Asche sollt ihr da, bei den Hunden hinten im Garten, begraben. Noch lebe ich! Noch kämpfe ich! Wie lange ich das durchhalte, weiß ich nicht. Jetzt weiß ich aber, dass du erkannt hast, dass ich wach bin und dich höre und sehe. Verlier das Gespür nicht! Und hilf mir, wenn es zu Ende geht. Noch besteht aber Hoffnung! Glaub daran!

Während all dieser Gedanken empfinde ich, wie sich Gabis Hand immer fester um meine schließt. Sie versteht meine Gedanken. Ja, sie fühlt, dass ich mit ihr rede. Gedankenübertragung war schon oft in unserer Ehe der Fall. Sie hat so etwas wie einen siebten Sinn. Hexe habe ich sie dann immer genannt. Jetzt freu ich mich über ihre Begabung. Hilft mir in meinem Elend jetzt und hier so sehr.

Während sie noch einmal ganz fest meine Hand drückt, die Arme um mich legt, mir einen Kuss auf die Stirn drückt und mit verweinter Stimme leise sagt: „Ich weiß, dass du mich hörst. Ich weiß auch, was du denkst!", versinkt die Welt wieder langsam um mich herum. Gut so. Weg von hier in die Welt der Träume ...

Im Wegdämmern höre ich noch von weitem, immer leiser werdend, wie Gabi mit einem jungen Pfleger, der wohl zwischenzeitlich ins Zimmer gekommen ist und am Nachbarbett hantiert, spricht.

„Wie lange liegt der Patient denn schon hier? Hat der auch ein Koma?"

„Der liegt schon fast ein Jahr bewusstlos so da. Ja, auch so was in der Art. Weiß es nicht genau. Darf aber auch nix dazu sagen. Verstehen Sie mich bitte!"

„Ja, natürlich. Entschuldigen Sie die Frage. War keine Neugier. Sie verstehen. Mein Mann hier ..."

Während der letzten Worte verlieren alle Strukturen um mich ihre Form und beklemmende Finsternis legt sich auf die Welt um mich herum.

VIII

Genüsslich streicht mein Freund und Sitznachbar sich mit der flachen Hand zwischen den Beinen. Er grinst mir schelmisch zu. Eine kräftige Beule ist bei einem kurzen Blick auf seine Hose dort im Schritt zu erkennen. Eigentlich eine gute Idee, denke ich und spüre, wie auch mir das Blut in die Lenden schießt. Wir sitzen in der hinteren Reihe des Chemieraumes, der wie in einem Hörsaal leicht runde, nach hinten immer höher ansteigende Sitzreihen hat, die jeweils vorne geschlossen sind. So sind wir vom Bauch an nicht zu beobachten.

Wir besuchen das St.-Georg-Gymnasium, eine Klosterschule, in der vorher ein Internat war, jetzt aber ein staatlich anerkanntes Gymnasium ist. Ende Untersekunda bin ich erst dorthin gekommen. Vorher war ich im Kreisgymnasium meiner Heimatstadt.

Ich habe die Schule gewechselt. Nicht wegen schlechter Leistungen. Mein Klassenlehrer, Herr Messing, war mir wenig gewogen und ich hasste ihn.

So ließ ich keine Gelegenheit aus, ihn zu provozieren, sei es mit Worten oder nur mit Blicken. Er hat sich mit schlechten Zensuren bei mir revanchiert. Pädagogisch war das weder hilfreich noch erlaubt, weil unberechtigt, es half aber sehr, unser Verhältnis ständig weiter zu verschärfen und unerträglich zu machen. Er wertete meine Deutscharbeiten schlicht mit ‚mangelhaft‘, ohne nähere Begründung. Andere Deutschlehrer an anderen Schulen, denen mein Vater diese Arbeiten zur Prüfung vorlegte, bewerteten sie unabhängig voneinander mit Noten zwischen sehr gut und gut. Das half aber auch nicht.

Ich war sicher kein einfacher Schüler. Ich pflegte immer meine Meinung zu sagen, was sogenannten Pädagogen nicht unbedingt immer gefällt. Er war trotz seines fortgeschrittenen Alters noch immer nicht Studienrat, sondern nur Studienassessor. Welcher Makel oder welche Unfähigkeit seinerseits dazu geführt hatten, war ein Geheimnis an der Schule, über das aber niemand sprach. Für mich war es natürlich ein gefundenes Fressen, ihn bei jeder möglichen Gelegenheit mit ‚Herr Studienassessor‘ anzusprechen, wobei ich dieses Wort mit Hingabe immer besonders betonte und besonders langsam aussprach. So spitzte sich unsere Feindschaft, für alle offensichtlich, immer weiter zu. Mein Vater versuchte zwar, bei der Schulleitung zu intervenieren, es half aber nichts. Immer subtiler wurden unsere gegenseitigen Attacken. Als schließlich feststand, dass dieser ‚Pädagoge‘ noch mindestens ein weiteres Jahr mein Klassenlehrer bleiben würde, zog ich den Wechsel auf die Klosterschule vor, wenn auch, ob meiner Niederlage, nicht besonders freudig. Lieber hätte ich es gesehen, man hätte mir einen anderen Klassenlehrer gegeben.

So ging ich also fortan auf die Klosterschule, eine reine Jungenschule, auf die sämtliche Flegel und Lümmel der umliegenden Dörfer gingen. Der Lehrkörper, zum Teil Patres des Klosters, aber auch einige weltliche, hätten fast ausnahmslos und ohne lange Probe in der ‚Feuerzangenbowle‘ mitspielen können. Schrullige Typen! Kleine feiste Pfaffen mit speckglänzenden, runden Gesichtern ohne Kinn, lange dürre mit viel zu weiten und zu kurzen Kutten, urtümlichen Brillen und ungepflegten Bärten, auch einige Tageslichttaugliche.

Pater Direktor, sehr schmächtig und im Zwergenformat, etwa eine Handbreit größer als eine ausgewachsene Sau, dafür aber bissig wie ein Terrier, hielt uns jeden Morgen oben auf der Eingangstreppe zum Schulgebäude mit einem Megaphon eine kurze Ansprache, während wir in Zweierreihen, nach Klassen geordnet, vor ihm auf dem Schulhof aufgestellt warten mussten, bis er sein Wort zum jeweiligen Tag beendet hatte. Dann durften wir, wieder klassenweise, an ihm vorbei, einzeln in unsere Klassenräume.

An meinem ersten Schultag dort – ich kannte die Spielregeln noch nicht – war ich höchst erstaunt über diese mir irgendwie lustige, aber auch in ihrer Szenerie einzigartige Darbietung. Etwas Vergleichbares kannte ich von meiner alten Schule nicht. Es erinnerte mich irgendwie an Kaserne oder Gefängnis.

Als der Pater sein Megaphon nach beendeter Ansprache um seinen dürren Hals hängte, gingen alle brav nacheinander die Treppe hoch an ihm, der sich halb hinter der Tür verbarg, vorbei ins Gebäude. Ich redete mit einem Freund, der ein Jahr vor mir hierhin gekommen war, über diese Veranstaltung. Zu meinem Erstaunen, aber auch zu meiner inneren Belustigung, erzählte er mir, dass diese Nummer jeden Morgen aufgeführt würde.

Das kann ja lustig werden, dachte ich noch, während ich vor mich hin lachend ins Gebäude ging, Pater Direktor, der ja hinter der Tür lauerte und mir außerdem nur knapp bis unter die Brust ragte, nicht sehend und schon gar nicht beachtend. Das war ein Kardinalfehler!

Ich war noch nicht ganz in meinem Klassenzimmer auf dem mir zugewiesenen Platz angekommen, als ein uralter Lautsprecher an der Wand mit Knistern und Rauschen losröhrte.

„Der Schüler Johannes Sieben sofort ins Ordinarium des Direktors!"

Der will mich sicher an meinem ersten Tag persönlich willkommen heißen, dachte ich, und ging fröhlich wieder aus dem Klassenzimmer, fragte einen Mitschüler nach dem Weg und staunte über die altehrwürdigen Klostermauern. Hohe Säulen mit Kreuzgewölben und Deckenmalereien, zum Teil reichlich verwittert, mit abblätternden Farben, zeugten mit ihrem muffigen Geruch und alten Rissen an allen Ecken sowie einer durchgehenden Verschmutzung und dem Staub der Jahrhunderte dennoch von vergangener Pracht.

Schließlich stand ich vor einer riesigen, dunklen, doppelflügeligen Holztür. Sie war reichlich mit sakramentalen Schnitzereien versehen und sehr beeindruckend. Obwohl ich damals schon fast 1,80 Meter groß war, lag die große, aus ziseliertem Messing bestehende Türklinke fast in meiner Augenhöhe. Da kommt der kleine Pater doch selbst gar nicht dran, kam es mir lächelnd in den Sinn. Ein Schild an der Wand wies aber darauf hin, dass ich hier hinein sollte.

Ich klopfte also laut an die Tür und sofort erschallte tief aus dem Inneren des Raumes vor mir die Stimme, die ich soeben noch auf dem Schulhof durch das Megaphon genossen hatte. Nur viel leiser jetzt und etwas piepsig, nicht gerade verheißungsvoll freundlich klingend.

Mit leicht mulmigem Gefühl im Bauch drückte ich die Klinke langsam herunter, öffnete die sehr schwere Tür, mehr ein Portal, und ging hinein in einen ziemlich dunklen, ringsum getäfelten, großen Raum mit vielen Regalen und alten Büchern. Sehr imposant! In der Mitte des Raumes stand ein gigantischer Schreibtisch aus dunklem Holz, auch mit wundervollen Schnitzereien versehen. Dahinter hockte wie ein Gnom auf einem thronähnlichen Lehnstuhl der kleine Pater Direktor und funkelte mich mit kleinen, böse blitzenden Äuglein an, wie eine Spinne in ihrem Netz ihr Opfer fixiert.

Ich trat näher auf mein drohendes Schicksal zu, das mich bedrohlich schweigend musterte. Ich wusste nicht so recht, was ich sagen oder machen sollte. Also blieb ich erst einmal stehen, murmelte so etwas wie ‚mein Name ist Johannes Sieben‘ und hoffte auf eine Anweisung, mich setzen zu dürfen.

Nichts. Eisiges Schweigen und ein starrer Blick genau in meine Augen, fast ein wenig schmerzhaft. Dazu kam ein miefiger Geruch, schlimmer als draußen auf dem Gang. Mir war nicht ganz wohl zumute, als das Männlein, Pater Direktor, plötzlich aufsprang, von seinem Thron hüpfte, und um den Schreibtisch herum auf mich losstürzte. Der wird mich wohl nicht schlagen wollen, dachte ich noch, als er ungefähr einen Meter vor mir zum Stillstand kam, zu mir aufblickte und lospolterte.

„Du bist also der neue Schüler? Johannes? Ein biblischer Name! Aber kein Benehmen! Keine Kinderstube! Du bist eben ohne Gruß lachend an mir vorbeigegangen! Wenn du so ein unerzogener Flegel bist, können wir dich hier an unserer Schule nicht gebrauchen!"

Prost! Und ich hatte gedacht, er wolle mich freundlich begrüßen. Ich zitterte innerlich, wollte das aber nicht zugeben. Als er heftig atmend eine Pause einlegte, fasste ich mir Mut und ein Herz und sagte betont langsam, höflich und leise: „Guten Morgen, Pater Direktor. Ich bitte um Entschuldigung für mein unhöfliches Verhalten. Aber das ist ja alles so neu hier und interessant und beeindruckend, dass ich vor lauter freudiger Erwartung auf den Unterricht an diesem schönen und ehrwürdigen Gymnasium völlig abgelenkt war. Es tut mir wirklich leid. Ich bitte nochmals sehr um Verzeihung. Es wird nie wieder vorkommen! Ich wollte in der großen Pause zu Ihnen kommen, um mich vorzustellen, Sie zu begrüßen und mich zu bedanken, dass ich hier sein darf!"

Das war zwar gelogen, ich hoffte aber, dass es ihm gefiel.

Schweigend hörte er mir zu. Sagte zunächst nichts. Ob der mich jetzt nach Hause schickt? Langsam entspannte sich sein Gesicht und ein Hauch von freundlichem Lächeln kam über seine Züge. Nur ein fast unmerklicher Hauch.

„Nun gut, mein Sohn! Ein reuiger Sünder ist dem Herrn lieber als neunundneunzig Gerechte! So steht es geschrieben! Ich verzeihe dir und heiße dich willkommen an unserer Schule! Sei fleißig und lerne! Non scholae sed vitae discimus! Was bedeutet das?"

„Nicht für die Schule, sondern für das Leben lernen wir, Pater Direktor!"

„Sehr gut! Latein kannst du ja! Geh jetzt zurück in deine Klasse, damit du den Unterricht nicht verpasst!"

Nicht, ohne mich förmlich zu verabschieden und nochmals zu bedanken, verließ ich das Zentrum der Schulmacht und suchte den Weg zum Klassenzimmer zurück. Nicht leicht zu finden. Zum Glück hatte der Unterricht noch nicht begonnen – sonst hätte ich wohl noch eine Abfuhr bekommen. So setzte ich mich auf meinen Platz und erzählte das Geschehene meinem Nachbarn. Der lachte laut.

„So ist der Zeus immer! Muss seine Macht demonstrieren und die Fronten gleich klären. Kompensiert seinen Zwergwuchs damit, hahaha!"

Rudi, mein Sitznachbar, hat zwischenzeitlich seine Hose geöffnet und seinen Schwanz herausgeholt. Ein prächtiges Exemplar von einem Pimmel. Größer als meiner und mehr Haare dran. Rudi ist auch fast drei Jahre älter als ich. Durfte das ein oder andere Schuljahr wiederholen. Ist ziemlich faul, der Kerl, und der Schlaueste auch nicht. Sonst ist er aber nett. Mit der linken Hand reibt er genießerisch seinen Schweif, der immer noch länger und dicker zu werden scheint. Seine rechte Hand wandert langsam zu mir rüber und bleibt mit leicht kreisenden Bewegungen auf meinem Schritt liegen. Erst will ich seine Hand wegschieben, aber es macht sich ein so wohliges Gefühl in meiner Hose bemerkbar, dass ich ihn gewähren lasse. Ich hab so was, außer mit sechs in Neuenhoven, noch nie gemacht. Ist doch unanständig, wurde uns immer beigebracht in der Schule, im Religionsunterricht und so.

Einmal war ich samstags zur Beichte und hatte mir vorgenommen, mal bei einer Sünde ‚ja' anstatt ‚nein' zu sagen. Wir mussten da immer die 10 Gebote aufsagen und nach jedem einzelnen ‚ja' oder ‚nein' sagen. Um glaubwürdig zu sein, konnte ich nicht immer nur ‚nein' sagen. Aber was Ehebruch war, eines der Gebote, wusste ich damals ja gar nicht. Getötet hatte ich noch niemanden. Naschen war bei uns zu Hause erlaubt.

Außerdem war ich sauer, weil meine Freunde, die nicht beichten mussten, jetzt im Freibad waren und Spaß hatten und ich in der düsteren Kirche im muffigen Beichtstuhl saß.

Kurz entschlossen sagte ich also in Flüstersprache, wie es vorgeschrieben war: „Erstes Gebot – nein. Zweites Gebot – nein."

So arbeitete ich mich schnell vor, um rauszukommen. Nach dem fünften ‚Nein' entschloss ich mich zu dem geplanten ‚Ja', ohne zu überlegen, dass das Sechste Gebot die Schamhaftigkeit betraf!

Ich hatte das ‚Ja' noch nicht ganz aus dem Mund, als der Beichtstuhl lebendig wurde, als hätte er darauf gewartet. Hinter dem Vorhang im Dunkeln saß unser Kaplan, der auch den Religionsunterricht erteilte. „Was hast du denn getan?", flüsterte seine Stimme mir zu. Irgendwie hörte er sich anders als sonst an. Irgendwie aufgeregt. Hatte ich ihn verärgert?

„Hast du es allein oder mit anderen gemacht?"

Immer nervöser wurde die Stimme. Unruhig wurde es hinter dem Holzgitter und der Gardine. Was hatte ich bloß gesagt? Sechstes Gebot? Ach du Scheiße! Jetzt dämmerte mir etwas. Konnte es aber nicht richtig einordnen. Sollte ich ihm jetzt erzählen, dass ich abends immer an meinem Pimmelchen spielte, weil das so schön kribbelte? Nein, das traute ich mich nicht.

„Wie hast du es gemacht?"

Ich hörte das Geräusch von raschelnden Kleidern und einem Reißverschluss.

„Hast du mit deinem Geschlechtsteil etwas Unkeusches getan?"

Was jetzt? Geschlechtsteil?

„Hast du es anderen Kindern gezeigt oder habt ihr euch gegenseitig daran berührt?"

Ich hörte ihn jetzt schneller atmen. Langsam bekam ich einen Verdacht. Machte der gerade dasselbe wie ich abends? Nein! Ein Kaplan doch nicht! Wie kam ich hier jetzt raus?

„Ich hab mich vertan", sagte ich leise. „Genascht hab ich, sonst nix. War das falsche Gebot. Entschuldigung!"

„Sagst du auch die Wahrheit? Lügen ist auch eine Sünde!"

„Nein, nein. Ehrlich!"

Hoffentlich beruhigt der sich jetzt wieder, dachte ich.

„Nun gut!" Wieder Kleiderrascheln. „Ich will dir glauben. Ego te absolvo a pecatis tuis!"

„Amen!", sagte ich leise. Lieber hätte ich Gott sei Dank gesagt!

„Geh jetzt, mein Sohn, bete als Sühne für deine Sünden 10 Vaterunser und 10 Gegrüßetseistdumaria und schick den nächsten zu mir. Geh mit Gott!"

Verdammt! Nichts gemacht und jetzt doch so eine Strafe. Ich ging zum Weihwasserbecken, steckte die rechte Hand hinein, machte das Kreuzzeichen und verließ eilig den Ort des dunklen Weihwassermiefes.

Beten konnte ich ja auf dem Weg zum Freibad. Ob ich alle zwanzig Gebete geschafft habe, kann ich nicht sicher sagen. Ich beschloss jedenfalls, nie wieder zur Beichte zu gehen, was ich auch bis heute nicht mehr getan habe.

So sitzen Rudi und ich also nebeneinander, er wichst munter und öffnet auch meine Hose, aus der sofort mein Glied wie ‚Jack in the box‘ herausschnellt. Ich erröte leicht, will aber um keinen Preis aufhören. Rudi umfasst meinen Pimmel fest und beginnt ganz langsam zu reiben. Ist das toll! Viel schöner, als wenn man es alleine macht!

Unten in seinem Glaskasten werkelt derweil der Chemielehrer und über eine Sprechanlage lässt er uns an seinem Tun teilhaben. Es raucht und stinkt ziemlich. Hoffentlich explodiert das nicht!

„Natronsalpeter mit dem Bunsenbrenner erhitzt auf über 300 Grad. Jetzt wird es flüssig, wie ihr seht. Dann entsteht Salpetersäure ...“

Dazu malt er wilde chemische Formeln an die Tafel, wobei ihm die Haare über seiner Schutzbrille ziemlich wüst vom Kopf stehen. Ich höre nur halb hin, zu sehr bin ich mit meinem Unterleib beschäftigt. Rudi nimmt meine freie Hand und führt sie zu seinem Prachtstück, dass ich sofort umfasse. Geilheit hat mich erfasst. Ich drücke zu. Mann, ist der dick und hart! Ich reibe ihn vorsichtig, aber kräftig und Rudi verdreht die Augen.

„Johannes! Was passiert, wenn ich die Temperatur weiter erhöhe?“

Oh! Der meint mich jetzt! Was nun? Was war das noch? Salpeter, Natrium. Hitze. Wie war das noch? Ich erhebe mich halb, ganz geht ja nicht. Außerdem hört Rudi nicht auf, mich zu reiben.

„Zunächst, äh, ich glaube, äh, Natriumnitrit. Dann, über 800 Grad, Natriumoxid, glaub ich, Herr Studienrat!"

„Richtig! Sehr gut! Setzen!"

Noch mal geschafft!

Ich packe gegen Rudis Willen meinen Dödel wieder ein. So schön es war, das wird mir zu gefährlich hier.

„Nachher geh ich in den Klostergarten in der Pause!", sagt er zu mir. „Da ist ein Sextaner, der macht das sogar mit dem Mund für ne Mark. Das is geil! Kommste mit?"

„Nee, mach das mal allein, du Sau! Ich geh lieber eine rauchen."

In der nächsten Stunde ist eine Deutscharbeit angesagt. Kein Grund zur Sorge. Pater Gotthilf ist eigentlich ganz nett und ich stehe ‚eins' in Deutsch. Es gibt immer fünf verschiedene Themen. Für vier davon sollte man vorher die Literatur – Schiller, Goethe und ähnlich Spannendes – gelesen haben, was nicht so mein Ding ist. Schwere Literatur und so langweilig zum Teil. Die gilt es dann zu interpretieren.

Es gibt aber immer ein sogenanntes freies Thema. Da kann man eine Art Aufsatz zu irgendeiner vorgegebenen Frage schreiben.

Zum Beispiel ‚Was bedeuten Eltern und Schule für die Entwicklung des Menschen?' Das liegt mir. Da kann ich frei weg konfabulieren und schaffe immer mindestens eine gute oder meistens aber eine sehr gute Note.

Wir sitzen also erwartungsvoll und warten, bis Pater Gotthilf die Themen an die Tafel geschrieben hat.

‚1. Kabale und Liebe. Gib eine ausführliche Inhaltsangabe und Interpretation'.

Nichts für mich! Nach zehn Seiten zur Seite gelegt und ein spannendes Buch gelesen.

‚2. Was macht das Stück zum Drama? Warum ist es ein Trauerspiel?'

Das wüsste ich auch gern! Ich muss schmunzeln.

‚3. Schildere die Charaktere der Hauptfiguren des Stückes!'

Wer hat denn da alles mitgemacht? Präsident von Walter, sein Sohn, Ferdinand, glaube ich. Bestimmt noch mehr. Egal, nehm ich ja eh nicht.

‚4. Schildere zusammenfassend das Leben und Wirken des Autors!‘

Autsch! Schiller! Aber was hatte der sonst noch geschrieben? Viel, ja. Die Glocke, die Räuber, Wallenstein. Was auch immer. Mal sehen, worüber ich gleich schreibe.

Was geht jetzt? Pater Gotthilf wendet sich von der Tafel ab und setzt sich hinter sein Pult. Hallo? Wo ist das freie Thema?

„Herr Pater? Sie haben das freie Thema vergessen!"

Ich klinge wohl etwas vorwurfsvoll.

„Heute gibt es kein freies Thema, mein Sohn! Zu diesen vier Themen kannst du sicher auch etwas schreiben! Fang jetzt an. Tempus fugit!"

Er nimmt eine Zeitung und macht es sich bequem.

Und jetzt? Ich habe das Ding doch nicht gelesen! Keine Ahnung, worum es darin geht! Und über Schiller kann ich auch nicht viel mehr sagen, als dass er wohl ein großer Dichter war und dass seine Texte gar nicht so schlecht sind, wie sie sich lesen. Scheiße! Muss ich wohl in Zukunft doch die blöden Texte lesen. Ist doch nicht so nett, der Gotthilf! Mein Fehler.

Ich sitze noch kurz und überlege, was ich tun soll. Nix!

Ich nehme mein Heft zur Hand und schreibe diagonal von links unten nach rechts oben ‚pater peccavi‘ auf das blütenweiße Blatt. Das heißt ‚Vater, ich habe gesündigt!‘

Ich schlage das Heft zu und gehe nach vorne. Als ich es dem Pater aufs Pult lege, sieht der mich erstaunt an.

„Ich bin dann mal weg!", sage ich betont freundlich, etwas verbittert.

Er schlägt das Heft auf, liest den Satz und sieht mich schmunzelnd an. Er schweigt aber. Ich verlasse den Klassenraum unter den erstaunten Blicken meiner Kameraden.

‚Das gibt eine Sechs‘, denke ich noch und gehe auf den Schulhof.

Drei Tage später bekommen wir unsere Arbeit zurück. Unter meiner steht:

‚Wegen der guten Lateinkenntnisse und wegen der Ehrlichkeit ausreichend minus'.

Okay. Wenigstens keine sechs!

IX

„Na, meine Herren? Nabend. Da will ich euch mal wieder reinigen."

Die brummige Stimme erreicht mich noch im Dämmerzustand. War doch gerade noch in der Schule. Deutscharbeit vier minus ...! Öfter habe ich noch Albträume von dieser Zeit. Schöne Schulzeit, schlimme Schulzeit. Der Traum war diesmal schön. Die Gegenwart ist dagegen die Hölle! Lieber wieder schnell unter die Fittiche der Pharisäer der Klosterschule, als hier bleiben. Ich versuche, zu meinem Traum zurückzukehren, gelingt mir aber nicht. Der mit der Brummstimme macht so viel Lärm, dass ich wieder hellwach bin. Oh meine Knochen! Mein Rücken! Mein Hintern! Alles tut weh. Hoffentlich wendet der mich mal.

„Habt ihr auch wieder alles vollgeschissen, ihr Schweine? Ich riech doch schon die Scheiße! Ich steck euch irgendwann einen Stopfen in den Arsch!"

Was ist denn das für einer? Ein Pfleger? Raunzt hier rum wie ein Schweinehirt, und die sind in der Regel nett zu ihren Tieren. Aber wir sind ja nur Menschen! Hilflose Elende, die sich nicht wehren können. Draußen ist es noch dunkel, wie mir das Fenster, zu dem ich schauen kann, verrät. Noch dunkel? Oder schon dunkel? Ich weiß es nicht. Zeit findet in meinem Zustand irgendwie nicht mehr statt. Aber ich bin sicher schon lange hier. Tage oder Wochen? Oder noch länger? Einen Monat? Nein, so lange kann es nicht sein.

Neben dem Fenster hängt ein großes Bild. Sicher ein Druck. Dali, ‚Die brennende Giraffe'. Habe ich in der Praxis auch im

Mikrowellenraum für die Wärmebestrahlung hängen, aber kleiner. Was der sich dabei wohl gedacht hat? Wahrscheinlich nichts, wie so manche Künstler. Das denken sich nachher schon die selbsternannten Kunstsachverständigen aus. Mir fällt die Rede Picassos ein, in der er ganz klar sagt, dass er einfach irgendwas gemalt habe, ohne sich große Gedanken zu machen. Hauptsache, die anderen rühmten es anschließend und damit sich selbst.

Eine brennende Giraffe und eine Frau mit Schubladen im Bein!

Ich sehe die Brummstimme jetzt zu meinem Bettnachbarn gehen. Er ist ziemlich untersetzt, dafür aber halslos und feist wie ein Schwein. Seine ohrlangen Haare sind fettig und ungepflegt. Er reißt ihm die Bettdecke vom Leib und wirft sie über einen Stuhl. Dann zieht er ihm auch das Flügelhemd mit einem Ruck vom Leib und schmeißt es auf die Erde.

„Sag ich es doch! Alles vollgeschissen, du Sau! Aber der blöde Pfleger, der Depp, kann das ja gefälligst wegmachen, was? Liegen lassen in der Scheiße sollte man euch alle!"

Er flucht noch weiter in dem Ton. Dann beginnt er, mit Papier, anschließend mit Wasser und einem Waschlappen, mit der Säuberung des Patienten, immer weiter brummend und fluchend.

Ich hab früher auch Patienten gewaschen und frisch gebettet. Das war vor meinem Studium im Krankenhaus meiner Geburtsstadt. ‚Innere Omas' nannte ich meine meist alten Patientinnen immer liebevoll. War die Frauenabteilung des Hauses. Die hatten auch meistens ins Bett gemacht.

Konnten aber doch nichts dafür und meist war es ihnen auch sehr peinlich. Sie freuten sich aber immer, wenn ich pfeifend – war so eine Angewohnheit von mir und ein Zeichen guter Laune – ins Zimmer kam, und nicht eine mürrische Schwester. Die gab es nämlich damals bei uns auch. Die meisten waren aber sehr nett, zu mir und auch zu den alten Leuten. Ich habe immer gerne da gearbeitet. War ein schönes Team und ich als einziger Mann, damals so Anfang zwanzig, mehr noch ein Junge, war der Hahn im Korb. Zwei Jahre habe ich den Job gemacht.

Der feiste Brummbär arbeitet, weiter leise fluchend, an meinem Zimmergenossen herum. Er greift ihm in die Haare und zieht ihn daran hoch wie eine Puppe.

„Setz dich, Mann, eh!"

Jetzt kann ich das Gesicht des anderen im äußersten Blickwinkel sehen. Er ist, zumindest dem Anschein nach, ein paar Jahre älter als ich, aber noch kein Greis. Ziemlich schmal im unrasierten Gesicht. Er blickt starr geradeaus. Kann wohl auch nichts sagen. Stimmt, Koma oder so was, hatte ja der junge Pfleger neulich zu meiner Frau gesagt. Ob der wohl auch alles mitkriegt, so wie ich? Oder hat der mehr Glück und liegt wirklich ohne Bewusstsein da? Wer weiß!

Nachdem der Brummbär ihm mit dem Lappen grob über den Rücken gefahren ist, lässt er ihn los, dass der Oberkörper wie abgesägt wieder auf das Bett zurückschlägt, dass die Federn der Matratze laut aufstöhnen. Dann dreht er ihn zu sich herüber auf die Seite und geht mit dem Lappen über seinen Hintern und kurz über die Beine. Er schubst ihn zurück in Rückenlage. Vorher hat er eine frische Unterlage halb gefaltet unter das Gesäß geschoben und mit einem weiteren Ruck bringt er ihn auf die andere Seite, um die gefaltete Hälfte der Unterlage auszubreiten. Dann wieder auf den Rücken rollen lassend, zieht er ihm ein neues Flügelhemd an, als die Tür aufgeht und eine noch recht junge und auch hübsche Krankenschwester hastig ins Zimmer kommt.

„Hallo Schorsch! Hab dich gesucht. Wir sollen doch immer zu zweit gehen, wegen der neuen Sicherheitsbestimmungen und so, du weißt schon!", guckt sie ihn freundlich lächelnd an.

„Ja, ich weiß, aber Renate, mit der ich ja sonst zusammenarbeite, ist heut nicht da. Da dacht ich, ich fang schon mal an, damit wir alles schaffen."

„Ich vertrete Renate heute!", flötet die kleine Hübsche. „Ist denn was besonders hier?"

„Nein, nein, Julia. Die netten Leutchen hier sind ganz lieb. Machen ja kaum Arbeit. Wirklich zwei Nette. Den Ersten habe ich schon schön gewaschen und gebettet! Den anderen müssen wir noch."

Ach ja, so ist das! Die Schweine sind auf einmal nette Leutchen! Drecksack!

Beide wenden sich jetzt meinem Bett zu und nehmen mir auch die Decke und das Hemd weg. Vorsichtig nimmt die kleine Schwester meinen Kopf und mit der anderen Hand bringt sie mich langsam in eine halb sitzende Position. Alles sehr behutsam.

Welche Wohltat! Mal nicht flach liegen zu müssen! Sie wäscht mir sanft den Rücken. Tut das gut! Könnte ich doch ‚Danke' sagen!

Sie legt mich wieder langsam hin und lächelt mir dabei ins Gesicht. Wirklich hübsch, die Schwester! Krasser Gegensatz zu dem Schorsch.

„Jetzt müssen wir Sie auf die Seite drehen. Keine Angst. Wir sind vorsichtig!", sagt sie lächelnd und geradezu zärtlich und liebevoll zu mir.

„Der hört dich doch nicht!", brummelt Schorsch.

„Weiß man es? Und wenn er nichts hört, schaden tut es nicht, freundlich mit ihm zu reden!"

Wie recht du hast, mein Kind! Gott erhalte dir deine Einstellung zu deinem Beruf! Aber bei Schorsch scheint mir deine Mühe, ihn belehren zu wollen, vergeblich.

Als ich auf der Seite liege, mit dem Bauch zu dem Pfleger, kommt mir dessen unangenehmer, schweißiger Körpergeruch in die Nase. Ekelhaft! Fragt sich, wer hier das Schwein ist.

„Nun, keine Verdauung heute? Muss ich gleich aufschreiben. Aber man muss ja nicht jeden Tag müssen!", wendet sich Julia dem Waschlappen zu und wäscht mir die Beine und den Hintern. Peinlich ist das alles. Anschließend trocknet sie mich sanft ab, dreht mich, nachdem sie das Kopfkissen aufgeschüttelt hat, wieder in meine Ausgangsposition auf den Rücken. Sie zieht mich, mit beiden Händen unter die Achseln greifend, etwas höher. Eine Genuss, ein bisschen anders zu liegen!

Hemd und Bettdecke folgen und ich bin froh, dass mir die Tortur meines Nachbarn erspart geblieben ist. Schorsch wendet sich Julia zu.

„Geh schon mal nach Zimmer 16, das müssen wir noch! Ich räum hier schnell noch auf, dann komm ich sofort nach. Fünf Minuten, dann bin ich auch da!"

„Okay, dann geh ich schon mal vor. Gute Nacht, meine Herren!"

Damit verlässt sie den Raum. Der Pfleger schaut böse grinsend erst hinter ihr her, dann mir, nachdem die Tür ins Schloss gefallen ist, genau in die Augen.

„Jetzt kriegst du nach der guten Behandlung noch einen leckeren Nachtisch von mir!", zischt er böse lachend.

Was meint der, denke ich noch, als er beginnt, seine Hose aufzuknöpfen. Er holt seinen Schwanz raus, beugt sich auf Zehenspitzen stehend über mich, reißt meinen Kopf an den Haaren zu sich herum, während er mit der anderen an sich herumwichst, bis sein Schwanz sehr schnell steht. Mit zwei Fingern öffnet er gewaltsam meinen Mund und steckt mir sein gewaltiges Ding tief in den Hals, wobei er sich mit dem Becken immer vor und zurückbewegt. Er murmelt irgendwas Unverständliches und fängt heftiger an zu atmen. Wäre ich nicht so gut wie gelähmt, würde ich es wohl jetzt vor Entsetzen werden.

So schnell kann ich gar nicht denken, wie sich alles abspielt. Noch dazu stinkt sein Pimmel noch widerlicher als der ganze Kerl. Ich möchte kotzen, geht aber nicht.

Hör doch endlich auf, du perverses Schwein. Träume ich das alles? Nein! Das ist Wirklichkeit!

Mit einem letzten Zucken, wobei er heftig schnauft und stöhnt, merke ich, wie sich eine eklige Brühe in meinen Mund ergießt. Er zieht seinen Schwanz zurück, stopft in schnell wieder in seine Hose, nimmt den schmutzigen Waschlappen, reißt mir noch mal den Mund weit auf und wischt mir mit dem Lappen durch den Mund bis fast in den Hals, dass ich zu ersticken glaube.

„War der Nachtisch gut?", fragt er mich höhnisch. „Demnächst fick ich dich noch in den Arsch!"

Er rafft schnell die schmutzige Wäsche zusammen und verlässt fluchtartig das Zimmer.

Während ich noch ungläubig das Geschehene Revue passieren lasse und fast schon zweifle, ob es wirklich stattgefunden hat, schmecke ich noch seinen ‚Nachtisch' lange nachwirkend in mir. Ich habe mich die letzten Tage schon manchmal nach etwas Warmem zu essen gesehnt, anstatt der stetig tropfenden Sondenernährung. Ich hatte aber an etwas anderes gedacht!

Mit diesem Gedanken gleite ich völlig erschlagen in die Welt zwischen Wachsein und Schlaf hinüber ...

X

Ich gehe langsam durch den Philosophenpark, eine etwa hundert Meter breite und fast genauso lange, mit alten Bäumen und Sträuchern bewachsene Anlage, durch die verschlungene Wege führen. Er ist nur für die Oberstufe unseres Gymnasiums. Die unteren Klassen dürfen ihn nicht betreten. Hier ist uns sogar das Rauchen erlaubt. Wirklich ein schöner, kleiner Park! Ein Lichtblick in Anbetracht der bedrückenden alten Gemäuer ringsum, die die Schule beherbergen.

Die Klassenzimmer sind zum Teil in alten, riesigen Räumen untergebracht, die früher wohl irgendwelchen klösterlichen Ritualen gedient haben mögen. Altertümlich, miefig, den religiösen und spirituellen Muff noch heute verbreitend. Hohe Decken, teilweise mit Gewölben, verwitterten Deckenmalereien, die kaum noch als solche zu erkennen sind, abfallender Putz, wohin man sieht. Verschlissene Holzfußböden, mangelhaft repariert und sehr hohe, aber schmale Sprossenfenster, die nach einem neuen Anstrich lechzen und durch die mehr kalter Wind hereinkommt, als sie abhalten.

Andere Klassenzimmer sind in ehemaligen Stallungen oder darüber untergebracht. Der sogenannte Kunstraum befindet sich in einem separat gelegenen Schuppen. Gehörte wohl mal zu einer Gärtnerei. Hell ist er ja, aber im Winter braucht man Handschuhe und Mütze.

Das Mitleiderregendste ist unsere Aula! Eine flache Holzkonstruktion mit niedrigem, einsturzgefährdetem Pultdach aus Teerpappe. Zur Inneneinrichtung schweigt des Sängers Höflichkeit. Sie liegt mitten auf dem Schulhof. In einem winzigen Schuppen, der trostlos an einer Wand der Aula klebt, sitzt in der Pause Pater Hausmeister und verteilt Kakao und Milch. Nicht sehr verlockend, das Ambiente!

Mein Gymnasium in Grevenbroich war ein Neubau aus den fünfziger, sechziger Jahren. Hell, warm, ein großes Treppenhaus, schöne Klassenräume mit fast neuen Schulmöbeln und bunten Wänden. Eine riesige Aula mit großer Bühne und einem elektrischen Vorhang wie im Theater. Ein großer Flügel, auf dem auch ich schon mal bei einer der regelmäßig stattfindenden Musikveranstaltungen ein Menuett von Mozart vorgespielt habe.

Kurz, es war eine, für die damalige Zeit, supermoderne Schule. Und vor allem gab es hier auch Mädchen! Schöne und weniger hübsche, aber eben Mädchen, an denen das Interesse von Jahr zu Jahr wuchs.

Einen Raucherpark gab es allerdings nicht. Bei meinem Wechsel auf das St.-Georg-Gymnasium fühlte ich mich wie strafversetzt in ein Arbeitslager. Das waren aber letztlich nur Äußerlichkeiten, die mich auf diesen Gedanken kommen ließen und die sich im Laufe der Zeit verflüchtigten. Waren ja auch nur drei und ein halbes Jahr. Dann würde ich hoffentlich mein Abitur haben. Ein Jahr hatte ich fast schon um, und auf einer reinen Jungenschule bekommt man schon viel Spaß.

Die Schulklingel schrillt grell und stotternd. Große Pause zu Ende. Schon wieder eine Deutscharbeit, danach noch Latein. Mein Lieblingsfach.

Ich ziehe noch ein paarmal an der Zigarette, trete sie auf der Erde aus und gehe in meine Klasse. Heute habe ich aus der Erfahrung vom letzten Mal meine Lektüre gelesen, sogar fast zweimal. Das Dilemma will ich nicht noch mal erleben. Schillers Räuber! Auch nicht die spannendste Lektüre für einen Sechzehnjährigen! Egal, ich kenne grob den Inhalt, die Personen, jedenfalls einige, und über Schiller habe ich mich auch schlaugemacht. Über Goethe vorsichtshalber auch. Wer weiß schon, was Pater Gotthilf sich wieder ausgedacht hat. Aber es kommt viel besser.

Nach vier Themen zu den Räubern kommt ein freies Thema! Ich staune nicht schlecht!

„Ist Pornographie für die Menschen gut oder schlecht?"

Für eine Klosterschule nicht übel, das Thema! Meint der das ernst?

„Wer dieses Thema wählt, sage geflissentlich seine Meinung! Ihr sollt nicht mir nach dem Munde reden, sondern mir eure Ansicht ehrlich erläutern!"

So spricht Gotthilf der Pater und in meiner Einfältigkeit und Gutgläubigkeit – damals glaubte ich noch an das Gute und Ehrliche in allen Menschen – nehme ich ihn beim Wort.

Was eigentlich ist genau Pornographie?

Damals gab es kein Internet, keine Pornovideos. Ich hatte mal ein Beate – Uhse Heftchen im Büroschrank meines Vaters gefunden. ‚Softporno' würde man das heute nennen. Genaues konnte man nicht sehen, aber die Phantasie regte es schon sehr an. Es hat mir jahrelang als Wichsvorlage gedient und war immer wieder aufregend. Alternativ hatte ich noch Quelle – Kataloge, bei denen die Seiten mit der Mädchenunterwäsche den gleichen Zweck perfekt erfüllten und nach kurzer Zeit ziemlich zerknittert waren.

Einmal hatte ein Freund ein Pornoheft – auch von seinem Vater gemopst – mit in der Schule. Das war schon etwas deutlicher in den Abbildungen, zum Teil fand ich es aber abstoßend. Sahen wirklich alle Mädchen zwischen den Beinen so dunkel und ausgefranst aus? Bestimmt nicht! Ich hatte doch schon mal eins nackt gesehen, von weitem, das war an der Stelle nicht so unappetitlich.

Aber ganz nah dran war ich leider noch nie. Würde sich sicher irgendwann einmal ergeben und dann wüsste ich es genau. Bis dahin konnte man sich weiter seinen Onanievorstellungen hingeben.

Dann natürlich Rudi. Der hatte immer Pornos dabei. Unter der Schulbank im Unterricht sogar. Wollte ja auch später Priester werden. Da muss man sich ja informieren!

Was soll ich also jetzt schreiben? Meine Meinung? Besser doch Schillers Räuber? Nee! So genau kann ich mich schon gar nicht mehr an den Text erinnern. Lieber Pornographie!

Ich lege also los und verbreite mich zunächst etwas allgemein über den Begriff, beziehungsweise über das, was ich mir darunter vorstelle. Dann lasse ich mich altklug, aber in epischer Breite darüber aus, dass es wohl besser sei, sich an Bildern, als an lebenden Objekten zu vergreifen, und dass meines Erachtens viele potentielle Triebtäter durch den Gebrauch solcher Pornos von Straftaten abgehalten werden könnten. Denn der Sexualtrieb sei nun mal der stärkste Trieb des Menschen und müsse zu seinem Recht kommen. Ich schreibe, dass nur ein schwacher Charakter durch solche Bilder zu Straftaten verführt und angestiftet würde, der gesunde und starke Charakter aber, der seine Triebe im Griff habe, dadurch keinen Schaden leide, sondern nur das natürliche Bedürfnis seiner Neugier damit befriedige.

Und so weiter und so weiter. Wir sollen ja unsere Meinung sagen. Bitte, das ist meine, wohlbegründet, wie ich glaube. Das muss Gotthilf gefallen und mir wieder einmal eine gute Note bescheren!

Wie dumm ich bin, wie falsch meine Ansicht von der Ehrlichkeit und Anständigkeit der Menschen ist, erfahre ich, als wir die Arbeit ein paar Tage später zurückbekommen. ,Mangelhaft' steht schlicht und ergreifend darunter. Ohne weitere Begründung. Meine erste wirkliche Fünf. Ich werde blass und wütend, versuche es aber zu verbergen.

Rudi, die größte Sau in unserer Klasse, der es ja auch mit Sextanern treibt, hat auch dieses Thema gewählt und seine erste Eins im Leben geschrieben. Er hat die Pornographie als Teufelswerk in Grund und Boden verflucht! Er hat ja auch die meiste Erfahrung damit und will ja auch Priester werden! Er kennt sich mithin, da er ja auch schon fast zehn Jahre auf diese Lehranstalt geht, mit den Charakteren des Lehrkörpers und der Kirche aus.

Oh, ihr Pharisäer! Mein Glaube an Patres, an die Kirche und auch an die Menschen im Allgemeinen hat einen ordentlichen

Knacks bekommen. Aber ich habe wieder etwas gelernt, bin wieder etwas schlauer geworden.

Das ist ja der Sinn der Schule. Non scholae, sed vitae discimus! Hier passte der Spruch mal so, wie Lehrer ihn zu zitieren pflegen, der im Original aber lautet: ‚Nicht für das Leben, sondern für die Schule lernen wir!'

So ein fundamentaler Irrtum ist mir danach noch einmal in der Schule unterlaufen, bei einem weltlichen Lehrer, dem ich auch glaubte, was er sagte. Es war unser Geschichtslehrer, Herr Bimsstein. Das ist mein zweiter Lehrer an dieser Schule in diesem Fach.

Im ersten Jahr hatten wir das Fach bei Herrn Oberstudienrat Boraviez, wir nennen ihn kurz ‚Bovi', von dem lateinischen ‚bos', das Rindvieh, abgeleitet, wie Pennäler so sind. Spitznamen müssen sein! Er ist aber weiß Gott kein Rindvieh, sondern eine ausgesprochene Respektsperson, die sehr viel Autorität ausstrahlt und mithin ziemlich gefürchtet ist.

In meiner ersten Unterrichtsstunde bei ihm, in der ersten Woche meines neuen Daseins als Schüler des St.-Georg-Gymnasiums, darf ich gleich nach vorne zu ihm kommen, besser gesagt, er zitiert mich zu sich und überreicht mir einen Packen Papier. Es sind sicher zwanzig DIN-A4-Seiten, von oben bis unten sehr klein und eng mit Geschichtszahlen und den dazugehörenden Ereignissen, angefangen bei Hammurapi, ungefähr 1800 vor Christus, bis Adenauer, der ja vor wenigen Jahren noch unser Bundeskanzler war, vollgeschrieben.

Schön, denke ich nach dem ersten flüchtigen Durchblättern, prima, um mal was nachzusehen, so eine Art Nachschlagewerk. Nett von ihm!

Das böse Erwachen folgt auf dem Fuße, als er mir mit harter und keinen Widerspruch duldender Stimme klarmacht, dass ich genau zwei Wochen Zeit habe, das alles auswendig zu lernen. Dann würde er mich diagonal nach diesen wichtigsten Geschichtsdaten abfragen.

‚Ist der bescheuert?', frage ich mich. Meine Mitschüler erklären mir aber nachher, dass Bovi das bei jedem Neuen so macht und das auch streng prüft. Na großartig. Hab ich ja was zu tun die nächsten zwei Wochen.

Und in der Tat holt er mich auf den Tag genau nach Ablauf der Frist an sein Pult und beginnt, kreuz und quer die Zahlen abzufragen. Wohlgemerkt, er fragt nach den Daten, die geschichtlichen Ereignisse dazu soll ich dann sagen. Umgekehrt wäre es ja auch zu einfach. Das geht über Cäsar, Catilina, Nero, sämtliche Karls die Soundsovielten, Friederichs und Päpste, das Mittelalter bis zu Ludwig dem Ersten und Zweiten und bis zum Vierzehnten, zum Dritten Reich, zurück zu den großen Schlachten und Kriegen des Altertums, über die Weimarer Republik mit einem Schlenker zur Schlacht um Troja und der Gründung des Römischen Reiches. Adenauer wird auch nicht vergessen.

Nach etwa einer halben Stunde – mir brummt der Kopf und ich habe natürlich nicht alles gewusst – lässt er von mir ab und meint trocken, dass das noch verbesserungsfähig sei. Er ist aber scheinbar halbwegs zufrieden mit meiner Leistung und vor allem fühlt er sich in seiner Lehrmethode bestätigt, über die ich selbstverständlich eine andere Meinung habe.

Hängen geblieben sind bei mir bis heute zwar alle Zahlen, klar, nur die zugehörigen Ereignisse sind mir weitgehend entfallen. Außer Hammurapi! Schöner Name. Babylonischer Herrscher! Hatte auch vorher nie was von dem gehört. Nachher auch nicht mehr.

‚Non vitae, sed scholae discimus!' Seneca hatte recht!

Jetzt ist also der Bimsstein mein Geschichtslehrer. Eigentlich komme ich ganz gut mit dem klar und stehe immer zwischen gut und sehr gut.

Bimsstein ist noch nicht so alt, vielleicht vierzig und politisch sehr engagiert, wie er immer bemerkt. CDU-Mann.

Damals, Ende der sechziger Jahre, war der Biafra – Konflikt in Afrika. Biafra wurde von den Nachbarländern mit einem

Boykott belegt und sollte ausgehungert werden. Ich erinnere mich noch an Plakate mit hungernden Negerkindern, die ganz aufgequollene Bäuche hatten. Mehr wusste ich aber auch nicht davon.

Kurz, unser Lehrer hat es sich aufs Panier geschrieben, dagegen etwas zu tun und beruft eine Schulversammlung in unserer Baracke, die sich Aula nennt, ein. Froh, einer langweiligen Unterrichtsstunde zu entgehen, strömen wir also alle zum angesetzten Termin dorthin.

Er schildert sehr erregt und echauffiert die Zustände in dem fernen Land und erklärt seinen Plan. Eigentlich sehr löblich. Er will mit der gesamten Schule mit Bussen nach Bonn fahren und dort einen Sternmarsch organisieren, um unsere Politiker aufmerksam zu machen. Andere Schulen sollen auch teilnehmen.

Was? Sternmarsch? Demo? Prügeleien? Ich kenne solche Demos aus dem Fernsehen. Polizei mit Hundertschaften, Wasserwerfer, blutige Gesichter. Meint der das wirklich ernst? Wir sind doch keine Demonstranten.

„Ist der verrückt?", flüstere ich meinem Nebenmann zu. „Der spinnt wohl. Ich lass mich doch da nicht verprügeln oder einsperren!"

„Nee, ich bin da auch nicht scharf drauf. Kann der alleine machen!" pflichtet er mir zustimmend bei.

Das alles sei natürlich völlig freiwillig, fährt Bimsstein, langsam ruhiger werdend, fort.

„Wer nicht mitfahren will, muss nicht und darf an dem Tag zu Hause bleiben. Dadurch entsteht ihm kein Nachteil und ich bin niemandem böse!"

Das ist doch ein nettes Angebot! Ein Tag schulfrei! Keine Nachteile! Was will man mehr? Da fällt die Entscheidung leicht, zumal, wenn man Sinn und Zweck der ganzen Veranstaltung nicht richtig verstanden hat und der Erfolg der Sache eher zweifelhaft ist. Wie sollen ein paar Schüler, in Bonn durch die Straßen laufend, die Welt irgendwo in Afrika verändern?

„Wer also nicht mitfahren möchte, steht jetzt auf, damit ich die Namen aufschreiben kann. Wer sitzen bleibt, fährt mit!"

Sofort stehe ich von meinem wackeligen Stuhl auf, in der Erwartung, dass die meisten ebenfalls aufstehen würden. So stehe ich da, ein immer roter werdender kleiner Fels in einer nicht vorhandenen Brandung. Allein! Ganz allein! Keiner sonst hat sich getraut, auch mein Nachbar nicht, der eben noch getönt hat. Mir wird ziemlich heiß, aber ich bleibe stehen.

„Ach, der Herr Sieben! Hätt ich mir denken können! Gut. Alle anderen fahren mit. Sehr gut! Das wars dann. Den genauen Termin gebe ich noch bekannt. Ihr könnt wieder in eure Klassen gehen."

Draußen fangen einige an zu tuscheln. Ich höre Sätze wie ‚Der kann mich mal, ich bin dann krank!' und ‚Der spinnt doch, lass den mal schön fahren, ich nicht!'

„Warum seid ihr denn nicht auch aufgestanden?", frage ich.

„Wir sind doch nicht doof! Du kennst den noch nicht. Der nimmt Rache an dir!"

Das will ich aber nicht glauben. Schließlich hat er öffentlich versprochen, dass keiner einen Nachteil habe, wenn er nicht mitfahren wolle. Da muss er sich ja dann auch dran halten!

Wie dumm und naiv ich wieder gewesen bin! Schon in der ersten Geschichtsstunde nach der Demo, die tatsächlich stattfand und die er als großen Erfolg für sich pries, bekomme ich meine Quittung.

„Ich danke allen, die mitgefahren sind. Jeder bekommt eine ‚Eins' dafür gut geschrieben. Leute wie Herr Sieben bekommen von mir natürlich keine. Die bekommen auch in Zukunft nur noch ‚Fünfen'!"

„So halten Sie Ihr Wort? Okay. Dann tu ich auch keinen Schlag mehr für dieses Fach!", entgegne ich erregt und verlasse das Klassenzimmer.

Ich habe auch nichts mehr getan und seine Fragen während des Unterrichts, die er an mich – allerdings nur sehr selten – richtete, mit Nichtwissen beantwortet.

So behielt ich meine ,Fünf' bis zum Abitur. Sie zählte aber nur eine Drittelnote, da Geschichte unter Gemeinschaftskunde fiel und ich in den beiden anderen Fächern ,Gut' stand. Beim Abiturschnitt spielte es also keine wesentliche Rolle und den Begriff des Numerus Clausus gab es zu der Zeit noch nicht. Das kam erst kurz vor meinem Abi. Da war es eh zu spät. Ich war sehr stur damals und zu dumm und zu gutgläubig. Ich dachte, Ehrlichkeit brächte einen immer am weitesten. Welch fataler Fehler! Stur und ehrlich bin ich heute immer noch. Gutgläubigkeit habe ich aus meinem Wortschatz gestrichen. Höre, Seneca! Auch in der Schule lernt man was fürs Leben!

Der Rest des Schultages ist dann noch sehr abwechslungsreich und lustig, jedenfalls für uns, für die Lehrer weniger.

Unser Englischlehrer ist ein kleiner, komplexbeladener, weil unter anderem übergewichtiger, noch recht junger Typ. Sehr unsicher im Auftreten. Das ideale Opfer für postpubertäre Klosterschüler!

Wie vorher besprochen, stehen wir alle pünktlich um 11 Uhr 11, obwohl gar nicht Karneval ist, mitten im Unterricht, während der Lehrer uns irgendwelche grammatikalischen Erkenntnisse zu vermitteln sucht, von unseren Sitzen auf, treten neben unsere Tische und machen einen Schritt nach vorne in seine Richtung.

Er wird zunächst kreidebleich, dann puterrot, zittert am ganzen dicken Körper und blickt verstohlen zur Tür, ob es wohl eine Fluchtmöglichkeit gibt. Sind aber etwa zehn Meter und er muss zwischen uns durch. Er scheint zu zögern und weiß nicht, was er tun soll.

„Was soll das? Was wollt ihr von mir?", stottert er noch, als von hinten ein Stuhl in hohem Bogen nach vorn geflogen kommt und das Lehrerpult genau mittig trifft, sodass das morsche Holz zersplittert und der Stuhl unter Ächzen in seine Einzelteile zerbricht. Den hat Bingo, unser Stubenältester, geworfen.

Wie von einem Schwein gebissen, stürmt der Lehrer mit vor dem Kopf gehaltenen Händen durch die erste Reihe auf die Tür zu und verschwindet mit einem Schrei im Flur. Das war ein perfekter Streich! Vielleicht etwas zu perfekt.

Bingo rückt kurzerhand noch das alte schwarze Klavier zur Seite, das an der hinteren Wand ein sehr trauriges und völlig verstimmtes Dasein fristet, wohl schon seit hundert Jahren, schiebt es kurzentschlossen auch Richtung Tür, durch selbige ins Treppenhaus bis zur erste Stufe, gibt ihm mit dem Fuß einen kräftigen Tritt und verabschiedet sich von dem Pianoforte mit den Worten: „Geh du auch zum Teufel!"

Das alte Klavier rutscht die Stufen hinab, wobei sämtliche Saiten ihre letzten jämmerlichen Töne von sich geben, um dann eine Etage tiefer an der Wand unter lautem Getöse zu zerschmettern. Interessant, was da alles so drin ist! Die Wand hat auch gelitten.

Der Stuhl und das Klavier waren keine Gemeinschaftsplanung. Das hat unser Stubenältester wohl spontan entschlossen und in die Tat umgesetzt.

Bingo ist sicher fünf oder sechs Jahre älter als der Rest, kommt immer schon mit einem knallbunt bemalten Käfer zur Schule gefahren, ist langhaarig und mit bemaltem und zerrissenem Parka bekleidet. Kurzum, eine Art Hippie. Er kifft unserer Meinung nach auch und seinen teilweise wirren Gedanken können wir nicht immer so recht folgen.

Diese Aufführung sollte aber nicht ohne Konsequenzen bleiben. Pater Direktor wurde natürlich sofort unterrichtet und einige Tage später hatten einige von uns, die wohl als Rädelsführer angesehen wurden, einen blauen Brief zu Hause, der unsere Eltern wenig erfreute. Ich natürlich auch. Mein Erster!

Eine Abmahnung der Schule. Im Wiederholungsfall drohe der Schulverweis, stand da in wohlgesetzten Lettern, mit dem klösterlichen Emblem recht hübsch anzusehen. Hätte schlimmer kommen können!

Meine Eltern nahmen es hin, wenn auch nicht sehr erfreut. Einer von uns, der eigentlich nur am Rande beteiligt, dafür aber dem Lehrkörper, wohl wegen seiner, in den Augen des Klosters niederen, Herkunft, und weil seine Eltern auch kein Geld für großzügige Spenden an das Kloster hatten, ein Dorn im Auge war, wurde härter bestraft.

Die anderen Eltern spendeten hier und da etwas, was immer sehr wohlwollend aufgenommen wurde und sich auch bei den Noten sehr deutlich bemerkbar machte. So schaffte auch der Dümmste das Abitur.

Dieser Schüler erhielt keine Verwarnung, sondern sofort einen Schulverweis!

Nach Interventionen durch uns und unsere Eltern wurde der Schulverweis in einen Verweis vom Unterricht umgewandelt. Er durfte das letzte Jahr also nicht mehr am Unterricht teilnehmen. Dank der Hilfe seiner Mitschüler, die in seiner Nähe wohnten und ihm jeden Tag die Hausaufgaben und den Stoff des Tages brachten, sowie mit ihm lernten, schaffte er trotzdem das Abitur. Welche Nächstenliebe der Schüler! Den Klosterbrüdern war dieser Begriff wohl nicht bekannt, obwohl sie ihn ständig im Munde führten. Sie nutzten die Gelegenheit boshaft, den ungeliebten und keinen Gewinn abwerfenden Schüler zu verbannen, diese Pharisäer!

Das alles wissen wir aber nach der erfolgreichen Attacke auf unseren Englischlehrer noch nicht, sodass wir unmittelbar zur nächsten Tat schreiten können.

Das nächste Opfer soll der Lateinlehrer sein. Ich weiß nicht, ob Vollmond oder so etwas ist, wir haben jedenfalls noch mehr Unsinn an diesem Tag im Kopf, als sonst üblich.

In der sechsten Stunde ist Latein angesagt. Die Unterrichtsstunde davor war Sozialkunde. Ziemlich langweilige Vorstellung eines noch langweiligeren Lehrmeisters, eines unscheinbaren Pfäffleins, das weder Autorität, noch irgendetwas sonst ausstrahlt. Er sitzt immer nur hinter seinem Pult und leiert irgendeinen langweiligen Text herunter, der niemandes wirkliches Interesse weckt. Ich glaube, es interessiert noch nicht mal ihn selbst. Er ist so unspektakulär und nichtssagend, weder böse noch nett, dass es uns noch nicht einmal in den Sinn kommt, ihn in irgendeiner Weise zu provozieren. Er liest seinen Text vor, niemand beachtet ihn, er fragt nie etwas nach und klappt meist schon vor dem Ende der Stunde sein Buch zu, um dann stillschweigend – manchmal merken wir es noch nicht einmal – den Raum zu verlassen. Dafür bekommen wir aber alle eine ‚Zwei' von ihm. Guter Deal!

So nutzt jeder den Unterricht, der eigentlich keiner ist, auf seine Weise. Der eine schläft, der andere liest irgendwas, mancher macht seine Hausaufgaben schon mal, entweder für den nächsten Tag oder noch für die folgende Stunde. Ich spiele meistens mit meinem Nachbarn unter der Bank Karten. Wir spielen ‚Tuppen', ein hier im Rheinland sehr verbreitetes Kartenspiel mit den bekannten Skatkarten. Jeder bekommt aber nur vier Karten, die ranghöchste der jeweiligen Farbe gewinnt. Es sind kurze Spiele, sodass man in einer Schulstunde eine Menge davon schafft und die Zeit wie im Flug vergeht.

Dann kommt die Lateinstunde! Unser Lateinlehrer, Oberstudienrat Gennemann, von uns liebevoll Genus genannt, ist einer der Nettesten der gesamten Lehrerschaft und hat das folgende Attentat eigentlich überhaupt nicht verdient. Er ist immer sehr freundlich, strahlt Vertrauen aus und ist nett zu jedem und großzügig bei der Vergabe der Noten, dabei auch sehr gerecht.

Ich komme sehr gut aus mit ihm, da ja Latein mein Lieblingsfach ist, weil mir die Sprache liegt.

Mein Vater, der als Jurist und Rechtsanwalt ein großer Freund der lateinischen Sprache war, hatte mir meine ersten Jahre auf dem Gymnasium jeden Abend mit Lateinvokabeln und Grammatik versüßt. Sehr zu meinem damaligen Verdruss, da ich dann eigentlich abends lieber mit dem Bau meiner elektrischen Eisenbahn beschäftigt war. Er setzte sich aber immer durch. Nachher war ich dankbar dafür, denn ohne ihn wäre ich nicht so problemlos, zumindest leistungsmäßig, durch die Schulzeit gekommen.

Mathe, Deutsch und Englisch übte er natürlich auch mit mir. Ich habe diese Übungsabende später mit meinen Kindern, zu deren Verdruss, auch eingeführt.

Was auch immer uns getrieben haben mag, Genus wird unser Opfer!

Der kleine Langweiler hat das Klassenzimmer wieder mal unbemerkt verlassen, die kurze Pause hat noch nicht begonnen, sodass wir Zeit genug für die Vorbereitungen haben. Einer steht Schmiere an der Tür und wir, ich natürlich mit dabei, präparieren den Stuhl hinter dem Lehrerpult.

Einer von uns hat einen sehr dicken Böller, einen sogenannten ‚Chinakracher‘, mitgebracht. Ist Silvester übrig geblieben. Über die Zündung zum richtigen Zeitpunkt haben wir uns lange vorher Gedanken gemacht. Mir, als besonders technisch begabtem Schüler, ist dann schließlich die Idee gekommen, eine Zigarette als Zeitzünder zu benutzen. Auf den Zeitpunkt des Anzündens der Zigarette kommt es an! Das habe ich natürlich genau ausprobiert und die Zeit berechnet, wann die Glut die Zündschnur, an der die Zigarette befestigt ist, erreicht.

Die so präparierte Minibombe befestigen wir also mit Klebeband von unten an der Sitzfläche des Lehrerstuhls. Als unser Aufpasser an der Tür hustet, wissen wir, dass Genus im Anmarsch ist. Jetzt heißt es, die Zigarette anzünden und schnell jeder an seinen Platz und die Bücher aufgeschlagen!

So sitzen wir also zum leichten Erstaunen des Lehrers alle brav auf unseren Plätzen, was er sonst nicht gewohnt ist.

„Guten Morgen, meine Herren!“, kommt er grüßend herein.

Wohlerzogen erheben wir uns.

„Guten Morgen, Herr Oberstudienrat!“

Er setzt sich auch sofort auf seinen Stuhl, hebt schnuppernd die Nase und fragt missbilligend: „Habt ihr wieder hier geraucht?“

„Nein, der Geruch kam eben von draußen!“

Er forscht nicht weiter nach und schlägt sein Lehrbuch auf.

„Was hat Cicero in seiner Rede ‚In verrem actio primam‘ hauptsächlich vorgebracht?"

Kurzes Umblicken durch unsere Reihen, Schnuppern und Kopfschütteln.

„Herr Sieben, bitte sagen Sie etwas dazu!"

Noch etwa zwei bis drei Minuten Zeit hat es meiner Meinung nach bis zur Explosion! Das muss ich irgendwie überbrücken.

„Also Cicero klagt in seiner bekannten Rede, äh, ‚In verrem actio primam‘, Verres, den ehemaligen Statthalter Roms in Sizilien an. Er verteidigt das sizilianische Volk und die durch ihn ausgeplünderten und gefolterten Bürger. Er sagt unter anderem, äh, äh …"

Mit einem riesigen Knall explodiert der Chinakracher, viel lauter und auch imposanter, als wir es uns vorgestellt haben. Sogar der Stuhl mitsamt unserem Lehrer Genus hebt ein wenig vom Boden ab. Es sieht zumindest so aus.

Genus wird bleich wie ein Leichentuch, springt auf, sieht auf seinen Stuhl, der noch eine heftige dunkle Rauchwolke unter sich entweichen lässt, fasst sich, aber nur ganz kurz, an den Hintern, nimmt sein Buch, stopft es in seine alte Ledertasche und verlässt, ohne uns eines weiteren Blickes zu würdigen, und ohne auch nur ein einziges Wort zu sagen, das Klassenzimmer und ward nicht mehr gesehen.

Wir stehen stumm da, selbst ziemlich erschrocken. Dann lachen wir erst mal laut los und freuen uns über die gelungene Aktion. Dann dämmert uns doch langsam, dass der Spaß etwas zu heftig war und eigentlich den Falschen getroffen hat. Schnell einigen wir uns darauf, dass wir uns bei Genus entschuldigen sollten.

Eine ausgewählte Abordnung marschiert also – ich mit dabei – zum Lehrezimmer, wo der arme Genus noch ziemlich blass am Fenster sitzt.

„Entschuldigen Sie bitte unsere frevelhafte Tat!", sagen wir fast im Chor.

Er sieht uns traurig an.

„Das war nicht nett von euch! Die Entschuldigung akzeptiere ich. Ich werde euch aber keinen Unterricht mehr erteilen bis zum Abitur! Strafe muss sein, bei solch einer verruchten Tat!"

Recht hat er, wobei die Strafe jetzt von uns nicht als so dramatisch empfunden wird und bis zum Abi ist es nicht mehr lange. Die Noten stehen ja auch fest. Nur die Abiturarbeit in Latein kann er uns noch erschweren, wenn er auf Rache aus ist.

War er aber nicht. Er hat tatsächlich den Unterricht bei uns verweigert, uns aber anscheinend nicht verpfiffen beim Zeus. Vielleicht war er als Pennäler auch nicht so ganz ohne gewesen früher und hatte sich daran erinnert. Das ist aber nur eine Vermutung von mir, durch nichts belegt.

Er hat unsere Tat einfach ignoriert. Nicht schlecht für einen Lehrer! Die Abiklausur war fair. Schade, dass es ihn getroffen hatte. Im Leben trifft es meist die Falschen!

XI

Unsanft geweckt erwache ich und finde mich im Flur.

„Das war die Wand! Idiot! Pass doch auf!"

Zwei Pfleger schieben mich wieder quer durchs Haus. Was kommt jetzt wieder? Ich habe gar nicht bemerkt, dass man mich aus dem Zimmer geholt hat. Das hat bestimmt nichts Gutes zu bedeuten. Aber wenn ich gestorben wäre, wäre das Laken über meinen Kopf gezogen. Ich sehe aber die vorüberziehenden Wände und gefühlte tausend Türen. Also lebe ich noch. Ist das jetzt gut oder schlecht?

Erst mal positiv denken! Noch habe ich mich ja nicht aufgegeben. Ich spüre so einen ekligen Geschmack im Mund. Mir fällt der Nachtisch des brummigen Pflegers – wie war der Name noch, ach ja, Schorsch, dieses Schwein – wieder ein. War wohl doch kein Traum! Der Spermageschmack mit einem Schuss pissiger Würze spricht dagegen.

Wir erreichen einen bis zur Decke weiß geflicsten Raum. Man wuchtet mich auf einen Operationstisch in der Mitte des Raumes und dreht mich auf die Seite. Tut das gut! Nett von euch Jungs! Danke! So jetzt mal eine Stunde wenigstens auf der Seite liegen dürfen. Ist zwar auch nicht sehr bequem, aber immerhin eine wohltuende Abwechslung zu der ständigen Rückenlage.

„Ist das die Liquorpunktion?", höre ich eine weibliche, ziemlich unfreundliche und grob klingende Stimme.

„Jo, von der Privatstation!"

„Okay. Ich ruf an, wenn das fertig ist. Circa zwei Stunden!"

Oh je! Liquorpunktion! Das heißt, eine große Kanüle zwischen die unteren Lendenwirbel, um Hirnwasser abzusaugen. Macht man, um Krankheitserreger, Blut oder bestimmte Zellen zu gewinnen, die auf einen Tumor im Gehirn hinweisen könnten. Nicht ganz ungefährlich. Soll nicht besonders wehtun unter lokaler Betäubung. Tja, macht wohl Sinn in meinem Fall. Wüsste ja auch endlich gern, was mit mir los ist. Bisher weiß ja keiner, woher mein Zustand kommt. Ich kann es mir ja auch nicht erklären. Hoffentlich finden die jetzt irgendwas, das man behandeln kann! Ich will raus hier und wieder nach Hause! Und wenn es nur zum Sterben wäre. Aber noch möchte ich leben. Leben! Gesund sein! Wieder arbeiten können! Meine Hoffnung ist noch da, aber irgendwie nicht mehr sehr groß. Jeden Tag schwindet sie weiter. Jeder Tag bringt neue Qual.

Hoffen, weiter hoffen, mache ich mir selber etwas Mut, aber es gelingt nicht so recht.

Nach einer kleinen Ewigkeit macht sich jemand an mir zu schaffen. Mein Hemd wird mir von hinten über die Seite gelegt. Die Oberschenkel in Sitzposition geschoben, der Oberkörper nach vorn gebeugt. Alles in Seitenlage. Wie ein Embryo liege ich da. Wieder mal eine andere Position, sehr gemütlich und ich genieße es.

Man klebt mir ein Tuch auf den unteren Rückenbereich, wohl so ein OP-Tuch mit Loch in der Mitte. Muss ja steril sein.

„Desinfizieren!", befiehlt die Frauenstimme.

Ich fühle etwas Kaltes und Nasses.

„Kanüle!"

Mann, hat die einen Ton! Wie auf dem Kasernenhof.

„Keine Lokalanästhesie?", fragt eine, von der Stimme her junge Schwester.

„Hab ich da was von gesagt? Also keine! Der hier hat kein Schmerzempfinden mehr. Außerdem tut das sowieso nicht sehr weh!"

Im gleichen Augenblick fühle ich schon die Punktionsnadel in meiner Haut und immer tiefer in mein Fleisch vordringen.

Tut wirklich nicht so sehr weh, aber direkt angenehm ist das auch nicht. Dann aber kratzt die Nadel tief in mir auf der

Wirbelsäule. Das schmerzt heftig, verdammt noch mal! Kann die nicht zielen oder macht die das zum ersten Mal?

„Ich bin auf den Dornfortsätzen!", murrt die Ärztin. „Knick den Mann noch weiter zusammen!"

Die Schwester kommt auf meine Seite des Tisches und versucht mit sanfter Gewalt, meinen Kopf noch weiter Richtung Knie zu beugen, während hinten munter weiter gebohrt und gekratzt wird. Jetzt wirds aber richtig unangenehm schmerzhaft.

„Ich komm nicht durch. Der ist schon so verknöchert da unten. Ich find da keine Lücke!"

Sie bohrt und bohrt trotzdem weiter.

„Gib mir ne dickere Nadel, dann kann ich fester drücken. Vielleicht klappts dann, sonst müssen wir es suboccipital versuchen!", herrscht sie die Schwester an.

Suboccipital bedeutet, direkt unter dem Hinterkopf über dem ersten Halswirbel, da ist mehr Platz, um zum Rückenmark zu gelangen. Das ist aber gefährlicher.

Da sticht man auf der Jagd mit dem Messer bei einem noch lebenden Stück Wild rein und durchtrennt das Rückenmark. Das nennt man ‚abnicken‘. Schneller Tod!

Aber hier sind wir doch nicht auf der Jagd und ich bin kein Wild!

Die Nadel, jetzt spürbar dicker, quält sich wieder durch meine Muskulatur und schabt noch heftiger auf den Lendenwirbeln. Mit einem kräftigen Ruck, als ob einer mit einem Hammer draufgeschlagen hätte, rutscht das Ding weiter in die Tiefe. Es knirscht in mir sehr aggressiv.

„Geschafft! Es läuft. Gib mir die Röhrchen für die Proben. Zwei für die Pathologie und zwei für die Mikrobiologie."

Endlich! Bald bin ich wohl erlöst hier und das ‚Abnicken‘ am Hinterkopf bleibt mir erspart.

Kurz drauf zieht sie die Nadel heraus.

„Druckverband, Blutdruck messen und eine Stunde beobachten. Wenn der hier abnippelt, ist der Chef sauer. Private legen goldene Eier!"

Mit diesen charmanten Worten verlässt sie eilig den Raum, während die Schwester mir den Verband macht, mich vorsichtig zuerst wieder gerade und dann auf den Rücken dreht. Sie deckt mich zu, nachdem sie mir den Blutdruck gemessen hat und zufrieden nickt. Nette Schwester. Sieht irgendwie lieb aus. Noch ganz jung. Sie setzt sich neben mich und fühlt hin und wieder meinen Puls. Sehr beruhigend. Wieder auf meinem Zimmer, sehe ich die nette Schwester aus meiner Sexnacht mit einem jungen Pfleger. Zum Glück nicht Schorsch! Die beiden betten mich neu und ziehen mir ein frisches Flügelhemd an. Das alte war ziemlich blutverschmiert. Die beiden schauen sich immer wieder an und tuscheln miteinander. Julias Augen leuchten regelrecht und auch bei ihm erkennt man Amors Gesichtszüge. Da läuft was zwischen den beiden! Sind auch ein wirklich nettes Pärchen. Wäre man doch auch noch mal so jung und dann verliebt! ‚Man müsste noch mal zwanzig sein, und so verliebt wie damals!‘, hat Willi Schneider mal gesungen. Wie wahr! Ich wäre schon froh, so alt wie ich bin, aber gesund zu sein. Und hier raus vor allem. In die Sonne, in den Garten, mit dem Trecker über die Weide fahren zu unseren Pferden, den Rindern, den Schafen und Ziegen. Zusammen mit Gustav. Mit Gabi Holz sägen und spalten für den nächsten Winter. Ob ich dann noch lebe? Manchmal zweifle ich daran, dann zwinge ich mich wieder zu hoffen. Wenn man sich selbst aufgibt, kann einem niemand mehr helfen. Das sage ich meinen Patienten doch auch immer!

Die beiden Turteltäubchen rücken noch mein Kopfkissen zurecht, decken mich zu, nachdem sie mich noch mal etwas höher gezogen haben. Dabei strahlen sie sich gegenseitig an. Zu süß!

Ich war auch mal total in eine kleine Schwesternschülerin verliebt, als ich noch Pfleger war. Immer suchte ich ihre Nähe und machte, wenn möglich, alles mit ihr zusammen. Mit ihr machte sogar das Spülen der Bettschüsseln Spaß und wir lachten viel zusammen. Einmal mussten wir in der Bettenzentrale ein neues Bett holen. Das war ganz oben auf dem Speicher. Da habe ich all meinen Mut zusammengenommen, sagte, sie solle mal kurz die Augen schließen und dann habe ich sie einfach auf den Mund geküsst. Nur ganz kurz. Ich war sehr unerfahren und etwas gehemmt in diesen Dingen. Mein Herz raste wie verrückt. War das Liebe? Sie schien gar nicht so überrascht. Lächelte mich nur an und sagte nichts. Ob wir mal zusammen essen gehen könnten, fragte ich sie hoffnungsvoll und sie sagte sofort zu.

Ein paar Tage später gingen wir dann auch essen und hatten einen schönen Abend. Sie eröffnete mir aber, dass sie seit einigen Wochen einen festen Freund habe. Welche Enttäuschung! Ich akzeptierte es aber. Auf die Idee, um sie zu buhlen und hartnäckig gegen den Freund zu kämpfen, kam ich erstaunlicherweise nicht. Ich war eben zu schüchtern. Es tat unserer Freundschaft aber keinen Abbruch und wir hatten weiter viel Spaß miteinander, harmlosen Spaß. Damals lief der Hit ‚Music‘ von John Miles ständig im Radio. Noch heute sehe und rieche ich meine Liebe von damals dann vor mir.

So etwas fällt einem dann ein, wenn man so ein Liebespärchen sieht, wie die beiden an meinem Bett. Hoffentlich hat der Junge hier mehr Glück als ich damals, oder mehr Mut!

Sie wenden sich von mir ab, nicht ohne mir ‚Gute Nacht‘ zu wünschen und gehen leise lächelnd und glücklich aus dem Raum, während Gabi hereinkommt, mich küsst und sich einen Stuhl an mein Bett zieht.

Sie nimmt meine Hand und drückt sie ganz fest.

„War bestimmt schlimm heute, was?“, flüstert sie mir leise zu.

Meine Frau ist normalerweise nicht so der Gefühlsmensch, eher Realist. Genauer gesagt, sie kann ihre wahren Gefühle nicht so zeigen oder versteckt sie. Außer, wenn sie Wut hat. Dann kann sie eine ganze, riesige Palette an Gefühlen ausdrücken, mit Weinen, Schreien, Gestikulieren und vor allem mit Worten, furchtbar vielen Worten. Unendlich vielen Worten.

Glücklich sein spielt sich bei ihr eher im Verborgenen, wenn auch deutlich fühlbar, ab. Habe beides in unserer langen und doch insgesamt sehr glücklichen Ehe mehr als einmal erlebt. Mein Schicksal scheint sie aber doch sehr zu berühren. Ich meine immer, verweinte Augen zu erkennen, auch wenn sie versucht hat, das mit Schminke zu vertuschen. Sie schminkt sich normalerweise kaum im Alltag, außer etwas Wimperntusche und Lippenstift. Auf die Augenbrauen kommt, glaube ich, auch etwas. Ich gucke da nie so genau hin. Wie mag sie zu Hause zurechtkommen? Die Praxis? Die ganze Technik im Haus? Ist doch immer was kaputt bei uns. Die Tiere sind ihr Metier, da habe ich keine Sorge. Aber was ist, wenn der Trecker nicht anspringt, oder der Rasenmäher? Dann ruft sie normalerweise nach mir.

„Zuhause ist alles okay!", beginnt sie leise zu erzählen. „Du brauchst Dir keine Sorgen zu machen. Nichts ist kaputt. Die Tiere sind alle gesund. Auch deinem Gustav gehts gut. Er sucht dich aber ständig. Wenn ich den doch mal mit hier rein bringen könnte! Der sitzt jetzt unten im Auto. Die Praxis läuft auch. Die Vertreterin macht das sehr gut. Ist sehr nett. Alle Patienten fragen immer, wie es dir geht. Ich sag dann immer, dass du bald wieder gesund bist und zurückkommst!"

Hat sie meine Gedanken wieder gelesen? All meine Fragen hat sie jedenfalls beantwortet. Kann doch kein Zufall sein! Wenn ich auch nicht ganz glaube, dass nichts kaputt ist. Es ist jeden Tag etwas kaputt. Wie kann ich ihr nur klar machen, dass ich alles gehört habe?

„Glaub mir, nichts ist kaputt. Alle Heizungen laufen und auch die Waschmaschine und der Trockner. Auch der Rasenmäher ist gestern sofort angesprungen!"

Verdammt, das ist Zauberei, sechster Sinn! Das muss ich testen. Woran kann ich denken, worauf sie nicht so schnell kommen kann? An die Gastanks denkt sie nie, das mache ich immer. Bestimmt sind die bald leer!

„Gestern haben wir auch Gas bekommen. Beide Tanks waren fast leer. Zum Glück war mir das eingefallen!"

Ich bin platt! Wie geht das? Bestimmt doch nur Zufall! Egal, es beruhigt mich trotzdem, was Gabi erzählt. Sie weiß ja, was mich interessieren könnte. Sie beugt sich vor und legt den Kopf auf meine Brust.

„Gib mir doch ein Zeichen, dass du gesund wirst!", schluchzt sie. „Bitte, bitte. Ich muss doch wissen, wie es weitergeht. Ich weiß doch, dass du mich verstehst und siehst."

Ja, Kind, ich höre und sehe alles. ‚Kind' nenne ich sie immer, seit wir verheiratet sind. Ich war schließlich einunddreißig und sie gerade mal zweiundzwanzig, also fast noch ein Kind im Vergleich zu mir.

Es wird schon wieder werden. Und wenn nicht, musst du mich nach Hause holen. Ich will hier nicht sterben!

Gabi erhebt sich mit verweinten Augen. Sie nimmt auch noch meine andere Hand und gibt mir noch einen Kuss.

„Wir warten noch die Ergebnisse ab. Und was die sonst noch machen. Kann ja alles nicht mehr lange dauern. Wenn denen nichts mehr einfällt, hol ich dich einfach so nach Haus. Im Lindenhof liegst du besser und das Bett kann ich dir auch machen. Tu ich ja sonst auch immer." Sie ringt sich ein Lächeln ab.

Das ist ein Lichtblick! Sie will mich gegebenenfalls hier rausholen. Hoffentlich macht sie das dann auch!

„Ich versprech es dir, ich hol dich hier raus!" Noch einmal drücken, mit der Hand über den Kopf streichen, und sie geht mit einem „Schlaf gut, bis morgen".

Die Gewissheit, dass ich gesund oder krank und hilflos nach Neuenhoven in unser Haus zurückkehren werde, gibt mir Auftrieb und ein großes Glücksgefühl. Hoffentlich haben die mich hier vorher nicht umgebracht.

Schnell falle ich in Morpheus' Arme.

XII

Ich fahre mit einem DKW-Munga durch das Gelände. Das Verdeck ist heruntergeklappt und neben mir steht, sich mit der linken Hand am oberen Rand der Windschutzscheibe festhaltend, mein OVL. Das ist der Ortsbeauftragte und Leiter unseres Ortsverbandes beim THW. Das Technische Hilfswerk gehört zum Katastrophenschutz Deutschlands. Er ist, wie meistens, ziemlich besoffen. Man merkt es ihm aber manchmal gar nicht so sehr an. Riechen kann man es immer. Dass er die rechte Hand nicht zum Deutschen Gruß erhoben im Auto steht, wie weiland der Führer, ist alles. Manchmal macht er das. Wir fahren die ‚Front‘ ab, wie er sich ausdrückt. Die Front sind in diesem Falle meine Kumpels vom THW, die sich abquälen müssen, eine Hängebrücke über einen etwa fünf Meter breiten, nur etwas mehr als knöcheltiefen Bach in der Eifel zu bauen. Wir machen heute hier eine Tagesübung mit zwei anderen Ortsgruppenverbänden.

Zum THW kam ich mit achtzehn. Ich hatte die Wahl zwischen damals noch achtzehn Monaten Wehrdienst bei der Bundeswehr, Wehrdienstverweigerung oder einem Zivildienst bei der Feuerwehr oder eben dem THW.
Bundeswehr kam für mich nicht infrage. Ich hasste Uniformen, und was man so hörte von dem Grundwehrdienst, war bestimmt nicht verlockend. Außerdem waren das anderthalb Jahre an einem Stück. Viel zu lang. Ich wollte doch studieren. Im Übrigen hätte ich da auch wohl die meiste Zeit im Karzer gesessen, bei meinem Dickkopf. Mich von irgendeinem hirnlosen Spieß anbrüllen zu lassen, strammzustehen und auf der

Erde robben zu müssen, wenn es dem gefiel, wäre mit meinem Eigensinn und meiner Sturheit, insbesondere aber mit meinem unbeugsamen Fragen nach Sinn und Zweck, nicht vereinbar gewesen. Auf den Studienplatz musste ich sowieso vier Jahre noch warten, da man gerade, kurz vor meinem Abitur, den ‚Numerus clausus‘ erfunden hatte, den man – und insbesondere ich – bis dahin noch nicht kannte.

Wehrdienstverweigerung war damals nicht so einfach. Man musste zunächst schriftlich und danach vor mehreren Kommissionen seine Gewissensgründe darlegen, warum man aus religiösen oder ethischen Gründen keine Waffe in die Hand nehmen wollte. Das wäre für mich, der ich schon den Jagdschein hatte und jedes Wochenende mit einer Flinte durchs Feld lief, recht schwierig geworden. Es kamen auch nicht viele damit durch. Die meisten mussten doch zum Bund. Es war auch mit einem Makel damals belegt, als Verweigerer herumzulaufen.

Feuerwehr war auch nicht mein Ding. Da gab es furchtbar viele Übungen jedes Wochenende, wenn ich doch lieber zur Jagd ging, und oft musste man auch nachts raus. Das war nichts für mich. Ich hatte schon damals eine große Leidenschaft und eine noch größere Begabung für ausgiebiges Schlafen.

So meldete ich mich also lieber beim THW an, von dem ich bis dahin noch nie etwas gehört hatte. Da musste man sich für zehn Jahre verpflichten, dann war man automatisch vom Wehrdienst freigestellt. Einmal in der Woche war da ein etwa zweistündiges Treffen in der Unterkunft und hin und wieder mal ein Samstag, aber selten.

Mein Vater hatte Beziehungen geschäftlicher Art zu einem Ortsgruppenleiter in einer größeren Gemeinde in der Nähe und so kam ich zu meinem Ortsverband in Nieverrath.

Da mein Vater diesen OVL, der Bauunternehmer war, als Anwalt offensichtlich mehrfach erfolgreich vor Gericht vertreten hatte, wurde ich von ihm mit offenen Armen aufgenommen und protegiert. Er machte mich sofort zu seinem persönlichen Fahrer.

Kölscher Klüngel. Beziehungen schaden halt nur dem, der keine hat. Mit den anderen verstand ich mich trotzdem sehr gut und wir wurden schnell Freunde. Ich war ja auch nur dann Fahrer und Adjutant, wenn eine größere Übung stattfand. Das war vielleicht zwei- oder dreimal im Jahr. Ansonsten war ich auch nur Schütze Arsch.

Wir waren ungefähr ein Dutzend in diesem Ortsverband und es ging sehr entspannt zu. Man musste zwar eigentlich immer anwesend sein, aber wenn nicht, war das auch kein Problem. Dort stand eine Halle mit zwei großen Rolltoren und einem etwas flacheren Anbau. Hinter den Toren war der Fuhrpark. Das waren ein GKW – ein Gerätekraftwagen – für das Material und ein MKW – ein Mannschaftskraftwagen – für die Personenbeförderung, sowie der DKW. Die Fahrzeuge waren uralt, so aus den fünfziger Jahren, sahen aber eher aus, wie die letzten Zeugen des Weltkrieges. Oliv bis graubraun, stumpf im Lack, aber mit mehreren blauen THW – Emblemen versehen. Machte die Monster etwas freundlicher, aber nicht fahrtüchtiger.

Das waren alte Hanomags, sperrig und klobig. Sie hatten keine normale Schaltung. Man musste Zwischengas geben, das heißt, beim Hoch- oder Runterschalten immer erst über die Kupplung in den Leerlauf gehen, dann das Gaspedal ordentlich durchtreten und dann in den nächsten Gang schalten. Hört sich nicht nur kompliziert an, war es auch. Machte man das nicht richtig oder zu schnell, ging der Motor unter lautem Getöse unbarmherzig aus.

Auf die Bremse musste man schon mit beiden Füßen treten, wollte man sie überreden, zu reagieren. Sehr anstrengend, so ein Ding zu fahren! Meistens sprangen sie überhaupt nicht erst an.

Meine erste Fahrt mit dem GKW endete schon an der gegenüberliegenden Tankstelle. Ich hatte den riesigen Wendekreis unterschätzt und auch die Schwergängigkeit und Trägheit der Lenkung. Eine kleine Drehung am Lenkrad, wie beim PKW, genügte diesen Ungetümen nicht. Man musste schon mit aller

Kraft mindestens anderthalb Umdrehungen hinkriegen, um auch nur einen geringen Einschlag der Vorderräder wahrnehmen zu können. Da ich wohl auch zu viel Gas gegeben hatte, war das halbe Dach der Tankstelle plötzlich total verbogen und ich stieg mit letzter Kraft und etwas blass geworden von dem unsäglichen Geräusch des sich verbiegenden Metalls in die Bremse, und als das Ding endlich stand, schnell aus.

Die anderen waren, von dem Krach angelockt, schon zur Stelle und lachten mich natürlich aus. Die Tankstelle wie die Halle gehörten aber unserem OVL, sodass es kein weiteres Nachspiel gab.

In der Halle waren noch tausend Sachen gelagert. Schränke voller Seile, altes Werkzeug, Spaten und Schaufeln, Notstromaggregate, Holzbretter und Pfähle, Rampen und Leitern und vieles mehr. Alles eben, von dem man glaubte, dass es im Katastrophenfalle von Nutzen sein könnte. Der Anbau war unser Aufenthalts- und Unterrichtsraum. Hier saßen wir dann meistens und tranken in schöner Runde einen Kasten Bier, quatschten dummes Zeug und übten anstandshalber irgendwas Technisches aus dem Lehrplan – so was gab es natürlich. Meistens übten wir Knoten! Knoten sind gar nicht so leicht! Gibt da ganz viele verschiedene Arten. Wusste ich vorher auch nicht. Aber die übten wir am liebsten. Dabei konnte man nämlich gemütlich auf dem Hintern sitzen bleiben und Bier trinken beim Erzählen.

Das Schwierigste daran war es, hinterher die Scheißknoten wieder aus den Seilen herauszubekommen, weil wir sie meistens falsch machten. Da gab es zum Beispiel den einfachen und den doppelten Ankerstich, sehr praktische Knoten, um zwei Seile miteinander zu verbinden. Einen davon kann ich heute noch und benutze ihn auch manchmal. Ich weiß aber nicht mehr, ob es jetzt der einfache oder der doppelte ist. Er hält aber und lässt sich auch leicht wieder lösen. Das ist zugleich auch die einzige Erkenntnis und das alleinige Wissen, das mir von meiner Zeit beim THW geblieben ist. Immerhin!

Nach dem Verknoten und Entknoten hatten wir den Bierkasten meist leer und fuhren nach einer guten Stunde wieder nach Hause. Eigentlich hätten wir länger bleiben müssen. Kontrollen gab es aber von oben nicht und unser Übungsleiter war auch gerne früh zu Hause. Im Protokoll, das natürlich jedes Mal geführt werden musste, standen selbstverständlich ausführliche und sehr beachtliche Übungsveranstaltungen beschrieben.

Es war alles, wie gesagt, sehr entspannt. Eine gute Entscheidung von mir, zum THW zu gehen! Habe ich jedenfalls die ersten Jahre gedacht.

Heute ist also die lange schon angekündigte Tagesübung in der Eifel.

Ich bin gerade mit meinem ‚Führer' im nahegelegenen Dorf in der Kneipe. Der Munga muss betankt werden und der Führer auch. Während der in der Kneipe ein paar Bier und einige Schnäpse tankt, fahre ich zur Tankstelle.

So ein DKW-Munga ist ein Dreizylinder – Zweitakter, das heißt, der braucht Benzin-Öl Gemisch, wie ein Rasenmäher oder ein Moped. Dazu muss man an der speziellen Mopedzapfsäule das Gemisch einstellen und dann pumpen. Da in so einer Zapfsäule immer nur so circa fünf Liter auf einmal hergestellt werden, der Tank meines Munga aber ungefähr dreißig Liter fasst, muss ich diese Prozedur bestimmt vier- oder fünfmal wiederholen, bis das Ding voll ist. Danach muss man, wie immer, wenn das Auto gestartet werden soll, den Tankdeckel, an dem eine Kette befestigt ist, die mit einer Art Metallplatte im Inneren des Tanks verbunden ist, mindestens zehnmal weit herausziehen und wieder in den Tank gleiten lassen. Das dauert alles ganz schön lange und danach tun einem die Arme weh. Aber ich habe ja Zeit. Das Betanken meines OVL in der Kneipe dauert bestimmt länger.

Als ich ihn dort abhole, hat er mir auch ein Bier bestellt, um zehn Uhr morgens! Ja, warum nicht? Eins darf ich wohl trinken. Dann fahren wir zum Ort der Übung in den Wald. Der OVL klettert mühsam aus dem Wagen und stakst, leicht schwankend, zur Truppe. Lobend, mit etwas schwerer Zunge, äußert er sich zum Fortschritt der Aktion, bevor er sich zu den beiden anderen Ortsgruppenleitern begibt und diese auf ein Bier einlädt, was die freudig annehmen.

Ich gehe zu meinen Kumpels. Die haben auch schon den ersten Kasten Bier leer und zwei Dreiböcke gebaut. Das ist nichts anderes, als drei in die Erde eingelassene Holzpfähle von etwa drei Metern Länge, die wie eine Zeltkonstruktion unten ein Dreieck von ungefähr einem Meter Kantenlänge bilden und oben zusammengebunden sind, wie eine Art Pyramide also, aber nur mit drei Seiten. Sehr tief haben sie die Löcher für die Pfähle nicht gegraben. Der Schieferboden hier ist auch ziemlich hart. Die beiden ersten Dreiböcke stehen also jetzt im Abstand von drei Metern am diesseitigen Ufer. Jetzt müssen noch zwei auf der anderen Seite errichtet werden. Ein riesiges Schlauchboot wird mit einer großen Fußpumpe aufgeblasen. Das ganze Material und das Boot haben wir mitgebracht.

Bevor der Fluss überquert wird, gehen wir zur Gulaschkanone, an der unser ziemlich dicker, immer fröhlicher Koch munter in dem riesigen Kochkessel rührt. Danach schneidet er eine Menge grobe Würstchen in nicht allzu kleine Stücke.

„Na, Jungs? Mal probieren? Die schmecken auch roh. Bier hab ich auch hier. Ihr habt doch mal ne Pause verdient!"

Klar, hatten wir. Riesenarbeit schon geleistet. Sechs Pfosten in die Erde gesteckt und zusammengeknotet! Und getankt natürlich! Da hat man wohl mal ne kleine Pause verdient!

Nach einer halben Stunde, ein paar Würstchen und einer Flasche Bier gehts weiter. Alle klettern in das Boot und der Koch gibt demselben einen Tritt. Schon haben wir den reißenden Bach überquert – das Boot ist fast drei Meter lang und der Bach nur unwesentlich breiter.

Wir graben auf der anderen Uferseite auch sechs Löcher für die zwei noch fehlenden Dreiböcke, ungefähr parallel zu den anderen. Ungefähr! Nicht allzu tief, der Boden wehrt sich mit viel Schiefergestein heftig gegen den Eingriff. Nachdem die Pfosten versenkt sind, so zehn Zentimeter, schräg natürlich, damit sie oben alle zusammenstoßen, häufen wir unten an jeden Pfosten etwas Erde und loses Gestein vom Aushub. Damit sind sie ja dann praktisch schon zwanzig Zentimeter in der Erde.

„Völlig ausreichend!", befindet unser Übungsleiter und nimmt einen ordentlichen Schluck aus der Bierflasche. Jetzt noch oben mit einem Seil verbinden und fertig sind die wirklich imposanten Konstruktionen. Jetzt aber erst mal Mittagspause!

Der Koch hat schon gerufen und unsere drei OVLs stehen bereits an der Gulaschkanone. Tische und Bänke sind auch schon aufgebaut. Wir lassen es uns ausgiebig schmecken. Lecker ist so eine Erbsensuppe nach harter Arbeit und bei so strahlend schönem Wetter! Mit einem Bier rutscht die Suppe auch sehr gut. Schön beim THW! Gute Wahl habe ich getroffen. Macht Spaß!

Nach dem Essen geht es dann zum Endspurt. Wir wollen ja auch Feierabend kriegen und nach Hause. Auf dem Heimweg soll unser Zug aber noch irgendwo einkehren, um die Zugkasse zu verprassen. Hat unser OVL uns versprochen. Sind über 1000 Mark in der Kasse, aus Spenden wohlmeinender Mitbürger aus dem Ort. Für jeden aus unserem Verein also 100 Mark! Wo soll man so viel an einem Abend ausgeben? Hat unser Leiter aber nicht verraten. Soll wohl eine Überraschung werden.

Jetzt geben alle ordentlich Gas. Der Einfachheit halber, um nicht ständig das Boot benutzen zu müssen, überqueren wir den Bach mit drei Sprüngen über große Steine, die ja zuhauf in solchen Eifelbächen liegen. Seile werden mit Eisenstangen vor jedem Dreibock in der Erde verankert und über die Spitze des einen zu der Spitze des gegenüberliegenden Gestells gezogen. Daran befestigen wir dann senkrechte Seile im Abstand von einem halben Meter. Alle packen an und das geht sehr schnell.

Unten wird dann wieder ein ganz dickes Seil an den Senkrechten befestigt, das geht von einem zum anderen Ufer. Das Ganze natürlich auf der anderen Seite spiegelbildlich. So entsteht also eine, fast schon kunstvoll zu nennende, architektonische Meisterleistung. An jedem Ufer ragen zwei sehr stabile

Holzböcke, kunstvoll verknotet und mit den gegenüberliegenden in filigraner und doch sehr solide aussehender Handarbeit durch Seile verbunden, gen Himmel! Sehr beeindruckend, was menschlicher Geist, eiserner Wille und ungebremste Schaffenskraft zustande bringen können!

Zum krönenden Abschluss müssen jetzt unten noch dicke Bretter, so zweieinhalb Meter lang, auf die unteren Seile gelegt werden. Da hierfür anscheinend große Genauigkeit und besondere statische Kenntnisse erforderlich sind, erklärt unser Übungsleiter, der bisher eigentlich nur die Verantwortung getragen, zugesehen und Befehle erteilt hat – ist aber sonst ein netter Kerl – dass er das persönlich übernehmen müsse.

Wir reichen ihm die Holzbohlen und er legt sie in kurzem Abstand hintereinander rechts und links auf die Seile. Sind irgendwie zu wenige, die wir mitgebracht haben. Er ist knapp hinter der Mitte, als keine mehr da sind. Kurzerhand verdoppelt er den Abstand zwischen den einzelnen Brettern und jetzt haben wir zum Schluss sogar noch zwei übrig. So genau muss man es ja auch nicht nehmen! Die beiden Bretter bringen wir schnell in den GKW. Braucht ja niemand zu sehen.

Eigentlich müssen die Bretter jetzt noch mit den tragenden Seilen mittels dünner Bauseile und natürlich irgendeinem bestimmten Knoten befestigt werden, erklärt er. In Anbetracht der fortgeschrittenen Zeit will er aber heute darauf verzichten und die Fertigstellung den OVLs melden.

Kurz darauf erscheinen alle vier an der wunderbaren Hängebrücke. Die drei Oberen haben einen ziemlich glasigen Blick und ihre Beine gehorchen ihrem Willen nicht mehr so recht.

„Sehr gut gemacht, Jungs!", lobt unser Führer stellvertretend für die beiden anderen. „Mit der Generalprobe müssen wir aber noch was warten. Der Geschäftsführer vom Ortsgruppenverband, der Herr Groß, wollte noch kommen, um dabei zu sein und an oberer Stelle Bericht zu erstatten. Sehr wichtig für uns! Wollte um vier hier sein. Wird wohl gleich kommen. Ihr könnt ja so lange mal endlich ein Bierchen trinken. Habt Ihr Euch ja redlich verdient jetzt, nach all der Arbeit!"

Zu mir gewandt sagt er noch: „Hol du schon mal das Auto und stell es vor die Brücke. Wir fahren dann einmal drüber, um dem zu zeigen, wie stabil so was ist!"

Ach du Großer Gott! Das meint der doch wohl hoffentlich nicht wirklich, denke ich bei mir, gehe aber zum Munga, rühre im Tank, setze das Teil ein paar Meter vor die Brücke und bleibe drin sitzen. Als ich gerade die Flasche Bier in der Hand habe, kommt ein PKW in Sicht und hält in kurzer Entfernung an. Herr Groß in Zivil steigt aus. Den mag ich nicht besonders. Ist ein beamteter Esel und ein Korinthenkacker.

Er geht zu den anderen vier, begrüßt sie mit Handschlag und winkt uns jovial lächelnd zu. Er hat einen Straßenanzug mit Schlips und Kragen an und trägt dazu glänzende, schwarze Lederhalbschuhe. Schick und elegant wie immer, im Gegensatz zu allen anderen Anwesenden. Wir tragen unsere verwaschenen, entweder zu großen oder zu kleinen, aber in einem freundlichen, schmutzigen Grau blitzenden Dienstklamotten mit schweren, unbequemen und fußschweißtreibenden Arbeitsstiefeln. Alles THW Ausrüstung. Wie das Meiste dort wohl noch aus dem Zweiten, wenn nicht sogar Ersten Weltkrieg übrig geblieben.

„Dann wollen wir mal die Probe aufs Exemplar machen!", lallt mein OVL und schreitet voran Richtung Brücke. Alle vier stehen bewundernd und voll des Lobes auf dem ersten Brett der Brücke und ich sehe das Unglück förmlich kommen. Auch der Himmel hat sich zwischenzeitlich bewölkt und man hört fernes Donnergrollen. Wenn das kein Warnzeichen ist! Die Götter teilen meine Vorahnung!

Die Brücke schwebt nicht ganz eine Ellenlänge über dem Wasser und je weiter die vier sich der Mitte nähern, desto mehr nähert sich das Wunderwerk, unser Tageswerk, dem Wasserspiegel. Ich beobachte, wie sich die doch so fest und so tief in der Eifelerde verankerten Dreiböcke, die tragenden Elemente, langsam aus selbiger herausheben.

Als die Mitte erreicht ist und diese vier Idioten auch noch anfangen zu wippen, als Härtetest sozusagen, kommt, was kommen muss.

Einer nach dem anderen heben sich die Böcke ganz aus dem Boden und die Brücke senkt sich immer weiter ab. Schon ist der Boden unter Wasser, und bevor die vier auch nur an Rückzug denken können, ist der Bachgrund erreicht und die Brücke jetzt stabil. Die Dreiböcke stehen schief, viel schiefer als Bohnenstangen im Sturm, und die Herren bis zu den Waden im doch recht kalten Wasser.

So stehen sie da und blicken auf ihre durchnässten Beine, noch etwas sprachlos vor Schreck. Herr Groß bis zu den Knien im Wasser mit seinem feinen Zwirn und den Lackschuhen! Dem gönne ich das. Überhaupt können wir uns alle vor Lachen nicht halten. Wir grölen lauthals drauflos in unserem angeheiterten Zustand. Dies dient in keiner Weise irgendeiner Erheiterung der Betroffenen. Außer unserem OVL, den ich auch grinsen sehe, lacht niemand von denen. Unser Übungsleiter, der ja schwer an der Verantwortung getragen hat, beeilt sich auf die Brücke zu kommen, um die Ertrinkenden vor dem sicheren Tod zu bewahren.

Als alle wieder an Land sind, verlässt als Erster Herr Groß das Gelände, ohne uns eines Blickes zu würdigen, steigt in sein Auto und braust davon. Mittlerweile hat es angefangen zu regnen.

„Alles abbauen und einpacken. Schluss für heute. Das war keine besondere Glanzleistung, meine Herren!" Hört sich gar nicht so böse an, unser OVL.

Alle beeilen sich jetzt, das ganze Gerümpel wieder auseinander zu knoten und in den GKWs zu verstauen. Erstaunlich, wie fix das geht. In knapp einer halben Stunde ist alles verstaut und wir wollen auch in die Autos, da der Regen immer stärker wird.

Unsere Führer sitzen schon mit Bier im Trockenen. Mein Zug geht zu einem modernen Kleinbus, mit dem wir auch angereist sind, da unser Fuhrpark heute Morgen keine Anstalten gemacht hat, anzuspringen. Keines der drei Fahrzeuge! Die anderen beiden Gruppen sind mit ihren Hanomags gekommen und auch der Munga gehört einer anderen Gruppe. Die müssen jetzt damit nach Hause. Das dauert wenigstens drei Stunden mit diesen Fahrzeugen für die ungefähr achtzig Kilometer bis zu Hause. Da haben wir es besser.

Wir sitzen gerade auf unseren Plätzen, als unser Koch laut schreiend mit dem Übungsleiter zu jedem Fahrzeug kommt und uns wieder herauszitiert. Ihm fehlt eine Gabel vom Mittagessen! Eine Gabel! Aluminiumbesteck zum Zusammenklappen. Nichts wert und genauso alt und verschlissen wie alles andere. Egal. Die Gabel muss gesucht und gefunden werden, auch wenn es die ganze Nacht dauert. Ordnung muss sein, und die will er uns beibringen. Ist sonst so ein lieber Kumpel, aber wenn ihm was an seinem Equipment fehlt, versteht er keinen Spaß.

Wir suchen also das ganze Gelände wie Spürhunde ab. Nichts zu finden. Nirgendwo ist die verdammte Gabel. Ich will ihm fünf Mark geben für eine Neue, das lehnt er aber kategorisch ab. Er will seine Gabel und steht beharrlich in der Fahrzeugtür, während wir immer mehr vom Regen durchnässt werden.

„Mensch!", sagt plötzlich ein Kumpel aus einer der anderen Gruppen. „Ich hab doch noch meine Eigene mit. Die hab ich aber im GKW. Ich hol die und geb sie dem Arschloch, damit wir hier endlich wegkommen. Lenkt den mal ab, damit er das nicht sieht!"

Sprichts und geht, gebückt weiter suchend, zu dem Fahrzeug, während ich den Koch noch mal in Verhandlungen bezüglich eines finanziellen Ausgleichs verwickele. Der lässt sich aber auf nichts ein, als auch schon ein lauter Ruf erschallt:

„Ich hab sie gefunden! Ich hab die Gabel."

Stolz bückt sich der Kumpel von eben kurz neben dem GKW, aus dem er die Gabel geholt hat, tut so, als hebe er sie auf und überreicht sie stolz dem Koch.

„Da haste das Scheißding, du Blödmann!"

„Ist ja sogar fast sauber!", meinte der.

„Hab sie ja gerade auch abgeleckt!", bekommt er zur Antwort.

„Jetzt pack deine Scheißgabel endlich ein, damit wir hier wegkommen, sonst stech ich dir damit in deinen dicken Hintern!"

Der Koch grinst. Für ihn ist die Welt jetzt wieder in Ordnung und wir können endlich losfahren. Welch schlichte Gemüter gibt es doch in dieser THW – Welt.

Wir fahren mit unserem Bus durch einige kleine Dörfer und schließlich auf die Autobahn. Wir sind alle ziemlich müde, aber trotzdem bester Laune. Unser OVL schläft vorne neben dem Fahrersitz, laut schnarchend.

Die Fahrt geht weiter und bald sehen wir die Türme vom Kölner Dom hell erleuchtet strahlen. Bald zu Hause! Dann biegt der Fahrer aber von der Autobahn ab und fährt kreuz und quer durch Köln. Nanu? Nach Hause gehts hier aber nicht! Der Bus wird langsamer und wir parken vor einem Hochhaus in Ehrenfeld. In großer Neonschrift auf dem Dach steht ,Eroscenter'!

Wohl durch das fehlende Motorengeräusch aus dem Schlaf erwacht, nimmt unser OVL das Busmikrofon in die Hand, pustet mehrfach zum Test hinein und spricht zu uns, natürlich noch vom Schlaf und wohl auch von dem einen oder anderen Bier lallend: „So meine Herren! Da sind wir! Ihr habt zwar heute Scheiße gebaut, war ja auch ne schwere Aufgabe, aber trotzdem bekommt jetzt jeder hundert Mark aus der Kasse und dann habt ihr zwei Stunden Zeit, euch hier im Puff zu erholen! Viel Spaß! Um zehn fahren wir weiter! Bis dahin seid ihr wohl fertig mit der Arbeit. Das könnt ihr bestimmt besser als Brücken bauen!"

Er lacht laut über seinen Scherz. Wir mit ihm zur Bestätigung.

So stehe ich also das erste Mal im Leben vor einem richtigen Puff! Wollte ich ja immer schon mal aufsuchen, habe mich aber nie getraut. Die anderen sind schon reingegangen. Drei sind im Bus geblieben, um zu schlafen. Sind etwas älter. Vielleicht haben sie aber auch Freundinnen und wollen oder dürfen nicht. Einige sind in die gegenüberliegende Kneipe gegangen. Was jetzt?

Ich habe hundert Mark in der Tasche, sonst aber nichts als Unschuld in der Hose. Im Kopf sieht es da schon etwas besser aus. Keinerlei Erfahrung kann ich, außer mit Worten natürlich, nachweisen. Noch nie habe ich meinen Schwanz einer Frau gezeigt oder zeigen müssen. Außer Mama, als Kind. Noch nie habe ich auch nur ansatzweise gevögelt, noch nicht einmal versuchsweise. Ich habe auch noch nie Geschlechtsverkehr gehabt, geschweige denn, gefickt. Oder ist das alles das Gleiche? Gibt es da Unterschiede in der Technik, den Bewegungen oder in sonst was? Keine Ahnung, nur vage Vorstellungen und Träume. Wenn ich erst mal ein richtiger Mann bin, werde ich es wissen!

Hic Rhodos! Hic salta! Heute werde ich endlich zum Mann und dann in Zukunft wirklich mitreden können, und nicht nur von unbekannten Dingen reden müssen.

Bisher hat es sich einfach nicht ergeben. Meine bisherigen Freundinnen haben mich nie verführt und ich habe mich nie getraut. Die waren selbst alle irgendwie gehemmt. Außer Knutschen, das aber exzellent und ausgiebig, kann ich nichts. Ich weiß nicht mal genau, wie es geht, also wie es genau geht. Irgendwann muss aber schließlich das erste Mal sein. Als Mann hat man ja schließlich die Pflicht dazu! Kann ja so schwer nicht sein! Es funktioniert doch alles bestens bei mir da unten, jedenfalls, wenn ich allein bin. Immer steht er sehr zuverlässig, auch, wenn ich es nicht will. Also! Attacke! Ran an den Feind namens Weib!

Ich rede mir noch etwas Mut ein, angetrunken habe ich mir den ja schon den ganzen Tag. Das merke ich jetzt beim Gehen.

Über einer Tür steht ‚Kontakthof'. Dort gehe ich klopfenden Herzens hinein und komme in eine riesige Halle, die in schummriges Licht getaucht, aber trotzdem gut überschaubar ist. Es ist sehr warm da drinnen. Leise Kuschelmusik ertönt aus versteckten Lautsprechern. Irgendwie ist da eine insgesamt leise, knisternde Atmosphäre. Es riecht nach tausend verschieden Parfums, aber auch nach Schweiß und Mensch. Überall stehen oder gehen sehr leicht bekleidete Mädchen, stark geschminkt, in allen Hautfarben herum. Sind auch Ältere dabei. Auch Alte. Auch ganz Alte und für meine Begriffe

Uralte. Sehr, sehr Dicke, aber auch extrem Dünne. Es gibt auch Hübsche, ein paar. Jetzt spüre ich das Blut in meine Lenden schießen, erst verhalten, dann aber ganz ordentlich.

Das äußere Zeichen meiner Männlichkeit, das bisher nur dem Pinkeln und ausgiebigem Wichsen gedient hat, stellt sich in meiner Hose hin. Will sicher auch mal gucken. Gutes Gefühl. Dann klappt es auch, wenn der jetzt schon steht, denke ich.

Aber wie geht es jetzt weiter? Kommen die zu mir? Muss ich eine ansprechen? Kein Plan. Einige der ‚Damen‘ schlendern an mir vorbei und blinzeln mir zu, lächeln mich an oder zwinkern mit einem Auge. Ich steh nur dumm und blöd da.

Plötzlich fällt mir auf, dass ich ja noch die schicke Ausstattung des THW trage, die viel zu weite Kakihose, die passende, leider ziemlich enge, aber sehr sperrige Jacke und die schweren Springerstiefel. Schmutzig ist das ja auch alles!

Bestimmt gucken mich deshalb die Frauen so an. Haben sicher Mitleid.

„Hallo, Süßer!", raunt eine dunkle, verrauchte Stimme hinter mir. „Wie wärs mit uns zwei beiden?"

Ich drehe mich erschrocken um und sehe in ein uraltes Indianergesicht mit voller Kriegsbemalung. Das ist aber eine alte Squaw, aufgedonnert wie ein Pfau, mit billigem Schmuck über und über behangen und duftend wie eine Mottenkiste, die im Parfumladen gestanden hat. Für die Farbkomposition des Gesichtes muss eine Menge Zeit draufgegangen sein. Das Alter, jedenfalls weit jenseits der sechzig, ist nicht genau festzustellen. Als Jäger könnte ich es sicher am Zahnabschliff erkennen. Ich glaube aber, die echten Zähne sind schon längst zugunsten einer Zahnprothese, die einem Pferd zur Ehre gereichen würde, entlaufen.

Ich werde sehr verlegen, als sie mich anspricht, und bekomme einen knallroten Kopf. Das ist das Blut, das aus meiner Hose dahingeströmt ist. Dort herrscht nämlich jetzt entsetzliche Ruhe. Kein Wunder bei dem Ausblick!

Ich senke verschämt den Blick, der abrupt dort endet, wo man bei Frauen sonst das Dekolleté erwartet. Hier eröffnet sich mir aber die Aussicht auf zwei völlig vertrocknete, platte und faltige Hautlappen, die unten von eierbechergroßen Stofffetzen aufgefangen werden.

Das letzte Leben verschwindet aus meinem Unterleib, als ich noch weiter nach unten schaue. Unter einem superengen Minirock – der faltige, eingefallene Bauch ist auch zu allem Elend nackt zur Schau gestellt – schauen zwei Stöcke heraus, die selbst einem Wellensittich als Beine peinlich wären, und enden in hochhackigen, knallgrünen Stöckelschuhen. Welch ein grausiger Anblick das Ganze ist! Panik erfasst mich.

„Nein, nein, danke!", stottere ich, wende mich schnell ab und gehe ein paar Schritte Richtung Ausgang. Sie sieht hinter mir her. Ist bestimmt Mitgefühl! Mit sich selbst oder mit mir? Vielleicht beides. Ob sich da wirklich irgendein Mann für hergibt, überlege ich noch.

Ich stehe fast schon wieder draußen, die Tür noch in der Hand. Was mache ich hier bloß in dem dreckigen Gebäude? Soll mein erstes Mal nicht besser allein mit einem netten Mädchen sein? Kochen lernen soll man aber am besten in alten Pfannen! Aber sicher nicht, wenn die schon total verrostet sind und der Boden rauszufallen droht! Nein, nein! Ich will doch endlich meine Jungfräulichkeit loswerden. Also los, wieder hinein. Wenn nicht heute, wann dann endlich?

Ich reiße mich zusammen und gehe so aufrecht und gerade, wie es mir möglich ist, wieder durch den Kontakthof. Ich bin sicher einer der jüngsten Kunden hier, wenn nicht sogar mit Abstand der Jüngste. Die meisten Kerle sind alt und dick, mit Stirnglatze bis zum Hinterkopf oder sogar ganz ohne Haare. Alle sind aber irgendwie besser gekleidet, was in Anbetracht meines Outfits auch nicht so schwer ist.

Egal! Ich habe hundert Mark! Ich bin jung und habe den ganzen Kopf voller dichter, brauner Locken!

Viele sehen aus, als ob sie gar kein Geld hätten. Sind aber auch seriöse ältere Herren mit teuren, goldenen Armbanduhren zu sehen.

„Isch ’eiße Mimi!", klingt die junge Stimme eines Mädchens durch die Musik und den Qualm in mein Hirn. Sie steht plötzlich neben mir, wie aus dem Nichts.

„Wie ’eißt du?"

„Äh, äh, Jo... Johannes!"

Süß sieht sie aus! Einen Kopf kleiner als ich. Schlank. Nicht aufgedonnert wie die anderen. Richtig hübsch. Blondes, schulterlanges Haar. Schöne kleine Brüste. Etwa so alt wie ich, jedenfalls nicht viel älter. Das wär was für mich! Ganz nach meinem Geschmack. Dem Akzent nach Französin.

„’ast du Lust, mit misch rauf su gehön?"

Was jetzt? Will die wirklich mit mir auf ihr Zimmer? Oder wie geht das in so einem Puff? Keine Ahnung. Aber hier unten in einer Ecke wird es ja wohl hoffentlich nicht passieren.

„Klar!", erwidere ich spontan, ohne weiter nachzudenken.

„Du bist sehr schön!", versuche ich mich in einem Kompliment.

Ist so was im Puff überhaupt angesagt?

„Du bis sähr ’öfflisch!"

Sie nimmt mich an der Hand und wir gehen quer durch den Raum zu einem Aufzug. Sie drückt auf den Knopf und die Tür öffnet sich sofort in einen schmuddeligen, ganz kleinen Fahrstuhl. Die Wände sind beschmiert mit obszönen Sprüchen und Zeichnungen. So etwas ist mir nicht so unbekannt von öffentlichen Toiletten. Mehrere Stockwerke fahren wir hoch und sie lächelt mich ununterbrochen an, ohne Worte, und hält meine Hand fest in der ihren. Sie ist wirklich bildschön. Und so jung!

Was macht die bloß hier im Puff? Könnte doch tausend nette Jungs haben. Welches Schicksal verbirgt sich hinter ihr?

Irgendwo ganz oben hält der Lift an, wir gehen einen langen, düsteren Flur entlang. Viele Türen gibt es hier. Manche stehen offen und man kann im Dämmerlicht Frauen auf Betten liegen sehen, spärlich bekleidet oder ganz nackt. Bei mir regt sich wieder der Unterleib. Der lebt also noch! Gott sei Dank!

Mimi schließt eine Tür auf und zieht mich mit hinein. Sehr spartanisch eingerichtet. Ein winziger Raum mit einem französischen Bett, einer kleinen Nachtkommode, einer Art Gummikleiderschrank und einer armseligen Glühbirne an der Decke, die traurig herabbaumelt und nicht so sehr zur Beleuchtung des Zimmerchens beiträgt. Ein wackeliger Stuhl – ein Thonet-Verschnitt – komplettiert das Ganze.

„Setz disch 'in, Jo'anness!"

Ich tue, wie mir geheißen und harre der Dinge.

„Was möschtes du 'abben am liebsten?", säuselt Mimi mich an.

Ja, was will ich? Vögeln natürlich, irgendwie! Aber das kann ich doch nicht so einfach zu ihr sagen!

Mir steigt wieder die Hitze in den Kopf. Ich bringe kein Wort heraus und starre sie nur verlegen an.

„'ast du es gärn fransösisch? Mit odär onne?"

Ich sehe sie an, wie ein Kalb seinen Metzger.

Französisch, das heißt blasen mit dem Mund. Schon mal gehört. Mit oder ohne bedeutet mit Pariser oder ohne, hat mir ein Freund mal erzählt. Was nehm ich denn jetzt? Pommes mit Majo käme mir leichter über die Lippen!

„Odär willst du alles 'abben, Jo'anness?"

„Alles, bitte!" Brauche ich mich nicht zu entscheiden. Bei ,alles' ist Vögeln sicher enthalten.

„Das kostet abär füffzisch Mark!" Sie klingt fast beschämt, als sie das sagt.

„Schon okay!" Ich versuche, erfahren und weltmännisch zu klingen, nehme einen Fünfziger aus meiner Brieftasche und reiche ihn ihr. Sie bringt das Geld in ihren Gummischrank.

„Ssieh disch auss und leg disch 'in!"

Etwa ganz? Ich sehe zu ihr hin und beobachte, wie sie sich schon auszieht. Sie hat nur drei Teile am Körper und steht schon, so schön, wie die Natur sie geschaffen hat – und das ist verdammt schön – vor mir, völlig hemmungslos, während ich noch versuche, aus meiner vermaledeiten THW Jacke zu kommen. Mimi beobachtet mich lächelnd dabei. Das Hemd geht auch so schwer aufzuknöpfen. Noch schwieriger gestaltet sich die Flucht aus der Hose und aus den Stiefeln. Ich muss dazu auf einem Bein stehen. Jetzt beginnt all das Bier sich wieder bemerkbar zu machen. Ich schwanke so gewaltig, dass ich auf dem Bett lande. Dann gehts leichter. Schließlich stehe ich in Unterhose und Unterhemd da.

Mir wird auf einmal schlecht, ich schwitze und mein Herz will vor Aufregung aus der Brust.

„Ssieh disch gans auss!", ermuntert sie mich.

Doch ganz? Jetzt bekomme ich Angst. Da muss ich aber durch. Jetzt kann mich doch wohl nichts mehr aufhalten! Gleich werde ich als Mann wieder aufstehen und endlich als Mann durchs Leben gehen können, ohne den Makel der Jungfräulichkeit!

Ich entledige mich also der restlichen Kleidung und schon zieht sie mich aufs Bett.

Da liegen wir drei also, denn mein Pimmel, der ja eigentlich doch eine wesentliche Rolle in dem Stück zu spielen hat, zieht es auch vor, sich platt auf meinen Bauch zu legen. Er zeigt zwar schon in die richtige Richtung, nämlich nach oben, ist aber völlig schlapp und auch viel kleiner als gewöhnlich. Der hat sicher auch Angst, so wie ich.

Sie legt zärtlich den Kopf auf meine Brust, rückt ganz nah an mich heran und beginnt, meine Brust und dann meinen Hals zu küssen. Sehr angenehm ist das! Und so weich und warm ist sie! Sie riecht verführerisch. Ich bleibe stocksteif liegen. Die Decke dreht sich langsam. Verfluchtes Bier! Ihre linke Hand gleitet, langsam streichelnd, über meinen Bauch, immer weiter abwärts Richtung Hauptdarsteller.

Der macht aber keinerlei Anstalten, irgendwie zu reagieren. Dabei ist doch alles so perfekt! Erotisches Knistern liegt in der Luft, oder besser, das, was ich dafür halte.

Als ihre Hand das Ziel zwischen meinen Beinen erreicht hat, umfasst sie es fest und beginnt, vorsichtig daran zu kneten und zu reiben, während sie mit der anderen Hand in meinen Locken wühlt. Die erste Frau in meinem Leben, die meinen Penis derart verwöhnt! Schönes Gefühl! Die einzige Reaktion meines sonst so zuverlässigen Lieblingsspielzeuges ist die, auch noch den letzten Blutstropfen in den Bauch zurückzuschicken.

So winzig und schlapp war der höchstens, als ich noch ein Säugling war.

„'ast du kein Lust?", kommt es leise aus ihrem schönen Mund. „'ast du noch nie gölibt?"

„Doch, klar!", beeile ich mich zu antworten und versuche, Selbstsicherheit in meine Stimme zu legen. Dabei habe ich Angst! Nackte Angst! So muss sich ein Torwart vor dem Elfmeter fühlen. Versagensangst!

„Ich glaube, ich habe zu viel Bier getrunken!" Weltmännisch füge ich hinzu: „Du machst das wirklich gut. Besser als alle anderen Frauen vor dir! Das kommt schon!"

Sie gibt sich weiter die größte Mühe. Ihr Kopf rutscht langsam meinen Bauch hinunter. Was soll jetzt kommen? Sie wird doch nicht ...? Tatsächlich spüre ich, wie ihre feuchten Lippen meinen Schwanz, beziehungsweise das winzige Stück, das sich noch nicht ins Innere verkrochen hat, umschließen und sie daran zu saugen und zu lecken beginnt. Welch himmlisches Gefühl! So muss es im Paradies sein! Wogen eines völlig neuen, bis dato völlig unbekannten Gefühls durchströmen meinen Körper mit einer unglaublichen Wonne.

Jetzt werd doch endlich steif, du Scheißding! Ich konzentriere mich voll auf das Einströmenlassen des Blutes in meine Genitalien. Stehst doch sonst immer, verdammter Pimmel! Ich fluche innerlich weiter und will es irgendwie erzwingen. In der Schule beim Wichsen mit Freunden geht es doch immer! Warum denn jetzt nicht? Bin ich etwa schwul und kann es mit Frauen nicht?

Ich bin der Verzweiflung nahe, aber es tut sich nichts. Überhaupt nichts! Gar nichts! Mimi zieht den Mund zurück, schwingt sich auf mich und sitzt rittlings auf meinem Unterleib. Ich kann ihre schönen, kleinen und festen Brüste sehen und sie nimmt meine Hände und legt sie darauf, woraufhin ich beginne, sie zu streicheln. Sie stöhnt vor Lust auf. Ich bilde mir jedenfalls ein, dass es Lust ist.

Mit der rechten Hand nimmt sie den kleinen Rest meines Gemächts und reibt es vorsichtig an ihrer Spalte. Mann, ist das aufregend! Ich kann ihre zart rosafarbenen kleinen Schamlippen genau sehen. So schön sind die! Ziemlich lange macht sie das und ich genieße es.

Nach einer Weile legt sie sich wieder neben mich auf den Rücken. Wieder nimmt sie meine Hand und bringt sie zwischen ihren Beinen in Stellung. Meinem Mittelfinger zeigt sie den Weg in ihren Körper. Wie feucht und warm das ist! Da ich in meiner Unwissenheit den Finger nur stecken lasse, übernimmt sie auch hier die Führung und zeigt mir, wie ich hinein- und wieder hinausfahren muss. Klar, hätte ich auch drauf kommen können!

Sie stöhnt erneut lustvoll, wohl um mir eine Freude zu machen, und späht zu meinem Unterleib! Nix zu machen da! Mimi erhebt sich und hockt sich noch mal rittlings auf mich, diesmal aber höher. Sie positioniert ihre Muschi so, dass sie kurz vor meinem Gesicht in voller Pracht meinen Blick bannt. So sieht so ein Ding also aus!

Sie spreizt ihre Schamlippen mit den Fingern auseinander, um mir die Schönheit ihrer Spalte zu offenbaren. Noch nie habe ich das live gesehen, und so nah und deutlich! Die ganze Anlage liegt direkt vor meinen Augen. Welch ungewohnter, schöner Anblick!

Bisher habe ich in natura nur mal das Schlitzchen eines kleinen Mädchens von weitem gesehen. Von außen eben nur ein kleiner Spalt. Hier tun sich Tiefen auf aus unübersichtlichen Hautfalten. Was da alles drin ist! Spiegelnd und feucht! Der kleine Knubbel am oberen Eingang der Schlucht ist sicher der Kitzler, daneben zarte rote Wülste. Darunter dann der Eingang in meine Mimi, der nur ein Eingang für meinen Finger gewesen ist.

Trotz einiger Fotos, die ich mal gesehen habe, scheint es mir zwar recht unübersichtlich, aber, und vor allem, sehr schön und begehrenswert.

Sie rückt näher mit ihrem Popo auf mich zu und reibt meine Nase in ihrer Grotte. Das geht gut! Die kann ja auch nicht kleiner werden oder umknicken! Außer einem leicht säuerlichen Geruch habe ich da aber irgendwie nicht so viel von.

„Küss misch, Jo'anness, mon cherie!"

Was? Na gut! Auch egal jetzt! Ich hauche einen Kuss zwischen ihre Beine und merke dabei aber doch ein eigentümliches Gefühl! Ist ja auch alles total geil irgendwie!

Da ist wieder das Gefühl in meinen Lenden! Jetzt klappt es vielleicht doch noch mit dem Mannwerden, schießt es mir durch den Sinn. Noch mal das drückende Gefühl im Unterbauch! Immer stärker. Immer heftiger. Jetzt tut es schon weh.

Ich muss mal dringend pinkeln!

„Il est dommage!", sagt Mimi zum Glück. „Die Sseid iss vorbei. Du warst sso ssuß!"

„Zu viel Bier, tut mir leid!", antworte ich schnell und beschämt, ziehe mich schnell an und bin sehr befreit, dass ich gehen kann.

So eine Pleite! Fünfzig Mark zum Teufel, beziehungsweise zu Mimi, und immer noch nur Unschuld in der Hose! Nein, nicht ganz! Immerhin war ich das erste Mal im Puff und mit einem Mädchen – einem sehr hübschen noch dazu – alleine und nackt in einem Bett. Und ganz nah dran! War das Geld doch wert, wenn auch der eigentliche Sinn nicht erfüllt wurde. Diese Scheißangst, zu versagen!

Ich beeile mich, aus der himmlischen Folterkammer zu kommen, gebe ihr einen Kuss zum Abschied, sage Danke, und dass ich bald wiederkommen werde, dann aber nüchtern, und gehe schnell durch den Flur zum Aufzug und fahre hinunter. Wo sind die Toiletten? Keine zu sehen! Ich eile zum Ausgang und gehe hinter einen Bretterzaun an eine Baustelle nebenan.

Da stehen schon zwei andere Männer. Erlösung suchend fingere ich in meinen Hosenstall, erwische meinen Schwanz und hole ihn raus. Wie groß der jetzt auf einmal wieder ist! Blödes Ding! Jetzt sollst du doch nur pinkeln!

Geht dann auch, er wird danach aber ein wenig steif. Ich reibe ein bisschen daran und spüre Lust zum Wichsen. Ich schaue kurz zur Seite und bemerke, dass die beiden neben mir das gleiche machen! Und zwar gegenseitig! Ältere Herren, etwas heruntergekommen. Jeder hat die Hand am Schwanz des anderen. Haben wohl drinnen auch keinen hochgekriegt!

Plötzlich streckt der mir am nächsten Stehende seine freie Hand zu mir herüber und will mich anfassen. Ich erschrecke, packe hastig alles ein und verschwinde von hier. Das ist nicht mein Ding, mit alten Männern. In der Schule ist das was anderes mit Gleichaltrigen. Solchen Sex will ich dann doch nicht.

Ich renne zum Bus, der Motor läuft schon, gehe auf meinen Platz und schlafe nach der ersten Kurve ein.

Ich träume von Mimi! Wie ich sie richtig vögele! Von allen Seiten! Im Traum klappt das prima!

XIII

Ein dicker Schlauch schiebt sich zwischen meine Lippen, durch die Zahnreihen weiter in den Hals am Kehlkopf vorbei und holt mich schrecklich wirklichkeitsnah und boshaft unangenehm aus dem Puff, wo ich um ein Haar meine Entjungferung erlebt hätte. War mehr eine ganze Perücke, die daran fehlte. Trotzdem war es so schön! Was machen die jetzt schon wieder mit mir?

„Schieb mal den Monitor näher. Ich seh so nicht, wo ich bin. Ah. Da ist die Aorta. Jetzt die Kammer. Da ist der Vorhof!"

Eine TEE! Das hatte ich ja auch noch nicht! Mir wird sofort klar, was die untersuchen. Es handelt sich um eine transösophagele Echokardiographie. Dabei wird eine Ultraschallsonde an einer Art Endoskop durch den Hals bis in Herzhöhe geschoben. So kann man genauer als bei der Echokardiographie von außen die Herzhöhlen beurteilen. Ist natürlich auch teurer! Man sucht da unter anderem nach Blutgerinnseln im Vorhof, die eventuell einen Schlaganfall verursachen können, wenn sie durch die linke Herzkammer, dann durch die Hauptschlagader in die Halsarterie und von dort direkt ins Gehirn gelangen.

„Da ist kein Vorhofflimmern. Hätte man ja auch im EKG gesehen. Auch keine Blutgerinnsel. Die Klappen sind auch okay. Das Herz ist völlig unauffällig. Fertig. Ich zieh wieder raus!"

Die Stimme ist neu für mich und das Gesicht des Untersuchers kenne ich auch nicht. Er ist etwas untersetzt, schlank, noch nicht sehr alt, vielleicht vierzig. Sieht eigentlich ganz sympathisch aus mit seinen dunklen, leicht gewellten Haaren. Guckt aber etwas unwirsch.

„Wir sollen da auch noch nen Katheter schieben. Kommt doch auch nix bei raus bei der guten Herzfunktion. Aber der Chef will das! Der spinnt! Klar, P-Patient! Melken, melken, melken, melken! Wie ich das hasse!"

Du sprichst mir aus dem Herzen, Junge! Aber so ist das eben. Profit geht über medizinische Notwendigkeit. Das kannst du auch nicht ändern. Sieh zu, dass du nicht mal genauso wirst.

„Wenn ich mal irgendwo was zu sagen habe, wird es das nicht geben, das schwör ich!" Mit diesen Worten zieht er den Schlauch wieder aus meinem Hals. Kann der jetzt auch meine Gedanken lesen, dass er meine gedachte Frage sofort beantwortet hat? Mir wird das langsam unheimlich.

„Bringt ihn in den anderen Raum, dann schieben wir den Herzkatheter schnell noch!"

Im nächsten Raum werde ich wieder auf eine Art OP-Tisch gehoben. Über mir sehe ich an einem schwenk- und drehbaren Teleskoparm eine Röntgenröhre schweben. Zwei große Monitore stehen an meiner Seite, sodass ich die Sache weitgehend verfolgen kann.

Der Arzt von vorhin macht sich an meiner rechten Leiste zu schaffen.

„Lokale und Sedativum?", fragt ein OP-Pfleger. „Wie immer, oder brauchen wir das hier nicht?"

„Angeblich ja nicht. Aber gib mal lieber her, mir ist das nicht geheuer. Die sagen zwar, der merkt nichts mehr, aber wer weiß!"

Er sticht mit einer dünnen Nadel in meinen Oberschenkel, kurz unterhalb der rechten Leiste. Das pikst einen Moment, aber schon kurz darauf fühlt sich da alles taub an. Schön! Freundlich von ihm! Die Katheternadel ist nämlich ziemlich dick und schmerzhaft. Dann spritzt er mir noch etwas in die Armvene. Ein Beruhigungsmittel. Wahrscheinlich Valium oder so was. Ich fühle mich sofort wie auf Wolken, werde etwas müde. Ein tolles Feeling, so leicht ist plötzlich alles, fast schwerelos. Eben hatte ich noch Angst vor der Untersuchung, jetzt ist es mir egal. Bin sogar neugierig. Hoffentlich kann ich es auch sehen auf dem Monitor, wenn der Katheter hoch bis ins Herz geschoben wird. Ein bisschen müsste der noch zu mir hingedreht werden.

Als ob der Arzt mich verstanden hätte, dreht er den Tisch mit dem Monitor so, dass er weiter in mein Gesichtsfeld rückt. Er macht das zwar für sich, aber ich würde Danke sagen, wenn ich könnte.

„So!", sagt er zum Pfleger, „Mach die Durchleuchtung an!" Schon wird der Bildschirm hell und ich sehe meinen Unterleib im Röntgenbild. Ein schwarzgrauer Strich kommt von unten ins Bild und wandert langsam hoch. In dem Katheter ist immer ein ganz dünner Metalldraht, damit man ihn im Röntgenbild überhaupt sehen kann. Kunststoff sieht man da nicht so gut. Der Strich wird immer länger, macht zuerst eine Kurve nach rechts auf dem Monitor, in mir drin in Wirklichkeit also nach links, dann beschreibt er einen scharfen Knick nach oben und dann geht es ziemlich gerade hoch. Die Röntgenröhre wird vom Pfleger mitgeführt, so, dass die Spitze des Drahtes immer ungefähr in der Bildmitte liegt. Jetzt sehe ich meine Rippen, die Wirbelsäule und die im Röntgenbild ziemlich hellen Lungenflügel. Knochen erscheinen fast schwarz.

In der Mitte sehe ich mein Herz schlagen, ganz ruhig und rhythmisch. Der Katheter wandert derweil immer höher durch die Aorta – die Hauptschlagader –, bis er von unten hinter dem Herzen verschwindet. Ganz schwach kann ich ihn noch sehen. Dann taucht er oberhalb des Herzens wieder auf und muss jetzt durch die enge Kurve des Aortenbogens. Das ist meistens nicht so einfach. Hab das ja schon mal gesehen. Der Kardiologe – der junge Arzt ist das ja wohl – zieht den Katheter mehrmals vor und zurück. Dann ist der Bogen geschafft und der Strich wandert nach unten.

„Jetzt noch die Koronararterie treffen!", murmelt er mehr zu sich selbst und zieht und schiebt wieder an dem Teil, bis man es fast rechtwinklig abknicken sieht. „Geschafft! Kontrastmittel bitte!"

Der Pfleger reicht ihm eine große Spritze, die er unten auf den Katheter stöpselt.

„Jetzt wird es etwas warm, Herr Kollege!"

Hallo? Hat der das jetzt zu mir gesagt? Freundlicher Kollege, war aber sicher so ein Routinesatz! Oder doch nicht? Jetzt wird es mir wirklich innerlich ganz warm von dem Kontrastmittel. Unangenehm, aber auszuhalten. Ich sehe das Kontrastmittel schwarz durch die Adern fließen. Das Herz ist jetzt mitten im Bild. Mehrere größere, so einige Millimeter dicke Adern sind sichtbar, die Koronararterien. Sie zweigen sich immer weiter auf, wie die Äste an einem Baum. Ganz schnell geht das alles jetzt. Zum Schluss sieht man die ganze Herzsilhouette von einer feinen Gefäßstruktur gezeichnet, bevor das Kontrastmittel verschwunden ist und das Herz wieder nur als dicker, pumpender Schatten zu sehen ist.

„Das wars!", sagt er. „Alles okay. Keine Stenosen. Ich schau mir das gleich noch genau am Computer an. Sie können aber beruhigt sein, Herr Kollege. Ihr Herz ist völlig in Ordnung!" Der spricht doch mit mir! Der Erste hier im Haus von den Herren Ärzten! Aber für die anderen bin ich ja auch im Koma!

Während ich so über den jungen Kollegen nachdenke, sehe ich im Hintergrund ‚Gottvater' stehen. Hat keiner gemerkt, dass er reingekommen ist. „Was reden Sie denn da? Ich hab doch deutlich schon von weitem eine Stenose gesehen. Da muss ein Stent rein. Wenn nicht sogar zwei oder mehr!"

Der Oberarzt schaut ihn erstaunt an. „Nein, Herr Professor. Da müssen Sie sich irren, da war keine Stenose. Noch nicht einmal eine Andeutung!"

„Papperlapapp! Lassen Sie die Aufzeichnung noch mal laufen, dann zeig ich es Ihnen!"

Der Chef klingt gereizt. Der Oberarzt setzt sich an den Computer und lässt das letzte Stück der Angiographie in Zeitlupe laufen.

„Da, da, das ist doch eindeutig eine Stenose!" Der Chef tippt hektisch mit dem Finger auf eine Stelle am Monitor. „Und da ist noch eine, da an der hinteren Koronararterie!", ruft er siegessicher.

„Erstens ist das die vordere Koronararterie und zweitens sind das beides nur Abzweigungen, die völlig normal sind!", erwidert ganz gelassen der junge Arzt.

Gottvater wird abwechselnd rot und blass im Gesicht. Zu dem OP-Pfleger gewandt braust er auf: „Lassen Sie uns alleine!!"

Der hatte die ganze Zeit schmunzelnd hinter dem Bildschirm gestanden und amüsiert zugehört, wohl in Erwartung einer heftigen Eskalation zwischen Chef und Oberarzt. Jetzt verlässt er erschrocken schnell den Raum. Als er raus ist, donnert der Chef los: „Wie können Sie mich hier vor solch einem subordinierten Trottel so brüskieren? Sind Sie total übergeschnappt, Sie Oberarzt, Sie?"

„Der Pfleger ist sehr nett und tüchtig und überhaupt kein Trottel. Außerdem wollte ich Sie nicht brüskieren. Ich habe nur gesagt, was man da sieht!"

Der Oberarzt spricht ganz ruhig und gelassen mit der Kraft des Überlegenen, habe ich den Eindruck. Mutig, der Kerl! Steigt immer mehr in meiner Achtung.

Der Professor dreht sich brüsk um und bleibt dann mit dem Rücken zu uns stehen. Er wippt auf der Stelle, die Arme auf dem Rücken verschränkt. Er zittert vor Wut. Nach einiger Zeit hört er auf zu wippen, das Zittern ist verschwunden, er dreht sich gequält lächelnd um, geht zu seinem Kollegen, legt ihm die Hand auf die Schulter und sagt in einem fast väterlichen, jetzt ganz ruhigen Tonfall: „Mein lieber junger Kollege. Sie wissen doch, wie sehr ich Sie schätze."

Er zieht sich einen Hocker heran und setzt sich zu ihm. „Jetzt hören Sie mir mal in aller Ruhe zu. Sie haben doch eine Familie und zwei sehr nette kleine Kinder. Sie wollen denen doch sicher etwas bieten. Mehr eben, als es ein Normalverdiener kann. Oder nicht?"

„Ich verstehe nicht ganz, was Sie von mir wollen, Herr Professor!"

„Ist doch ganz einfach, mein Lieber. Sie wissen doch sicher, dass die Hersteller der Stents, die ja sehr teuer sind, sich nicht lumpen lassen und sehr lukrative Angebote machen. Das gleiche gilt auch für die Pharmaindustrie bei den Postmarketing-Studien, wie zum Beispiel für Stents, die ja einer besonderen medikamentösen Nachbehandlung bedürfen. Sehr lukrative Sache das! Verstehen Sie?"

Der andere schüttelt leicht den Kopf.

„Worauf wollen Sie hinaus?"

„Nun, mein Lieber, ich würde Sie an diesen Einnahmen beteiligen, das ist mehr, als Sie im Monat hier verdienen. Denken Sie doch an Ihre Familie, und ein schönes Auto wär doch auch nicht schlecht, oder?"

Er macht eine lange Pause und schaut sein Gegenüber lächelnd an. Es ist ein mephistophelisches Lächeln. Der andere schaut ihn aber nur ganz ruhig und regungslos an.

„Sehen Sie", fährt der Chef fort, „wenn wir zum Beispiel diesem Patienten hier", dabei wendet er den Kopf kurz zu mir, „zwei oder besser drei Stents verpassen würden, wären Sie im Geschäft. Das sollten Sie sich doch nicht entgehen lassen. Das Geld bekommen Sie natürlich schwarz. Dem Patienten schadet es ja doch nicht. Mit und ohne Stents sind seine Chancen gleich null. Wir können aber noch etwas zum Nutzen der Medizin tun, haha!"

Mir kommt das jetzt langsam wie ein schlechter Film vor. Nicht, dass mir diese Dinge unbekannt wären. Man hat es ja oft genug in der Presse gelesen. Ich weiß es auch aus meinen Erfahrungen. Mir hat auch mal ein Pharmareferent 1000,– Mark – war vor dem Euro – hinter vorgehaltener Hand angeboten, damit ich nur noch sein Präparat aufschreibe. Ich habe damals zu ihm gesagt, er solle noch drei Nullen dranhängen oder gehen. Ich habe ihn dann aus der Praxis gewiesen, mit dem Hinweis, nie mehr wiederzukommen.

In den Kliniken wird in einer anderen Liga gespielt. Zum Glück sind wohl nicht alle Chefärzte Pharmahuren. Aber dass ein und derselbe Professor innerhalb von einer Woche bei zwei von verschiedenen Pharmaherstellern gesponserten Veranstaltungen Vorträge hielt, bei denen er beim Zweiten genau das Gegenteil vom dem beschwor, was er eine Woche zuvor gesagt hatte und genau das Präparat, das er eine Woche vorher gepriesen hatte, jetzt total verriss und das andere pries, habe ich mehrfach erlebt. Da ich nie mein Maul gehalten habe, habe ich mich auch entsprechend während solcher Vorträge geäußert. Ich hatte zwar die Lacher und die Zustimmung meiner Kollegen, geändert habe ich damit nichts.

Heute gehe ich erst gar nicht mehr zu solchen Events. Ich will mich nicht ärgern und die Welt verbessern kann ich auch nicht, wie ich zu meinem Leidwesen immer wieder feststellen musste.

So unverblümt und deutlich wie jetzt und hier habe ich das aber natürlich noch nie gehört. Dazu muss man wohl erst – so wie ich jetzt – so gut wie tot oder selbst beteiligt sein. Letzteres war ich nie. Ich habe mich und meine Meinung niemals verkauft und bin oft genug damit angeeckt. Ich bin aber stolz darauf und kann in den Spiegel sehen. Man sollte immer so leben, dass niemand sich schämen muss, einen gekannt zu haben. Ich habe es zumindest versucht. Gelungen wird es mir wohl auch nicht immer sein. Große Fehler habe ich nicht gemacht, dessen bin ich sicher.

Aus meinen Gedanken aufgeschreckt, es war so still um mich herum, sehe ich den Oberarzt langsam aufstehen. Er wirkt angespannt, aber ganz ruhig. Ganz gelassen baut er sich vor seinem Chef auf.

„Sie Arschloch! Sie riesengroßes Arschloch!"

Blass und blässer wird der Chef, der wie erstarrt auf seinem Hocker sitzt. „Ich versteh Sie wohl nicht richtig", zischt es zwischen seinen nur einen dünnen Spaltbreit geöffneten Lippen fast lautlos. Der Jüngere steht immer noch ganz ruhig vor ihm.

„Sie verstehen schon ganz richtig. Sie sind in meinen Augen ein Arschloch und kein Arzt. Ihr Angebot ist eine verdammte Unverschämtheit. Ich bin doch kein Flittchen der Pharmaindustrie, wie Sie es anscheinend sind. Ich beiß mir eher die

Eier ab, als so etwas zu tun! Das ist doch keine Medizin! Dafür habe ich nicht studiert. Das ist mafiöse Profitgier und Korruption. Unglaublich. Dafür sollte ich mich hergeben? Was denken Sie von mir? Niemals!"

Alle Achtung, mein Junge! Die Ansprache könnte direkt von mir sein. Respekt! Aber gleich schmeißt der dich raus und dann hast du keinen Job mehr.

Gottvater erhebt sich langsam und am ganzen Körper bebend.

„Hier werden Stents gelegt, Sie Ignorant, Sie dämlicher! Auch ohne Sie. Sie sind fristlos entlassen!"

„Wer soll die Stents denn setzen, Sie sogenannter Professor! Außer mir kann und darf das in diesem Haus niemand. Sie haben zum einen keine Ahnung davon und zum anderen keine Zulassung dafür. Rausschmeißen können Sie mich auch nicht. Das entscheidet die Verwaltung. Außerdem bin ich eh nur noch zwei Monate hier. Vorher hab ich noch vier Wochen Urlaub. Anschließend eröffne ich eine kardiologische Praxis, falls Sie das noch nicht wissen sollten. Sie können mich also mal. Ich werde jedenfalls meine Patienten niemals zu Ihnen schicken. Sollte ich erfahren, dass dieser Patient Stents bekommt, werde ich es öffentlich machen und der Ärztekammer melden. Dann könnte man auch gleich Ihren Status als Professor mal überprüfen lassen. Die Berufsbezeichnung haben Sie sich doch in Andalusien von der Pharmaindustrie kaufen lassen. Sie haben nie und nirgendwo doziert. Ihren Studienkollegen, dem Sie die Doktorarbeit hinterlistig unterschlagen haben, kenne ich auch persönlich." Der Oberarzt dreht sich angewidert um. „Ich muss jetzt kotzen, wenn ich Sie noch weiter ertragen soll. Leuten wie Ihnen müsste das Handwerk gelegt werden. Hoffentlich fallen Sie selbst auch mal so einem Verbrecher in die Hände!"

Mit diesen Worten geht er ganz ruhig aus dem Zimmer. Zu mir gewandt sagt er noch laut: „Hoffentlich haben Sie jemanden, der Sie vor dem da schützt!"

Der Chefarzt steht weiß wie eine in Kalk getauchte Marionette da, mit hängenden Armen, am ganzen Leib zitternd und bebend.

„Den mach ich fertig! Fertig mach ich den! Ich ruiniere seine Praxis, bevor er sie eröffnet hat!" Wutschnaubend stakst er auf unsicheren Beinen an mir vorbei und hinaus, ohne mich auch nur eines Blickes zu würdigen.

Ob das wohl alles stimmt, was der Oberarzt dem an den Kopf geworfen hat? Klang sehr sicher, und unterbrochen hat er ihn auch nicht. Wundern würde es mich jedenfalls nicht.

So liege ich noch lange da alleine im Raum. Der Sandsack auf meiner Leiste, den der Pfleger da draufgelegt hat, nachdem der Katheter entfernt war, und der das Nachbluten verhindern soll, drückt gewaltig. Der Rücken schmerzt, alle Gelenke tun weh. Es juckt wieder an mehreren Stellen am Körper, das ist noch unerträglicher als die Schmerzen, vor allem, wenn man sich nicht kratzen kann.

Irgendwann erscheinen meine beiden Chauffeure, die mich meistens durch das Haus karren, lachend miteinander scherzend, und bugsieren mich wieder durch sämtliche Etagen und Gänge zurück auf mein Zimmer.

„Wie oft wir den wohl noch hin- und herfahren müssen? Hat eigentlich alle Abteilungen durch. Aber dem Alten fällt bestimmt noch was ein. Zum Schluss sicher noch die Pathologie, haha!"

Der andere lacht hinter vorgehaltener Hand. „Stimmt. Da war er noch nicht. Aber auf der Gyn auch noch nicht!" Jetzt lacht der andere. Die Jugend und ihr Alter geben den beiden das Recht, so zu scherzen. Ist ein harter Job, wie ich allzu gut weiß. Wenn die wüssten, dass ich alles mitkriege, täten sie das ja auch nicht.

Als wir in mein Krankenzimmer kommen, sehe ich ein drittes Bett. Gottvater, wieder ruhig und fest, mit seiner arroganten Stimme, ist im Gespräch mit zwei anderen, in Zivil gekleideten Herren. Sie unterbrechen ihre Unterhaltung aber sofort bei unserem Eintreffen. Erst als die beiden Jungs, nachdem sie mich an meinen Platz geschoben haben, wieder weg sind, beginnt die Unterhaltung erneut.

„Jetzt müssen Sie mir noch mal erklären", beginnt der Chefarzt die Unterhaltung mit den beiden Zivilisten wieder, „was es damit auf sich hat, dass Sie mir hier einen Kassenpatienten aufs Zimmer legen, und dazu noch eine Patientin, Herr Kollege!"

Etwas Ablehnendes klingt in seiner Stimme.

„Ja, wir hatten schon kurz telefonisch darüber gesprochen, Herr Professor!", erwidert einer der beiden.

Er trägt weiße Schuhe. Der andere normale schwarze. Manche Ärzte laufen immer mit weißen Schuhen herum, damit man sie auch auf der Straße schon als Arzt und mithin als wichtig erkennt, glaube ich immer, wenn ich solch einem Kollegen begegne. Ich habe gar keine.

„Hört uns hier auch niemand zu?", fragt er.

„Meine beiden da", der Chef wirft einen abschätzenden Blick hinter sich auf das Bett meines Zimmergenossen und mich, „hören und sehen bestimmt nichts und sagen auch nichts weiter!", lächelt er, mokant den Mund verziehend.

„Gut. Ich hab ja meine Praxis die Ecke rum und weise doch viele Patienten zu Ihnen ein. Ich bin Leiter des hiesigen Palliativnetzwerkes. Das hier", er deutet auf den anderen, „ ist Herr Jakosch, der ehemalige Leiter der hiesigen Krankenkasse. Müssten Sie eigentlich kennen!"

„Äh, ja, äh, natürlich. Erinnere mich. Haben mal telefoniert." Die beiden geben sich die Hand.

„Also Herr Jakosch ist natürlich auch in dem Netzwerk an leitender Stelle tätig. Ganz in den Ruhestand wollte er noch nicht, hoho." Er lacht ziemlich blöd.

„Es soll ja in zwei, drei Jahren hier im Haus eine Palliativabteilung eröffnet werden. Ist ja alles noch ziemlich neu mit der Palliativmedizin. Also zumindest, dass das von den Krankenkassen extrabudgetär vergütet wird! Im Netzwerk gibt es natürlich eine Rangordnung. Leitende wie uns und auch niedere Chargen, die dann nachts raus müssen und die Drecksarbeit machen, also Hausbesuche und so. Da ist die Bezahlung auch nicht so hoch wie für die Leitenden. Wir legen fest, was die einzelnen bei jedem Patienten tun sollen. Dafür muss man die Patienten ja nicht unbedingt persönlich kennen! Für Sie haben wir natürlich auch eine leitende Funktion angedacht, Herr Professor!

Das funktioniert so, wie ein Schneeballsystem. Die Oberen, also wir, beauftragen die Mittleren und die dann jeweils die Unteren. Sehr gutes System, hohoho. Früher haben wir das gleiche alleine und im Rahmen unseres gedeckelten Praxishonorars machen müssen, hohoho."

Diese blöde Lache ist wohl ein Tick von ihm. Bei dem Wort ‚vergütet' strafft sich der Professor irgendwie und sieht den Kollegen interessiert an.

„Erzählen Sie mir mehr davon". Er klingt jetzt nicht mehr so ablehnend.

„Ja, also, wir müssen die Zeit bis zur eigenen Station überbrücken. Sonst gehen die Patienten in andere Häuser oder Heime und Hospize, und uns verloren. Wir wollen sie deshalb hier im Haus auf den verschiedenen Stationen unterbringen, wo sie nicht stören. Sind ja immer nur einige Wochen oder zwei, drei Monate. Die machen auch nicht viel Arbeit. Für uns jedenfalls nicht, hoho. Gepflegt werden müssen sie natürlich. Sollen ja möglichst lange noch leben. Ist ja der Sinn der Palliativmedizin, hoho. Medizinisch muss da nicht viel gemacht werden. Schmerzmittel bei Bedarf und Beruhigungsmittel und so. Bei dieser Patientin reicht zum Beispiel nur Flüssigkeit. Koma. Schon länger. Hoffnungslos. Aber im Moment sehr kreislaufstabil."

Der Mann von der Kasse steht ziemlich gelangweilt daneben und schaut aus dem Fenster.

Der Chef legt dem Arzt die Hand flüchtig auf den Arm. „Aber was, mein lieber Kollege, habe ich davon, dass Ihre Patienten bei mir liegen. Kassenpatienten sind für mich nicht so der Knaller!" Er bemüht sich um ein gequältes Lächeln.

„Aber natürlich sollen Sie auch an dem Kuchen teilhaben!", fährt der Arzt aus der Praxis fort. „Sie sollen natürlich teilhaben an dem Geldsegen der Krankenkassen. Sehen Sie, jeder Besuch bringt so viel wie bei Privatpatienten und auch ein telefonisches Konsil zwischen Ihnen und mir oder Herrn Jakosch wird sehr gut bezahlt. Kann ganz kurz sein, hohoho, und man kann auch mehrmals täglich telefonieren, wenn es dem Wohle des Patienten nützt, hohoho. Herr Jakosch war übrigens selbst beteiligt an der Gestaltung der Gebührenordnung für die Palliativmedizin! Dafür sind wir ihm sehr dankbar!"

Er schaut kurz sehr ergeben zu Herrn Jakosch und spricht dann weiter: „Sie haben doch sicher auch die Zulassung der Kassenärztlichen Vereinigung als Palliativmediziner, nicht wahr?"

„Äh, Zulassung? Was? Wofür? Ich bin Professor und Chefarzt der Inneren Medizin an diesem Haus. Palliativmedizin gehört doch wohl zu meinem Metier! Das hieß nur bisher anders!"

Er klingt jetzt wieder etwas gereizt, aber sehr großkotzig.

„Ja selbstverständlich sind Sie mehr als befähigt, Herr Professor! Natürlich! Das bezweifelt doch niemand. Aber die KV verlangt nun mal einen zusätzlichen Fortbildungskursus und die Teilnahme an dem Netzwerk. Sonst gibts das Honorar nicht. Der Kursus dauert nur vierzig Stunden! Ich glaubte, Sie hätten das Zertifikat schon längst!"

„Nie was von gehört." Gottvater wird böse. „Mit der KV hab ich nichts zu tun, außer für den ambulanten Bereich in der Notaufnahme. Das Stationäre regelt die Verwaltung. Vierzig Stunden soll ich mir da einen Kursus reinziehen? Sind Sie verrückt? Das ist ja eine ganze Woche. Wer will mir, mir dem Chefarzt, denn da was beibringen? He? Für so was habe ich weder Zeit noch Lust! Dann wird das eben nichts hier mit uns."

Jetzt kommt der Kassenmann auf den Chefarzt zu und legt ihm beruhigend die Hand auf den Rücken. „Sehr verehrter Herr Professor. Ich habe Sie immer sehr geschätzt, als Arzt und als Mensch. Das wissen Sie doch! Wir machen das schon. Haben schon ganz andere Sachen gemacht! Ich habe beste Beziehungen zur KV, wie Sie sich sicher vorstellen können. Ich besorge Ihnen das Zertifikat und die Teilnahmebescheinigung und bringe sie Ihnen persönlich morgen vorbei, nebst unterschriebener Beitrittsbescheinigung zum Palliativnetzwerk. Sie brauchen sich um nichts zu kümmern. Mein Wort drauf! Morgen klären wir dann noch ein paar Einzelheiten. Wir müssen ja die Telefonate und Konsile bei den Patienten koordinieren. Da müssen ja unsere Abrechnungen mit der KV übereinstimmen, zumindest auf dem Papier, wenn Sie verstehen, was ich meine!"

Die Miene des Chefs hat sich völlig entspannt.

„Nun gut!", sagt er bedacht und wieder ganz ruhig und freundlich. „So kann ich mich damit einverstanden erklären. Dann bis morgen. Ich muss mich jetzt aber verabschieden. Die Patienten warten auf mich. Privatsprechstunde. Guten Tag, meine Herren!"

Ohne den beiden die Hand zu geben – beide hatten schon den Arm gehoben und ihre Hände ausgestreckt – schickt sich der Professor an, den Raum zu verlassen. Nach wenigen Schritten bleibt er aber noch mal stehen, dreht sich um und sagt: „Da fällt mir ein, auf meinen beiden anderen Stationen wären sicher auch noch ein paar Betten frei für so arme Palliativpatienten! Bis morgen!" Weg ist er und die Tür fällt hinter ihm ins Schloss.

„Das ist doch genau so ein Wichser wie die anderen, mit denen wir gestern gesprochen haben!", raunt Herr Jakosch dem anderen zu. „Alle arrogant, dumm und eingebildet! Aber geil auf Geld wie die Geier. Egal. Den haben wir im Boot. Mit Speck fängt man Mäuse. Mit Geld geht fast alles. Wir haben jedenfalls erst mal unsere Patienten untergebracht. Die anderen Chefs im Haus werden wir auch noch überzeugen. Ich muss jetzt auch los. Wir sehen uns ja heute Abend beim Zirkel. Tschüss." Damit verlassen beide eilig das Krankenzimmer.

Von dem soeben gehörten Gespräch wäre ich sicher erstarrt, wenn ich nicht ohnehin schon starr liegen müsste. Nein, eher wäre ich wohl explodiert und hätte diesen Figuren meine Meinung gesagt und sie aus dem Tempel gejagt!

Ich habe mir, als das mit der Palliativmedizin aufkam, auch verschiedene Vorträge zu dem Thema angehört. Obwohl die Grundidee mit den Netzwerken sicher gut und löblich ist, es ging bei den Vorträgen immer hauptsächlich um die extrabudgetäre Vergütung. Wer wann, was und wie viel Geld bekommt. Hat mich dann alles angekotzt und ich wollte da nicht mitmachen. War doch von vornherein klar, dass sich vor allem solche Raffzähne, wie die drei vorhin, da besonders engagieren würden.

Viele machen es aber aus Überzeugung, sehr aufopfernd und für kleines Geld. Das große Geld machen die Oberindianer. Ich wollte damit nichts zu tun haben und weiterhin meine Patienten selbst bis zum Tod begleiten. Ich kenne sie doch am besten. Ich wollte mir auch nicht von solchen Leuten vorschreiben lassen, wie ich das Sterben verlängern kann. Nein, das war nicht meine Medizin!

Jeder hat ein Recht auf seinen Tod. Der gehört zum Leben und sollte in Würde kommen dürfen. So habe ich es gelernt und so ist meine Überzeugung. Ich hatte das Glück, in meiner Ausbildung einen humanen Chef, Professor Brücher, einen Grandseigneur alter Schule, einen Menschen halt, zu haben. Es war eine internistische Abteilung in meiner Heimatstadt. Hier gab es die Medizin, die die Leute gesund wieder entlassen konnte und die, die ihnen ein schmerzfreies Sterben ermöglichte, wenn keine Hoffnung mehr bestand. Alle Medikamente, die das Sterben verlängert hätten, wurden abgesetzt, Flüssigkeit wurde verabreicht, mit Angehörigen gesprochen und rund um die Uhr war jemand bei den Sterbenden. Das war heilende Medizin, Palliativmedizin und Hospiz in einem. Alles auf einer Station. Und es war sehr gut!

Heute ist diese Form der Medizin leider nicht mehr weit verbreitet. Ich kenne aber einige Kollegen, die es noch immer so handhaben. Für mich selbst wünsche ich mir das auch so.

Bin ich jetzt an diesem Punkt meines Lebens angekommen? Was aber erwartet mich hier in diesem Haus? Mir schwant nichts Gutes. Ich bekomme Angst, schreckliche Angst.

Sollte ich wieder gesund werden und meine Praxis führen können, werde ich jedenfalls meine Medizin, meine Sterbebegleitung genauso wie bisher weitermachen, ohne Extrahonorar fürs Sterbenverlängern. Ach, könnte ich doch bald wieder arbeiten!

Meine Gedanken schwirren noch eine Zeit lang durcheinander, bis sie sich irgendwo im Nirwana verlieren ...

XIV

Großer Hörsaal der Medizinischen Klinik der Universität Düsseldorf. Brechend voll. Kein Sitzplatz mehr frei. Mit vielen anderen sitze ich im Mittelgang auf der Treppe. Bin wieder zu spät gekommen. Schlafe gerne etwas länger. Auf der Autobahn war aber auch wieder Stau, wie jeden Morgen.

Bei der Vorlesung von Professor Gotha ist es immer so voll. Anatomie im zweiten Semester. Ein uriger Typ. Sehr groß und schlank, mit Brille und Schnauzbärtchen, Silberblick und wirrem, mittellangem, schon stark angegrautem Haar. Seine Kleidung mutet an, wie aus den fünfziger Jahren. Dunkler, abgegriffener Anzug mit Weste, Nylonhemd mit Gilb, die Manschetten schauen an den Handgelenken komplett heraus, weil die Anzugsärmel zu kurz oder seine Arme zu lang sind.

Ein Kauz, der zum Fach passt! Hätte die Rolle des ‚Professor Bömmel' aus der Feuerzangenbowle spielen können. Die Ähnlichkeit mit dem Schauspieler, der den Bömmel verkörperte, ist aber auch zu verblüffend. Diese Typen Lehrer hatte ich ja schon auf der Klosterschule. Verfolgen mich anscheinend, oder ich suche sie. Dazu der rheinische Dialekt.

„Da stelle mer uns ma vor ...!" Herrlich!

Ein begnadeter Professor, dem man die Freude am Beruf mit jedem seiner Worte anmerkt. Darum sind seine Vorlesungen auch so beliebt und entsprechend überfüllt.

„Heut kömmt dat 4711-Orjan dran. Wat is dat wohl für en Ding?", spricht er mit seiner dunklen, angenehmen Stimme zu uns, und schaut langsam durch die Reihen des Hörsaals.

„Dat kennt ihr wohl noch net, wie? Also, dat is de Milz! Die is nämlich vier Zentimeter dick, sieben Zentimeter breit un elf Zentimeter lang. Siebenunvierzicheleforjan! So kann mer sich dat juut merken!"

In der Tat habe ich es bis heute nicht vergessen. So bringt er immer Merksprüche, die kuriosesten Eselsbrücken und Metaphern. Ein begnadeter Lehrer eben. Wir haben natürlich auch andere, Langweiler, die nur etwas ablesen und bei denen die Reihen des Hörsaals nur sehr überschaubar besetzt sind.

Ich liege im Halbschlaf. Irgendetwas hat mich geweckt. Es ist aber ganz still im Zimmer. Dunkelheit. Versuche, den Traum weiterzuführen, zu schlafen.

Ach ja, die Uni! Ich träume von der Zeit als Student und vor allem als Verbindungsstudent. Schöne Studentenzeit! Frei und ungebunden.

Wie war das noch alles?

Von den meisten Professoren habe ich keine klare Vorstellung mehr. Professor Gotha sehe und höre ich oft noch heute leibhaftig vor mir, und muss dann innerlich immer schmunzeln.

Die Vorlesungen vergingen an dem Tag wie im Flug und am Abend wollte ich mich mit ein paar Kommilitonen in einer Kneipe treffen. Vor der Mensa, die an den Roy-Lichtenstein-Saal angrenzte – hier war ein riesiges Pop-Art-Bild des Künstlers, eine ganze Wand füllend, angebracht, genauer, von ihm selbst auf die Wand gemalt – hatte ich am Schwarzen Brett einen Zettel gesehen, der mein Interesse weckte. Da hatte ein Student die Idee, einen Stammtisch für jagdinteressierte Kommilitonen zu gründen. Mal hingehen konnte nicht schaden.

Seit Kindesbeinen galt der Jagd meine große Liebe. Schon im Kindergartenalter lief ich mit meinem Großvater durchs Feld und durfte dann auch mal einen Hasen tragen oder einen Fasan. Ziemlich schwer in dem Alter und mit so kurzen Beinen. Manchmal hatte ich abends Blasen an den Füßen. Wir liefen mehrere Kilometer und stundenlang durch das Revier. Ich wollte aber trotz Blasen immer wieder mit.

Abends fuhr ich also zu der besagten Kneipe in der Altstadt. Ich sah mich dort um. Woran sollte ich den oder die anderen jetzt erkennen? Davon hatte nichts auf dem Zettel gestanden. Es waren viele Leute dort, meist ältere. Einige aßen etwas, andere spielten Karten. Ich schlenderte durch die verschiedenen Räume und sah dann in einer Ecke drei junge Leute sitzen – einer in grünen Klamotten – die sich angeregt unterhielten. Das mussten sie sein!

Ich ging zu dem Tisch.

„Seid ihr der Jägerstammtisch?"

Alle drei schauten mich an, einen glaubte ich an der Uni schon mal gesehen zu haben.

„Ja, sind wir", sagte der jagdlich Verkleidete.

„Das heißt, wir wollen einer werden! Du interessierst dich dafür?"

„Klar. Sonst wär ich ja nicht hier. Ich heiße Johannes. Und ihr?"

Sie gaben mir der Reihe nach die Hand und stellten sich als Thomas, Bernd und Hubertus vor.

„Hubertus passt natürlich am besten!", zwinkerte ich Hubertus, dem grün Gekleideten zu.

„Ich hatte auch die Idee zu dem Stammtisch!", antwortete Hubertus lächelnd.

Ich setzte mich also zu der Runde und wir quatschten mehrere Stunden über unsere jagdlichen Erlebnisse.

Jeder übertrieb natürlich nach Kräften und versuchte, den anderen zu überbieten. Richtige Jäger also und perfekt im Jägerlatein!

Ich ließ mich auch nicht lumpen und die Anzahl und das Gehörngewicht der von mir erlegten Rehböcke wuchsen mit jeder Runde Bier. Als einziger konnte ich einen erlegten Hirsch drauflegen. Das stimmte sogar. Ich wurde aber sofort von Hubertus mit einer vorsichtshalber nicht genau genannten Menge Sauen, was die Zahl aber umso größer erscheinen ließ, überboten.

Je mehr wir tranken, desto größer wurde die Menge des erlegten Wildes. Ein einzelner Tierpark hätte zum Schluss nicht mehr ausgereicht. Auch die Erlebnisse bei der Jagd wurden immer ausführlicher, aufregender und unglaubwürdiger. Ich hielt kräftig beim Übertreiben mit. Das gehört zur Jagd dazu!

Ziemlich spät kam noch einer dazu, der sich als Holger vorstellte und mit mir im gleichen Semester war. Die anderen waren auch Medizinstudenten, aber alle aus dem ersten Semester. Ich war im Zweiten. War ein lustiger Abend! Nette Kerle!

Als uns schließlich das Wild beim Erzählen ausging und dem Wirt das Bier – ich glaube, der wollte endlich Feierabend haben – beschlossen wir noch, uns jetzt jede Woche dienstags um acht Uhr hier zu treffen. Damit war der Stammtisch ins Leben gerufen.

So trafen wir uns also fortan jede Woche und bald entstand eine feste Freundschaft zwischen uns fünf. Es wurde nicht mehr nur über Jagdgeschichten – wahre oder erfundene – gesprochen, sondern auch übers Studium, über sonstige Hobbys, die Eltern und Geschwister und selbstverständlich Weibergeschichten! Das war natürlich das beliebteste Thema.

Hier wurde noch mehr erdacht und gelogen als beim Jägerlatein! Wir hatten aber riesigen Spaß. Ein exotisches Liebesabenteuer jagte das andere, jeder hatte mindestens einmal mehr gevögelt als der Vorredner. Ich hielt mich nicht zurück, obwohl meine damals noch recht bescheidenen Erfahrungen sexueller Art sehr überschaubar waren. Eigentlich hatte ich noch nie richtig gevögelt.

Jeder von uns hatte am Ende eines Stammtischabends jedenfalls mehr Frauen in einer Nacht flach gelegt, als wir zusammen an Jahren zählten. Typische Männergespräche also! Was haben wir gelacht!

Eines Abends kam Hubertus, der Älteste von uns, mit einer geheimnisvoll angekündigten Idee.

„Lasst uns eine Verbindung gründen!", begann er mit leiser Stimme. „Ein Stammtisch ist etwas Vorübergehendes und nach dem Studium oder schon vorher verläuft sich das. Bei einer Verbindung gilt das Lebensbundprinzip!"

Große Worte, mit denen eigentlich keiner von uns anderen etwas anfangen konnte.

Klar hatten wir schon mal was von Verbindungen gehört. Das waren so Studenten mit bunten Mützen auf dem Kopf und bunten Bändern quer über der Brust. Die sangen und soffen ohne Ende. Okay, das wäre ein Argument, geht aber auch ohne Band und Mütze. Kannten wir von der Jagd. Dann waren die meist irgendwie politisch oder religiös motiviert und auch aktiv und schlugen sich mit Degen gegenseitig Wunden ins Gesicht, was als besonders ehrenvoll galt. Jetzt fiel mir erst auf, dass Hubertus auch so eine Narbe an der Stirn hatte.

Mein Onkel Hans hatte auch solch einen ‚Schmiss‘ gehabt, und trug ihn stolz im Gesicht, quer über die ganze Wange.

Nein, das war nichts für mich! Verbindung? Nein danke! Mein Vater erzählte immer, dass er auch mal in einer Verbindung war. Einen Tag lang. Nachdem er nämlich einen ‚Stiefel‘ – ein großes Glas mit einem Liter Inhalt – voll mit Bier – auf ‚Ex‘ trinken sollte – das heißt in einem Zug leeren – ist er sofort wieder ausgetreten.

Das Trinken eines Liters Bier fände ich jetzt nicht so schlimm, darin hatte ich mehr Übung als beim Vögeln, aber der Rest des Verbindungslebens war nach meiner Vorstellung nicht mein Ding. Die anderen drei dachten wohl so ähnlich und wir äußerten, sehr zur Enttäuschung von Hubertus, unsere Bedenken.

Der ließ aber nicht locker und malte uns in den schillerndsten Farben das Leben eines Korporierten, also eines Verbindungsstudenten, aus. Er war schon Mitglied in einer Düsseldorfer Verbindung, der auch Professor Gotha angehörte, und holte aus einer Tasche seine Mütze, das Band, einen Bund ‚Bierzipfel‘ – kleine Bänder in den Farben des jeweiligen Bundes mit einer silbernen kleinen Kette. Die wurden alle zusammen an der Seite am Gürtel getragen. Je mehr Zipfel, desto bedeutender die Position des Studenten im Bund, also der Verbindung, und auch im Ansehen anderer Verbindungen. Diese Bierzipfel tauschte man mit einem anderen Mitglied der eigenen oder einer anderen Verbindung, mit dem einen irgendetwas Besonderes verband. Sei es ein gemeinsames Erlebnis gleich welcher Art oder einfach nur besondere Sympathie.

So kamen im Lauf des Lebens immer mehr Zipfel zusammen und bei manch einem hing die Hose dadurch etwas schräg im Schritt. Hübsche Idee!

Dann holte Hubertus noch sein Kommersbuch hervor, ein prächtiges, ledergebundenes, ziemlich dickes Buch, vorne und hinten an den Ecken mit dicken Ziernägeln versehen und einem bunten Aufdruck. Darin waren alle Regeln einer Verbindung, der sogenannte ‚Comment‘, und alle bekannten und unbekannten Studentenlieder enthalten. Schönes Stück, das unser Interesse weckte und reihum ging.

Hubertus wollte uns aber nicht in seine bestehende Verbindung locken. Er erklärte, dass er mit uns eine neue, eigene Verbindung gründen wollte. Eine Jagdverbindung. Nichts mit Politik und Religion, sondern die Jagd und das jagdliche Brauchtum sollten das ‚Panier‘ sein, also der vereinigende Gedanke. Mit dem Fechten, das müsse ja nicht zwingend sein.

Selber gründen? Die Regeln selbst beeinflussen können? Das hörte sich schon anders an. Nicht mehr so abstoßend und abwegig. Aber wie macht man das? Wie geht so was? Hubertus hatte auf alle Fragen eine Antwort. Er erzählte uns immer mehr von seiner Idee und schließlich waren wir überzeugt, dass ein Leben ohne Verbindung praktisch gar nicht mehr möglich war.

So trafen wir uns wenige Wochen später zur Gründungssitzung.

Die ‚Akademische Jagdverbindung Hubertus zu Düsseldorf‘ schlüpfte aus dem Ei! Wir trugen schwarze Mützen, etwas größer natürlich als normale, mit schwarz-weiß-grünem Band, ein Brustband in den gleichen Farben und anlässlich der Gründung tauschten wir gegenseitig Zipfel, so hatte jeder für den Anfang schon mal vier Stück am Gürtel. Wir legten grob die Statuten fest, bastelten ein Semesterprogramm und überlegten, wie es weiterging.

Durch einen neuen Aushang am Schwarzen Brett der Uni gesellten sich im Laufe des ersten Jahres immer mehr Studenten zu uns. Studentinnen waren in der Verbindung verpönt, zumindest während der Veranstaltungen. Danach waren sie gern gesehene Abwechslung. Mitglied konnte aber nur ein männlicher Student werden. Gut so! Weiber können eine Männergesellschaft naturgemäß ziemlich durcheinanderbringen. Nicht alle, die aus Neugier zu uns stießen, wurden auch Mitglied. Aber schon bald zählten wir vierzehn ‚Burschen‘!

Es ging schnell aufwärts mit unserem Bund. Wir schafften das notwendige Equipment an, ‚Vollwichs‘ für die ‚Chargierten‘, das ist eine Art Uniform für die drei Führenden einer jeden Verbindung. Der Sprecher, das war ich natürlich die ersten Jahre, der Kassenwart und der Fuxmajor. Der Letztere betreute die neuen Mitglieder, die ein Jahr Fux sein mussten, bevor sie zu Burschen wurden.

Wir knüpften Kontakte zu anderen Studentenverbindungen und auch zum Dachverband der deutschen Jagdverbindungen, dem WJSC, der uns nach einem Jahr Probezeit als vollwertiges Mitglied aufnahm. Sehr festlicher Akt bei der einmal im Jahr stattfindenden Jahrestagung auf Schloss Spangenberg im Harz.

Da war immer etwas los. Das ganze Dorf freute sich darauf. Alle Kneipen hatten dann Hochkonjunktur, waren wir doch sicher dreihundert aktive und ehemalige Studenten, also ‚Alte Herren‘.

Von Düsseldorf aus reisten wir fast wöchentlich, mindestens aber ein- bis zweimal im Monat zu anderen Bünden.

Nach Köln, Wuppertal, Münster, Paderborn bis Kiel und noch in andere Städte. Da fanden dann irgendwelche Veranstaltungen statt, die in der Regel in einem Saufgelage endeten. Wir waren jung und ungebunden. Uns gehörte die Welt!

‚Gaudeamus igitur‘ sangen wir und ‚Im schwarzen Wahlfisch zu Ascalon‘. All die herrlichen Studentenlieder kannten wir bald auswendig. Ich habe sie heute noch im Ohr und auch im Kopf.

In Düsseldorf trafen wir uns weiter einmal wöchentlich. Bald waren wir nicht mehr auf Kneipen angewiesen. Einer von uns besaß ein Haus in Düsseldorf und stellte uns einen Kellerraum zur Verfügung, den wir sehr gemütlich einrichteten. Jagdlich natürlich. Sogar einen offenen Kamin gab es da. So hatten wir jetzt fast ein Verbindungshaus, wie es die alten Verbindungen dank des Kapitals ihrer Alten Herren fast alle hatten. Das waren aber ganze Häuser, in denen einige der Studenten auch eine günstige Bude hatten.

Es gab immer etwas zu besprechen, zu planen, zu organisieren. Einen Jagdkursus stellten wir auf die Beine für unsere Füchse, dann hatten die keine Kosten für die teuren Lehrgänge des DJV. Alle haben immer bestanden.

Nach diesen Besprechungen, bei denen ich meist anderer Meinung war, was mir den Namen ‚Destructi' einbrachte, also dem offiziellen Teil, ging es dann zum Trinken und Singen über. Ich wollte sogar mehrfach die Verbindung wieder auflösen, weil sie eigentlich ein Sauhaufen war. Zum Glück haben die anderen dagegen gestimmt. Ernst habe ich es auch nie gemeint, war mir doch die Verbindung fast so wichtig wie das Studium, das ich aber nicht vernachlässigte.

Kurzum, wir blühten und gediehen, getreu dem studentischen Ausruf ‚vivat, crescat floriat!' – es lebe, wachse und blühe die Verbindung!

Nach fast jeder Versammlung ging es in die Altstadt, meist leicht angeheitert. Nicht selten landeten wir dann noch, wie konnte es anders sein, im Puff.

Damals gab es da in der Nähe das ‚Römisch Eins', ein Hochhaus mit unzähligen Etagen, Fluren und Zimmern und ebenso vielen ‚Damen' in allen Ausführungen.

Meistens schlenderten wir nur so durch das Haus, wie andere durch ein Kaufhaus gehen – überall gucken, sich Dinge erklären lassen, sie anfassen und wieder weglegen, letztlich aber nichts kaufen. Shopping eben!

So machten wir es im Puff. Gut, anfassen durfte man nur gegen Bezahlung, mit den Damen quatschen war aber umsonst. Wolfgang, einer von uns, war immer scharf. Er war schon erfahren, etwas älter als wir und hatte eine Reihe älterer Damen, die sich von ihren Männern vernachlässigt fühlten – da diese oft auf Geschäftsreisen waren – unterleibsmäßig zu versorgen. Ihm machte es Spaß, es kostete nichts und brachte ihm sogar das ein oder andere Geschenk ein. Seine Strohwitwen waren sehr großzügig. Er suchte sich aber auch nur solche mit reichen Männern aus. Sogar eine Rolex hat er mal bekommen als kleine Aufmerksamkeit für seine Liebesdienste.

Jedenfalls war Wolfgang so scharf auf Sex, obwohl er eigentlich ausgelastet war, dass er hier auch immer mit einem der Mädchen ins Zimmer ging. Das machte uns natürlich auch geil und ich ging selbstverständlich auch oft. Tolle Sache!

Ich berichtete nachher den anderen immer genau, wie ich es gemacht hatte. Von vorn oder von hinten und wie sie gestöhnt haben. Leider waren meine Storys frei erfunden. Ich ging zwar rein, schaffte es aber nie, richtig zu vögeln. Das erste Mal beim THW blieb wie ein Freud'sches Trauma immer vor meinem inneren Auge, und die Angst, zu versagen, holte mich immer dann wieder ein, wenn er gerade stand, woraufhin er sich sofort wieder hängen ließ und mich damit auch. Als wenn die Luft aus einem Ballon ging!

Es wurde einfach immer schlimmer und Selbstzweifel plagten mich Tag und Nacht. Vor den anderen konnte ich das natürlich nicht zugeben. Die hielten mich für einen großen Ficker. So sollte es auch bleiben!

Ich konnte mir das damals finanziell auch erlauben. Ich war kein armer Student, im Gegenteil. Nicht, dass meine Eltern mich mit Geld überhäuften. Ich bekam ein ordentliches Taschengeld und hatte keine Unkosten zu tragen. Auto und Benzin sowie Bücher und sogar Zigaretten zahlten meine Eltern. Zusätzlich hatte ich aber eine Marktlücke entdeckt und dadurch einen kleinen privaten Handel, der ziemlich lukrativ war.

Anfang der siebziger Jahre kam das Farbfernsehen in Deutschland auf und die Geräte waren sehr teuer. Im Schnitt kostete ein Apparat etwa 2500,– DM. Ich hatte mich immer schon für Elektronik interessiert und konnte solche Geräte reparieren. So kaufte ich bei Händlern in Düsseldorf und Grevenbroich defekte Geräte für 50 bis 150 Mark und reparierte sie, manchmal nächtelang. Alle bekam ich nicht hin, aber die meisten. Dann annoncierte ich die Dinger in der Lokalzeitung. Meist hatte ich dann so vier oder fünf dastehen. Die gingen wie warme Würstchen weg zu Preisen zwischen drei- und fünfhundert Mark. So hatte ich manchen Monat ein- bis zweitausend Mark verdient, manchmal sogar mehr! Nebenbei gab ich noch Nachhilfeunterricht bei drei Schülern. Noch mal 360,– DM. Ich war also ein ziemlich reicher Student. Einen Teil davon sparte ich. Ich fuhr aber auch auf fast jeden Trödelmarkt und kaufte kleine und große Antiquitäten, und alles, was mir halt so gefiel. So war ich auch in der Lage, großzügig mit Freunden zu feiern und meine wechselnden Freundinnen zu beschenken. Nur die Kunst zu ficken konnte ich mir nicht kaufen!

Eines Abends standen wir nach unserer Versammlung wieder vor dem ‚Römisch Eins‘. Hubertus war aber pleite und wollte nicht mit rein.

„Komm, ich spendier dir ne Runde Vögeln", sagte ich zu ihm. „Wir suchen dir aber eine aus!"

Seine Augen glänzten und wir gingen hinein und durch alle Etagen, bis wir an einer Tür das Passende fanden. Wir waren ein bisschen gemein!

In der Tür stand eine lebendige Figur aus der Geisterbahn. Figur ist übertrieben. Ein Fleischberg mit zotteligen, langen Haaren undefinierbarer Farbe und einem zahnlosen Lächeln, mehr einer Grimasse. Die Hautfarbe ließ sich unter einer zentimeterdicken Schminkschicht nicht erkennen.

„Die bläst bestimmt gut, so ohne Zähne, Hubertus!", pflaumte ich ihn an. „Wir kommen mit und sehen zu, okay?"

Ich steckte ihm, wie versprochen, einen Fünfziger in die Tasche. Hubertus holte tief Luft und ging in des Monstrums Höhle, schloss aber die Tür hinter sich so schnell, dass wir nicht mehr reinkamen. Wir anderen bummelten daraufhin weiter und sprachen hier und da mit den anderen Mädels ein paar Worte, die Tür, hinter der Hubertus verschwunden war, immer im Auge behaltend. Nach ungefähr einer halben Stunde kam der endlich wieder raus und wir überschütteten ihn mit Fragen nach dem ‚Wie‘ und ‚Wie oft‘. Er grinste nur und meinte, das wäre die beste Nummer in seinem Leben gewesen. Mehr sagte er nicht, so viel wir auch fragten. Der Kavalier genießt und schweigt!

Etwas enttäuscht, aber dennoch mit dem Abend und der Welt zufrieden, machten wir uns alle auf den Heimweg.

Die nächste Woche brachte uns wieder das jährliche Treffen des Dachverbandes. Wernigerode, der eigentliche Stammsitz des WJSC, war damals noch in der DDR gelegen, sodass nach dem Krieg eben das nahegelegene Spangenberg seit Jahren der Austragungsort war. Schon am zweiten Tag gab es ein großes Palaver.

Die Tochter des Pächters der Schlossgaststätte, in der wir tagten, hatte sich wohl von einem der Studenten verführen lassen, oder umgekehrt. Jedenfalls war es aufgeflogen und der Vater des Mädchens, das sehr hübsch übrigens und vielleicht erst sechzehn oder siebzehn Jahre alt war, hatte sich bei den Vorsitzenden des Verbandes heftig beschwert und Genugtuung gefordert. Eine Sonderversammlung wurde einberufen, an der alle Sprecher der einzelnen Bünde teilnehmen mussten, also auch ich.

Es war schon recht lächerlich, was unsere Alten Herren hier veranstalteten. Schließlich war sie kein Kind mehr, nicht ermordet und wahrscheinlich nicht einmal vergewaltigt worden. Heftige Diskussionen über Anstand und Moral wurden gehalten. Dabei wussten wir doch von einigen dieser Moralapostel genau, was sie so trieben. Es gipfelte in dem Ausruf des obersten Vorsitzenden:

„Ich verlange von euch, dass ihr mir binnen einer Stunde Ross und Reiter nennt!“

Ich erhob mich und bat ums Wort. Er sah mich erwartungsvoll herausfordernd an.

„Das Ross kann ich jetzt schon nennen!“

Alles brüllte vor Lachen, nur der Vorsitzende nicht. Es kam nie heraus, wer mit dem Mädchen geschlafen hatte. Ich wollte, ich wäre es gewesen. War nämlich verdammt hübsch, die Kleine!

Am Abend nach der Kneipe, auf der mächtig gezecht worden war, machten wir uns zu fünft mit dem Auto auf Abenteuersuche. Wir waren geil nach der Sauferei. Unser Fahrer trank nie Alkohol, wir dafür umso mehr.

Nun liegt Spangenberg im schönen Harz an der damaligen Zonengrenze. Das Umfeld sehr dünn besiedelt. Es war Mitternacht so ungefähr, als wir einfach drauflosfuhren. Irgendwo musste es doch eine Bar oder so was geben! Wir fuhren und fuhren immer weiter durch Felder und Wälder, unserem Geruchssinn folgend. Nirgendwo menschliche Ansiedlungen.

„Irgendwo muss doch hier ein Puff sein!"

Wolfgang, unser Fahrer, hatte eine Nase für so was. Hatte bisher immer was gefunden. Plötzlich eine Laterne mitten im Wald. Ein blaues, beleuchtetes Schild. ‚Polizei' stand darauf.

„Die frag ich einfach!"

Wolfgang stieg aus und klingelte an der Polizeistation. Wir sahen, wie er sich mit einem Beamten unterhielt und schon bald lachend zu uns zurückkam.

„Fünfhundert Meter noch, Jungs. Hab ich doch gesagt!"

Wir glaubten ihm zunächst nicht, er bog aber nach kurzer Strecke ab und fuhr einen Waldweg hinein. In der Tat stand dort ein nicht allzu großes Haus. Ein Fenster war schwach rot beleuchtet.

„Voilà!"

Wir stiegen alle aus und gingen zur Tür. Erst nach dem fünften oder sechsten Klingeln, wir waren schon enttäuscht, öffnete sich die Tür einen Spaltbreit und ein ganz hübsches Mädchen mit langen braunen Haaren fragte: „Na Jungs, wollt ihr noch reinkommen?"

Klar, wofür waren wir sonst so lange gefahren?! Wir gingen staunend hinein und sie führte uns in eine Art Wohnzimmer.

„Ich bin die Ramona. Ich bin aber alleine heute Abend. Wollt ihr etwa alle?"

„Ich bin heiß wie eine Bratwurst!", rief Rolle, einer von uns. Eigentlich hieß er Rolf. „Ich will zuerst."

Wir ließen ihn und losten die weitere Reihenfolge unter uns aus.

Nach etwa zwei Stunden waren wir alle durch. Ich hatte auch ein bisschen Erfolg, aber richtig gevögelt hatte ich noch immer nicht. Aber immerhin!

Im Auto schliefen wir vier schnell ein, nachdem noch jeder von seinen Heldentaten auf, vor und hinter Ramona geschwärmt hatte. Wolfgang kutschierte uns sicher wieder zum ‚Schwarzen Bären‘ in Spangenberg. Dort saß unser Freund Eugen, der vorher nicht zum Puff mitfahren wollte, total besoffen und wartete schon auf uns. Mit seinem so typischen Lachen lallte er mit vom Alkohol verdrehten und wässrigen Augen: „Ich wusste genau, dass ihr mich hier nicht vergesst! Wars schön?"

Mit ihm zusammen gingen wir, nachdem wir natürlich noch ein paar Bier getrunken hatten – es ging dann auch nichts mehr in uns rein – in unser nahegelegenes Quartier auf dem Schloss und träumten von Ramona und dem Ross mit dem Reiter, mehr wohl vom Ross.

Oh unbeschwerte Jugendzeit!

XV

Es ist dunkel um mich herum. Kann ich nicht mehr sehen? Ich höre das Piepsen der Monitore. Langsam gewöhnen sich meine Augen an die Dunkelheit. Es ist wohl Nacht. Leise Schnarchgeräusche aus den beiden anderen Betten. Sonst Stille. Bin noch halb in meinem Traum. Was war es noch gleich? Vergessen! Nein, irgendwas von der Verbindung!

Die Zeit als Verbindungsstudent war herrlich! Mir geht das ‚Gaudeamus igitur' durch den Kopf. Wie geht der Text noch? ‚Gaudeamus igitur, iuvenes dum sumus. Post iucundam iuventutem, post molestam senectutem, nos habebit humus.' Schöner Text. ‚Lasst uns fröhlich sein, solange wir jung sind. Nach der erfreulichen Jugendzeit, nach dem beschwerlichen Alter, wird uns die Erde wiederhaben'.

Ach ja! Welch wahre Worte. In der Jugend ein herrliches Lied zum Feiern und Trinken. Im Alter erkennt und versteht man erst den Sinn. So wie ich jetzt und hier. Wie schnell ist die Zeit seit damals vergangen, nein, verflogen. Und trotzdem war es eine lange Zeit. Ich habe so vieles erlebt und gemacht, vieles, wenn auch nicht alles erreicht. Eigentlich war ich immer zufrieden mit meinem Leben. Soll es jetzt zu Ende sein? Das beschwerliche Alter ist mir bisher erspart geblieben. Fühlte mich immer noch fit. War es auch. Habe oft ans Alter und ans Sterben gedacht, aber immer wieder diese Gedanken verdrängen können. Jetzt sieht von heute auf morgen alles anders aus. Außer in meinen Träumen, denke ich nur noch an den Tod und vor allem ans Sterben. Wie wird das sein? Tut es weh? Was kommt dann?

Jetzt sehe ich ein paar Sterne durch die Fenster funkeln. Nach einer Weile taucht auch der Mond am Himmel auf. Langsam steigt er immer höher. Etwas mehr als zunehmender Halbmond. Ideale Schweinesonne! Könnt ich doch jetzt mit Gustav im Wald auf der Kanzel sitzen und Sauen jagen! Ob ich das jemals wieder kann? Das ist die beste Zeit im Monat zur Saujagd. Nicht zu hell wie bei Vollmond. Den mögen die Sauen nicht. Da trauen sie sich nicht aus der Dickung. Jetzt wäre es genau richtig. Kann jetzt höchstens halb neun abends sein, nach dem Stand des Mondes.Was ist heute für ein Tag? Welche Woche? Welcher Monat? Wenn man hier tatenlos herumliegt, verschwimmen Zeit und Raum. Jetzt bin ich sicher schon seit Wochen hier. Wäre lieber zu Hause. Oder tot. Wird ja doch nichts mehr mit mir! Keinen Tag spüre ich irgendeine Änderung, geschweige denn eine Besserung. Im Gegenteil. Die Beschwerden vom Liegen werden immer stärker. Manchmal spritzt jemand etwas in meine Dauerinfusion. Sicher Schmerzmittel. Danach geht es dann etwas besser.

Ich höre Geräusche auf dem Flur. Wer kommt denn jetzt noch so spät? Gabi? Wäre schön. Oder die Kinder? Nein, die sind beide im Ausland. Welches Datum ist heute? Der Nikolaus wird es sicher nicht sein!

Die Tür öffnet sich und hereingestapft kommt Schorsch. Gefolgt von einer stämmigen, rabiat aussehenden Krankenschwester. Zum Glück! Der Kerl ist nicht allein! Dann bleiben uns seine Torturen ja heute erspart.

„Schau, Renate! Das sind meine beiden Lieblinge!"

Er lacht dabei so komisch.

„Wie gut, dass die uns beide zusammen in den Nachtdienst gesteckt haben. Wegen der Sicherheit, wie sie meinten!"

Jetzt lacht er richtig dreckig und gemein. Was meint der bloß? Renate grinst auch ziemlich boshaft.

„Wirklich ne gute Idee von denen!", meint sie lachend.

„Haste auch die kleine Videokamera dabei?", fragt Schorsch.

„Klar. Auch die helle Taschenlampe!"

Das hat nichts Gutes zu bedeuten. Wollen die uns hier in unserem Elend filmen? Oder etwa …? Ich wage nicht, das zu Ende zu denken, als Schorsch an dem Bett gegenüber stehen bleibt.

„Ja, was haben wir denn hier? Neuzugang? Kenn ich noch gar nicht! Was ist es denn?"

Er geht näher an das Bett.

„Sieh mal einer an! Eine alte Frau!"

Er schlägt die Bettdecke zurück, beugt sich nah über ihr Gesicht, wedelt mit einer Hand vor ihren Augen herum, drückt die Finger in ihre Augen und zieht ihr fest an den Haaren.

„Keine Reaktionen. Genauso scheintot wie die anderen!"

Er zieht ihr das Hemd hoch bis über den Kopf, spreizt ihre Beine auseinander und betatscht ihre Brüste.

„Mann, ist die alt und klapprig! Kaum noch Haare an der Fotze! Schieb mal das eine Bett vor die Tür, Renate, damit nicht doch plötzlich einer reinkommt. Dann fangen wir mit der Alten hier an!"

Renate löst die Bremsen an meinem Bett und rollt mich mit dem Kopfende voran gerade von innen vor die Tür, sodass ich genau auf die anderen Betten schauen kann. Praktisch ein Logenplatz!

Schorsch hat schon die Hose heruntergelassen und fummelt an seinem Gerät herum, bis es langsam steif wird.

„Komm, Renate, film erst mal die Alte von unten, aber so, dass man den Katheter aus der Pflaume baumeln sieht, dann langsam hoch über die Titten und den Schlauch am Hals, bis zum Kopf. Halt die Lampe genau auf alles!"

Renate hat eine kleine Kamera in der Rechten und schaut auf das Display, während sie mit der Taschenlampe in der anderen Hand den armen, alten Körper anstrahlt.

Welch jämmerliches Bild bietet die alte Frau in dem Bett! Völlig entblößt, mit geöffneten Schenkeln, liegt sie wehrlos da! Ein Anblick zum Erbarmen! Könnte ich doch die Augen schließen oder den Kopf abwenden! So muss ich alles zwangsläufig mit ansehen. Nicht einmal um Hilfe kann ich rufen oder klingeln!

„Achte drauf, dass mein Gesicht nicht ins Bild kommt!", sagt Schorsch, wobei er die Haare der Frau ergreift und ihren Kopf zu sich an die Bettkante zieht.

Er fährt mit seinem Schwanz langsam über ihr Gesicht. Mit kreisenden Bewegungen berührt er damit die Stirn, die Augen, beide Wangen, stößt ihn gegen jedes Nasenloch und lässt ihn schließlich vor ihrem Mund, der ein wenig geöffnet ist, verharren.

„Jetzt Nahaufnahme, wenn ich ihn ihr ins Maul stecke!"

Schon bohrt er mit langsam stoßenden Hüben sein dreckiges Ding zwischen ihre Lippen. Immer tiefer stößt er vor.

„Hat gar keine Zähne mehr, geil!", stöhnt er.

Ich möchte kotzen.

Renate filmt die ganze Zeit und hält den Lichtkegel der Taschenlampe genau auf das grausige Geschehen.

Schorsch zieht seinen Schwanz heraus. Der steht noch immer, kommt aber nicht wesentlich unter dem quabbeligen Wanst hervor.

„Ficken tu ich die Alte aber nicht!", sagt er, während er die Hose etwas weiter hochzieht. „Ich kann auf Frauen ja nicht. Ich werd Bruno mal den Tipp mit dem Zimmer hier geben. Der fährt voll auf alte Weiber ab!"

Wieder dieses dreckige Lachen.

„Deck sie wieder zu. Wir nehmen jetzt in der Ecke den, das ist eher mein Gebiet!"

Renate zieht der Patientin das Hemd wieder herunter, legt sie gerade ins Bett und deckt sie sehr sorgfältig wieder zu.

Schon machen sich beide auf den Weg zu meinem Bettnachbarn.

„Jetzt bist du dran!", brummelt Schorsch, während er schon die Bettdecke nach unten über das Fußende hängt. „Ich bin ganz verrückt nach alten, faltigen Ärschen! Komm, Renate, fass mal an!"

Zu beiden Seiten des Bettes stehend, ergreifen sie Kopf und Beine des armen Mannes und drehen ihn grob so, dass er quer im Bett liegt. Der Kopf baumelt kraftlos über die Bettkante nach unten.

„Komm jetzt rüber zu mir und film erst von oben, wenn ich ihn reinstecke. Dann gehst du hinter mich und filmst von unten und von der Seite!"

Er hebt die Beine des Patienten, biegt sie zum Oberkörper und hält sie mit beiden Händen fest.

„Jetzt gehts los! Lutsch mir noch mal den Schwanz, dass er steifer wird!"

Renate beugt sich zu ihm hinunter. Er steht zum Glück mit dem Rücken zu mir, sodass ich das Trauerspiel nicht mit ansehen muss.

„Gut! Bist du fertig? Lampe drauf!"

Renate steht mit Kamera und Lampe neben ihm.

„Alles klar!", lacht sie. „Kannst loslegen!"

Schorschs fetter Hintern beginnt sich rhythmisch zu bewegen. Die Matratze quietscht erotisch. Das ist aber das einzig Erotische an der ganzen Szenerie.

„Aaaah! Ist das scharf. Für so einen alten Arsch ist der noch verdammt eng! Geil! Geil! Geh jetzt von unten ran. Guck, dass alles richtig draufkommt. Ich spritz gleich ab!"

Er stöhnt und stöhnt wie ein Tier! Er ist ein Tier! Nein, nein! Tiere sind nicht so böse und pervers. Er ist ein Monster! Erbarmungslos!

Nicht mehr lange, dann tritt er nach einem langen Aufstöhnen vom Bett zurück. Die Schwester gibt ihm ein Stück Papier und wischt mit einem Lappen den Hintern des Patienten sauber.

„Wir wollen doch keine Spuren hinterlassen!", grinst sie.

„Gib mir jetzt die Kamera und dann bist du dran, Schwester Renate!" Er lacht sein dämlichstes Lachen. „Stell dich auf die andere Seite und zeig ihm, was du zwischen den Beinen hast! Freut der sich sicher!"

Renate geht zum Kopf des Mannes, der immer noch nach unten baumelt, während Schorsch mit der Kamera hantiert. Sie öffnet sämtliche Knöpfe ihres Kittels und ist zu meinem Entsetzen darunter splitternackt. Sie ist auch nicht gerade schlank, sondern eher füllig in ihren Proportionen. Eine

Rubensfigur! Große pralle Brüste, die bis fast zum Bauch reichen. Sie ist voll rasiert.

„Jetzt schieb dir seine Nase rein und lass ihn dann mal lecken!"

Sie rutscht mit ihrer Vulva über sein Gesicht, immer wieder, von der Stirn bis zum Kinn. Sie fängt auch zu stöhnen an.

„Sehr gut, Renate. Klasse machste das!"

Sie rutscht weiter lustvoll stöhnend rauf und runter.

„Das wird ein supergeiles Video! Bringt uns richtig Kohle. Hock dich jetzt noch auf ihn und häng ihm deine Titten um die Ohren!"

Renate klettert aufs Bett, hat den Kittel ganz ausgezogen und hockt sich rittlings auf den alten Mann. Sie beugt sich vor. Was vorne passiert, kann ich Gott sei Dank nicht sehen, dafür aber ihren cellulitisschwangeren Hintern und die viel zu dicken Oberschenkel. Dazwischen muss ich auch noch ihre klaffende Scheide ertragen. Sie wackelt kräftig mit dem Oberkörper, was natürlich auch wellenförmige Schwingungen der Fettmassen in den unteren Körperpartien auslöst.

„Jetzt rutsch mal langsam tiefer. Dann ziehst du dir zuerst den Katheter durch die Muschi und dann den Schwanz. Vielleicht kriegt der Alte dann noch ein letztes Mal einen hoch!"

Ich muss das alles ja nicht genau sehen. Sehe nur die Walküre dick und fett von hinten. Reicht auch völlig. Es ist auch so schon unerträglich.

Kurz darauf meint Schorsch, der Akku sei leer. Renate steigt vom Bett, zieht ihren Kittel an und streicht ihn glatt. Mit einem Waschlappen wischt sie den ganzen Körper des Patienten kurz ab. Dann legen sie ihn gemeinsam wieder ins Bett und decken ihn zu. Sieht aus, als wäre nichts geschehen.

Hoffentlich hat der wirklich ein Koma und nichts mitgekriegt, denke ich so bei mir, als beide auf mein Bett zukommen. Die haben doch hoffentlich nicht noch mehr im Programm heute Abend?

„Dich würd ich auch gerne noch durchficken!", lacht Schorsch mir ins Gesicht. „Heute aber nicht. Musst du leider ein paar Tage warten, bis wir wieder Dienst haben! Kannst dich ja schon mal freuen, Herr Doktor! Ich zeig dir dann mal richtig, wie es geht. Wirst begeistert sein!"

Mit einem grunzenden Lachen fährt er mein Bett wieder an seinen Platz.

„Haste schon mal die Videos von Willi gesehen, Renate? Der Willi von der Kinderstation? Der hat da Sachen mit den Kids gefilmt, kann ich dir sagen, da fällt dir nix mehr ein. Saugeil! Wirklich saugeil! Kannste dir gar nicht vorstellen. Was der alles mit denen macht! Auch mit ganz Kleinen! Ich zeig dir mal welche. Die gehen wie warme Semmeln im Netz. Der verdient richtig Knete damit. Hat mich eingeladen, mal mitzumachen. Auf Kinder steh ich auch!"

Das passt auch zu dir, du gottverfluchter Misthaufen. Hoffentlich wirst du bald mal erwischt und auf immer festgesetzt. Und dann sollte man dir die Eier abschneiden und dir die Vorhaut über den Kopf ziehen, du Drecksau!

Aber hier in Deutschland werden ja solche Arschlöcher immer nur milde bestraft und dann aufgrund psychologischer Fehlgutachten wieder freigelassen, damit sie weiter ihr Unwesen treiben können. Kinderstation! Wieso gibt es da und auch hier keine Überwachungskameras? Ach ja! Der Datenschutz! Die Intimsphäre darf ja nicht verletzt werden! Hirnverbrannter Unsinn. Die Datenschützer schützen ihre Jobs, sonst nichts. Machen anständigen Leuten das Leben schwer mit immer neuen, aber an der Realität vorbeigehenden Gesetzen. Hier müsste man doch abwägen zwischen dem Schutz der Intimsphäre und dem Schutz vor solchen Verbrechern! Was ist wohl wichtiger? Im Krankenhaus kann es zwangsläufig keine richtige Intimsphäre geben. Das widerspricht sich. In meiner Praxis muss ich die Leute auch manchmal nackt sehen. Das gehört zur Medizin dazu. Und niemanden störts. Ich denke immer, der Datenschutz schützt nur die Daten, aber nicht die Menschen. Welche Ironie!

Nachdem die beiden endlich das Zimmer verlassen haben, liege ich noch lange wach und versuche, das soeben Erlebte zu verarbeiten. Gelesen hat man solche Dinge ja schon öfter in der Presse. Werden ja auch immer wieder welche erwischt. Nicht nur in Krankenhäusern und Pflegeheimen, auch in Schulen, Sportvereinen, Internaten. Die Liste ist endlos. Die Perversion der Menschen ist grenzenlos und selbst die abwegigsten Phantasien werden in die Tat umgesetzt. In der Tierwelt gibt es so etwas nicht. Hier gelten Naturgesetze, es wird getötet und gefressen, aber nicht gequält zur Befriedigung der Lust. Überhaupt nicht gequält. Getötet wird immer so schnell wie möglich oder wie es der Art entspricht. Was ist der Mensch dagegen? Die Krone der Schöpfung sollen wir sein? Ein Ebenbild Gottes? Peinlich für ihn! Da ist doch wohl was schief gelaufen! Oder ist der auch so böse und pervers? Muss ja wohl! Schade!

Mit diesen Überlegungen, die mich noch eine ganze Weile verfolgen, merke ich bleierne Müdigkeit, die sich in meinem armen Hirn ausbreitet, und schlafe schließlich ein.

XVI

„Aah ...! Nein, du kannst doch nicht ...! Aah ...! Oh Gott ...! Aah! Das geht doch nicht ...! Ooh ...! Jaaa ...! Ja, ja ... Ich komme ...! Oh, mein Gott!"

Ich liege auf dem Rücken in den Rheinwiesen und blicke völlig entseelt in den blauen, sonnenbeschienenen Himmel. So ein Gefühl kann es nur im Himmel geben! So hatte ich es noch nie!

Eine Woge wollüstiger Wärme lässt mich am ganzen Leib erzittern. Ich zucke noch mehrmals, als sich ein blonder Kopf über mein Gesicht neigt und feuchte Lippen sich auf meine legen. Eine Zunge, die nach Sperma schmeckt, durchsucht sehnsuchtsvoll meinen ganzen Mund. Welches Gefühl!

Bis gerade hat dieser Kopf zwischen meinen Beinen gelegen und mich in einen Zustand der Ekstase und des Glücks versetzt, den ich bis dahin noch nicht kannte. Ist das Liebe?

Mein Glied ist immer noch erigiert, und während sie mich weiterküsst, führt sie es zwischen ihre Schenkel tief in sich hinein. Das ist ein noch größeres Gefühl!

Als meine Eichel in die enge Schlucht zwischen ihren Schamlippen eindringt, spüre ich dieses unsagbar weiche und warme Gewölbe im Inneren ihres Körpers, das mein Glied feucht und mit großer Kraft fest umschließt wie ein Mooskissen, als wolle es mich nie mehr freigeben. Zugleich kommt von dort der Duft des glitschigen Saftes betäubend wie ein Narkotikum an meine Sinne und nimmt mir jeden Willen und Verstand.

Dieser Geruch lässt alle Glückshormone in mir rotieren. Ich bin wehrlos und gefangen im Rausch der Vereinigung!

Das also hatte unser Professor in der Psychosomatik – Vorlesung gemeint, als er sagte, wo Liebe ist, da fließt es! Jetzt erst verstehe ich den Sinn seiner Worte. Bisher kannte mein Glied nur die harten und trockenen Spalten zwischen der Matratze oder dem zu kalten oder zu heißen Stahl eines Heizkörpers.

Im Bordell war der Geruch aus den Genitalien der Damen alles andere als betäubend, sondern mehr wie ein Fluchtsignal in Duftform, säuerlich und abgestanden, manchmal an Verwesung erinnernd.

Hier und jetzt ist alles anders. Größer, schöner, überwältigend, anders als in den kühnsten Träumen! Unbeschreiblich lässt es mich vergehen, lässt mich ertrinken mit dem Wunsch, dass es nie aufhören möge.

Langsam beginnt sie, auf mir sitzend, auf und ab zu gleiten. Ich kann und will mich nicht mehr wehren. Ich bin verfallen. Zum ersten Mal im Leben sehe ich die Sonne als Mann am Himmel stehen. Ich habe meine Unschuld verloren! Endlich! Mit Mitte zwanzig! Ich genieße es in vollen Zügen. Es dauert nicht lange, bis ich zum zweiten Mal komme und dieses unerhörte Glücksgefühl aus meinen Lenden strömen fühle.

Wie ein Sandwich liegen wir splitternackt und schwitzend aufeinander, küssend und mit den Händen unsere Körper erforschend. Ich drehe uns langsam, weiter aneinandergeklammert, auf die Seite, bis sie unter mir liegt. Ich spüre die aufgestaute Kraft aus all den vergangenen Jahren in meinem Körper pulsieren und beginne, mit heftigen Bewegungen erneut in sie einzudringen, wobei sie mich führt auf dem Weg in ihren gierigen Leib. Wie leicht das ist! Wieder und wieder durchzuckt mich das unbeschreibliche Gefühl der Wollust.

Das ist ganz anders als Wichsen! Ganz anders als Abspritzen unter Mühe im Puff! Das ist etwas ganz Neues, bisher Unbekanntes! Ist das Liebe? Die Liebe, von der alle Schlager, alle Filme, alle Bücher immer so schwärmen? Als ich zum dritten Mal komme, bin ich felsenfest überzeugt! Das ist die Liebe!

Etwas Neues ist in mein Leben getreten. Die Liebe, oder das, was ich dafür halte!

Es ist aber eine verbotene Liebe!

Verboten, weil ich eigentlich gar nicht hier liegen und mit ihr schlafen dürfte.

Begonnen hatte es einige Tage vorher. An einem Sonntagnachmittag hatte sie mich angerufen. Ich saß im Büro meines Vaters, sah in den Garten und hing meinen depressiven Gedanken nach, als es klingelte.

Alle meine Freunde hatten feste Freundinnen, nur ich nicht! Sicher hatte ich schon Freundinnen gehabt, schon in der Volksschule. Die Mädchen liefen mir einfach nach! Ich wollte mich aber nie so fest binden, und wenn, dann nur an die, die ich auch mal heiraten würde. Und auch nur mit der wollte ich den ersten Sex haben. Diejenige hatte ich aber noch nicht gefunden. Warum war ich so blöd? Keine Ahnung. Erziehung? Schule? Religionsunterricht? Ich war von meinen Eltern jedenfalls nicht prüde erzogen. Die vergangenen Liebschaften waren meist nicht von langer Dauer, da ich auch lieber zur Jagd ging, als mit Mädels die Zeit zu vertrödeln.

Vor ein paar Monaten hatte mein Bruder seine erste Tochter bekommen und ich war zum ersten Mal im Leben neidisch auf ihn. Ich hing abgöttisch an dem Kind. Ich wollte auch eine Familie mit Kindern und einer Frau zum Lieben! Warum fand ich keine?

Sogar Annoncen hatte ich in der Zeitung aufgegeben und postlagernd – sollte ja niemand wissen – fast hundert Antworten von Mädchen bekommen. Mit zweien davon habe ich mich auch getroffen. Es hat aber nicht gefunkt. Die anderen Briefe habe ich erst gar nicht mehr beantwortet.

Als das Telefon zum dritten Mal klingelte, hob ich ab.

„Hallo?" Keine Antwort. Ich hörte aber jemanden atmen.

„Hallo? Wer ist denn da? Hallo?"

„Ich bin es!"

Die Stimme kannte ich doch, klang aber anders als sonst, etwas verlangsamt.

„Anna? Bist du das?"

Stille im Hörer.

„Anna? Was ist los? Was hast du?"

Anna war die langjährige Freundin eines Freundes aus der Verbindung. Sie lebten schon lange zusammen. Kannten sich seit ihrer Kindheit. Ich war schon öfters bei ihnen in der Wohnung. Sie war sehr nett und sympathisch, aber überhaupt nicht mein Typ. Oft hatte ich meinen Freund beneidet. Die beiden hatten eine gemütliche kleine Wohnung und wollten nach dem Studium heiraten. Ich wollte doch auch so was!

„Ich ..., ich ... muss dich sprechen!"

„Ja was hast du denn? Sag es doch! Ist was passiert? Kann ich dir helfen? Du sprichst so komisch. Hast du getrunken?"

„Ja ... aber nur ein, zwei Cognacs. Mehr nicht!"

„Warum? Nun sag doch schon, was los ist!"

„Ich ..., ich muss dich sehen!"

„Hä? Warum? Nun sag doch endlich, was du hast!"

„Ich ... ich ... ich hab mich in dich verliebt!"

Wie ein Kugelblitz kamen die Worte durch den Hörer. Hatte ich das richtig verstanden? In mich verliebt? Die Freundin meines Freundes? Mein Herz begann, wie wild zu klopfen. Schweiß trat auf meine Stirn. Alles drehte sich. Nur mit Mühe konnte ich einen klaren Gedanken fassen.

„Bist du noch dran?", hörte ich sie von fern durchs Telefon wispern.

„Ja ... ja ...!"

Erst mal sammeln! Überlegen! Was sollte ich nur tun und sagen? Meine Eitelkeit war erwacht. Ich fühlte mich begehrt. Das tat meiner Stimmung gut. Ich war total verwirrt. Warum ausgerechnet sie? Meinen Freund hintergehen? Das mache ich nie! Niemals!

Der Puls raste. Die Gedanken überschlugen sich.

„Anna! Das geht nicht. Ich kann doch nicht mit dir heimlich ...! Manuel ist mein Freund! Und in einer Verbindung geht so was gar nicht! Das musst du doch verstehen. Ich mag dich ja auch, aber ...!"

„Ich muss dich sehen! Ich will dich küssen! Ich will mit dir ...! Ich kann doch auch nichts dafür!" Sie schluchzte. „Ich wollte es dir schon lange sagen. Hab mich nicht getraut. Heute hab ich den Cognac getrunken, um Mut zu haben. Ich muss dich einfach sehen!"

Es ging in meinem Kopf rund wie bei einem Hurrikan.

„Anna. Nein, nein, nein! Das kommt niemals in Frage! Das geht nicht! Ich will das nicht ...! Ich kann doch nicht einen Freund ... Wann und wo sollen wir uns denn treffen? Nur zum Sprechen?"

„Morgen gleich! Morgen Nachmittag! Ja? Auf dem Parkplatz am Benrather Schloss? Ja? Um fünf, ja? Ich kann es kaum erwarten!"

Ich wollte noch etwas erwidern, aber sie hatte schon aufgelegt.

Verdammt! Worauf hatte ich mich da eingelassen? Das ging nicht! Keinesfalls! Okay! Ich würde morgen hinfahren und ihr das in aller Ruhe auseinanderlegen! Gut! So ging es vielleicht! Sie war ja auch nicht mein Typ! Noch dazu in festen Händen! Den Händen meines Freundes und Bundesbruders!

Ich schlief sehr unruhig in der Nacht und träumte von ihr. Und von Manuel. Und vom Glück. Und von einer Familie. Und von eigenen Kindern.

Am nächsten Tag nach der Uni fuhr ich zu dem vereinbarten Treffpunkt. Ich war schon viel früher da. Der Puls war auf hundert. Mein ganzer Körper stand unter Hochspannung und ich konnte es nicht erwarten, dass sie kam. Ich legte mir noch mal alles, was ich sagen wollte, zurecht. Krieg ich schon hin, dachte ich. Heute Morgen hatte ich länger geduscht als sonst und die Haare länger gewaschen, mich viel gründlicher rasiert als sonst und etwas mehr Rasierwasser genommen. Ein ganz schickes, neues Hemd angezogen. Wieso eigentlich? Wollte ich gefallen? Klar! Was sonst? Die geweckte Eitelkeit! Auch zum Nein sagen, kann man gut aussehen und riechen!

Ein weißer Scirocco parkte direkt neben mir. Ihr Auto!

Sie stieg aus und kam mit gesenktem Kopf an meinen Wagen, schaute mich kurz an, stieg ein und setzte sich neben mich. Ohne ein weiteres Wort und bevor ich etwas sagen konnte, schlang sie ihre Arme um meinen Hals, und küsste mich so erbarmungslos, wie ich es noch nie vorher erlebt hatte. Sie saugte an meinen Lippen und fuhr mit ihrer Zunge meine Zahnreihen und den Gaumen ab wie eine Verdurstende, die nach Wasser giert. Gleichzeitig legte sie ihre Hand auf meinen Schoß und begann, wie irre dort zu reiben, was die Erektion, die ich vorher schon hatte, ins Unermessliche steigerte.

Ich genoss es einfach! Ich war wehrlos gefangen und in ihrem Bann. Als sie begann, meinen Reißverschluss zu öffnen, kam wieder meine Angst und das Blut flüchtete in Panik aus meinen Lenden.

Ich nahm ihre Hand und hielt sie neben mir fest. Sie verhoffte beim Küssen – leider –, zog den Kopf etwas zurück und sah mich fragend an.

„Anna! Hey, das dürfen wir nicht! Ich kann doch Manuel nicht betrügen! Er ist doch mein Freund!"

„Der betrügt mich auch ständig! Außerdem liebe ich dich! Ich will mit dir schlafen! Ich muss mit dir schlafen!"

„Nein, Anna! Das geht auf keinen Fall! Wenn du frei wärst, ja dann …! Außerdem, äh, ich, äh, ich … ich hab … ich hab …"

„Was hast du? Bist du krank?"

„Nein, nein! Ich bin nicht krank. Ich hab, äh, ich hab nur noch nie mit einem Mädchen geschlafen! Es klappt einfach nicht! Ich schaff es nicht! Ich bin sicher impotent oder so was! Ich versteh es auch nicht! So, jetzt weißt du es!"

Sie sah mich völlig entgeistert und ungläubig an.

„Du lügst! Ich hab doch gefühlt, dass du es kannst! Du bist nicht impotent! Ich weiß doch außerdem, was du schon alles gemacht hast! Die anderen erzählen doch immer, wie viele Frauen du schon gehabt hast! Ich glaub dir kein Wort!"

„Ach, Anna! Ja, erzählen kann ich gut davon! Aber erzählen und tun ist was anderes! Ich kann doch nicht vor den anderen zurückstecken! Ich kann denen doch nicht sagen, dass ich noch nie ...! Wie ständ ich dann da? Ich hab wirklich noch nie! Also so richtig meine ich! Ich habs ja schon oft versucht! Es geht einfach nicht! Es ist zum Verzweifeln! Ich weiß auch nicht, was mit mir los ist!"

Sie schaute mir weiter in die Augen, immer noch ungläubig, aber ich sah auch etwas Mitleid in ihrem Blick.

„Komm. Wir fahren ein Stück. Ich kenn einen Platz in den Rheinwiesen! Da gehen wir ein bisschen spazieren. Da können wir reden!"

Froh, der nächsten Pleite vorläufig entkommen zu sein, fuhr ich los und ließ mir von ihr den Weg zeigen. Wenige Kilometer, und wir parkten an einer kleinen Nebenstraße, die direkt hinunter zu einer kleinen Anlegestelle am Rhein führte.

Wir stiegen aus, sie nahm mich sofort in den Arm, als wenn wir schon lange ein Liebespaar wären, und wir gingen in einen kleinen Feldweg, der vorbei an alten Weiden und Gebüsch mitten durch die Wiesen am Rheinufer führte.

Schweigend sahen wir den Lastkähnen und kleinen Segelbooten zu, wie sie mit den Wellen kämpften.

Ich kämpfte derweil mit viel größeren Wellen in meinem Kopf. Wie kam ich aus der Nummer raus? Wollte ich das überhaupt? Ich musste! Musste ich? Alles war wirr in mir. Mein Gehirn lag im Zwist! Die Gier nach Liebe, nach Sex. Die Angst zu versagen. Der feste Wille, den Freund nicht zu hintergehen. Was sollte ich nur machen? Am liebsten wäre ich in ein Kaninchenloch gekrochen!

„Komm mit!", hörte ich Anna sagen und ließ mich willig führen. Ich folgte ihr wie ein Hund seinem Herrn.

Nicht lange, und wir waren in einer kleinen, von hohem Gebüsch umgebenen Wiese, die keinen Einblick von außen gewährte. Sie schlang sofort die Arme um meinen Hals und begann wieder, mich wie verrückt zu küssen.

Ich ließ es nicht nur geschehen, sondern erwiderte ihre Küsse mit aller Leidenschaft. Der letzte Widerstand verließ meine Seele, alle Skrupel fielen von mir, als sie mich auch schon langsam, aber zielstrebig zu Boden zog, bis ich auf dem Rücken lag und sie auf mir!

Sie bewegte ihr Becken langsam kreisend auf meinem, und Wogen der Wonne durchfluteten mich. Sie rutschte etwas zur Seite und öffnete meinen Gürtel, den Knopf an der Hose und den Reißverschluss. Ich ließ neugierig alles geschehen.

Mit Ehre und Verstand hatte ich schon abgeschlossen. Die alte Angst war mir egal. Sie wusste ja, dass ich nicht konnte. Sollte geschehen, was da geschehen musste!

Ich spürte plötzlich auch eine unendliche Kraft in mir! Nicht nur in mir! Auch zwischen meinen Beinen spross das Leben in unerwarteter Pracht. Jetzt bloß nicht schlappmachen!

Mit schnellen Fingern war sie in meiner Hose und umfasste mich mitten an der pulsierenden Pracht meines Gliedes. Sie zog meine Hose runter, öffnete mit der anderen Hand zugleich mein Hemd und zog irgendwie auch meine Schuhe aus und die Hose über meine Füße. Alles viel schneller, als ich es selbst gekonnt hätte.

Ich lag wie gelähmt und unfähig, auch nur ein Wort zu sagen, auf dem Rücken. Ich wollte auch nichts mehr sagen, schon gar nicht mehr widersprechen. Ich ließ mich nur noch fallen! Und ich fiel! Fiel tief! Nicht in die Hölle, sondern in die höchsten Höhen der Lust, als sie mit dem Kopf zwischen meinen Beinen lag und ihre Zunge und Lippen dort all das machten, was sie vorher in meinem Mund so perfekt vollbracht hatten. Ich verging in den Fluten der Lust! Und ich war glücklich!

So liegen wir jetzt erschöpft nebeneinander und sehen den kleinen weißen Wolken am Himmel zu, die nicht höher schweben können als ich. Wie herrlich ist das Leben! Wie herrlich ist die Liebe! Ich will zum Augenblicke sagen, verweile doch, du bist so schön! Hätte Goethe das nicht schon gedichtet, wäre es mir jetzt eingefallen.

Ich werde wach, es ist dunkel. Höre die Monitore piepsen. Nein! Ich will zurück an den Rhein! In die Wiese! Noch mal entjungfert werden! Nicht wieder hier in die Realität! Verdammt! Es gelingt mir nicht. Kann einfach nicht mehr einschlafen. Es war eine schreckliche Zeit damals, eine schöne schreckliche Zeit vor so vielen Jahren.

Wie ging es weiter, mit Anna, mit mir, mit unserer Liebe ...?

Wir lagen noch eine Weile im Gras.

„Ich sag, doch, dass du lügst! Hast ja gesehen, dass es geht! Dreimal! Und du willst mir erzählen, du hättest noch nie!"

„Ob du es glaubst oder nicht! Das war das erste Mal! Ehrlich! Du bist die erste Frau in meinem Leben! Ich liebe dich dafür!"

Wir küssten uns noch einmal voller Leidenschaft und sehr, sehr lange, bevor wir uns wieder anzogen und zum Auto gingen. Ich ging ganz anders als vorher. Aufrechter, stärker, voller Kraft! Als Junge war ich hierhergekommen, als Mann verließ ich die Bühne! Mann, war das ein Gefühl! Etwas ganz Großes! Ein Mann, ein richtiger Mann zu sein! Endlich! Das war alle Sünden wert gewesen!

So trafen wir uns fortan zwei- bis dreimal jede Woche. Wir vögelten wie die Wahnsinnigen, immer und immer wieder. Ich hatte ja einiges nachzuholen! Sie anscheinend auch. Zu Beginn jedes Treffens, meist schon auf dem Parkplatz und vor den ersten Worten, beglückte sie mich zwischen meinen Beinen mit ihren Zungenspielen und Saugkünsten und schluckte alles, was sich dort den Weg in die Außenwelt bahnte, wie Manna hinunter.

Sie schien süchtig danach zu sein, und ich war es auch! Danach fuhren wir jedes Mal in die Rheinwiesen und liebten uns mehrfach, immer und immer wieder. Ich konnte ständig und ununterbrochen.

Noch vor kurzer Zeit war ich nicht in der Lage gewesen, auch nur eine halbe Nummer zustandezubringen und jetzt rammelte ich wie ein Kaninchen. Es war unglaublich! Hatte schon die Hoffnung aufgegeben. Meine Angst war jetzt weg und unbezwingbarer Gier gewichen.

Am Wochenende konnten wir uns nicht treffen, da sie dann mit ihrem Freund etwas unternehmen musste. Da saß ich dann alleine zu Hause und war völlig verzweifelt. Allein der Gedanke, dass sie ja dann auch mit ihm schlafen würde, brachte mich zur Verzweiflung. Das hielt ich kaum aus. So konnte das nicht weitergehen.

Ich konnte meinem Freund Manuel kaum noch in die Augen sehen, wenn wir uns in der Verbindung trafen. Er ahnte aber nichts, und ich tat, als sei alles wie immer. Ich hasste ihn nicht. Warum sollte ich auch? Ich fühlte mich aber als Verräter! War ja auch einer. Ein Schuft! Ich kam mir irgendwie schmutzig und gemein vor. War ich ja auch! Hier sprach und lachte ich freundlich mit ihm, wie immer. Dabei wusste ich genau, dass ich ihn morgen wieder mit seiner Freundin betrügen würde!

Ich war ein richtiges Schwein! Das hätte ich selbst nie geglaubt. Ein richtiges Arschloch war ich!

Anna aufgeben? Niemals! Das brachte ich nicht fertig. Sie war jetzt mein, und ich wollte nur sie, sie allein, und wenn die Freundschaft zerbrach! Mir war alles egal. Meine Wertvorstellungen hatten sich durch das plötzliche Erwachen und Erblühen meiner nicht mehr beherrschbaren Hormone völlig verschoben.

Eines Tages bat Manuel mich um ein Gespräch. Mir schwante Schreckliches. Wir gingen in ein Café. Er sah ziemlich mitgenommen und deprimiert aus. Er begann sofort zu erzählen.

„Johannes, ich weiß nicht mehr, was ich tun soll", begann er leise. „Ich glaube, Anna betrügt mich!"

Klar, dachte ich. Mit mir! Ob der weiß, mit wem? Wenn schon, dann muss es endlich so sein! Ich begann zu schwitzen, hielt mich aber zurück, in der Erwartung, dass er mich jetzt wüst beschimpfen würde.

„Ich weiß nicht, mit wem, und vor allem nicht, warum. Ich bin völlig verzweifelt!"

Na Gott sei Dank. Er wusste nichts von mir. Ich war nicht in der Lage, ihm reinen Wein einzuschenken. Anna wollte es auch noch nicht. Sie hatte es mir ausdrücklich verboten. Ich hätte es aber auch noch nicht gekonnt. Er tat mir leid.

Ich hätte es aber sagen müssen! Ich war zu feige! Ich schämte mich zwar, aber es ging einfach nicht.

„Wie kommst du da drauf?", fragte ich ihn und versuchte, so unbefangen wie möglich zu klingen.

„Sie ist seit Wochen verändert. Sie will nicht mehr ficken!"

Das freute und beruhigte mich innerlich sehr.

„Frauen sind manchmal so. Das muss doch nichts bedeuten!", sagte ich aufmunternd zu ihm.

Ich, der große Frauenkenner! Ich hatte doch eigentlich noch gar keine Ahnung von der weiblichen Psyche. Wohl aber seit einigen Wochen endlich von ihrem Körper! Ich musste in dem Moment an ihren warmen und weichen Schoß denken, und fühlte eine dem Augenblick völlig unangemessene Erektion.

„Doch, doch! Ich fühle, dass sie einen anderen hat und mich betrügt. Sie will auch ausziehen und sich eine andere Wohnung nehmen!"

Mein Pulsschlag erhöhte sich. Endlich! Das war eine gute Nachricht. Dann konnte ich sie öfter sehen. Große Hoffnung keimte in mir auf. Meinte sie es also doch ernst! Dann konnte ich sie in ihrer Wohnung besuchen und wir mussten nicht immer im Auto oder in der Wiese vögeln. Wir hatten zwar schon mal in der jetzigen Wohnung ein Wochenende verbracht, als Manuel mit den anderen zur Jagd war. Ich hatte meine Teilnahme abgesagt. Wollte ich doch Anna jagen! Drei Tage jagte ich sie und sie mich von einem Höhepunkt zum anderen in ihrem gemeinsamen Bett, fast einem Ehebett. Ich hatte wirklich jede Erziehung und alle Skrupel verloren.

Manuels Eröffnungen waren für mich jetzt tolle Aussichten. Ich machte schon Zukunftspläne und sah mich als Ehemann an ihrer Seite. Er saß mit Tränen in den Augen vor mir wie ein Häufchen Elend und sah mich hilfesuchend an.

„Was soll ich denn nur machen! Ich will sie nicht verlieren! Eher bring ich mich um!", schluchzte er.

Er tat mir verdammt leid. Aber was sollte ich machen? Die Wahrheit? Brachte die jetzt wirklich was? Wenn Anna wirklich mich wollte, würde das für ihn nichts ändern. Das

Schicksal wollte es so, davon war ich überzeugt. Es hatte so sein sollen und nichts und niemand konnten es ändern. Ich legte mir alles so zurecht, drehte die Dinge so, dass sie untrennbar sich fügen mussten, und malte mir die Welt so, wie ich sie haben wollte.

Dies tat ich nicht irgendwie vorsätzlich. Es erschien mir so richtig und gottgegeben, dass ich nicht eine Sekunde zweifelte oder auch nur dachte, da könne irgendwo ein Fehler sein. Nein! So war alles richtig! Trotzdem schämte ich mich und fühlte mich als Verräter, wenn auch als gerechter Verfechter des Unabdingbaren!

„Soll ich mal mit Anna sprechen?", fragte ich vorsichtig. „Vielleicht sagt sie mir, was sie hat."

„Würdest du das für mich tun? Ehrlich? Mach das. Vielleicht kannst du sie überzeugen, dass das falsch ist, was sie macht. Du bist ein echter Freund! Danke!"

Ich sank innerlich zusammen und wollte mich verstecken. Schmutzig fühlte ich mich. Wie konnte ich nur? Ich war zum Judas geworden. Ich bekam zwar keine dreißig Silberlinge, aber jede Menge Naturalien in Form von Sex!

Nein, es diente der gerechten Sache, der Liebe, Annas Glück. Und das war ich! So gingen wir auseinander, beide voller Hoffnung. Er, dass Anna zurück, ich, dass sie endlich ganz zu mir käme!

Natürlich traf ich Anna, natürlich sprachen wir – nach meinem zweiten Erguss an diesem Tag – darüber, natürlich schilderte ich ihr meine Bedenken bezüglich meines Verhaltens.

So gut sie ihren Unterleib beherrschte, so gut beherrschte sie auch die Kunst, all meine Bedenken in wenigen Sekunden zu beseitigen und mir das Gefühl zu geben, dass wir alles richtig machten. Manuel musste sich damit abfinden!

Ich sagte Manuel an einem der folgenden Tage, dass ich mit Anna gesprochen hatte. Erwartungsvoll sah er mich an.

„Was hat sie gesagt? Erzähl schon!"

„Tja, sie meinte, du würdest sie betrügen!"

„Ja, einmal. Oder auch öfters. Wir kennen uns ja schon zehn Jahre. Ist doch normal. Aber wissen kann sie das doch nicht! Nur vermuten. Ich mach es auch nie wieder, ehrlich! Ich liebe sie aber doch und wir wollen doch nach dem Studium heiraten. Alles schon besprochen und beschlossen. Ich will keine andere! Ich muss Anna zurückhaben!"

Tränen standen wieder in seinen Augen und ich bedauerte ihn. Ich aber war doch verpflichtet, der größten Liebe der Weltgeschichte und dem Glück zu dienen, komme, was da wolle. Also ließ ich Manuel fallen. Es musste sein! Kein Weg führte daran vorbei!

„Lass sie einfach in Ruhe und belagere sie nicht! Das hilft ihr sicher! Dann wird sie vielleicht zu dir zurückkommen. Sie hat so was angedeutet! Genaues hat sie aber nicht gesagt! Mach sie etwas eifersüchtig, das hilft manchmal!"

Frauenversteher! Ich wollte ihn von ihr fortbringen!

An einem der nächsten Verbindungsabende, ich saß schon mit den anderen am Tisch, kam Manuel kreidebleich in die Kneipe, blieb vor mir stehen und brüllte los.

„Du Schwein! Du Arschloch! Du bist das! Du vögelst mit meiner Anna!"

Voll Zorn warf er seinen Burschenzipfel, den er von mir, als Zeichen unserer besonderen Freundschaft und als Pfand für den Lebensbund, bekommen hatte, vor mir auf den Tisch. Die anderen waren plötzlich still und sahen etwas irritiert in die Runde. Ich nahm den Zipfel, gab ihm seinen auch zurück und blickte ihn fest an.

„Du hast sie ja auch betrogen. Selbst schuld. Ich liebe sie und bin treu!"

Den Rest des Abends sprachen wir kein Wort mehr miteinander und auch die nächste Zeit nicht. Die anderen hielten sich klug aus der Sache heraus. Zu ihnen blieb mein Verhältnis ungetrübt. Einige hielten zu mir, bei einigen stieg ich sogar unglaublicherweise in der Achtung. Egal, der Drops war gelutscht und das Versteckspielen zu Ende. So war es in jedem

Fall besser. Die Fronten waren geklärt und die Dinge nahmen ihren Lauf. Ich konnte meine Zukunft mit Anna planen! Wie schön!

Unser Glück dauerte einen ganzen Sommer. Zu Hause und auf der Uni verging ich vor Sehnsucht nach ihr, in ihren Armen vor Glück und Seligkeit. Wenn ich nicht bei ihr war, telefonierten wir stundenlang und ich schrieb ihr einen Liebesbrief nach dem anderen. Einer triefender als der andere.

Am Ende des Sommers wurde sie nachdenklicher und zurückhaltender. Sie erzählte mir, dass sie noch Kontakt zu Manuel hielt und ihn auch regelmäßig traf. Und auch mit ihm schlief! Meine schöne Welt begann nicht nur zu bröckeln, sie brach zusammen! Das durfte nicht sein! Ich erhöhte die Schlagzahl meiner Anrufe und die Briefe wurden immer länger und beschwörender.

Es nutzte alles nichts. Sie traf ihn weiter. Mich auch. Wenn ich mit ihr geschlafen hatte, konnte ich das alles nicht fassen. Ihre Mutter würde sie bedrängen, sagte sie, ihre Schwester auch und Manuel täte ihr auch leid! Lieben würde sie aber nur mich! Das sollte ich nun mit meinem einfachen Männerverstand begreifen!

Ich konnte es aber nicht verstehen. Meine Mutter hatte mich auch gewarnt und gemeint, sie würde mich nur ausnutzen. Ich hatte das als mütterliche Eifersucht abgetan. Hatte sie doch recht gehabt? Nein, ich wollte, ich konnte es nicht glauben. Mein Herz und meine Lenden gaben mir recht.

Konzentration aufs Studium war kaum noch möglich. Sie müsste ein Kind von mir kriegen! Dann wäre alles gut! Sie wusste es aber zu verhindern. Gelegentlich machte sie zwar so eine Andeutung, sie versicherte mich auch ständig ihrer Liebe, aber sie machte sich immer rarer, ohne mich ganz aufzugeben. Ich verzweifelte. Abends zu Hause trank ich oft mehrere große Cognacs. Schrieb weiter Briefe, aus denen meine ganze Liebe, mein ganzer Schmerz und meine ganze Hoffnung flossen, wie der Cognac in mein Glas.

Die ganze Nacht hörte ich manchmal die Musik von Clayderman, die wir immer im Auto gehört hatten, wenn unsere Leiber sich in himmlischen Höhen verbanden. Ich wurde regelrecht depressiv. Es tat so weh! So unendlich weh! Der ganze Weltschmerz lag auf meiner armen, verletzten Seele! Wie konnte mir jemand so wehtun? Mich so verletzen? Wie ein waidwunder Rehbock kam ich mir vor, der in den letzten Zügen liegt und das Grün des Waldes und das Licht der Sonne nie mehr sehen wird. Ich wollte gar nicht mehr leben ohne sie! Ich weinte viel und trank immer mehr.

Es nutzte alles nichts. Sie ließ sich nicht bekehren. Irgendwie musste ich mich damit abfinden. Aber wie? Den Cognac ließ ich nach einiger Zeit einfach weg. Alkohol war keine Lösung. Meine Gedanken ließen sich aber nicht so einfach abschalten. Wenn sie mich ganz in Ruhe gelassen hätte, wäre es sicher einfacher gewesen. Aber nein, sie kam regelmäßig, machte mich für den Moment glücklich, ließ neue Hoffnung in mir aufkeimen, die sie dann sofort wieder zerstörte, wenn sie nach Hause zu Manuel fuhr!

Ich Trottel machte das alles mit! Konnte mich nicht wehren. Immer noch nicht. Fast schien es, als mache es ihr Spaß, uns beide zu quälen, Manuel und mich. Sie genoss es, glaube ich. Einen von uns hatte sie ja sicher! Das Weib ist schlecht, hat Nietzsche gesagt. Hatte er recht? Ich war bald überzeugt davon, zumindest, was dieses Weib anging!

Jeden Tag kam sie kurz nach vier am Nachmittag zum Krankenhaus, in dem ich mein Praktisches Jahr machte, und parkte immer an der gleichen Stelle. Ich erwartete sie immer schon von einem Fenster des dritten Stockwerkes aus, lief dann hinunter und wir fuhren zu einem nahe gelegenen kleinen Wald auf eine kleine Lichtung. Dort fielen wir sofort übereinander her und liebten uns.

War das noch Liebe? Oder Verliebtsein? War es nicht nur noch die Sucht nach Sex? Jedes Mal sagte ich ihr, dass ich sie nur noch als Nutte betrachten würde und dass sie nicht mehr kommen sollte. Sie stand trotzdem am nächsten Tag wieder an derselben Stelle, und ich auch. Wir vögelten wieder und danach fuhr sie zu ihrem Freund. Ich schweren Herzens nach Hause.

Ich bändelte – um von ihr loszukommen – mit einer sehr netten Krankenschwester aus der Ambulanz an, schlief mit ihr – das klappte sogar auf Anhieb – war aber in Gedanken bei der anderen und sagte ihr gleich nach dem ersten Mal, dass ich vergeben sei, und traf mich auch nicht mehr mit ihr.

Das hatte also auch nichts gebracht, außer der Erkenntnis immerhin, dass meine neu erlernten Fähigkeiten auch mit anderen funktionierten! Das war doch immerhin ein erfreulicher Aspekt! Also auf in die Welt! Alles nachholen! Wenn nicht immer wieder die Gedanken an die Eine gewesen wären!

Dann lernte ich ein ganz anderes Mädchen kennen. Viel jünger als ich, hübsch, frech, lieb, ein Kumpel, ein Prachtstück! Ich war vielleicht nicht sofort bis über beide Ohren verliebt, aber da war etwas ganz anderes! Etwas Besonderes! So könnte sie sein! So könnte sie aussehen! So könnte sie reden und riechen! So könnte meine Frau sein, die Mutter meiner Kinder! Ja, das war sie! Meine Frau! Die Mutter meiner Kinder! Die Oma meiner Enkel! Meine Frau! Ich hatte sie gefunden, und alles andere verblasste. Ich musste sie haben! Mein Leben bekam wieder einen Sinn! Den eigentlichen Sinn!

Anna kam weiter, täglich, obwohl ich ihr von der Neuen erzählte. Ich fickte sie weiter, täglich. Zu meiner Schande! Aber nur noch zwei- oder dreimal. Dann sagte ich ihr klar und deutlich, sie solle mich endlich in Ruhe lassen!

Sie kam trotzdem! Ich schaffte es aber, sie nur vom Fenster aus zu beobachten! Sie lief um ihr Auto herum, suchte mich. Ich blieb standhaft und oben am Fenster. Es war nicht leicht. Doch, es war leicht! Ein wenig Genugtuung nach all dem Schmerz, den sie mir zugefügt hatte. Ich sah sie jetzt leiden!

Irgendwann stand das Auto nicht mehr da und ich auch nicht mehr am Fenster! Vorbei! Geschafft! Das durfte keine Frau jemals wieder mit mir machen! Ein Entschluss, unter dem meine Frau noch öfter leiden musste! Ich war hart geworden! Diese Erfahrung würde ich mein Leben lang nicht vergessen!

Ziemlich genau zwanzig Jahre später rief sie mich an, nachdem ich sie, außer vor vielen Jahren gelegentlich bei der Verbindung, nicht mehr gesehen oder gesprochen hatte. Sie müsse mich unbedingt sehen! Was wollte sie? Sollte ich hinfahren? Ich war neugierig. Wie sie wohl aussah? Wie würden meine Gefühle für sie sein? Ich musste hinfahren!

Wir trafen uns im Café eines Möbelhauses. Ein wenig Herzklopfen hatte ich plötzlich schon. Als ich sie sah, war es genauso plötzlich weg. Okay, wir waren beide zwanzig Jahre älter geworden und der Zahn der Zeit nagt wohl bei Frauen stärker. Ich empfand nichts! Wie beruhigend! Die mit Angst erwarteten alten Gefühle waren weg! Nichts spürte ich! Gar nichts! Sie erzählte von ihren fast schon erwachsenen Kindern. Allgemeines Zeug und dann, dass Manuel sie betrüge! Ach was! Das kannte ich doch schon! Sie hatte seine E-Mails gelesen und Telefonate mitgehört. Großes Mitleid hatte ich nicht. Ich musste sogar eine aufkeimende Schadenfreude verdrängen! Geschieht dir recht, dachte ich. Dafür hast du mich bis aufs Blut gequält und meine Seele mit Füßen getreten! Es gibt eine höhere Gerechtigkeit!

„Weiß Manuel eigentlich, dass wir heute hier zusammen sind?", fragte ich sie.

„Nein, nein. Das darf der auch nicht wissen!"

„Meine Frau weiß, dass ich hier bei dir bin. Gefiel ihr zwar nicht, sie war aber einverstanden!"

Sie guckte mich etwas betroffen an.

„Warum hast du ihr das denn erzählt! Das soll doch geheim bleiben!"

„Ich will solche Geheimnisse nicht vor ihr!" Ich meinte das ernst.

„Ich liebe meine Frau und meine Familie und vor allem meine Kinder über alles, Anna! Was soll ich denn für dich tun?"

„Ich brauch jemand zum Quatschen. Jemand, dem ich vertrauen kann! Dich! Ich brauche dich! Wir müssen uns öfter sehen!"

Mir schwante so langsam etwas. Nichts Gutes.

„Okay!", sagte ich. „Können wir machen. Aber nur, wenn Manuel das weiß. Sonst nicht!"

„Damit ist der nie einverstanden! Warum auch. Muss der nicht wissen!"

„Anna, was soll denn dann daraus werden?"

„Tja!", sie legte ein süßliches Lächeln auf und schaute mir direkt in die Augen. „Schaun wir mal!"

Jetzt wurde es mir aber zu bunt. Das sollte wohl eine Neuauflage werden! Lovestory reloaded! Nein! Sie wollte mich wohl wieder als Tröster in der Not, so wie damals. Nicht mit mir! Da war nichts mehr. Kein Hauch eines Gefühls. Allenfalls Mitleid!

„Jetzt pass mal auf, Anna! Du hast mich einmal fast kaputtgemacht! Da gibt es kein ‚da schaun wir mal'! Ich lass mir meine Familie nicht kaputtmachen! Wir können uns treffen, aber nur, wenn dein Mann und meine Frau davon wissen! Sonst nicht!"

Sie schaute mich lange an. Wir sprachen noch ein paar belanglose Worte. Dann fuhren wir wieder, jeder zu sich, nach Hause.

Ich habe nie wieder etwas von ihr gehört ...

Das Weib ist schlecht! Bei einigen Frauen hat Nietzsche recht. Zum Glück trifft es nicht auf alle Frauen zu!

XVII

Das Licht geht an. Draußen dämmert es bereits. Ein Wagen voller Wäsche wird hereingefahren. Julia kommt an mein Bett. Die nette, liebe Schwester. Begleitet von ihrem Freund, dem jungen Pfleger. Schön. Dann fängt der Tag schon mal wenigstens erfreulich an.

„Guten Morgen zusammen!", klingt es von beiden wie aus einem Mund.

„Dann wollen wir mal. Waschen und frische Betten! Heute ist ja Sonntag!"

Sonntag? Keine Ahnung. Welcher Sonntag? Welches Jahr? Fühle mich wie immer völlig zeitlos hier.

Julia reißt mich aus meinen Gedanken.

„Wie geht es Ihnen denn heute?", fragt sie mich doch tatsächlich. Wunderbar natürlich! Nie habe ich mich besser gefühlt! Werde gewaschen, kann mich nicht bewegen, kann nicht sprechen. Alles ist große Scheiße, mein Kind! Aber trotzdem danke ich dir für die Frage. Die anderen sprechen ja erst gar nicht mit einem.

Die beiden machen sich an die Arbeit mit mir. Waschen, hin- und herdrehen, neue Bettwäsche, frisches Hemd, schön hoch und gerade legen. Sonntag ist heute? Dann kommen mich vielleicht die Kinder besuchen. Vielleicht. Waren die schon einmal hier? Ich weiß es nicht. Manche Tage schlafe ich wohl rund um die Uhr und kriege nichts mit. Besser so. Gabi kommt bestimmt. Kommt jeden Tag, auch wenn ich es manchmal nicht merke.

„Roman, guck mal, da hat sich doch gerade der große Zeh bewegt!"

Ganz aufgeregt sagt die Schwester das, als sie gerade die Bettdecke über mich legen will.

„Das war bis jetzt noch nie! Da, schon wieder! Sieh nur! Und schon wieder! Der am anderen Fuß auch!"

Was meint die bloß? Doch! Jetzt spüre ich es auch. Ein Zucken in den dicken Zehen! Ich versuche, das zu beeinflussen. Kann ich das steuern? Ich konzentriere mich ganz auf meine Füße und will bewusst da etwas bewegen. Ein großes Glücksgefühl durchströmt mich. Kommt jetzt alles wieder? Kann ich mich wieder, wenn auch nur an den Zehen, bewegen? Vielleicht Zeichen geben? Ist doch noch Hoffnung?

Mein Gehirn gibt Gas. Allen Strom in die Zehen! Los!

„Jetzt hat es aufgehört!", höre ich Julia. „Du hast es aber doch auch gesehen, Roman?"

„Ja klar doch! Ganz eindeutige Bewegung. Müssen wir gleich dem Doc sagen!"

Ich gebe alles, um noch mal eine Bewegung zu erzeugen. Spüre aber nichts dergleichen mehr. Mist! Aber immerhin war da etwas! Die beiden habens gesehen. Ich habs gemerkt. Ein winziger Hoffnungsschimmer. Ein kleiner Silberstreif am düsteren Horizont. Auf einmal kommt mir meine Situation nicht mehr so völlig aussichtslos vor. So etwas kann dauern. Es ist ein Anfang. Ich bin total happy. Wäre Gabi doch hier und könnte es auch einmal sehen! Die würde sich freuen. Wie bescheiden man wird! Ein wackelnder Zeh, und man bekommt neuen Lebensmut. Jetzt weiter daran arbeiten und hoffen, hoffen, dass jeden Tag etwas mehr Leben in mich zurückkehrt. Jetzt nicht aufgeben! Keine trüben Gedanken mehr!

Anstelle eines Frühstücks bekomme ich eine große Infusion neu angeschlossen. Lecker! Und vor allem praktisch! Man muss nicht kauen und nicht schlucken. Früher habe ich immer gesagt, wenn es Pillen gäbe anstelle des Essens, würde ich die schlucken. Mein Opa hat ja schon immer gesagt, ich sei zu faul zum Essen. Essen war für mich immer irgendwie Zeitverschwendung. Habe da nie großen Wert drauf gelegt und auch keine Ansprüche gestellt. Gabi kocht nach guter

Hausfrauenart und auch sehr gut. Für mich lohne es sich nicht zu kochen, hat sie oft gesagt. Stimmte auch. Im Urlaub war das anders. Da ging ich gerne mit ihr essen, da hatte ich ja Zeit und Muße. Zu Hause war es mir immer lästig.

Mein Vater war genauso. Aß auch nur, um zu leben. Lebte nicht, um zu essen, wie er immer sagte.

Jetzt gäbe ich alles für ein Frühstück. Meine geliebten Brötchen mit Holundergelee, und Kaffee mit Milch und Zucker! Ich spüre das förmlich im Mund. Den Geruch, den Geschmack. Köstlich! Das meiste weiß man erst zu schätzen, wenn man es nicht mehr hat. Ist mit allen Dingen so!

Die Turteltäubchen sind wieder verschwunden, nachdem sie die anderen beiden noch versorgt haben. Langsam wird es hell draußen.

Meine Frühstücksflasche ist fast in mich hineingelaufen, als Gottvater und der Bart vor meinem Bett stehen. Sonntagsvisite! Wird extra bezahlt!

„Die Schwester hat vorhin dem Stationsarzt erzählt, dass der Patient die Zehen bewegt habe!", sagt der Bart zum Professor.

Er hebt die Decke am Fußende hoch und beide starren auf meine Füße. Mit aller Kraft versuche ich, meine gesamte Energie in die Zehen zu schicken. Nichts passiert!

„Ich seh nichts! Hat sie sich sicher eingebildet. Die ist ja auch ein bisschen blöd!" Gottvater schaut etwas angewidert auf meine Füße. „Nichts! Ist ja auch nicht zu erwarten."

„Tja, ich seh auch nichts. Aber vielleicht war es ja doch so!"

Der Chef sieht ihn kurz böse an. „Quatsch. Bei dem ist oben das Licht aus! Reden Sie doch nicht auch so einen Blödsinn! Sie wissen doch auch, dass das nicht sein kann, nach den bisherigen Ergebnissen!"

Der Bart sieht konsterniert vor sich hin. Dann überwindet er sich aber und holt tief Luft. „Vielleicht sollten wir die Neurologin noch mal bestellen!"

„Jetzt machen Sie aber mal einen Punkt. Haben Sie was mit der Emanze? Sind Sie bei der beteiligt?"

Der Bart wird unter seinem Bart rot.

„Schluss jetzt! Sie spinnen doch!" Gottvater wendet sich ab und dem anderen Patienten zu.

Noch während sie an dessen Bett stehen, kommt meine Frau herein und begrüßt mich wie immer.

„Wie gehts dir heute?" Sie streicht mir über den Kopf und nimmt meine Hand.

„Guten Morgen, gnädige Frau!" Der Chef geht freundlich lächelnd auf Gabi zu und reicht ihr die Hand.

„Ich bin keine gnä..., wie geht es meinem Mann? Ich hab geträumt, er könnte die Füße bewegen!"

Das ist meine Hexe! Der Professor bleibt verblüfft stehen und man merkt ihm seinen inneren Kampf an.

„Träume sind Schäume! Aber in der Tat habe ich eine erfreuliche Mitteilung für Sie. Wollte Sie gerade anrufen. Eine sehr tüchtige und sehr aufmerksame Schwester, die Ihren Gatten heute Morgen versorgt hat, hat beobachtet, dass er beide Zehen bewegt hat. Ein sehr gutes Zeichen! Ich hatte es schon länger erwartet. Wir werden die Neurologin sofort verständigen. Die soll noch mal alle Tests machen. Wirklich ein sehr erfolgversprechendes Ereignis. Ich habs ja immer gesagt. Geduld muss man haben!"

„Das ist ja wunderbar! Johannes, hörst du? Es geht aufwärts!" Sie schluchzt.

„Die Kinder kommen auch heute. Beide. Haben sich extra Urlaub genommen. Vielen Dank, Herr Professor. Endlich eine gute Nachricht!"

„Ich sagte Ihnen ja, die Hoffnung darf man nie aufgeben. Wir gehen jetzt und informieren die Kollegin von der Neurologie. Wird sicher morgen sofort kommen! Guten Tag noch!"

Gottvater voran verlassen die beiden das Zimmer, der Bart schüttelt kaum merklich hinter ihm den Kopf! Gabi beugt sich über mich und drückt mich ganz fest. Jetzt weint sie richtig, vielleicht vor Freude über das kleine Fünkchen Hoffnung.

Sie setzt sich neben mein Bett und erzählt mir alles von zu Hause. Von der Praxis, von den Tieren, von Gustav natürlich. Er sucht mich wohl den ganzen Tag. Der arme Kerl. Vielleicht kann ich ihn bald wieder sehen und streicheln.

„Nichts ist kaputt im Moment!" Jetzt flunkert sie bestimmt. Es ist immer irgendetwas kaputt im Haus. Sie will mich wohl beruhigen. Glauben kann ich es aber nicht. Sie kennt aber die Handwerker, die ihr helfen können. Was das wohl alles kostet?! Wie oft habe ich geschimpft, wenn wieder irgendein Gerät streikte, ein Wasserhahn tropfte, zehn Neonröhren gleichzeitig in der Praxis ausfielen. Jetzt würde ich gerne den ganzen Tag etwas reparieren. Wenn es dann wieder funktioniert, ist das auch ein schönes Gefühl. Ein Erfolgserlebnis!

Am schlimmsten ist es, wenn die Computer ausfallen. Da verstehe ich am wenigsten von. Hat mein Sohn Johannes dann meistens wieder hingekriegt. Der ist jetzt aber auch in London und hat seinen ersten Job dort. Natürlich bei einer Computerfirma. Jane, meine Tochter, studiert noch in Gent. Tiermedizin. Schöner Beruf! Was sie da macht, verstehe ich, was Johannes genau macht, verstehe ich nicht. Neue Welt! Hoffentlich kommen die beiden bald. Habe sie so lange nicht gesehen.

Gabi hat die Bettdecke ein wenig von meinen Füßen gezogen und starrt die ganze Zeit, während sie erzählt, nur wie gebannt auf meine Zehen. „Da, da! Gerade hast du den rechten Zeh bewegt! Ich habs genau gesehen! Ganz deutlich! Ich dachte, der Professor hätte das nur so gesagt. Aber es stimmt! Da, schon wieder! Merkst du es auch?"

Nein! Ich merke es nicht. Heute Morgen habe ich es doch gefühlt!

„Schon wieder! Jetzt beide!"

Jetzt spüre ich auch ein Zucken da unten. Da tut sich tatsächlich etwas. Ich kann es aber nicht steuern.

„Kannst du das machen, wenn ich es sage?" Ganz aufgeregt ist sie. „Dann könntest du mir damit ein Zeichen geben, dass du mich verstehst!" Sie ist aufgesprungen und geht näher ans Fußende. „Ich frag dich jetzt was, und Wackeln mit dem rechten Zeh heißt ‚Ja' und mit dem linken ‚Nein'. Okay?"

Die Idee ist gut. Das wäre toll, wenn es funktionierte.

„Du hast gerade den rechten bewegt. Das heißt, ‚Ja'! Es ist richtig! Es klappt!" Gabi ist ganz aus dem Häuschen, dabei habe ich gar nichts gemacht, noch nicht einmal etwas gemerkt.

„Heute ist Sonntag?" Wie hypnotisiert sieht sie auf meinen Fuß. Ich gebe alles, um den Scheißzeh zu bewegen. Konzentriere mich ganz darauf. Nichts! Nichts passiert.

„Du bist im Krankenhaus!"

Nichts!

„Hast du Schmerzen?"

Nichts!

Sie stellt weiter Fragen auf Fragen. Ich schaffe es nicht.

„Da, jetzt hat er sich bewegt, der rechte. Antwort war auch richtig! Es geht!"

Was hat sie denn gefragt? Habe es nicht gehört vor lauter Anstrengung.

„Das ist ja erst der Anfang! Das wird bestimmt besser! Hast mir doch schon mal erzählt, dass so was lange dauert!"

Die Tür geht auf und meine beiden Kinder kommen herein. Endlich! Wie lange habe ich euch nicht gesehen! Gut seht ihr aus! Seid beide schon so verdammt erwachsen. Ist doch nicht so lange her, dass ihr noch klein wart. Jetzt müsst ihr hier an meinem Bett stehen und mich Häufchen Elend betrachten!

Sie kommen beide an mein Bett, einer rechts und einer links und umarmen mich. „Hallo, Papa, wie gehts dir?"

Was sollen sie auch sonst sagen?!

„Papa hat die Zehen bewegt. Ich habs eben selbst gesehen. Jetzt gehts aufwärts! Ich bin ganz sicher!" Gabi umarmt und küsst die beiden.

„Toll!", sagt Jane. „Das ist wirklich ein gutes Zeichen. Nerven brauchen lange, um sich zu erholen!"

Richtig, mein Kind! Wie geht es euch denn? Was macht das Studium? Was macht dein Job, Junge? Tausend Fragen habe ich. Keine kann ich formulieren.

„An den letzten Wochenenden war das noch nicht, wenn wir hier waren!", sagt Johannes.

Wart ihr schon öfters hier? Kann mich nicht erinnern. Verschlafe wohl doch die meiste Zeit. Sie sitzen beide auf meinem

Bett und erzählen von dem, was sie so machen. Beide abwechselnd. Ist das schön, eine Familie zu haben! Wenn sie so oft hier waren, bedeute ich ihnen wohl viel. Habe ich auch nie dran gezweifelt. Wir hatten immer ein prima Verhältnis. Ich war zwar etwas konservativ, manchmal auch autoritär, aber auch immer beider Freund. Ich habe es jedenfalls so gesehen. Ich glaube, die beiden auch. Sie haben uns nie wirklich Probleme gemacht. Schule und Abitur durchgezogen und fleißig studiert. Echte Sorgen hatten wir nie mit ihnen.

Jetzt sind sie erwachsen. Schade! Nein, gut so. Schlimmer wäre, wenn sie jetzt noch klein wären und ich so hier läge. Jetzt sind sie selbstständig, fast zumindest. Sie könnten ohne mich klarkommen. Sie brauchen mich nicht mehr so dringend. Gerne würde ich aber ihren Weg weiter verfolgen. Ich möchte doch noch Enkel haben. Ich fühle Tränen hochsteigen.

„Papa weint!" Jane springt auf. „Hat er bisher noch nicht gemacht, solange er hier ist. Jetzt glaub ich auch, dass er uns sieht und hört. Papa, Papa, sag doch endlich mal was! Wir wollen doch, dass du bald wieder gesund bist!" Sie schluchzt bei diesen Worten.

Auch in den Augen meines Sohnes sehe ich Tränen und jetzt fühle ich auch tatsächlich die Nässe auf meinem Gesicht. Sie läuft die Wangen herunter über die Lippen und ich schmecke etwas Salziges. Gabi wischt mir mit einem Taschentuch durchs Gesicht.

„Noch ein Zeichen, dass alles besser wird!"

Die drei erzählen noch eine ganze Zeit miteinander, aber auch immer wieder an mich gewandt. Ist das ein schöner Tag heute! Ich fühle wieder neuen Lebensmut. Ich werde kämpfen, kämpfen für euch. Für meine kleine Familie. Ich gebe noch nicht auf.

Ich bin sehr ausgelaugt von all den Ereignissen und merke, wie ich immer müder werde. Während ich langsam in den Schlaf sinke, höre ich Johannes sagen, dass sein Flieger bald startet und auch Jane muss zurück. Ich kriege gerade noch mit, dass sie sich von mir verabschieden.

„Machs gut, Vatter. Bis nächste Woche. Dann hast du wieder Fortschritte gemacht!" Das war Johannes.

„Tschüss Papa. Gib nicht auf!" Jane.

Lebt wohl, Kinder! Vielleicht bis bald. Sicher bis bald! Ich gleite hinüber in die andere Welt, die Welt der Ruhe und der Erinnerungen ...

XVIII

In einer lauen Frühlingsnacht sitze ich mit Freunden, die ich auf dem Weg zu einem Stadtparkfest zufällig getroffen habe, beim Bier.

Zu Hause habe ich herumgesessen und meinen Gedanken nachgehangen! Meiner Liebesaffäre, die langsam aber sicher den Bach runtergeht. Weil das Weib sich doch für den anderen entschieden hat. Nicht aus Liebe, wie sie sagt, sondern aus Verantwortung und vor allem, weil ihre Mutter es so will.

Wir vögeln immer noch jede Woche fast täglich. Ich kann es immer kaum abwarten, bis sie kommt. Obwohl ich sie mittlerweile fast hasse! Sie hat mir so unendlich wehgetan und tut es noch immer! Ich kann aber nicht von ihr lassen! Ich bin süchtig wie ein Kokainabhängiger nach ihrem Körper! Eine Seele hat sie bestimmt nicht. Sie kann keine Seele haben! Hat das Alte Testament doch Recht! Zumindest in ihrem Falle! Sonst könnte sie mir nicht so wehtun.

Wenn ich doch endlich eine andere finden würde. Irgendwo auf der Welt muss es doch auch ein Mädchen für mich geben! Bin ich zu anspruchsvoll? Zu wählerisch? Alle bisherigen waren nur Freundinnen. Nichts für die Ehe. Ich bin doch fast dreißig! Na ja, noch drei Jahre. Noch keiner ist zu spät gekommen, sagt man! Ich will aber nicht mehr so lange warten! Sonst klappt doch in meinem Leben fast alles!

Das Studium macht im Moment auch keinen rechten Spaß. Nichts macht Spaß. Sogar zur Jagd habe ich nur noch wenig Lust. Fangen so Depressionen an? Ach was! Alles Quatsch! Ich rede mir da etwas ein! Bin ja verrückt! Ich bin noch jung! Die Zukunft und die ganze Welt liegen vor mir! Auf! Angefasst!

Da stand doch etwas von einem Parkfest in Wevelinghoven in der Zeitung. War das nicht heute? Doch! Heute Abend. Da kenne ich doch sicher einige Leute! Da gehe ich gleich hin und besaufe mich! Saufe mir die Welt schön und rund!

Da sitze ich also. Wir quatschen und trinken. Bald habe ich alle Sorgen vergessen! Gut, dass ich hierhergekommen bin! Scheißweiber! Nur Ärger und Sorgen machen die! Die anderen stimmen mir zu. Die Stimmung ist gut. Gute Musik. Eine kleine Band spielt. Es darf auch getanzt werden. Bin zu faul. Schöner Abend! Das Bier schmeckt. Das Leben ist schön!

Auf einmal kommt ein Mann um die fünfzig zu mir an den Tisch. Ich kenne ihn gut von der Jagd. Netter Kerl. Wir verstehen uns gut. Hat auch eine Tochter, die Medizin studieren will, aber auch, so wie ich damals, keinen Platz bekommt.

Jetzt setzt er ein anderes Mädchen einfach auf meinen Schoß.

„Johannes, pass mal auf meine Tochter auf! Die macht da die ganze Zeit mit einem Kerl rum, der mir nicht gefällt!" Sprichts und geht wieder zur Theke.

Na prima, denke ich. Wollte doch ein Bier trinken! Das hat sie aber schon in der Hand und trinkt es mit einem Zug aus! Wohl bekomms! Die ist ja gut drauf! Ist aber nicht die mit dem Medizinstudium. Wusste gar nicht, dass der noch ne Tochter hat! Riecht gut! Ist jünger als die andere. Bisschen schwer so auf dem Schoß. Aber schön fühlt es sich an. Fängt sofort an, mit meinen Zechkumpanen zu plaudern. Kennt die auch alle. Klar. Kommen alle aus dem Ort. Sie schwadroniert munter weiter, während sie es sich auf meinem Schoß regelrecht gemütlich macht!

Die nächste Runde Bier für uns kommt. Bevor ich zugreifen kann, hat sie meines schon wieder am Mund, was sie aber nicht am Erzählen hindert.

„Hey, Frollein! Sitzt hier auf mir rum und säufst mein Bier!", pflaume ich sie von hinten an!

Sie dreht den Kopf kurz zu mir um.

„Halt du den Mund!", erwidert sie, trinkt und redet weiter mit den anderen.

Keinerlei Anstalten, sich einen anderen Platz zu suchen. Ich bin etwas platt. Etwas sprachlos. Passiert mir sonst selten. Wie ist die denn drauf? Ich bin doch viel älter! Eigentlich müsste sie mich siezen. Kennt mich doch auch gar nicht! Frech ist die! Schön frech! Gefällt mir! Selbstbewusst! Die muss ich näher kennenlernen! Sie fühlt sich gut an auf mir. Soll ruhig sitzen bleiben.

Auf einmal rutscht sie von mir herunter, springt auf und sagt: „Ich muss noch mal zu den anderen!", und will gehen.

Ich kann sie gerade noch an der Hand erwischen und festhalten.

„Nix, du bleibst da!", sage ich bestimmend zu ihr. „Ich soll auf dich aufpassen! Hab ich deinem Vater versprochen! Setz dich wieder auf meinen Schoß!"

Sie schaut mich ganz erstaunt an. Jetzt kann ich erst ihr Gesicht sehen. Voller Sommersprossen! Etwas zu stark geschminkt. Enge Hose. Rote Lackschuhe. Etwas aufgetakelt, aber irgendwie niedlich.

„Hey, du kannst mich doch nicht einfach festhalten! Lass mich los! Du Tünnes!"

So was! Nennt sie mich Tünnes vor allen anderen. Das bin ich aber nicht gewohnt. Bei Anna war ich immer der Größte und Schönste, das Größte und Schönste, hatte den Größten und Schönsten! Jetzt war ich bei ihr ein Tünnes! Allerhand! Aber irgendwie gefällt mir auch das. Überhaupt gefällt sie mir mit jeder Minute besser. Sie ist so unkompliziert. Benimmt sich mehr wie ein kleiner, frecher Junge. Wenn sie sich auch damenhaft zurechtgemacht hat.

Ich halte sie einfach fest und schaue sie gebannt an. Irgendetwas klingelt in mir. Was ist das? Ist sie das? Ja, so könnte sie aussehen! So könnte sie sich bewegen! So könnte sie sich benehmen! So könnte sie sein! Jetzt dranbleiben! Nicht loslassen! Hartnäckig bleiben! Ich habe doch etwas von früher gelernt! Dranbleiben!

„Los, setz dich wieder auf meinen Schoß, damit ich auf dich aufpassen kann! Ich möchte gerne auf dich aufpassen!"

Ich lächle sie an. Sie sieht mir erstaunt und irgendwie verstört in die Augen. Ich merke, wie der Zug von ihrem Arm nachlässt und ihr Widerstand bricht. Sie kommt willig näher, macht es sich wieder auf meinem Schoß bequem und beginnt sofort wieder, ihren eben unterbrochenen Redeschwall fortzusetzen, als wenn sie ihn gar nicht unterbrochen hätte.

„Ich heiß übrigens Gabi!", wendet sie kurz ihr Gesicht zu mir. Ihr Mund ist ganz nahe vor meinem.

„Ich heiße Johannes!"

„Weiß ich doch von Papa! Halt jetzt wieder den Mund!"

Zack! Das war eine süße Ohrfeige! Ich lächele in mich hinein. Erste Runde geht jedenfalls an mich. Ich halte also den Mund, höre ihr zu und genieße es, dass sie so kuschelig auf meinem Schoß sitzt, wenn auch die Beine langsam einschlafen. Sie reicht mir ein Bier, nimmt es mir aber nach dem ersten Schluck wieder ab und trinkt es selbst aus. Dann nimmt sie eine Salzstange vom Tisch, beißt sie halb ab und steckt mir den Rest in den Mund. Willig kaue ich das Ding!

Soweit sind wir also schon! Sie füttert mich, sie tränkt mich! Ich fresse ihr aus der Hand! Sprechen darf ich nicht! Das kann ja heiter werden! Ich kenne sie kaum zwanzig Minuten, weiß nichts von ihr, und schon hat sie mich im Griff! Toll! Die werde ich bändigen!

Ich will etwas sagen, aber jetzt sagt der ganze Tisch fast im Chor: „Halt du den Mund, du Tünnes!"

Alle lachen laut. Ich mit.

Nachher beteilige ich mich aber doch am Gespräch und wir haben mit Gabi eine Menge Spaß. Sie kann endlos erzählen und hat immer eine Antwort parat. Mit Genugtuung konstatiere ich, dass sie die anderen auch meistens nicht ausreden lässt, sondern ihnen einfach ins Wort fällt. Na warte, dich biege ich schon zurecht! Eigentlich gefällt sie mir aber so, wie ist. Ich muss sie unbedingt wiedersehen! Ich schmiede in Gedanken schon einen Plan. Das muss gelingen, egal wie. Ich muss sie näher kennenlernen! Ob sie das auch so sieht? Sie lässt sich nichts anmerken. Manchmal sieht sie mich aber so an, so vielversprechend. Bilde ich mir sicher ein!

Einen Versuch ist sie allemal wert! Auch zwei oder drei! Ganz beiläufig frage ich sie, ob sie denn keinen Freund hat. Sie blickt mich ziemlich erstaunt an.

„Was geht dich denn das an? Klar hab ich einen Freund! Der wohnt aber in Berlin!"

Sie wendet sich wieder den anderen zu. Scheiße! Sie ist vergeben! Aber Berlin ist weit! Ich gebe nicht sofort auf, wie ich das früher getan hätte. Habe doch aus der Erfahrung gelernt. Ich werde versuchen, sie ihrem Freund auszuspannen! Vielleicht kann ich sie von meinen Qualitäten überzeugen. Habe ich welche? Doch, ich bin groß und schlank, habe schöne Locken, blaue Augen, bin ein fast fertiger Arzt! Das ist doch schon was! Doof und primitiv bin ich doch auch nicht. Ein bisschen Geld habe ich auch! Reicht das alles, um eine Frau, ein Mädchen zu überzeugen? Dieses Mädchen? Mir kommen Zweifel. Das alles zusammen ist nicht schlecht, aber zur Freundschaft oder zu einem Verhältnis gehört doch wohl mehr! Gefallen macht erst schön! Ich muss ihr also gefallen. Irgendwie! Erst mal brauche ich ein Rendezvous!

Wir trinken und lachen noch, dann gehen wir gemeinsam zur Theke. Sie bleibt an meiner Seite! Das ist doch schon mal was!

„Haste auch gut auf meine Tochter aufgepasst?", fragt ihr Vater mich, der auch da steht.

„Klar, siehste doch! Unversehrt ist sie! Wie neu!"

Er grinst mich an. Ist schon ziemlich angeheitert!

„Hier ist gleich Schluss!", sagt er. „Gehste dann noch mit uns nach Hause zum Frühstück?"

Das ist die Gelegenheit!

„Klar doch!", antworte ich schnell.

Noch ein paar Bier, dann gehen wir an der Erft, das ist ein Fluss dort, vorbei Richtung Innenstadt. Ein Trommler aus der Band und einer mit Trompete gehen voran und spielen uns laut den Heimweg. Wir marschieren hintereinander, als ob wir in den Krieg zögen. Es ist noch richtig milde Frühlingsluft! Eine herrliche Nacht zum Verlieben! Ich fühle mich so leicht und glücklich! Das habe ich schon lange nicht mehr so gefühlt!

Gabi geht neben mir. Gelegentlich fasse ich sie schüchtern bei der Hand, tue aber ganz unbefangen dabei, als ob ich sie halten wolle, damit sie nicht fällt. Ich suche aber eigentlich nur ihre Nähe. Ob sie das merkt?

Bei ihnen zu Hause angekommen, setzen wir uns alle ins Wohnzimmer und Gabi deckt in Windeseile den Tisch. Geschirr, Brot und Aufschnitt und noch ein paar Flaschen Bier. Kaffee kocht sie auch noch. Ist ja eine richtige Hausfrau! Der Typ, mit dem sie vorher auf dem Fest war, ist auch da. Ihr Vater hat wohl nichts mehr gegen ihn, nachdem er mit ihm getrunken hat. Der versucht immer wieder, mit Gabi anzubandeln. Sie ignoriert das aber. Gott sei Dank! Ich halte mich zurück und schmiede weiter an meinem Plan. Morgen werde ich es versuchen! Dann steht der Plan!

Heute Abend kriege ich nichts mehr gebacken. Draußen ist es schon längst hell. Bald sind fast alle weg. Gabi ist auch schon zu Bett. Ich trinke mit ihrem Vater noch etwas. Wir erzählen von der Jagd. Dann bestelle ich ein Taxi und verabschiede mich, nicht ohne mich zu bedanken.

„Dafür haste ja auf meine Tochter aufgepasst!", lallt er noch hinter mir her!

Stimmt! Wirst ja noch sehen, was du davon hast, denke ich bei mir und fahre mit dem Taxi nach Hause.

Es ist schon fast früher Morgen, die Vögel zwitschern wie jeck. Herrlicher Morgen! Wird es auch noch ein schöner Tag? Hoffentlich! Mit der Welt ein wenig versöhnt, schlafe ich sofort ein. War wohl genug Bier!

Früh am Vormittag – für meine Verhältnisse früh – wache ich mit einem gewaltigen Kater auf. Der macht sich in meinem Kopf ziemlich breit.

Blöde Sauferei! War aber ein schöner Abend. Endlich mal wieder gelacht und nicht meinen traurigen Gedanken nachgehangen. Sofort fällt mir auch das Mädchen wieder ein, dieses lustige Plappermäulchen!

Jetzt bin ich hellwach. Mein Plan! Wie geht es jetzt weiter? Wie komme ich an die ran? Ich stehe auf, dusche und frühstücke. Meine Eltern sitzen auch schon am Frühstückstisch. Ich wohne ja noch im Hotel Mama. Wollte nie eine Studentenbude. Hier habe ich meinen Hund, meine Werkstatt und werde bestens versorgt. Fahre mit dem Auto täglich zur Uni. Ist ja nicht weit bis Düsseldorf.

„Du hast aber lange ausgehalten gestern! War es so schön?"

Meine Mutter fragt immer so etwas. Gleich kommt bestimmt ,wer war denn alles da?' Ich hasse es, so ausgefragt zu werden.

„Wer war denn alles da?"

Klar! Mutter!

Mein Vater, den wir immer ,Chef' nennen, wie seine Sekretärinnen es tun, ist da zurückhaltender. Das werde ich bei meinen Kindern später sicher nicht machen, nehme ich mir fest vor. Werde die nicht ausfragen!

Ich nenne ein paar Namen. Was die denn anhatten?! Mutter! Interessiert sich immer für Klamotten. Als wenn ich das noch wüsste! Was das Mädel anhatte, vielleicht, zum Teil. Klamotten interessieren mich nun mal nicht!

„Ach, Mutter, achte ich doch nicht drauf. Weißte doch!"

„Schon gut, schon gut. Ich frag ja schon nichts mehr!" Sie meint es ja nicht böse, aber es nervt.

Wie hieß das Mädchen noch? Ach ja! Gabi! Soll ich da wirklich dranbleiben? War die wirklich so nett? Wär das was für mich? Doch! Einen Versuch ist es wert. Muss sie besser kennenlernen. Gleich rufe ich da an und lade sie zum Essen ein! Ja, so mache ich es!

Immer wieder lege ich mir die Sätze zusammen, die ich sagen will. Immer wieder neu. Nicht so einfach! Soll ja funktionieren! Muss auf alle Fragen eine Antwort haben. Aber was wird sie fragen?

Alles Quatsch! Bin doch sonst nicht so! Bin doch nicht auf den Mund gefallen! Ich rufe einfach an und frage! Dann sehe ich ja, wie sie reagiert. Und wenn sie ‚Nein‘ sagt? Hmmm! Muss ich sie eben überreden!

Ich gehe ins Büro. Meine Eltern müssen das ja nicht mitkriegen! Sonst geht die Fragerei wieder los! Das ist die Miete für das Hotel Mama! Ich suche die Nummer aus dem Telefonbuch und beginne zu wählen. Ich lege nach der Vorwahl wieder auf. Mein Herz klopft. Soll ich wirklich? Und wenn die mir heute nicht mehr so gefällt? Es ist hell, gestern war es dämmerig. Ich bin jetzt fast wieder nüchtern, gestern war ich angetrunken!

Ich wähle noch einmal. Diesmal die komplette Nummer. Es klingelt am anderen Ende der Leitung. Zweimal, dreimal, viermal. Wohl keiner da! Fünfmal, sechsmal. Schlafen vielleicht noch alle, oder sind gar nicht zu Hause. Siebenmal. Ich will gerade auflegen, als ich ihre Stimme höre.

„Hallo, hier ist Gabi …“

„Hey, ich bins, Johannes!“, unterbreche ich sie. „Wie gehts dir?“, frage ich.

„Etwas müde, aber sonst gut! Was willst du?“

„Ach, äh, ich wollt mich noch bei deinem Vater für den schönen Abend und das Frühstück bedanken!“

„Der ist noch mal ins Bett gegangen. Hatte wohl was viel getrunken! Kannst ihn ja später noch mal anrufen! Machs gut! Tschüss!“

„Moment, Moment!“, sage ich schnell, bevor sie auflegt. „Hast du schon was vor heute Abend? Darf ich dich zum Essen einladen?“

Einen Moment ist es still in der Leitung. Dann lacht sie los.

„Haha, du bist jetzt der Dritte, der mich zum Abendessen einlädt! Ist das ansteckend?“

Ich bin enttäuscht, was jetzt? Bevor ich noch weiterdenken kann, sagt sie: „Den anderen beiden hab ich aber abgesagt! Der eine war der Typ, den Papa zuerst nicht mochte. Metzger war der! Den anderen hab ich auch gestern zum ersten Mal gesehen. Den mochte ich nicht!!“

„Und jetzt? Sagst du mir auch ab?“

Wieder Stille am anderen Ende. Viel zu lange. Wenn sie jetzt mit mir auch nicht will?

„Ich kann ja nicht dreimal hintereinander absagen!"

Das hört sich gut an!

„Ich hab auch sonst nichts vor heute Abend. Also gut. Ich geh mit. Aber warum eigentlich?"

„Weil du uns so gut bewirtet hast! Und, äh, und ich wollte dich noch mal sehen!"

„Warum?"

„Einfach nur so. Ich find dich halt sehr nett!"

So, das ist raus! Wieder eine Runde an mich! Der erste Schritt ist getan! Jetzt wird man weitersehen. Wir verabreden einen Zeitpunkt.

Nach Mittag dusche ich noch einmal ausgiebig, wasche die Haare nochmals, rasiere mich noch mal und nehme noch mal frische Wäsche. Von Klamotten verstehe ich ja nichts, ist mir auch sonst egal, jetzt suche ich aber die meines Erachtens beste Hose, das neueste Hemd und den schönsten Pullover heraus. Kleider machen Leute! Was mag ihr gefallen? Meine Mutter kauft die Sachen immer. Eher sehr konservative Mode. Sie wollte nie, dass ich eine Jeans anziehe! Die waren höchstens zum Arbeiten gut, meinte sie. Einmal habe ich mir als Schüler eine hellblaue Cordjeans aus der Stadt mitgebracht. Die war schneller wieder zurück in dem Laden, als ich sie hergebracht hatte. Mutter hatte da ihren eigenen Geschmack! Egal, jetzt bin ich ‚gut' angezogen. Kommt ja nicht nur auf die Kleider an!

„Was hast du dich schick gemacht? Gehst du schon wieder aus?" Mutter!

„Ja. Ich muss noch mal weg! Wird aber nicht so spät, Mutter!"

„Gut. Denk dran, du musst morgen früh wieder zur Uni!"

„Ja, Mutter, ich weiß! Bis dann!"

Ich gehe zum Auto und fahre los. Ich habe einen giftgrünen Fiat X 1/9. Zweisitzer mit abnehmbarem Hardtop. Habe ich mir größtenteils selbst verdient mit meinem Fernsehgerätehandel. Den Rest haben meine Eltern dazugetan. Fahre natürlich offen bei dem schönen Wetter.

Kurz vor dem Ziel halte ich noch mal an. Bin ziemlich nervös. Lege mir wieder allerlei Sätze parat. Mensch, ich bin doch keine fünfzehn mehr. Ich bin doch ein Mann! Noch nicht lange! Aber ich bin doch erwachsen! Benehme mich wie ein Teenager. Was ist los mit mir? Also weiter!

Ich stehe vor der Haustür und klingle. Gabis Vater öffnet und sieht mich erstaunt an.

„Was machst du denn hier?", fragt er verdutzt.

„Ich wollte mich bedanken fürs Frühstück!"

„Komm rein, Junge!"

„Nein danke! Ich will euch nicht stören. Außerdem will ich mit deiner Tochter essen gehen!"

„Was? Wieso das denn?"

Gabi erscheint schon hinter ihm, gestiefelt und gespornt und frisch lackiert! Etwas viel Schminke für meinen Geschmack, aber schön bunt. Sie kommt an ihm vorbei zu mir heraus.

„Tschüss, Papa. Wir sind dann weg!" Sie lacht ihn an.

„So hatt ich das gestern Abend aber nicht gemeint mit dem Aufpassen! Du bist ja vielleicht ein Schweinhund! Na ja, viel Spaß!"

„Ich bring sie dir unversehrt zurück, versprochen!", grinse ich ihn an und steige ins Auto.

Gabi sitzt schon drin.

„Wo gehts hin?", fragt sie.

„Lass dich überraschen!"

Verdammt! Das hatte ich vergessen zu überlegen. Wohin?

Sonst ging ich immer mit den Mädchen das erste Mal ins ‚Dycker Weinhaus'. Urige Kneipe. Danach war es aber immer schnell wieder aus mit der Freundschaft. Das bringt kein Glück! Dann nach Schloss Rheydt! Da kann man auch ein bisschen spazierengehen und ganz gut essen. Also auf!

Dort angekommen, steigen wir aus.

„Sollen wir erst ein Stück ums Schloss laufen? Ist ganz schön hier!"

„Klar! Mir egal!", antwortet Gabi.

Zum Wandern ist sie mit ihren Lackschuhen nicht gerade richtig angezogen, aber die Wege sind gut ausgebaut. So gehen wir nebeneinander am Schlossgraben vorbei. Eigentlich müsste ich den Arm um sie legen oder wenigstens ihre Hand nehmen. Traue mich aber nicht. Bin etwas aufgeregt. Erst mal langsam! Nicht so stürmisch! Kommt schon alles. Zunächst habe ich sie ja schon mal alleine bei mir. Den Rest wird man sehen. Wir lassen noch mal den gestrigen Abend Revue passieren, lachen dabei und kehren schließlich ein.

Wir sitzen uns an einem kleinen Tisch gegenüber und bestellen ein Bier für mich, ein Glas Wein für sie und die Speisekarte.

„Ist aber teuer hier!" Gabi sieht mich an.

„Ich hab gespart! Such dir ruhig aus, was du magst!"

Sie lacht! Nett! Ich nehme sowieso immer Wiener Schnitzel, brauche ich nicht in die Karte zu gucken. So habe ich Zeit, Gabi zu beobachten. Sie gefällt mir auch heute noch. Sommersprossen, wohin man schaut. Mag ich die überhaupt? Und gleich so viele? Doch! Sieht irgendwie lustig aus. Bubikopf, rotbraune Haare.

Ich wollte immer lange, braune Locken. Die Letzte hatte mittellange, blonde Haare. Hat mich auch nicht gestört. Die Größe stimmt aber perfekt! Reicht mir etwas über die Schulter. Ein bisschen zu dick vielleicht! Das kann man ändern. Bin ich hier auf dem Viehmarkt? Ich bin verrückt! Auf das alles kommt es doch nicht an! Ich bin ja auch, wenn auch nur knapp, am Adonis vorbei!

Sie ist einfach nett! Wie sie spricht! Natürlich und ungezwungen, nicht eingebildet und aufgesetzt. Dumm ist sie auch nicht. Sie erzählt von ihrem Studium in Aachen – Bauingenieurwesen – und dass es ihr nicht besonders Spaß macht. Von ihrem Pferd, mit dem sie Turniere geritten ist. Vom Familienhund, und dass sie einmal einen Beo im Haus hatten, der alles vollschiss.

Sie mag also Tiere! Das ist schon mal gut. Ich hatte immer Tiere. Schon als Kind. Einen Dackel, Goldhamster,

Meerschweinchen, eine Zwergziege, Wellensittiche und Kanarien, Fische und Zwerghühner, Schildkröten. Jetzt habe ich natürlich einen Jagdhund, an dem mein Herz hängt.

Ich erzähle von all unseren Tieren und Gabi ist sehr interessiert. Das Essen kommt und wir lassen es uns schmecken. Ich merke allerdings nicht so genau, was ich esse. Lege ja auch keinen Wert darauf. Bin zu beschäftigt mit meinen Gedanken. Wie kann ich sie für mich interessieren? Womit imponieren? Wie erfahre ich etwas über ihren Freund?

„Was ist denn dein Freund für einer?", frage ich beiläufig.

„Der ist sehr nett!", gibt sie fast schnippisch zurück.

Ups! Hätte ich wohl nicht fragen dürfen! Zu spät.

„Der wohnt und arbeitet in Berlin. Bei einer Versicherung!" Sie hört sich jetzt wieder freundlicher an.

„Das ist aber weit weg! Ich war noch nie in Berlin!"

„Ja, ich seh ihn auch nur so alle vier Wochen. Entweder fahre ich hin oder er kommt her! Ist aber sehr nett!"

Das Thema lasse ich wohl lieber! Ich esse lustlos weiter.

„Der will jetzt aber hierhin ziehen!"

Scheiße! Das hört sich nicht gut an. Komme ich wieder einmal zu spät!

„Ich will das aber eigentlich nicht!"

Oh, das hört sich besser an! Doch nicht zu spät?

„Warum nicht, wenn er doch dein Freund ist? Kannst ihn dann doch öfter sehen!"

Pause. Sie denkt anscheinend nach und isst weiter.

„Der will sich in der Nähe eine Wohnung suchen. Ich soll dann wohl zu ihm ziehen, meint er. Das will ich aber nicht!"

Brav Mädchen! Mach das auch nicht! Zieh lieber zu mir! Also demnächst vielleicht!

„Ja und jetzt? Dann sag ihm das doch!"

„Er will mich wohl heiraten! Da denk ich aber überhaupt noch nicht dran!"

Gut so! Nimm lieber mich.

„Du magst ihn aber doch, oder?"

Sie überlegt lange.

„Ja, eigentlich schon. Jetzt so. Alle vier Wochen ist das schön. Aber jeden Tag? Und dann zusammen wohnen? Ich bin erst einundzwanzig! Ich will mich noch nicht so fest binden!"

Da kann ich dir helfen!

„Bei der Entscheidung kann ich dir auch nicht helfen!" Ich wechsle mal lieber das Thema.

Wir erzählen von der Jagd. Sie war mit ihrem Vater auch schon mal dabei. In den Ferien hat sie mal in der Baufirma ihres Vaters gearbeitet und geholfen, einen Hof zu pflastern! Das gefällt mir! So eine Frau mit handwerklichem Geschick kann ich brauchen. Ich mache ja auch alles selbst. Baue zurzeit den Speicher in Neuenhoven als Wohnung aus. Da hört sie interessiert zu.

„Das müsstest du mir mal zeigen!"

Hoppla! Das ist eine Aufforderung! Dich nehme ich beim Wort! Der Abend geht viel zu schnell vorbei. Ich zahle und wir gehen zum Auto. Berührt habe ich sie immer noch nicht. Geschweige denn, geküsst. Geduld! Langsam! Bei ihr zu Hause angekommen, sitzen wir noch im Wagen.

„Seh ich dich noch mal?", frage ich sie leise.

„Klar, wenn du willst. War sehr schön!"

Das kam aber schnell!

„Ich fand's auch schön! Danke, dass du mitgegangen bist!"

„Danke fürs Essen!"

Ich bringe sie noch zur Tür. Im Haus ist es schon dunkel.

„Ich ruf dich an!"

„Gut!"

Ich gebe ihr die Hand. Warum küsse ich sie jetzt nicht? Ich glaube, sie wartet darauf! Ich gehe zum Auto, winke ihr zu, und fahre nach Hause. Ich Ochse! Ein Kuss hätte vielleicht den Ausschlag gegeben! Ich Dussel! In der Nacht schlafe ich unruhig.

Am nächsten Wochenende hole ich sie wieder ab. Nach einem Spaziergang und einem Essen nehme ich sie kurz vor dem Auto in den Arm und küsse sie. So! Das hatte ich mir fest vorgenommen! Sie erwidert meinen Kuss und so stehen wir längere Zeit umarmt und knutschend auf dem Parkplatz!

„Wieso hast du mich letzte Woche nicht geküsst?", fragt sie keck, beinahe vorwurfsvoll.

Ich bin etwas erstaunt.

„Ich küsse doch nicht beim ersten Mal! Ich bin doch kein Junge für einen Abend!"

Wir müssen beide lachen und gehen Hand in Hand zum Auto. Ein unheimliches Glücksgefühl durchströmt mich. Ach, ist das schön! Sie ist so ehrlich und aufrichtig. Nichts Falsches ist an ihr. Ein richtiger Kumpel! Sie muss die Meine werden!

Nach der Uni fahre ich meist zunächst zu meinen Eltern und dann nach Neuenhoven auf meine Baustelle. Ein riesiger alter Speicher mit einem zusätzlichen Spitzboden, also mit zwei Etagen. Über hundert Jahre alt und in desolatem Zustand. Keine Isolierung, alte Taubenverschläge, Gerümpel und viel, viel Staub.

Ich habe aber den Bauplan im Kopf, und auch schon angefangen, alte Wände herauszureißen, andere neu zu errichten, eine Loggia einzubauen und die Wände und Dachschrägen zu isolieren. Die alten Balken sollen sichtbar bleiben. Strom, Heizung, Wasser und Abflüsse muss ich verlegen. Mache ich alles selber. Macht mir Riesenspaß. Habe ich alles den Handwerkern abgeschaut, die immer bei uns zu Hause gearbeitet haben, als ich noch ein Kind war. Mit den Augen gestohlen habe ich, sagten die Handwerker, die immer Spaß an mir hatten, auch wenn ich ihnen ständig im Weg stand oder sie mit Fragen nervte und ihr Werkzeug betrachtete und auch anfasste.

An einem Nachmittag sehe ich von oben einen alten Renault R4 auf den Hof rollen. Heraus klettert Gabi! Die habe ich nicht erwartet! Sie sieht mich auf der Loggia stehen und winkt hoch.

„Wie komm ich denn da rauf?"

„Wo kommst du denn her? Moment, ich hol dich!"

Mein Herz poltert vor Freude. Ich laufe sämtliche Treppen hinunter und hole sie in die Baustelle. Ich zeige ihr alles, sie fragt ständig, was wo werden soll und wie ich dies oder jenes geplant habe.

„Das wird aber ziemlich groß hier!"

„Ja, das Haus ist nun mal so groß. Die Wohnung soll ja auch für ein paar Kinder reichen!", erwidere ich lachend.

„Was kann ich denn jetzt hier tun?"

Ich sehe sie erstaunt an.

„Ich räum erst mal hier auf! Hier liegt ja überall was rum!", sagt sie und beginnt schon, Reste von Brettern und Balken zu sortieren.

„Du machst dich doch ganz dreckig!", sage ich zu ihr.

„Egal, sind alte Sachen. Kann man doch waschen!"

Sie räumt weiter auf und kehrt Baureste zusammen. Ich staune nicht schlecht. Das hatte ich ihr so nun doch nicht zugetraut. Ich finde es aber toll. Ich halte sie fest und küsse sie.

„Erst die Arbeit!", sagt sie, küsst mich dann aber doch lieber noch mal.

Spät am Abend sind wir müde gearbeitet und ziemlich schmutzig. Gabi hat mir sehr geholfen. Sie ist sehr geschickt, kennt sich mit Werkzeug gut aus und sieht immer vorher schon, was ich als Nächstes brauche und wo sie anfassen muss. So aufgeräumt war meine Baustelle schon lange nicht mehr. Wir gehen eine Etage tiefer. Dort ist noch die alte Wohnung von meinem Großvater. Unverändert mit den wilhelminischen Möbeln das Wohnzimmer, und auch die Küche ist noch genauso wie damals. Meine Eltern wollten es so erhalten und gelegentlich nutzen wir alles, wenn wir zusammen hier sind und irgendwas im Garten oder auf dem Hof machen.

Nur das Schlafzimmer habe ich mal ausgeräumt. Da ist jetzt mein Radiomuseum. Sicher hundert alte Kisten, alle funktionstüchtig, stehen da auf Regalen. Gabi staunt nicht schlecht über alles.

„Geht der Herd noch?", fragt sie.

„Klar. Hier sind auch Wasser und Seife fürs Gröbste! So kannste ja nicht nach Hause."

„Dann könnte man doch hier mal abends was kochen, oder?"

„Wenn du willst. Ich kann aber nicht kochen, höchstens Wasser!"

Sie schaut mich etwas mitleidig an.

„Naja, dafür kannste ja andere Sachen! Ich bring das nächste Mal was mit, dann koch ich was für uns, wenn wir wieder so gearbeitet haben!" Sie grinst mich an und beginnt, sich Hände und Gesicht zu waschen.

Du gehst aber ran, denke ich. Willst wohl gleich mit mir hier einziehen? So sicher bin ich mir aber noch nicht. Oder doch? Eigentlich hätte ich jetzt schon nichts mehr dagegen. Aber erst mal langsam. Ich bin noch von der Letzten geschädigt. Die Wunden sind noch nicht verheilt! Da muss ich noch lange dran lecken! Die Geschichte hat mich vorsichtig gemacht. Aber Gabi ist ganz anders! Völlig anders!

Immer öfter kommt sie jetzt. Das Bauen macht zu zweit viel mehr Spaß. Gabi ist sehr flink und fingerfertig. Öfter bleiben wir am Wochenende über Nacht da. Dann kocht Gabi uns etwas. Macht sie auch gut. Ist schon ne richtige Hausfrau! Wir baden uns dann in einer winzigen Plastikwanne. Wie vor hundert Jahren. Wir haben dann immer etwas zu lachen, weil wir kaum da hineinpassen.

Dann machen wir es uns auf einer Matratze auf dem Boden gemütlich. Das ist eine urwüchsige Romantik. Wir lieben uns, mal zärtlich, mal heftig. Sie ist dabei ganz anders als die anderen. Es ist für mich schon fast, wie ein bisschen verheiratet zu sein. Ich habe mich schon so an sie gewöhnt. Ob das die Mutter meiner Kinder wird?

Oft fahren wir auch am Wochenende mit ihren Eltern nach Belgien zur Jagd. Ihr Vater hat dort ein kleines Jagdrevier. Manchmal sind wir auch bei meinen Eltern zum Essen. Meine Mutter hatte zwar anfangs gefragt, warum ich nicht die Schwester genommen hätte. Die studiere doch Medizin und würde darum besser zu mir passen! Mutter! Jetzt weiß sie, warum.

Beide haben Gabi sofort ins Herz geschlossen und sogar meine Mutter hat, im Gegensatz zu früher bei den anderen Mädchen, nichts an ihr auszusetzen. Allerhand! Ich auch nicht! Mein Vater fand sowieso immer alle meine Freundinnen toll. Eine konnte mal schön singen und sprach auch noch französisch, seine Lieblingssprache. Die hatte er dann immer in Beschlag und ich konnte mich danebensetzen. Ich gönnte es ihm aber.

Neun Monate sind nun vergangen. Nein, Gabi ist nicht schwanger. Wir sind fast täglich zusammen. Die Wohnung ist zwar noch nicht fertig, wir haben aber ein kleines Zimmer mit einem richtigen Bett, uralt zwar und eigentlich für zwei zu schmal, es ist aber sehr kuschelig, darin zu schlafen. Auch das Badezimmer kann man schon benutzen, zum Teil wenigstens. Ansonsten ist es noch ziemlich Baustelle. Aber es wird!

Wir liegen abends unten in Opas Wohnung auf dem Sofa nach getaner Arbeit. Heute will ich sie fragen! Wie fange ich das an? Erst einmal ein Glas Wein! Steht schon da! Eine lebensentscheidende Frage! Und wenn sie ‚Nein‘ sagt? Verflucht! Im Fernseher und im Kino sieht das immer so leicht aus! ‚Willst du mich heiraten? Ja, natürlich!‘

Im Leben ist das aber nicht so einfach. Macht man doch nicht jeden Tag. Ich habe es noch nie gefragt! Soll ich überhaupt fragen?

Ist meine Entscheidung richtig? Wer weiß das vorher schon? Aber irgendwann muss man sich doch verdammt noch mal entscheiden! Ob es gut geht, weiß man doch vorher nicht. Ich glaube aber, dass es gut geht. Gabi ist ein tolles Mädchen. Unkompliziert, jedenfalls meistens, ehrlich und offen. Arbeiten kann sie und kochen. Und lieben. Tiere mag sie. Das Leben auf dem Land mag sie. Mich mag sie auch ein wenig. Schon kurz nach unserem ersten Treffen hat sie ihr Verhältnis mit dem anderen beendet. Ich mag sie sehr. Meine Eltern mögen sie. Ihre Eltern mögen mich auch, glaube ich jedenfalls. Was will ich also noch? Jetzt muss es sein!

„Gabi? Ich muss dich was fragen!“

„Dann frag doch!“

„Ich frag aber nur einmal! Also überleg dir die Antwort genau!“

„Du machst es aber spannend! Bist doch sonst nicht so umständlich!"

Ich atme noch mal tief durch. Meine Stimme zittert leicht.

„Willst du meine Frau werden?" So, jetzt ist es raus. Kann es nicht mehr zurückholen! Gut so! Ich sehe sie an. Sie ist etwas blass geworden. Jetzt zittert sie auch leicht.

„Ist das nicht zu schnell? Ich bin doch noch zu jung!"

Pause. Ich schaue ihr weiter in die Augen.

„Meinst du nicht auch, dass ich noch zu jung bin?"

„Nein. Ich bin dafür älter, das gleicht sich aus! Alt werden kannst du bei mir!"

Sie denkt angestrengt nach. Ich spüre es förmlich. Ein promptes ‚Ja' hatte ich auch nicht erwartet. Ein ‚Nein' war es aber bis jetzt auch nicht. Warten. Ich wollte ja nur einmal fragen! Warum eigentlich? Aus Sturheit? Aus der Erfahrung mit der anderen? Von allem ein wenig. Sie nimmt einen Schluck Wein. Will sich wohl Mut antrinken.

„Eigentlich hast du recht! Ich glaub, du bist der Richtige! Das könnte schön werden! Ja, ich glaub, ich will! Ja, ich will!"

Jetzt werde ich blass. Sie hat ‚Ja' gesagt! Ob sie eigentlich weiß, worauf sie sich einlässt? Ich glaube eher nicht. Aber jetzt bin ich glücklich. Mein Leben hat einen neuen Sinn gefunden! Ich werde eine Frau haben! Ich werde Kinder haben! Eine eigene kleine Familie haben! Ach! Das Leben ist schön! Wir lieben uns auf dem Sofa.

„Du darfst mich nie mehr alleine lassen!", flüstere ich ihr ins Ohr.

Mit einem Blumenstrauß bewaffnet gehe ich zu ihren Eltern, um offiziell um Gabis Hand anzuhalten. Wie es sich gehört! Sie sind etwas überrascht, vor allem ihr Vater, sind aber sofort einverstanden.

„Du Schweinhund! Wenn ich das geahnt hätte!" Ihr Vater.

Jetzt ist alles anders. Neben dem Bau planen wir unsere Zukunft. Zwei Kinder! Verlobung im Wonnemonat Mai! Dann kennen wir uns fast ein Jahr! Polterabend und Hochzeit im September.

Der Polterabend ist total verregnet. Hoffentlich kein schlechtes Omen! Vierhundert Gäste sind schon da, als wir beide immer noch an einer provisorischen Überdachung aus Plastikfolie hämmern, damit die Leute halbwegs trockenen Fußes von der Gaststätte in die Zelte gehen können, die auf dem Hof stehen. Wir sind total erschöpft, aber glücklich.

Wird trotzdem ein schöner Abend, mit Unmengen von zerschlagenem Porzellan. Am Hochzeitstag scheint aber die Sonne. Vor der Trauung trinke ich ein paar Cognacs. Ich muss sonst weinen in der Kirche. Ich weine trotzdem. Der Pfarrer reicht mir lächelnd ein Taschentuch. Gabi ist gelassener.

Eine Jagdhornbläsergruppe spielt Stücke aus der Hubertusmesse in der kleinen Barockkirche direkt neben unserem Haus. Das Essen findet in Schloss Rheydt statt, wo wir das erste Mal zusammen essen waren.

Unsere Hochzeitsreise machen wir in den Schwarzwald. Wir wohnen in einem kleinen Bauerngasthof. Saugemütlich ist es da. Der Großvater der Wirtsleute sitzt abends immer in der Gaststube am Kachelofen und lächelt uns an.

„Ja, so isses halt!", sagt er immer und immer wieder.

Wird für uns ein stehender Ausdruck. Die ganze Woche regnet es. Selbst unserem Dackel, den ich Gabi lange vor der Hochzeit geschenkt habe, wird es zu nass. Vorzeitig fahren wir nach Hause. Da wollen wir lieber die Wohnung fertigmachen. Muss noch alles tapeziert werden. Bald ist alles, fast alles, fertig. Manche Dinge werden nie fertig.

Meistens scheint die Sonne in unserer Ehe. Manchmal gibt es auch Gewitter. Das muss wohl so sein. Nur schönes Wetter geht ja nicht. Außerdem ist das Versöhnen so schön! Gabi hat das Studium abgebrochen und eine Lehre als Bauzeichnerin begonnen. Etwas Praktisches liegt ihr eben mehr als reine Theorie. Ich arbeite im Krankenhaus. Unsere Wohnung ist richtig gemütlich geworden und wir verstehen uns prima.

Eines Abends, ich bin gerade nach Haus gekommen, erzählt sie ganz beiläufig, dass sie schwanger ist. Sie glaubt es zumindest.

Ich werd verrückt! Ein Kind! Mein Kind! Unser Kind! Unser erstes Kind!

„Das heißt Johannes!", jubele ich.

„Ja, klar! Das bestimmst du ja auch alleine, was?!" Gabi ist ein bisschen sauer!

Ich nehme sie in den Arm.

„Ach komm! Ich wollte immer einen Sohn, der meinen Namen trägt!"

„Und wenn es ein Mädchen wird?" Sie sieht mich zornig an.

„Ach, ja, stimmt! Das geht ja auch! Hast ja recht. Dann geht Johannes nicht. Dann Johanna!"

„Du bist ja total verrückt! Ich hab da schließlich auch ein Wort mitzureden! Johanna!"

„Okay, okay, habs nicht so gemeint! Wir überlegen zusammen, ja?"

Sie scheint wieder versöhnt! Ehe! Immer Kompromisse! Egal. Ich muss jetzt nett zu ihr sein. Ein paar Tage später lassen wir beim Frauenarzt einen Test machen. Auch Ultraschall. Es stimmt! Gabi ist schwanger! Jetzt ist es mir auch egal, ob Junge oder Mädchen. Hauptsache, alles geht gut und das Kind ist gesund. Kann es kaum abwarten.

Alles läuft problemlos. Gabi sieht es nicht als Krankheit, schwanger zu sein. Manchmal muss ich sie bremsen. Ist aber schwer. Sie hat ihren eigenen Kopf. Eines Morgens, es ist noch dunkel, weckt sie mich vorsichtig.

„Du, das Bett ist ganz nass und es zieht ein bisschen im Bauch!"

Klar, die neun Monate sind ja auch um!

„Dann ist die Fruchtblase geplatzt! Wir müssen sofort ins Krankenhaus! Beeil dich!" Ich springe aus dem Bett, was sonst nicht meine Art ist.

Ich bin furchtbar nervös. Mein Kind kommt! Ich muss jetzt Vater werden! Das ist bestimmt nicht einfach! Ich springe in die Kleider.

„Ich muss erst noch baden, die Haare waschen und föhnen!"

Gabi geht langsam ins Bad.

„Moment! Bist du nicht gescheit? Wir müssen sofort los! Mein Kind kommt!"

„Unser Kind! Und ungebadet und mit ungewaschenen Haaren geh ich nicht ins Krankenhaus! Also warte! Oder willst du schon mal allein fahren?"

Das meint die ernst! Widerspruch zwecklos. Auch wenn das Kind in der Badewanne kommt! Geföhnt muss auch noch werden!

Ich mache Kaffee. Ich drehe durch! Dieses Weib! Mein Kind kommt doch!

Nach einer dicken halben Stunde ist sie endlich fertig.

„Wir müssen den Dackel erst noch zu meinen Eltern bringen!"

Jetzt reicht es aber!

„Der kann doch hier bleiben! Das ist doch ein Umweg!"

„Erst bringen wir den Hund weg!"

Mein Kind will auf die Welt und sie denkt an den blöden Dackel! Als ob der nicht ein paar Stunden allein sein könnte! Pennt sowieso den halben Tag. Ich sage nichts mehr und tue, was sie will. Soll sich ja nicht aufregen.

Endlich sind wir im Kreißsaal. Es dauert noch ein paar Stunden. Auf meiner Station habe ich Bescheid gesagt, dass ich in den Wehen liege und erst später kommen kann. Kein Problem! Ich arbeite ja auf der Gynäkologischen Station zurzeit.

Dann gehen die Wehen los! Ich habe auch Schmerzen dabei!

„Es geht gleich los!" Die Hebamme kenne ich. Sehr nett.

„Wo ist denn der Chef?", frage ich.

„Hab ich schon versucht zu erreichen! Der meldet sich nicht. Der Oberarzt auch nicht!"

„Und jetzt?", frage ich sie. „Wie geht das hier weiter? Wer macht die Betäubung und den Dammschnitt? Wer näht das wieder zusammen?"

Ich bin sehr aufgeregt. Warum kommt das Arschloch nicht? Ich bin schließlich Privatpatient.

„Das müssen Sie dann wohl selbst machen, Herr Doktor! Sie können das doch auch! Ist doch nicht das erste Kind, das wir zusammen kriegen!" „Nee, aber das ist mein erstes Kind und das ist meine Frau! Die eigene Familie behandelt man nicht, hat mir mein alter Schulmeister beigebracht! Ich bin auch zu nervös!"

„Ach Quatsch! Sie können das schon! Es geht schon los! Machen Sie schon!"

Gabi sieht mich an, fast bittend.

„Mach was, Johannes, es tut jetzt ziemlich weh!"

Nicht genug, dass ich mein erstes Kind bekomme, ich muss es auch noch selbst holen! Ich ziehe sterile Handschuhe an und greife die lange Spritze, mit der man durch den Geburtskanal hindurch tief im Becken oberhalb des Sitzbeinknochens einen Nerv betäubt. Nicht so einfach. Habe ich aber schon oft gemacht.

Meine Hände zittern aber diesmal genauso, wie beim ersten Mal. Es klappt aber. Gabi presst genau auf Anweisung der Hebamme und bald sehe ich etwas Dunkles in der Tiefe von Gabis Schoß. Es wird langsam größer.

Mein Kind kommt! Ich fühle das Köpfchen mit den dunklen Haaren. Jetzt muss ich den Damm mit der Schere zum Teil aufschneiden, damit er nicht ganz reißt. Ich setze die Schere an und drücke zu. Es tut mir sehr weh. Gabi merkt nichts. Ich schneide weiter und viel warmes Blut läuft mir über die Hände und in ein Gefäß auf dem Boden. Das blutet immer so stark. Heute kommt es mir aber schlimmer vor. Die Hebamme sieht, dass ich mittlerweile sehr blass geworden bin, und schiebt mich zur Seite.

„Ich mach den Rest schon!", sagt sie. „Ist ja gleich da! Alles in Ordnung!"

Hoffentlich ist alles dran! Hoffentlich ist es gesund! Ein letztes Stoßgebet zum Himmel, und schon hat die Hebamme das ganze Kind in den Händen. Ich drehe durch! Ein ganzes Kind! Ein richtiges Kind! Mein Kind! Ein Mädchen! Das wissen wir zwar schon mit einiger Wahrscheinlichkeit durch den Ultraschall. Jetzt kann ich es sehen. Ein süßes kleines Mädchen! Ganz zerknittert und voller Blut und Schmiere! Alles dran, was ein Mädchen so braucht. Für einen Jungen würde ja noch eine Kleinigkeit fehlen. So ist es in Ordnung! Meine Tochter! Ich bin sofort total verliebt!

Jane, abgeleitet von Johanna. Darauf haben wir uns geeinigt! Ich kann alles noch nicht fassen! Ich bin so unbeschreiblich glücklich über dieses kleine Wunder! Ich bin Vater! Vater einer Tochter! Was kann mir jetzt noch passieren!

Jane schreit, während sie gewaschen und getrocknet wird, nachdem wir die Nabelschnur durchtrennt und versorgt haben. Die Nachgeburt, also die Plazenta, ist auch schon komplett draußen. Ich nähe schnell die Wunde am Damm zu. Die Hebamme gibt mir das saubere und in Tücher warm verpackte kleine Bündel in den Arm.

„Herzlichen Glückwunsch, Herr Doktor!"

Ich halte es behutsam im Arm und kann den Blick nicht von ihm wenden. Wie klein und niedlich das alles ist. Dunkle Härchen und dunkle Augen. Winzig kleine Fingerchen und ein süßes Gesicht. Ich kann mich nicht sattsehen. Ist das Leben nicht herrlich?

„Darf ich unser Kind vielleicht auch mal sehen?"

Ach du Scheiße! Gabi! Die ist ja auch noch da! Klar! Hatte ich vor lauter Kinderkriegen irgendwie verdrängt!

„Entschuldige, Gabi! Natürlich! Aber ich bin ziemlich durcheinander!"

Ich lege ihr Jane in den Arm! Gabi betrachtet sie liebevoll und streichelt ihr über den Kopf und die Wangen. Dann legt sie unsere Tochter an die Brust. Sofort beginnt Jane zu nuckeln. Was für ein friedliches und schönes Bild! Alles Glück dieser Welt liegt darin!

XIX

Ein stechender Schmerz reißt mich in die Gegenwart. Was ist los? Wo bin ich? Ach ja! Verflucht! Jetzt sehe ich den Grund für den Schmerz in Gestalt der engelsgleichen Neurologin über mich herfallen. Sie hat wieder ihre gesamte ambulante Folterkammer um mich herum ausgebreitet und sticht lustvoll mit wachsender Begeisterung in meine Arme und Beine. Erst rechts, dann links. Stromstöße reißen an meinen Nerven.

Sie sagt mal hier und da etwas zu sich selbst, mal schüttelt sie den Kopf, mal nickt sie. Mal schaut sie ungläubig, mal nichtssagend.

Sie solle mich noch einmal untersuchen, hat der Professor ja angeordnet. Sie tut es genau wie beim ersten Mal. Gründlich, aber wenig liebevoll oder mitfühlend. Angst vor dem Drücken in die Augen und der Zange in der Nase überkommt mich bei der Erinnerung daran. Fällt aber heute aus.

„Und? Ist da was? Eine Veränderung?" Der Bart steht auf einmal wie aus der Erde gewachsen am Bett.

„Tja, Herr Kollege! Schon einige Veränderungen. Vor allem an den Beinen hat sich das EMG verändert. Mehr Leitung, als bei der ersten Messung. Aber ob das eine beginnende Remission ist, kann man anhand der Ergebnisse nicht mit Bestimmtheit sagen. Das muss der weitere Verlauf zeigen!" Sie beginnt, ihre Sachen wieder einzupacken. „Sagen Sie das Ihrem Chef!"

„Nein, nein. Sprechen Sie selbst mit dem Chef! Der Fall hier gilt als topsecret! Ich hab schon genug Ärger mit dem! Bitte!"

Der Engel schaut ihn erstaunt an. „Okay. Ich machs selbst. Ihr Chef ist mir auch nicht ganz geheuer! Mit den anderen komm ich besser klar! Schönen Tag noch!"

„Auch so. Und danke!" Der Oberarzt bleibt noch eine Zeit stehen und schaut mir suchend in die Augen. Was sucht er? „Ich weiß nicht, was ich Ihnen wünschen soll, Herr Kollege! Besserung oder ein schnelles Ende!" Mehr zu sich selbst sagt er das.

Das hörte sich doch eben nicht so schlecht an, was die Neurologin gemessen hat. Ich will doch zuversichtlich sein. Habs Gabi und den Kindern versprochen. Es geht doch aufwärts, wenn auch langsam. Gut Ding will Weile haben. Ich schaffe das! Ich will! Ich will es! Und ich schaffe es! Habe immer das geschafft, was ich wollte! Niemals habe ich etwas einmal Begonnenes aufgegeben! Es sei denn, ich war dazu gezwungen. Freiwillig nie! Jetzt auch nicht! Jetzt gerade nicht! Ich will leben!

So liege ich noch einige Zeit da. Alleine, nachdem der Bart das Zimmer verlassen hat. Eine Putzkolonne kommt, wischt mal über den Boden und die Nachttische und verschwindet nach gefühlten fünf Minuten wieder. Nachdem auch Schwester Julia und ihr Roman uns alle wieder gewaschen und gestriegelt haben, nett und freundlich, und vor allem vorsichtig und liebevoll, bin ich wieder alleine mit meinen Gedanken. Es wird wieder besser! Alles wird wieder gut. Damit schlafe ich wieder ein.

Ich spüre eine Hand in der meinen, als ich wieder erwache, und sehe Gabi neben meinem Bett. Wie lange mag sie schon da sitzen? Habe sie nicht hereinkommen gehört. Ihr Instinkt sagt ihr wohl, dass ich wach bin, denn sie beugt sich über mich, küsst mich und sieht mir in die Augen. „Gleich kommt der Professor. Hat mich extra angerufen, weil er mit mir sprechen will. Das bedeutet sicher etwas Gutes!" Glücklich lächelnd setzt sie sich wieder und streichelt meine Hand.

Es dauert nicht lange und Gottvater tritt vor meinem Bett in Pose. „Guten Tag, Frau, äh …, Sieben. Heute habe ich mal eine wirklich positive Nachricht für Sie!" Er klingt wirklich sehr überzeugend. „Wie Sie wissen, war ja die Kollegin von der Neurologie noch mal hier und hat Ihren Mann untersucht!" Er macht eine schöpferische Pause.

„Ja was hat sie denn festgestellt? Sagen Sie es doch schnell!“ Gabi klingt sehr aufgeregt und erwartungsvoll.

„Tja, also, ähm, sie hat insgesamt eine sehr, sehr deutliche Besserung der Reflexe und der Nervenleitgeschwindigkeit messen können. Wirklich sehr deutlich. Sie sagt, das sei eine erfreuliche Entwicklung auf dem Weg zur Vollremission!“

„Vollre...? Was bedeutet das?“

„Ja, äh, das bedeutet, dass sie eine baldige und vollständige Rückbildung der Lähmungen erwartet! Was sagen Sie jetzt? Wie ich es erwartet habe und ja auch immer gesagt habe!“

„Ach! Das hört sich ja toll an. Wie ein Wunder! Und das Sprechen und Hören und alles?“

„Das kommt dann auch sicher alles wieder! Sie müssen aber Geduld haben. Das braucht seine Zeit!“

„Wie lange denn?“

„Also, ähm, das kann man jetzt noch nicht genau sagen. Das werden die nächsten Tage zeigen! Einige Wochen bestimmt!“

„Das ist egal. Hauptsache, alles wird wieder gut! Er liegt ja schon fast zwei Monate hier! Da kommt es auf ein paar Wochen nicht an!“

Zwei Monate? So lange? Ich dachte zwei, drei Wochen? Habe ich denn die meisten Tage nicht mitbekommen? Die ganze Zeit verschlafen? Dass die Kinder schon öfter hier waren, habe ich ja auch nicht mitgekriegt. Gabi wirds wohl wissen. Zwei Monate! Donnerwetter!

„Wir werden Ihren Gatten morgen auf meine Rehabilitationsabteilung verlegen. Da bekommt er dann jeden Tag Physiotherapie, Ergotherapie und Krankengymnastik. Das wird alles sehr positiv beeinflussen und den Heilungsprozess beschleunigen!“

„Ja, Herr Professor, das hört sich gut an. Dann kann er bald nach Hause!“

„Sicher, sicher. Ich darf mich jetzt verabschieden. Ich muss noch zu einem anderen Fall! Tja, das ist mein Beruf! Immer zum Wohle der Patienten unterwegs! Niemals Ruhe!“

„Vielen Dank nochmals! Auf Wiedersehen!“

Als wir wieder alleine sind, sieht Gabi mich glückstrahlend an. „Du hast es gehört! Ich weiß es. Was sagst du jetzt? Alles wird wieder gut! Bald bist du wieder fit!"

Ach Gabi! Ja, ich habe alles gehört und habe ja auch ein bisschen Hoffnung. Aber neunzig Prozent seiner Aussage waren frei erfunden. So hat die Neurologin das nicht gesagt. Egal. Vielleicht wollte er dir Mut machen. Das wäre ja dann auch schon positiv. Vielleicht bringen ja auch die Therapien auf der Reha etwas.

Ein junger Mann kommt herein und stellt sich an mein Bett. Er hat eine Karteikarte in der Hand und sieht auf das Namensschild am Fußende. „Bin richtig hier! Ich bin der Mike!", sagt er zu uns. „Ich bin Krankengymnast und soll mir den Patienten heute schon mal angucken! Morgen kommt er ja zu uns und dann gehts richtig los!"

Mike ist circa dreißig und eine richtige Kante! Bestimmt macht der Bodybuilding. Sehr groß ist er und hat das blonde Haar hinten zu einem kleinen Pferdeschwanz gebunden. Seine muskulösen Arme sind voller Tattoos. Wenn der mit mir durch ist, bin ich bestimmt in mindestens zwei Stücke!

Er nimmt die Bettdecke von mir, legt sie auf einen Stuhl und fängt ohne zu zögern an, meine Beine hochzuheben. Es zieht und schmerzt fürchterlich im Hintern und im Kreuz, als er beide Beine langsam, aber beständig, fast bis in die Vertikale hebt. Dann beugt er die Unterschenkel im Kniegelenk nach unten. Das macht es auch nicht besser.

„Das ist aber alles ziemlich versteift schon und voller Spastik!", meint er zu Gabi gewandt.

Kunststück! Ich liege ja schon seit Wochen auf demselben Fleck! Er macht unbeirrt weiter und hebt und beugt meine Beine immer und immer wieder. Ich hatte mich eigentlich etwas gefreut auf die Übungen, jetzt wollte ich aber, er hörte auf damit. Es ist unerträglich! Es reißt in den Muskeln und Gelenken, als ob alles zerschnitten würde.

Endlich hört er auf und legt meine Beine wieder flach aufs Bett. Welche Wohltat. Überstanden! Aber zu früh gefreut!

Ohne innezuhalten, zieht er an meinen Armen und hebt sie mit leicht kreisenden Bewegungen über meinen Kopf. Gleich hat er sie einzeln in der Hand! Das hält niemand aus! Geht das auch langsamer und vorsichtiger? Es macht ihm aber sichtlich Freude. Sicher will er mir auch nicht wehtun.

Er dreht und kurbelt weiter an meinen Armen, als wenn er sie neu befestigen wollte. Mit einem kräftigen Ruck zieht er mich an den Armen hoch, bis ich im Bett sitze und glaube, am Hintern abzubrechen. Schöne Aussicht so im Sitzen, aber mir wird schwarz vor Augen durch den stechenden Schmerz in der Lendenwirbelsäule. Er hält mich eine Zeitlang in dieser sitzenden Stellung fest. Ich fühle die Ohnmacht näherkommen, als er mich behutsam wieder auf den Rücken gleiten lässt.

„Da ist alles verspannt! Da haben wir viel Arbeit! Kriegen wir aber hin!" Stolz sieht er erst zu mir, dann zu Gabi. „Morgen gehts dann richtig los!"

Na prima! Ich freue mich! Kann ja heiter werden. Aber da muss ich durch! Will doch vorankommen! Ja! Das habe ich mir jetzt fest vorgenommen. Besser etwas Schmerzen ertragen, als hier herumzuliegen und auf Godot und den Tod zu warten. Muss sein. Ich schaffe das!

Er verabschiedet sich freundlich lächelnd und ich bin mit Gabi und den beiden anderen wieder allein im Raum.

„Der war ja nicht gerade zärtlich eben. Der kann aber bestimmt nicht anders, so wie der gebaut ist!" Gabi sieht mich mitleidig an.

Sie bleibt noch eine Weile bei mir sitzen, während ich schläfrig werde, verabschiedet sich bald, und ihr Fortgehen bekomme ich schon nicht mehr mit.

XX

Mein erster Tag als Assistenzarzt! Weiße Hose, weißer Kittel. Ein Stethoskop in der Tasche, ein Notizbuch und eine kleine Taschenlampe. Endlich! Das Studium ist vorbei, alle Examen sind bestanden, die Approbation in der Tasche und die Promotion ist fertig, liegt aber noch beim Professor an der Uni! Ist aber durch. Tolles Gefühl! Ich bin ein richtiger Arzt! Mit Doktortitel! Ich werde die Welt heilen!

Ich bin noch siebenundzwanzig und trotz aller widrigen Umstände hat alles schnell geklappt! Mit dem Numerus Clausus hatte ich nicht rechnen können. Den gab es in der Unterprima noch nicht. In der Oberprima war es dann zu spät, die Noten noch zu verbessern. Mir fehlten drei Zehntel zum Studium. Egal. Warte ich halt ein Semester, dann werden fünf Zehntel gutgeschrieben und ich bin dabei! Gelogen! Kurz vorher wurde dieses vermaledeite Zulassungssystem geändert und ich konnte mich auf ein paar Jahre Wartezeit einstellen. Ich wollte aber unbedingt Medizin studieren. Warum, konnte ich nicht genau sagen. Schon im Kindergarten hatte ich in einem Theaterstück einen Arzt gespielt, der damals bei einem kleinen Patienten die ‚Faulenzia' richtig diagnostiziert hat. Das war der Grundstein meines Berufswunsches.

Mein Vater war Anwalt und die Vorfahren Kaufleute und Handwerker. Noch nie ein Arzt in der Familie. Um die Wartezeit sinnvoll zu nutzen, begann ich, in Köln Jura zu studieren. Machte irgendwie keinen Spaß! Alles so trocken, theoretisch und zum Teil verdammt ungerecht für mein Empfinden. Gleichgültig. Irgendetwas musste ich tun und schaden konnte es auch nicht. Hat mir im späteren Leben auch manches Mal sehr geholfen.

Ich war im fünften Semester und auch schon beim Repetitor, hatte mir auch mittlerweile vorgenommen, das Jurastudium in jedem Fall zu Ende zu bringen, als wieder eine neue Regelung kam, die sogenannte Parkstudienregelung. Die besagte, dass man nichts anderes studieren durfte, wenn man auf einen Studienplatz in Medizin wartete. Da musste ich mich entscheiden. Mein Herz hing aber an der Medizin! Wohl oder übel musste ich mich exmatrikulieren, um den Anspruch auf den Medizinplatz nicht zu verlieren.

Danach ging ich ins Krankenhaus als ‚Hilfspfleger‘, wie ich mich selbst titulierte und verdiente immerhin elfhundert Mark im Monat plus Urlaubs- und Weihnachtsgeld! Öffentlicher Dienst eben! Ich verdiente mehr als unser Stationsarzt, der damals ‚Arzt im Praktikum‘ genannt wurde und nur eine Art Trinkgeld bekam, da diese Zeit noch zur Ausbildung gerechnet wurde. Es war eine tolle und schöne Zeit, die ich nicht missen möchte.

Dann klagte mein Vater mit Erfolg gegen die Uni Düsseldorf und ich bekam endlich kurz vor Weihnachten meinen heiß ersehnten Studienplatz. Da ich mein Abi dank der sogenannten Kurzschuljahre in den sechziger Jahren – damals wurde die Versetzung aus irgendeinem Grund von Ostern auf den Beginn der Sommerferien verlegt, sodass zwei Schuljahre in achtzehn Monaten zu absolvieren waren – schon mit gerade achtzehn Jahren machte und ich dank THW nicht zur Bundeswehr musste, war ich jetzt trotz Wartezeit, Jurastudium und zwei Jahren Arbeit im Krankenhaus nicht viel älter, als es für einen Studenten im ersten Semester üblich war. Dann konnten wir auf der Uni das erste Semester vor Studienbeginn, in den Semesterferien der anderen Studenten, komprimiert in zwei Monaten nachholen. So hatte ich wieder ein halbes Jahr gespart und konnte nach fünfeinhalb Jahren das zweite Staatsexamen machen. Glück im Unglück!

Jetzt beginnt ein neuer Lebensabschnitt. Jetzt wird es spannend! Der Ernst des Lebens! Die Stelle als Assistenzarzt zu bekommen war ganz leicht, da mein Vater den Chef der Klinik gut kennt. Beziehungen eben!

Ich gehe auf die mir zugeteilte Station und treffe auf einen Kollegen, den ich schon von früher kenne. War auf dem gleichen Gymnasium wie ich, aber drei Klassen höher.

„Hallo Fritz!", begrüße ich ihn lachend. „Wie gehts jetzt hier weiter?"

„Komm mit! Zuerst müssen wir morgens zur Besprechung mit dem Chef. Dann zeig ich dir die Station."

Wir gehen ein paar Treppen hinauf in einen großen Raum unter dem Dach mit einem gewaltigen runden Tisch. Ein Ledersessel mit hoher Rückenlehne und zehn schlichtere Stühle kreisen ihn ein. Nach und nach kommen die anderen Kollegen, sechs Assistenten und zwei Oberärzte. Alle begrüßen mich freundlich und das kollegiale ‚Du' scheint für sie selbstverständlich. Fühlt sich alles sehr gut an. Nette Jungs und eine Frau. Auch nett. Schönes Team. Keiner ist überheblich oder eingebildet. Da lässt es sich sicher gut arbeiten! Wir sitzen alle schon da, als der Chef als Letzter kommt, Professor Brücher, ein großer, schlanker Herr mit schlohweißem Haar.

Er ist eine sehr vornehme Erscheinung aus einer der ersten Familien Grevenbroichs. Freundlich, zurückhaltend und immer höflich. Ein Chef, wie man ihn sich nur wünschen kann! Er begrüßt jeden mit Handschlag, vom Pförtner über die Putzfrauen bis zu den Handwerkern. Er ist sehr beliebt. Ein wirklich vornehmer Mensch. Die Kollegen nennen ihn, natürlich nur unter sich, immer liebevoll ‚Heinzi'. Heinz ist sein Vorname.

Er kommt zunächst zu mir, reicht mir die Hand zur Begrüßung und heißt mich herzlich willkommen. Dann stellt er mich förmlich den anderen als neuen Kollegen vor.

Die Besprechung geht los. Ist wohl jeden Morgen so. Der Kollege, der in der Nacht Dienst hatte, berichtet von neuen Patienten, die aufgenommen wurden. Der Kollege, der mit dem Notarztwagen gefahren ist, ebenso. Sie berichten von Alter und Geschlecht, von Krankheitsbildern und Medikamenten, von Infusionen und Kathetern, Subclavia und Pneumothorax.

Von Lungenödem und dekompensierter Herzinsuffizienz und Stauungspneumonie. Von Hämoptoe und Exitus letalis, von apoplektischem Insult mit Hemiparese, von Alkoholintoxikation und Suicid. Sie konfabulieren über Reanimation mit passagerem Schrittmacher und Defibrillation.

Mir rauschen die Ohren, mein Schädel brummt und ich kann nicht so schnell folgen, wie sie alle erzählen. Der Chef nickt immer, stellt schon mal eine Frage, deren Bedeutung mir nicht eingänglich ist. So geht es fast eine Stunde.

Was war das jetzt? Alles in einer Nacht? Die Begriffe hatte ich auch alle auf der Uni schon mal gehört. Aber jetzt die Zusammenhänge? Und Medikamente? Das kriege ich nicht so schnell auf die Reihe. Ja toll! Da habe ich sechs Jahre studiert und weiß nicht, wovon die alle reden. Jedenfalls nicht genau. Ich kriege es nicht sortiert, nicht auf die Kette! Da stehe ich nun, ich armer Tor! Shakespeare hats geahnt!

Ich nicke trotzdem immer verstehend, halte aber vorsichtshalber erst mal das Maul. Ist sicher nur zu viel für den ersten Tag! Kommt schon. Nur Mut, sage ich zu mir selbst. Aber mein Selbstvertrauen leidet etwas in dieser Stunde.

Klar war das etwas anderes als im Hörsaal der Uni. Man hat uns mit Theorie vollgestopft bis an die Schädeldecke. Vor allem die exotischsten Dinge, die wir in der Praxis vermutlich niemals sehen werden. Aber hier und jetzt ist die Realität.

Nach der Besprechung gehen Fritz und ich zusammen auf unsere Station, die wir gemeinsam betreuen sollen.

„Hör mal, Fritz! Ich hab das eben nur zum Teil verstanden, zum kleineren Teil! Das ist alles so neu! Davon war auf der Uni nicht die Rede, dass die Krankheiten auch Menschen betreffen, die man dann behandeln muss. Krankheiten waren eine Vorlesung, Behandlung war am nächsten Tag woanders. Doch nicht alles gleichzeitig! Und dann so komische Medikamentennamen!"

„Haha! Stimmt! Mir ging es am ersten Tag genauso! Sogar die ersten Wochen! Das ist normal! Mach dich nicht verrückt!

Das schnallst du schon noch! Bist doch nicht dümmer als die anderen!"

Ich bin etwas beruhigt. Und ich bin neugierig!

„Womit fangen wir an?" Ich stehe erwartungsvoll vor Fritz. Ich bin voller Tatendrang! Ich will jetzt heilen! Wofür bin ich sonst hier?

„Komm mit. Wir gehen jetzt erst mal in die Kantine frühstücken! Die anderen kommen auch alle dahin!"

Damit hatte ich jetzt nicht gerechnet. Aber egal. Frühstück muss ja sein. Dann kann ich immer noch den ganzen Tag heilen!

In der Kantine sitzen schon eine Menge Kollegen und auch Kolleginnen sowie viele Krankenschwestern und auch ein paar Sekretärinnen. Sie mustern mich, manche sehr offensichtlich, andere eher versteckt. Sind ein paar verdammt hübsche Schwestern dabei. Auch weniger attraktive. Mit einem lauten ‚Hallo, ich bin der Neue, ich heiß Johannes' setze ich mich zu den anderen an den Tisch.

Wir erzählen viel, lachen viel, frühstücken viel und rauchen nachher noch eine Zigarette. Nach einer dreiviertel Stunde gehen alle wieder auf ihre Stationen.

„Jetzt machen wir zuerst Visite!" Fritz knöpft seinen Kittel zu, ich tue es ihm gleich und wir gehen zum Schwesternzimmer. Unsere Stationsschwester Josefa erwartet uns schon mit dem Rollwagen, in dem die Patientenakten sind.

„Guten Morgen die Herren!" Sie sieht ganz lieb aus, kann aber auch ein Drachen sein, wie Fritz mir erzählt hat. Also Vorsicht! Die muss ja nicht gleich merken, dass ich von nichts eine Ahnung habe. Ich reiche ihr die Hand und stelle mich höflich vor, was sie anerkennend zur Kenntnis nimmt. Der Anfang ist gemacht!

Wir ziehen los und gehen von Zimmer zu Zimmer, den Wagen immer mitnehmend. Es sind meistens Dreibettzimmer, ein Vierbettzimmer und mehrere mit nur zwei Betten. An jedem Bett bleiben wir stehen. Ich stelle mich jeder Patientin – wir haben eine internistische Frauenstation – vor. Fritz stellt Josefa zu jeder ein paar Fragen, wenn Josefa nicht schon von sich aus berichtet hat, was oder ob es etwas Neues gibt. Die Schwester liegt punktemäßig bald vorne, da sie fast immer als Erste berichtet. Das braucht sie wohl. Ich habe es abgespeichert für meine erste Visite mit ihr.

Die beiden fachsimpeln über die letzten Blutwerte, Röntgenergebnisse, EKG-Befunde und Medikamentendosierungen.

Von Patientin zu Patientin, von Zimmer zu Zimmer erhärtet sich in mir der Verdacht, dass ich überhaupt keine Ahnung von all dem habe! Was zum Teufel habe ich denn sechs Jahre auf der Uni gelernt? Nichts? Habe ich alles bloß vergessen? Einige Begriffe kommen mir ja schon irgendwie bekannt vor, aber ich kann es alles nicht richtig zuordnen, wie die verfluchten Geschichtszahlen damals bei Bovi! Während wir immer weiter gehen, kommen mir immer mehr Zweifel an meiner Kompetenz. Wie soll das weitergehen? Wie kriege ich das alles in den Kopf? Da ist im Moment nur Leere, endlose Leere!

Wir sind nach der Visite in unserem Arztzimmer und Fritz nimmt sich einen Stapel Akten und ein Diktiergerät. Arztbriefe schreiben.

„Fritz?"

„Ja? Ich muss die Scheißbriefe schreiben! Die müssen heut raus! Ich hasse das!"

„Hör mal. Ich hab da eben bei der Visite nicht alles so richtig verstanden! Vor allem die Medikamente alle! Kenn ich kein Einziges von!"

Fritz sieht mich sehr ernst und lange an. Oh weh! Gleich zieht er über mich her! Plötzlich fängt er lauthals an zu lachen. Er hört gar nicht mehr auf. Ich schaue ihn verblüfft an und weiß nicht, ob ich mitlachen oder weinen soll. Röte steigt mir ins Gesicht und mir wird heiß und kalt. Der lacht mich doch aus! Zu Recht!

Als er sich wieder eingekriegt hat, spricht er ganz ruhig: „Pass mal auf, Johannes! Das ist doch ganz normal. Auf der Uni lernste das doch alles gar nicht. Mir ging es auch die ersten Wochen so. Ich wollt schon aufhören. Das kommt aber alles von selbst und dann kriegste das genauso gebacken wie wir alle! Alle hier helfen dir dabei. Das kann man am Anfang nicht alles kapieren und behalten!"

Das beruhigt mich wieder! Bin ich doch nicht so blöd. Geduld muss ich haben! Ist doch sonst auch eine meiner Stärken!

Autsch! Au! Was ist das schon wieder? Schwester Julia, die kleine Hübsche, bückt sich neben meinem Bett und verpasst mir meine abendliche Spritze, was auch immer drin sein mag. Jetzt lässt der Schmerz etwas nach. Es brennt nur noch ein wenig. Durch das Fenster sehe ich die Finsternis draußen. Ist also schon wieder Nacht. Habe wohl schon geschlafen. Meine schönen Erinnerungen im Traum! Julia! Du hast mich da herausgerissen. Schade! Ich habe ihn aber noch fest im Gedächtnis. Mein erster Job als Arzt! War besser als hier der Job als Patient.

Julia verschwindet und ich versuche, mich zu konzentrieren, zu konzentrieren auf eine längst vergangene Zeit. Es kommt mir vor, als wenn es gestern gewesen wäre …

Die erste Woche verging, und ich hatte schon eine Menge gelernt. Alles Neuland und irgendwie doch vertraut. Die meisten Diagnosen konnte ich jetzt zuordnen und auch eine Handvoll Medikamente wusste ich ungefähr einzusetzen. Gut, die Dosierung fiel mir noch etwas schwer, aber immerhin! Ich stand nicht mehr ganz so blöd da. Es machte auch einen Riesenspaß alles! Fritz hatte recht behalten. Es dauerte eben!

Die Visiten machten wir zunächst noch gemeinsam, nach ein paar Monaten teilten wir die Station auf und ich hatte meine eigenen Patienten. Wenn Fragen waren, konnte ich Fritz oder einen Oberarzt rufen. Das war sehr beruhigend. Nicht zu vergessen Schwester Josefa! So eine erfahrene Stationsschwester ersetzt glatt mindestens einen Arzt meines Kalibers! Jahrzehntelange Erfahrung ersetzt ein Studium fast, wenn nicht ganz. Sie kannte die Therapien und Medikamente ganz genau und roch es förmlich, wenn es einem Patienten nicht so gut ging, lange bevor wir das messtechnisch herausgefunden hatten. Man konnte sich auf ihr Gespür unbedingt verlassen! Man tat sehr gut daran, sich darauf zu verlassen. Ich hatte das sehr schnell herausgefunden und beobachtete sie sehr genau. Ich fragte sie auch öfter um ihre Meinung und ihren Rat, was ihr sichtlich wohltat und unser Verhältnis sehr entspannt machte!

Eine neue Patientin war eingeliefert worden. Ich schaute sie mir mit Josefa gemeinsam an. Siebzig Jahre alt. Sehr korpulent. Furchtbar dicke Beine. Voller Wasser. Sie bekam sehr schlecht Luft und hatte leicht blaue Lippen. Da war die Diagnose nicht schwer. Das hatte ich schon drauf. Herzinsuffizienz! Das ist eine Herzschwäche, die zu Luftnot und Wasseransammlungen führt. Da musste schnell etwas passieren. Ich besprach mit der Stationsschwester die Medikamente, etwas Herzstärkendes – Digitalis war damals üblich – und etwas zum Entwässern. Dann das weitere Procedere. EKG, Labor und Röntgen.
„Ein Subclavia- Katheter wär gut!", meinte Josefa.
Da hatte sie recht. Hatte ich aber noch nie gemacht!
„Das kann ich alleine noch nicht!", gab ich zur Antwort. „Aber ich ruf Walter, der wollte es mir sowieso mal zeigen!"
Gesagt, getan. Walter war unser Funktionsoberarzt. Ein sehr netter Typ, etwas pastoral in seiner Haltung und bei seinen Vorträgen, aber hilfsbereit und tüchtig. Funktionsoberarzt ist so eine Nummer zwischen richtigem Oberarzt – der hat in der Regel schon seine Facharztausbildung gemacht – und uns Assistenzärzten. Walter erklärte sich auch sofort bereit und folgte mir zu der Patientin. Josefa hatte den Tisch schon gedeckt, das heißt, alles auf einem fahrbaren Wagen bereitgelegt, was man so braucht für den Katheter.
Walter zog sterile Handschuhe an und stellte sich neben den Kopf der Patientin. Er hob die Hände vor die Brust und legte sie wie zum Gebet zusammen. Ich dachte wirklich, er wolle vorher beten. Hätte zu ihm gepasst. Er war sehr religiös. Vielleicht hat er auch gebetet.

„Dann will ich dir mal zeigen, wie man das macht!" Er klang sehr wohlwollend und etwas erhaben. „Zuerst desinfizieren!", erklärte er, nahm einen großen Wattetupfer und schmierte den ganzen Hals der Patientin bis zur Brust herunter mit einer braunen Flüssigkeit ein. Das Flügelhemd und die Haare bekamen einen ordentlichen Teil ab. Werner war nicht der Geschickteste, jedenfalls was die Hände betraf. Mit dem Mund war er viel besser. Reden konnte er wie ein Pfaffe!

„Jetzt reich mir bitte die Nadel und die Spritze mit dem Lokalbetäubungsmittel!", forderte er mich auf.

Da alles sehr ordentlich und in der richtigen Reihenfolge vor mir lag, brauchte ich nicht lange zu überlegen, was ich ihm geben sollte. Er nahm die große Spritze in die Hand, tastete mit der anderen am Schlüsselbein der Patientin herum, stutzte, tastete wieder und schüttelte immer wieder mit dem Kopf.

„Was suchst du?", fragte ich neugierig.

„Man muss zuerst die Arterie ertasten. Direkt daneben läuft dann die große Vene. Da muss ich rein! Der Blutdruck ist wohl so niedrig, dass man nichts fühlt!"

„Äh, der war eben fast zweihundert, Walter!"

„Hm, manchmal liegt sie auch soweit hinter dem Schlüsselbein, dass man sie kaum fühlen kann! Hier muss es aber sein!" Zielsicher stach er die Nadel durch die Haut und spritzte beim Vorschieben immer etwas von dem Lokalbetäubungsmittel in den Stichkanal. „Jetzt bin ich gleich drin, jawohl, ja, jetzt! Siehst du, es kommt Blut!" Stolz sah er mich an.

In der Tat kam Blut in die Spritze gelaufen. Sehr helles, frisches Blut!

„Ich zieh jetzt die Spritze von der Nadel und schieb dann den Katheter dadurch! Halt mir den Katheter hier hin!"

Er hatte die Spritze noch nicht ganz abgezogen, als sich auch schon ein heftiger Blutstrahl aus der Nadel befreite und mit hohem Druck zuerst Walters Kittel, sein Gesicht und dann die Wand traf. Es pulsierte richtig schön im Rhythmus des Herzschlages.

„Walter, äh, kann es sein, dass du da die Arterie getroffen hast?"

„Schnell, gib mir Kompressen!" Er geriet etwas in Hektik, zog die Nadel schnell heraus, der Katheter fiel auf den Boden und das Blut sprudelte munter weiter. Es sah aus wie in einer Metzgerei. Walter drückte einen Haufen Tupfer auf die Stelle und presste sie gegen den Blutstrom. Er war feuerrot im Gesicht. War ihm wohl ein bisschen peinlich. Die Blutung hörte aber bald auf und sein Gesicht entspannte sich. „Tja", sagte er, „das kann schon mal geschehen! Ist mir aber noch nie passiert!"

Okay. Hätte ich auch gesagt!

„Ich leg den Katheter an der anderen Seite!"

Wir zogen mit dem Wagen um das Bett herum. Josefa hatte wohlweislich alles doppelt auf den Tisch gelegt. Kannte das wohl. Wieder weiträumiges Anstreichen der Patientin inklusive Hemd und Haar. Jetzt sah es auch symmetrischer aus! Ohne weitere große Worte oder Gesten holte Walter zum zweiten Schlag aus und bohrte die Nadel erneut mit viel Schwung in den Körper der Patientin, die ziemlich unbeteiligt dalag und widerspruchslos alles mit sich geschehen ließ. Sie kämpfte ja schließlich auch mit ihrer Luftnot. Walter bohrte und bohrte. Immer tiefer. Die Nadel war schon ganz in der Haut verschwunden und Walters Hände zitterten leicht. Er bohrte nach rechts, dann nach links, dann senkrecht. Plötzlich hörten wir ein deutlich zischendes Geräusch, als wenn Luft neben der Nadel aus dem Körper entweichen würde. Es war Luft!

„Donnerwetter! Verdammt!"

Walter fluchte sonst nie. Ich hatte gedacht, er könnte gar nicht fluchen.

„Das war die Lunge! Da hab ich wohl einen Platten gemacht! Scheiße! Ein Pneumothorax! Ist mir noch nie passiert! So ein Mist! Wir müssen die sofort zum Röntgen schicken!"

Er stand völlig erschüttert, weiß im Gesicht und verzweifelt neben dem Bett, voller Blut der ganze Kittel und die Hände. Er schaute zu Boden, die Hände vor der Brust gefaltet. Er tat mir richtig leid. Die Demonstration seiner Kunst hatte er vermasselt. Josefa hatte schon das Bett gepackt und rollte es hastig aus dem Zimmer.

„Ich mach das schon!", sagte sie im Rausgehen.

Ich konnte mir trotz allem ein Grinsen nicht verkneifen, als ich Walter so bedröppelt dort stehen sah. Ich klopfte ihm väterlich auf die Schulter.

„Tja, Walter. Einmal im Leben kann das ja jedem so gehen. Jetzt weiß ich wenigstens genau, wie man es nicht machen soll! Welchen Patienten nehmen wir jetzt?"

Er schaute mich vorwurfsvoll an, sagte nichts, behielt die Hände weiter wie zum Gebet vor die Brust und stapfte ohne ein weiteres Wort an mir vorbei aus dem Raum. Er war mir aber nicht böse und unser Verhältnis blieb ungetrübt. Einige Tage später hat er es mir dann noch mal gezeigt. Da hat es dann auch auf Anhieb geklappt. Da war er sehr stolz.

Ich hatte die Visite auf meiner halben Station beendet und auch Fritz auf seiner Tour begleitet. Chefvisite war erst am Nachmittag und neue Patienten gab es auch nicht. Die Arztbriefe waren alle diktiert. Da konnte ich eigentlich mal den Kollegen Axel auf der Männerstation besuchen und unsere Sekretärin, die die Arztbriefe tippte, in ihrem vier Quadratmeter großen Schreibstübchen. Da gab es immer Kaffee, und rauchen konnte man dort auch. War immer total verqualmt dort. Aber gemütlich. Die war immer gut drauf und lustig. Wir verstanden uns gut. Was wir nicht richtig diktierten, verbesserte sie und machte einen vernünftigen Arztbrief daraus. Sie hatte jahrelange Erfahrung damit. Das passte immer und fand dann auch das Wohlwollen des Chefs.

Vor dem Aufzug standen zwei Schwestern mit einem Bett und noch ein Kollege. Sie drückten immer wieder auf den Knopf, der Aufzug kam aber nicht.

„Ist der kaputt?", fragte ich.

„Nee. Der Oberarzt ist da wieder drin mit einer Schwester. Der bleibt dann immer zwischen zwei Etagen stecken! Das dauert dann immer so lange!"

„Soll ich den Handwerker rufen?"

„Quatsch. Der stoppt den doch selbst. Und wenn die zwei fertig sind, fährt der Aufzug wieder! Jede Woche mindestens zweimal!"

Die Schwester grinste, die beiden anderen auch. Klar, jetzt verstand ich. Der Oberarzt war als Casanova bekannt und fast alle Schwestern waren hinter ihm her. Er handelte quasi in Notwehr!

„Ich nehm dann mal lieber die Treppe!"

Ich ging also zu Fuß die zwei Etagen durchs Treppenhaus. Oben angekommen, sah ich Axel schon auf dem Flur mit einem jammernden alten und gebrechlichen Patienten stehen.

„Hallo, Axel! Alles fit?"

„Ja. Holste mir mal ne ‚Temgesic' bitte? Der Patient hat starke Schmerzen! Kann ihn hier nicht allein lassen!"

„Klar, mach ich!"

Das Schwesternzimmer mit dem Medikamentenschrank kannte ich ja, und so hatte ich bald die aufgezogene Spritze in der Hand und gab sie ihm.

„So, die geb ich Ihnen heute mal direkt intravenös in den Katheter, dann wirkt die viel schneller als in den Po!"

„Danke, Herr Doktor!", strahlte der Patient, sofern man auf dem ausgemergelten Gesicht so etwas erkennen konnte.

Axel fummelte die Verschraubung vom Katheter ab, setzte die Spritze an und drückte den gesamten Inhalt mit einem Hub hinein.

„Jetzt haben Sie gleich keine Schmerzen mehr!"

Im gleichen Moment sah ich, wie der alte Mann die Augen verdrehte und lang nach hinten umfiel. Ich konnte ihn gerade noch auffangen und vorsichtig auf den Boden legen. Axel stand kreidebleich vor mir.

„Das funktioniert ja wirklich schnell und Schmerzen hat der jetzt auch keine mehr!", spöttelte ich zu Axel.

„Was war das denn jetzt? Schnell, eine Trage und auf die ITV!"

Während ich eine Trage holte, begann Axel zu reanimieren. Er drückte den Brustkorb zusammen, immer wieder und machte zwischendurch Mund zu Mund Beatmung.

„Der Typ ist fertig!", sagte Axel leise in seiner bekannt trockenen Art. Blass war er noch immer. „Zur ITV brauchen wir den nicht mehr zu bringen! Der hätte sowieso nur noch ein paar Tage einen qualvollen Tod gehabt. Metastasierendes Lungenkarzinom im Endstadium. Arme Sau! Jetzt hat er es hinter sich! Gut so! Verstehen kann ich es aber nicht! Ist mit dem Zeug noch nie passiert! Vielleicht nur ein Zufall!"

Wir brachten den Mann fort und sprachen anschließend noch eine Weile darüber. Der arme Axel stand immer noch unter Schock. Ich versuchte, ihn zu trösten. Das Medikament würde ich jedenfalls vorläufig nicht mehr spritzen, nahm ich mir fest vor.

Mein erster Dienst als Notarzt. Mit dem Notarztwagen fahren! Ein Traum! Ein Albtraum!

Ich hatte den Funkempfänger in der Kitteltasche und erwartete ständig den ersten Einsatz. War sehr aufgeregt. Draußen auf der Straße oder in Wohnungen Menschen zu retten, Schwerverletzte oder Schwerkranke, das erforderte Mut. Und Erfahrung! Die hatte ich aber noch nicht! Egal, der Oberarzt wollte ja das erste Mal mitfahren. Dann war es nicht so schlimm. Katheter legen und intubieren hatte ich gelernt. Aber hier im Haus, zusammen mit Kollegen. Draußen allein war das sicher etwas anderes! Oder Verkehrsunfälle! Womöglich mit Toten! Schrecklich! Ich bekam immer mehr Angst.

Ich war gerade auf dem Weg zur Kantine, als der Piepser losheulte. Wie ein amerikanisches Polizeiauto! Ich erschrak, mein Herz begann wie wild zu schlagen und ich rannte los. Quer durchs Haus, die Treppen hinunter, immer drei Stufen gleichzeitig. Bestimmt sahen mich alle an! Ich war der Notarzt! Ich musste jetzt dringend Menschenleben retten! Mir ging es aber nicht gut! Ich hatte Angst! Hoffentlich merkte das niemand!

Draußen sah ich schon den Notarztwagen mit Blaulicht um die Ecke kommen, um mich, um uns abzuholen. Ich stieg hinten ein, ließ aber die Tür auf für den Oberarzt. Wo blieb der denn bloß? Hatte der das vergessen? Oder den Funk nicht an?

„Mach doch die Tür zu! Wir müssen los!", rief einer der Fahrer mir zu.

„Der Oberarzt kommt noch!"

„Der saß gerade noch in der Kantine! Der unterbricht sein Essen bestimmt nicht!"

„Was? Der wollte mit! Hat der versprochen!" Verzweifelt schaute ich mich um. Weit und breit kein Oberarzt zu sehen. Verdammt! Und jetzt?

„Mach die Tür zu! Wir fahren jetzt los!"

Schon setzten sie das Martinshorn an und gaben ordentlich Gas. Mit quietschenden Reifen ging es in die erste Abzweigung über die rote Ampel hinweg. Durch das Rückfahrfenster sah ich meinen Oberarzt mit wehendem Kittel winkend aus der Eingangstür des Krankenhauses stürmen. Die Fahrer sahen ihn aber nicht mehr und so musste ich alleine meinen ersten Einsatz fahren. Ich wusste nicht, was ich zuerst denken sollte. Was würde mich erwarten? Unfall? Herzinfarkt? Massenkarambolage? Viele Verletzte und Tote? Ich malte mir alles in den schrecklichsten Farben aus! Was hatte ich da für einen Beruf gewählt?

Die Fahrt ging in rasantem Tempo kreuz und quer durch die Stadt. Ich musste mich gut festhalten, damit ich nicht durchs Wageninnere geschleudert wurde. Ganz geheuer war mir die Raserei nicht. Alle Autos hielten oder fuhren an die Seite. Die Menschen blieben stehen und schauten hinter uns her.

So ein schlechtes Gefühl war das überhaupt nicht! So etwas wie ein kleiner Stolz bemächtigte sich meiner und überstrahlte meine Angst! Das war jetzt Live-Medizin! So wollte ich es doch! Wenn ich nur nicht ganz allein wäre! Schwimmen lernt man aber doch nur im Wasser! Und die beiden vorne waren ja auch erfahrene Sanitäter. Die würden schon wissen, wo und wie man anfängt.

Nach ein paar weiteren Kreuzungen und kurzen Straßen hielt der Wagen ruckartig an. Ich sprang hinaus und lief zur nächstgelegenen Haustür. Die war unglaublicherweise verschlossen und ich drückte sämtliche Klingelknöpfe. Die beiden kamen mit dem Notfallkoffer aus dem Auto gelaufen und gingen zu dem Haus nebenan.

„Hier müssen wir rein!", riefen sie mir hastig zu.

Okay. Ich lief zu ihnen. Auch da war die Tür zu. Kurios! Jemand öffnete verschlafen, wusste aber nicht, was wir von ihm wollten.

„Hat man uns wieder verarscht!", meinte der Sanitäter. „Passiert immer öfter! Die Adresse stimmt! Wenn ich mal so ein Arschloch erwische!"

Er war ziemlich sauer! Ich auch! Jetzt war ich schon mal hier, um unter Einsatz meines Lebens ein Menschenleben zu retten, und kein Schwein war da!

Wir gingen langsam wieder mit unserem Koffer zum Auto. Viele Menschen standen inzwischen auf der Straße und gafften. Als ich hinten einstieg, traute ich zunächst meinen Augen nicht! Ein Penner, zumindest sah er ziemlich ungepflegt aus, saß auf der Bahre und grinste mich frech an.

„Ich bin der Notfall!", sagte er und hob eine Hand, an der ein Finger mit einem blutigen Taschentuch umwickelt war, in die Höhe. „Ich verblute!"

Er war wohl einfach eingestiegen, während wir auf der Straße herumliefen.

„Haben Sie uns gerufen?", fragte ihn der Fahrer. „Sie wohnen doch gar nicht hier!"

„Nee. Ich wohn nirgendwo. Aber ne Adresse musste ich doch sagen. Wie solltet ihr mich sonst finden?"

Irgendwie hatte er da recht. Ich wickelte den Lappen von der Hand und zum Vorschein kam ein verdammt schmutziger Finger. Davon hatte er noch acht, einer fehlte ganz an der anderen Hand. Man sah eine winzig kleine Schnittverletzung, die schon lange nicht mehr blutete.

„Wollte mir ne Dose zu Mittag aufmachen! Dabei hab ich mich so furchtbar geschnitten. Ich dacht, ich müsste verbluten!"

„Nächstes Mal passte besser auf oder gehst zur Ambulanz! Für so was kannste doch nicht den Notarztwagen rufen!", raunzte der Sanitäter ihn an.

„Ich hör eure Sirene doch so gerne!"

Ich desinfizierte die Wunde und verpasste ihm einen schicken Verband. Ich musste schmunzeln. Das war also mein erster Einsatz! Und ich hatte ihn mit Bravour gemeistert! Und das ganz allein! Ohne Oberarzt! Ich hätte den Mann knutschen können, wäre er nicht so schmutzig gewesen. Jetzt hatte ich jedenfalls ein bisschen weniger Angst vor den nächsten Einsätzen!

Am Nachmittag war Chefvisite! Das war immer etwas Besonderes. Angst musste man nicht haben. Respekt hatten wir vor unserem Professor. Er brachte einen niemals in Schwierigkeiten oder stellte einen bloß, wie es andere Chefs gerne taten, um ihre Autorität zu bekräftigen. Heinzi hatte das nicht nötig. Wenn ihm etwas nicht gefiel, sagte er es uns in ruhigem Ton anschließend auf dem Flur, niemals vor Patienten.

Die Patientinnen wurden vor der Visite immer frisch gebettet, gewaschen und gebügelt und auch frisiert, die Zimmer aufgeräumt. Die, die sonst immer nur jammernd auf dem Rücken lagen, wollten dann aufrecht im Bett sitzen und schminkten sich sogar! Zur Visite mutete es mehr an wie in einer Kuranstalt als wie in einem Krankenhaus. Auch die Stationsschwester und wir zogen frische Kittel an. So warteten wir auf den Chef. Meist war er auf die Minute pünktlich, begrüßte uns mit Handschlag und erkundigte sich nach unserem Befinden und auch nach unseren Familien. Ein durch und durch honoriger Herr!

Dann gingen wir von Zimmer zu Zimmer, von Bett zu Bett. Jede Patientin kannte er persönlich, zumindest erweckte er bei ihnen den Anschein, und begrüßte sie auch einzeln, indem er ihnen die Hand reichte. Er erkundigte sich bei jeder nach dem Wohlergehen, aber auch nach persönlichen Dingen wie der Familie, oder ob das Essen geschmeckt hatte. Hier erhöhte er die Medikamentendosis um eine viertel Tablette, dort senkte er sie um ein Viertel. Vor einer Woche hatte er das genau umgekehrt gemacht. Wir kannten das bald und hielten uns mehr oder weniger daran. Beim nächsten Mal wusste er das sowieso nicht mehr. Josefa schrieb alles sorgfältig in das Visitenbuch.

„Nun, Frau Müller, wie geht es Ihnen denn heute?" Freundlich sah er sie über den Rand seiner Brille an. „Sie sind ja jetzt schon so lange hier!"

„Ach, Herr Professor! Mir geht es ja gar nicht gut! Immer dieser Schwindel! Und dieses Summen und Brummen im Kopf! Und die schrecklichen Herzschmerzen! Und diese Leibschmerzen! Diese Krämpfe im Bauch! Die Beine tun auch immer weh! Appetit hab ich auch keinen! Es ist alles so furchtbar! Ich hab bestimmt nicht mehr lange, so schlecht, wie es mir geht!"

Sie hatte eigentlich nichts, außer dass sie nicht mehr neu war. Wohl hatte sie eine gute Tagegeldversicherung und bekam täglich einen ordentlichen Geldbetrag, solange sie im Krankenhaus war. Sie war Stammgast bei uns. Heinzi wusste das auch, ließ sich aber immer wieder von ihr überreden, dass sie noch bleiben konnte.

„Ich muss bestimmt noch ein paar Wochen hier bleiben, Herr Professor, meinen Sie nicht auch? So krank kann ich doch noch nicht nach Hause!" Erwartungsvoll schaute sie ihn an.

„Ja, ja! So ein Flatus in cerebro dauert eben, Frau Müller!"

„Ja, genau, Herr Professor! Dieses Kaktus ist schrecklich! Ganz furchtbar schrecklich!"

Josefa, Fritz und ich hatten uns leicht umgewendet, weil wir grinsen mussten. ‚Flatus in cerebro' war sein Lieblingsausdruck für Patienten, die an so eingebildeten Krankheiten litten oder simulierten. ‚Furz im Hirn' hieß das und war Latein.

„Also eine Woche müssen Sie sicher noch hierbleiben, Frau Müller, dann sehen wir weiter!"

Glücklich schaute sie ihn voller Dankbarkeit an.

„Vielen, vielen Dank, Herr Professor! Sie sind ein guter Mensch! Ich bete auch für Sie!"

So machte sie es immer und schaffte es auch jedes Mal, den Chef zu überreden. Wir ärgerten uns darüber, weil sie eine echte Nervensäge war und jetzt schon acht Wochen und zum dritten Mal in diesem Jahr das Bett blockierte.

Vor der nächsten Visite ließen wir sie unter einem Vorwand und gegen ihren heftigen Protest zur Röntgenabteilung bringen. So war sie während der Visite nicht da und wir konnten sie anschließend entlassen! Drei Wochen später ließ sie sich aber wieder wegen all ihrer nicht vorhandenen Krankheiten einweisen. So hatten wir sie immer wieder da. Schon bei der ersten Visite wieder die gleiche Leier. Der Chef ließ sie wieder gewähren. Es kam soweit, dass wir Heinzi bei den Visiten vor ihrer Tür in ein fachliches Gespräch verwickelten und langsam ein Zimmer weitergingen. Ihm fiel es nicht auf und wir überschlugen sie auf diesem Wege einfach. Wir entließen sie, sie kam bald wieder. So ging es weiter und weiter. Irgendwann war es uns egal. Sie hatte gewonnen.

Eine andere, ähnlich gestrickte Patientin, kam immer in den Sommerferien, wenn ihre Kinder in Urlaub fahren wollten. Die Oma wurde dann solange und noch drei Wochen länger bei uns geparkt. Sie bekam die Bügelwäsche und Wäsche zum Flicken täglich gebracht. Uns brauchte sie eigentlich nicht!

Unser Professor und wir betraten ein anderes Krankenzimmer. Ein Einzelzimmer. Hier lag eine Schwerstkranke. Schon seit Wochen vegetierte sie dahin. Sie hatte Krebs im Endstadium und es bestand keinerlei Hoffnung mehr. Der Chef besah sie sich lange, sprach freundlich mit ihr und studierte intensiv die Krankenakte. Er schaute sich die Medikamente sehr genau an.

„Extra muros, meine Herren!", sagte er ernst zu uns und verabschiedete sich sehr freundlich. „Leben Sie wohl, Frau Heiden!" Er gab ihr lange die Hand.

‚Extra muros', also draußen im Flur, nahm er eine sehr würdevolle und ernste Haltung an.

„Hier können wir nichts mehr machen! So, wie jeder Mensch ein Recht auf das Leben hat, hat er auch ein Recht auf den Tod! Auf einen humanen und würdigen Tod, meine Herren! Merken Sie sich das bitte für Ihr ganzes Leben, als Mensch und vor allem als Arzt! Wenn wir nichts mehr zur Heilung beitragen können, und keine Hoffnung mehr auf Besserung besteht, sind wir ethisch verpflichtet, dem Patienten zu einem menschenwürdigen Tod zu verhelfen! Das heißt nicht töten! Das heißt, sterben lassen! In Würde! Ärzte sollen das Leben verlängern, nicht das Sterben! Das soll Ihre Lebensmaxime sein! Wenn Sie das für Ihr Leben verinnerlichen, haben Sie das Wichtigste in der Medizin gelernt!"

Er machte eine lange, in sich gekehrte Pause. Große Worte! Wahre Worte! Er hat mir mächtig imponiert und ich habe mir seine Ansprache sehr gut gemerkt und mir vorgenommen, genau danach mein Wirken als Arzt auszurichten.

„Setzen Sie hier alle Medikamente ab, außer den Schmerz- und Beruhigungsmitteln. Ständig Flüssigkeit, und Essen, nur was und wenn sie will. Sorgen Sie für Ruhe und lassen Sie sie nicht mehr allein! In der Todesstunde, die bald kommen wird, soll jemand bei ihr sein! Guten Tag, meine Herren. Und vielen Dank für die Visite. Ich bin sehr zufrieden mit Ihnen!" Damit ging er.

„Ist schon ein feiner Kerl!" Ich war mit Fritz und der Josefa allein.

„Ja, er ist ein Mensch!", sagten beide fast im Chor.

Wir sorgten dafür, dass alles so erfolgte, wie der Chef es vorgegeben hatte. Der Hauspfarrer besuchte die Patientin in den nächsten Tagen und eine Schwester und auch wir schauten regelmäßig nach ihr. Sie war nie allein.

Ich hatte Nachtdienst und löste die Schwester kurz ab. Kerzen brannten auf dem Nachttisch. Ich setzte mich ans Bett, nahm ihre Hand und sinnierte über Leben und Tod. Sie atmete nur noch stockend. Dann nicht mehr. Mit einem leichten Lächeln um den Mund schlief sie ein. Sie hatte es überstanden.

XXI

Ich starre auf ein großes Kruzifix an der Wand. Eichenkreuz und ein colorierter Christus. Wie ist der dahin gekommen? Wo ist Dalis Giraffe? Das ist ja ein ganz anderes Zimmer! Wie bin ich hierhergekommen? Müsste ich doch gemerkt haben. Bin ich im Sterbezimmer? Oder schon tot und in der Leichenkammer?

Gestern hat sich mein Zeh doch bewegt und ich sollte Krankengymnastik bekommen. Seltsam! Fühle mich ganz lebendig. Naja, geht so. Jedenfalls nicht tot. Oder merkt man das gar nicht? Ich finde keine passende Antwort, bin auch ganz allein in dem Zimmer.

Soll ich jetzt ständig auf das Kreuz schauen? So religiös bin ich doch auch nicht. Der da am Kreuz ist jedenfalls schon tot. Verdammt tot. Hey, ich lebe aber noch! Kommt denn niemand und holt mich hier raus?

Ich schaue weiter auf das Kreuz. Habe schon Schlimmere gesehen. Das geht eigentlich. Aber so den ganzen Tag da an der Wand am Kreuz hängen möchte ich auch nicht.

Wenn ich so ein Kreuz sehe, fallen mir immer die beiden afghanischen Jungs ein, die wir mal fast neun Monate über eine Hilfsorganisation zu Hause hatten. Arme Kerle. Einer hatte den Arm kaputt, der andere das Bein. Wurden hier operiert und gepflegt und bei uns lebten sie solange. Wenn die solch einen Jesus sahen, machten sie immer die gleiche Bewegung. Mit der flachen Hand fuhren sie sich quer über den Hals und machten ein zischendes Geräusch dazu. Das sollte bedeuten, dass man unserem Gott, der in ihren Augen ein falscher und böser Gott war, den Kopf abschneiden sollte. Sie verehrten, obwohl sie erst gerade zehn Jahre alt waren, nur Allah. So religiös verbissen dachten sie schon als Kinder. Schrecklich war das. Kannten auch nur Krieg und Tod. Arme Jungs! Was aus denen wohl geworden ist? Von einem haben wir noch mal was gehört, von dem anderen nie wieder. Wir haben versucht, ihnen die Zeit hier so schön wie möglich zu gestalten. Die konnten weder mit Messer und Gabel essen, noch kannten sie eine Toilette. Duschen gingen sie vollständig angezogen. Nachher ging es dann mit ihnen besser. Sie waren aber auch plötzlich in einer völlig anderen Welt. Ob das richtig ist, solche Kinder aus der Heimat wegzuholen, hier in unsere Zivilisation, weiß ich bis heute nicht. Habe so meine Zweifel. Hoffentlich geht es ihnen gut, den armen Teufeln!

Die Tür geht auf und eine Riesenkante kommt mit einem freundlichen ‚Guten Morgen‘ herein. Ach ja! Das ist der Mike. Ich lebe also noch!

Als er meine Decke weggeräumt hat und beginnt, meine Arme und Beine zu beugen und zu strecken, merke ich ganz genau, dass ich noch lebe, denn alles was er macht, tut schrecklich weh. Ein Toter würde das sicher nicht so empfinden! Jeden einzelnen Muskel, jedes Gelenk fühle ich sich wehren. Er lässt sich aber nicht beirren und zieht und zerrt an sämtlichen Gliedern. Scheint ihm wieder richtig Freude zu machen. Er pfeift leise dabei im Rhythmus seiner Folter.

Egal, ich muss da durch! Will doch wieder gesund werden. Medizin muss bitter sein. Aber gleich so bitter? Könnte ich meinen Gedanken doch nur mal kurz meine Stimme geben! Ich würde ihn um eine kleine Pause und eine Verringerung der Schlagzahl bitten.

Mike fährt unbeirrt und munter pfeifend mit seiner Tortur fort. Er hebt meinen Oberkörper an und beugt ihn soweit nach vorne, dass ich fast keine Luft mehr bekomme.

„Die Rückenmuskulatur muss noch stärker werden, damit wir Sie in den Gehroboter kriegen!"

Aha! Immerhin spricht er auch mit mir! Lieb von ihm!

„Das probieren wir gleich nachher! Ist ein ganz neues Gerät! Wird nachher erst geliefert! Kenn es auch noch nicht!"

Ich habe schon mal was davon gelesen und Bilder gesehen. Große, stählerne Gerüste, in die gelähmte Patienten geschnallt werden. Mit Hilfe von Motoren und Hebeln werden die Gelenkbewegungen unterstützt. Ich kenne die aber nur für Querschnittsgelähmte, die wenigstens irgendetwas bewegen können. Ich kann gar nichts bewegen! Ob die neue Maschine dafür konstruiert sein wird? Wir werden sehen.

Mike beugt und streckt mich munter weiter, ohne Pause. Irgendwann geht die Tür auf und zwei junge Männer kommen herein.

„Soll der Roboter hierhin?", fragt einer Mike. „Wir waren in zwei anderen Zimmern. Da wusste niemand Bescheid. Haben uns hierhin geschickt."

„Ja, hier seid ihr richtig. Ich warte schon lange auf euch!" Mike ist ganz aufgeregt. „Bringt das Ding rein. Bin schon gespannt, was es kann!"

Die beiden gehen wieder und schieben dann ein gewaltiges Teil auf einem Hubwagen in den Raum. Dann heben sie es vorsichtig unter großer Kraftanstrengung auf den Boden. Eine Riesenmaschine! Glänzender Chrom, wohin man schaut. Sieht aus wie ein überdimensioniertes Skelett. Eine tragende Säule in der Mitte, unten ein großer Kasten auf Rollen. Auf halber Höhe baumeln zwei Metallbeine herab. In Schulterhöhe das Gleiche als Arme. Ganz oben eine Art Kopfstütze. Überall Lederriemen zum Anschnallen und da, wo man sich die Arm- und Beingelenke vorstellen könnte, kleine Kästen mit Lämpchen.

Die untere Kiste hat viele Schalter und Knöpfe und ein großes Display. Das Ganze sieht aus wie ein Riesenroboter. Ist ja auch einer. Nur der Kopf fehlt. Irgendwie erwartet man, dass das Ding sich bewegt und durchs Zimmer läuft.

„Und wie funktioniert das jetzt?", fragt Mike neugierig und sichtlich beeindruckt.

„Das ist ganz einfach! Man stellt den Patienten da rein, schnallt ihn gut fest überall und den Rest macht die Maschine allein!" Der junge Mann erklärt das alles mit stolz geschwellter Brust. „Ist unser neuestes Modell! Funktioniert super! Alles ist über die Fernbedienung zu steuern!" Freudestrahlend hält er die hoch. Groß wie eine Schachtel Pralinen und sicher mit hundert Tasten versehen.

„Erklärt sich alles von selbst, dank unserer Menüführung, die man hier unten auf dem Display sehen kann. Die Akkus reichen bei Vollbetrieb fast zwei Stunden!"

Mike geht mehrfach staunend um das ganze Gestell herum. „Hat das auch einen Notschalter zum Abschalten?", will er wissen.

Wäre mir auch lieber! Das Ding macht mir jetzt schon Angst.

„Das ist dank unserer ausgefeilten Elektronik nicht nötig!", erklärt der andere, anscheinend ein Techniker der Firma, die das Gerät gebaut hat. „Der Computer schaltet bei Gefahr automatisch alles ab!" Er steht da, als wenn er auf Applaus warte. Ich kann leider nicht in die Hände klatschen. Bei dem Begriff Elektronik wird mir auch eher angst und bange. Das ist das, was immer versagt heutzutage. Zu Hause in der Waschmaschine, im Trockner, in der Mikrowelle, in der Kaffeemaschine, an der Heizung und im Auto ist es immer die verdammte Elektronik, die versagt oder spinnt, fast nie ist es ein mechanisches Teil! Ich hasse Elektronik! In jedem Kugelschreiber ist heute so etwas!

Dieser Elektronik soll ich mich anvertrauen? Ich werde wohl müssen, wenn ich weiterkommen will. Was kann schon passieren, sage ich mir, schlimmer als jetzt kann es mir ja nicht gehen. Aber gebrochene Knochen zusätzlich wären auch nicht hilfreich.

„Okay!" Mike hat seine Rundgänge um den chromblitzenden Metallkollegen beendet und hält die Fernbedienung fest umklammert. „Wie gehts denn jetzt weiter? Die erste Behandlung sollt ihr ja begleiten! Wie kriegen wir den Mann denn jetzt da rein? Soll ich den hochheben und da reinhängen?"

„Was kann der Patient denn selber?" Der Techniker sieht mich an. „Aufstehen?"

„Nichts kann der! Gar nichts! Hat vor einer Woche angeblich mal mit dem Zeh gewackelt. Das war aber auch die einzige Bewegung in den zehn Wochen, die er hier ist!"

„Überhaupt nichts kann er?" Der Techniker sieht erst mich, dann Mike völlig konsterniert an. „Ob dann das Gerät aber was nützt, weiß ich nicht! Mit so einem Fall hatten wir es noch nicht zu tun!"

„Der Chef hat das aber angeordnet! Also müssen wir es wenigstens probieren!" Mike geht entschlossen zu dem Roboter und will ihn ans Bett schieben.

„Das geht nur mit der Fernbedienung! Schieben kann man den so nicht!"

„Aber wie sollen wir den Mann da reinkriegen?"

„Das ist kein Problem!" Der Techniker hat sich wieder gefangen. „Das Gerät ist ja gut durchdacht! Man kann es in die Horizontale bringen und dann auf Betthöhe absenken und den Patienten da rüberschieben! Ist ja für Härtefälle entwickelt." Er kommt zu mir ans Bett und sieht mich stolz und erwartungsvoll an. „Wie geht es Ihnen? Sind Sie bereit für den ersten Ausflug?" Er schaut mich an.

Eigentlich möchte ich es mir lieber noch mal überlegen, würde ich ihm gerne sagen.

„Haben Sie mich verstanden? Wir wollen Sie in den Roboter heben, damit Sie wieder richtig gehen lernen. Sie werden begeistert sein!" Er sieht mich wieder an. „Kann der Patient nicht sprechen?", fragt er Mike.

Der kann sich ein Grinsen nicht verkneifen. „Ach, hatt ich vergessen. Der Herr kann nicht nur nicht sprechen. Er kann auch nichts hören und nichts sehen. Spüren tut er auch nix!"

„Ach was? Der Ärmste!" Er wendet sich von mir ab. „Mal ehrlich jetzt. Was soll das Ganze? Das ist doch eine Farce! Das Gerät ist für Schwerbehinderte und Querschnittsgelähmte! Nicht für Leichen!"

„Ich weiß!", sagt Mike. „Aber ganz tot ist der ja nicht, und wenn der Chef das anordnet, bleibt uns nichts anderes übrig. Der will von mir nachher informiert werden. Also los!"

„Okay, okay! Aber das ist vollkommener Quatsch!" Wütend nimmt er Mike die Fernbedienung aus der Hand und macht sich daran zu schaffen. Er drückt zahlreiche Tasten. Nichts passiert! „Falsches Passwort!" Er tippt noch mal die Tasten und klopft mit der flachen Hand, leise fluchend, auf die Fernbedienung und schüttelt sie.

Das fängt ja gut an!

„Weißt du das Passwort noch?", fragt er seinen Kollegen.

„Nein. Steht aber in der Bedienungsanleitung irgendwo verschlüsselt. Kann man aber nach dem ersten Mal ändern!" Der andere legt die Fernbedienung auf den Tisch und geht zu seinem Kollegen. Sie blättern wüst in der Bedienungsanleitung, leise vor sich hin murmelnd.

Plötzlich fängt in dem Roboter etwas an zu brummen und zu rauschen. Das Display wird hell und eine freundliche, elektronische Stimme sagt: „Guten Tag! Ich heiße Robin und werde Sie in ein neues Leben begleiten! Ich freue mich, Sie kennenzulernen!"

Die Techniker starren erstaunt zu ihm hin.

„Wieso geht der jetzt von allein an?", fragt der Ältere.

Sprechen kann das Ding also auch! Bleib mir lieber vom Leib, du Höllenmaschine!

Schon setzt sich Robin in Bewegung und steuert genau auf die gegenüberliegende Wand zu. Die beiden Techniker haben völlig erstarrt dem unerwarteten Lebenszeichen der Maschine zugesehen. Jetzt starten sie los. Einer stellt sich ihm in den Weg, springt aber schnell zur Seite, als er merkt, dass das dem Roboter nicht imponiert und ihn auch nicht aufhält. Der andere greift sich die Fernbedienung. Er drückt einige Tasten. Der Robin rollt stur weiter. Wie wild drückt der Techniker, jetzt anscheinend wahllos, auf der Tastatur herum. „Ist da überhaupt eine Batterie drin?", schreit er seinen Kollegen an.

„Äh, weiß nicht! Vielleicht noch im Karton? Moment!", er wühlt in einer Pappschachtel. „Ha, hier ist sie! Lag noch da drin!" Fröhlich hält er die kleine Batterie hoch, dieweil Robin weiterrollt. Rollt und rollt. Sehr gemächlich, aber unbeirrbar und zielstrebig.

Die beiden Techniker versuchen mit nervös zitternden Händen, die Fernbedienung zu öffnen. „Scheiße! Wir brauchen einen Schraubenzieher! Kreuzschlitz!"

Mike hat sich in der Nähe der Tür neben einem Schrank in Sicherheit gebracht, während die beiden zu ihrem Werkzeugkoffer hechten. Mike ist zwar ziemlich blass, um seinen Mund meine ich aber ein amüsiertes Lächeln zu erkennen.

Robin rollt weiter. Genau auf die Wand zu. Auf die Mitte der Wand zu. Auf das Kruzifix zu. Ob er meint, er müsse dem am Kreuz das Gehen beibringen? Ein zusätzliches Brummen erfüllt den Raum. Der Roboter hebt langsam beide Arme in die Höhe. Schließlich bleiben sie hoch erhoben stehen und er gibt einige Pieptöne von sich. Wie ein Science-Fiction-Film ist das alles.

Langsam kommt er der Wand und dem Kruzifix beängstigend nah.

Mensch, Jesus, spring vom Kreuz und hau ab! Das Ding rammt dich gleich!

Die Techniker kommen irgendwie mit der Batterie nicht klar. „Da gehören doch zwei rein! Wo is die andere?" Sie schwitzen beide, während sie wieder in dem Karton wühlen. Zwischen Robin und der Wand läuft der Countdown. Ich zähle mit. Fünf, vier, drei, zwei, eins ...!

Mit lautem Getöse donnert das Ding gegen die Wand. Das Kruzifix wackelt und zittert. Robin rollt kurz zurück und wieder nach vorn. Das Kreuz hängt schief. Auch nach dem zweiten Anlauf hält es sich noch an der Wand. Gut befestigt! Dem dritten Angriff des Roboters kann es aber nicht standhalten. Ob Robin wohl aus Afghanistan kommt?

Der Roboter bleibt stehen, rollt langsam wieder etwas rückwärts, das Kreuz hängt in seinem Kopfteil fest. Er dreht sich und fährt langsam zurück, die Arme wieder nach unten kurbelnd. Genau an seinem Ausgangspunkt bleibt er stehen und dreht sich wieder in die Startposition.

Da steht die Maschine mit dem Kruzifix in inniger Umarmung. Wunder der Technik! Faszinierend. Ich verzichte aber auf eine Fahrt mit Robin.

Mike steht noch immer neben dem Schrank. Die beiden Ingenieure haben es wohl geschafft, die Batterien einzusetzen und hantieren wieder damit herum. Tatsächlich reagiert jetzt zumindest das Display auf ihre Befehle. Bei jedem Tastendruck erscheint ein anderes Bild. Hieroglyphen sehen so aus. Die beiden nicken aber verstehend jedes Mal. Scheint wohl jetzt zu funktionieren. Einen Meter vor rollt Robin, dann wieder rückwärts. Einmal rechtsherum, einmal linksherum. Arme hoch, Beine hoch. Alles wieder zurück.

„Na also! Geht doch! Ohne Batterien kann der ja nicht funktionieren!" Sichtlich stolz und befriedigt nicken sie Mike zu, der sich ein wenig aus seinem sicheren Versteck herausgetraut hat. Ganz vorsichtig nähert er sich dem stählernen Ungeheuer. „Bleibt der jetzt auch da stehen?", fragt er ängstlich.

„Klar! Jetzt befolgt er alle Befehle!"

„Und was war das eben, dieser Ausflug zur Wand? Ich denk, der hat nen automatischen Notschalter!?"

„Ach, ähm, wahrscheinlich Funkstörungen irgendwo aus dem Haus! Passiert jetzt aber nicht mehr. Wir können jetzt mit dem Test anfangen und den Patienten auflegen!"

Nein, nein! Ich will nicht! Wie kann ich denen das bloß klar machen? Mit dem Zeh wackeln!

Mike nimmt das Kreuz aus dem Roboter und geht damit zur Wand. Er hängt es wieder dahin. Sieht aus, als hätte es keinen größeren Schaden genommen. Dann schüttelt er leicht mit dem Kopf, nimmt es wieder von der Wand und legt es auf den Tisch. „Sicher ist sicher!", murmelt er.

Sie steuern Robin in meine Richtung, während ich mit aller Kraft versuche, mit dem Zeh zu wackeln. Ich fühle nichts, versuche es aber weiter. Ich muss doch ein Zeichen geben! Das

Gerät fährt längs an mein Bett. Ich kann nur den mittleren Teil sehen. Langsam knickt es in der Mitte ein und beugt sich zurück. Die Beine strecken sich in die Waagerechte. Langsam fährt der Roboter surrend herunter, bis er sich lang ausgestreckt genau in Höhe der Matratze befindet. Ruckelnd bleibt er stehen.

„Das sieht doch sehr gut aus!" Der Techniker mit der Fernbedienung blickt sich, Anerkennung heischend, um.

Mike sieht ihn an, sagt aber nichts. Er nimmt meine Decke weg und legt sie beiseite. Verblüfft starrt er auf meine Füße. „Der kann ja tatsächlich mit den Zehen wackeln! Mit beiden sogar! Sowas! Freut sich wohl auf den Ausflug!"

Neiiiiiiin! Ich will keinen Ausflug mit diesem Frankenstein! Neiiiin!

„Dann kann er die Fernbedienung ja mit dem Zeh steuern!" Der kleinere Techniker lacht über seinen Witz. Arschloch!

Sie ziehen und schieben mich zu dritt auf das Gerät. Dann schnallen sie mich an Armen und Beinen darauf fest. Um die Stirn kommt auch ein Lederriemen. Alles angenehm weich gepolstert. Komme mir vor, wie auf dem elektrischen Stuhl. Die Hinrichtung wird wohl auch nicht lange auf sich warten lassen!

„Und jetzt?", fragt Mike.

„Wenn alles gut festgeschnallt ist, fahren wir das Gerät in die Senkrechte. Ganz langsam muss man das machen, damit der Kreislauf des Patienten mitkommt. Ganz langsam!"

„Die Riemen sind alle stramm! Dann los!" Mike geht wieder langsam rückwärts Richtung Schrank. Traut dem Braten wohl berechtigterweise nicht.

Ich würde gerne mit ihm da stehen. Langsam bewegt sich Robin etwas vom Bett weg, ich mit ihm.

„Jetzt aufwärts! Langsam!" Der Ältere steht mit der Fernbedienung in der Hand vor mir. Ich spüre, wie sich mein Oberkörper ganz allmählich hebt. Noch kann ich nur die Decke sehen. Sie beginnt, sich nach hinten über mich hinwegzubewegen. Ein lautes Zischen aus der Maschine prophezeit Gefahr, als ich auch schon mit gewaltigem Schwung, wie von einer mächtigen Mechanik, in die Höhe katapultiert werde. Die Decke saust über mich weg und mir wird schwarz vor Augen. Ich sehe noch das Fenster an mir vorbeifliegen, bevor ich das Bewusstsein kurz verliere.

Als ich wieder etwas sehen kann, schaue ich genau auf den Fußboden. Ich hänge waagerecht unter der Maschine!

Aufgeregtes Gemurmel. Langsam geht es wieder aufwärts, bis ich senkrecht stehen, nein hängen bleibe. Ich kann durch das Fenster sehen. Und da es draußen schon oder noch dämmert und im Raum das Licht an ist, kann ich schemenhaft mein Spiegelbild in der Scheibe ausmachen.

Welcher Anblick! Aber immerhin liege ich nicht mehr! Aus normaler Augenhöhe kann ich die Welt wahrnehmen. Aber was für eine elende Gestalt im Flügelhemd blickt da aus dem Fenster zurück! Weiße, eingefallene Wangen, große Augenhöhlen, ein abgemagerter, faltiger Hals. Arme wie mit leichenblasser Haut überzogene Knochen. Die Beine kann ich zum Glück nicht sehen. Hatte vorher schon Waden wie ein Storch. Da wird wohl jetzt nichts mehr sein. Oh Gott! Ein erbarmungswürdiger Anblick! Ich höre leises Motorenbrummen. Meine Arme heben sich gemächlich, bis sie rechts und links waagerecht von mir abstehen. Okay! Jetzt ist das Bild komplett! Ich hänge da, wie der Gekreuzigte! Stellt mich hinten an die Wand, dann braucht ihr das Kruzifix nicht mehr aufzuhängen! Fraglos kann ich das voll ersetzen!

Langsam dreht sich die Maschine mit mir herum, bis ich auf mein Bett schauen kann. Zunächst wird der rechte Arm heruntergedreht, dann der linke. Beide Arme beugen sich etwas hoch, dann wieder hinunter. Das rechte Bein hebt sich im Knie, dann das linke.

Hey, ich kann mich ja bewegen! Irgendwie ein tolles Gefühl nach all dem Liegen. Macht Spaß!

„Man kann das Gerät soweit herunterfahren, dass der Patient Bodenkontakt hat und mit den Füßen selbst geht! Mit zunehmender Kraft lässt das Gerät in seiner Unterstützung nach, bis der

Patient sich selbst trägt! Alles automatisch! Toll, was?" Der Techniker ist ganz außer sich vor Begeisterung. „Es gibt auch noch ein Reizstromprogramm! Dabei wird Strom über die Riemen in die Muskeln geleitet, im Ganzen oder selektiv für jede Muskelgruppe! Dadurch wird der Muskelaufbau gefördert!" Er drückt einige Knöpfe und ein zunächst ganz angenehmes Kribbeln erfüllt meinen ganzen Körper, oder besser das, was davon übrig ist. Dann wird es aber zunehmend immer stärker und ich komme mir vor, wie an eine Steckdose angeschlossen. Ich fühle alle Muskeln zucken. Jetzt wirds sehr unangenehm und fast schmerzhaft!

Der Techniker scheint es zu bemerken und drückt wieder einige Tasten. Das Kribbeln lässt wieder nach und ist jetzt sehr wohltuend. Schon ein gutes Gefühl, nicht mehr nur alles aus der Froschperspektive sehen zu müssen, sondern meinen Mitmenschen in Augenhöhe gegenüberzustehen! Naja, eher zu hängen. Aber egal! Ich sehe das Monster als eine positive Bereicherung und auch ein bisschen als Hoffnung für weitere Fortschritte! Hoffentlich machen die das jetzt auch täglich mit mir! Wäre auch eine tolle Ablenkung und etwas, auf das ich mich freuen könnte! Guter Robin! Ich mag ihn jetzt schon richtig!

„Da sind auch noch andere Übungsprogramme. Rumpfbeugung und -streckung und so was. Erklärt sich aber alles aus der Menüführung!" Er gibt Mike die Fernbedienung, der interessiert auf die Tasten starrt. „Wir sind dann mal weg! Müssen noch so ein Gerät ausliefern!" Die Techniker beginnen, ihre Sachen zu packen.

Mike rennt zur Tür, schließt sie ab und steckt den Schlüssel tief in die Hosentasche. Dann baut er sich vor den beiden in seiner ganzen Größe und Breite auf. Er ist sicher einen Kopf größer als die beiden und fast doppelt so breit. „Ihr geht erst, wenn ich das jetzt alles mal selbst gemacht hab und der Patient wieder sicher im Bett liegt! Verstanden?"

Die beiden blicken erschrocken zu ihm auf, wagen aber keinen Widerspruch.

„Okay!", sagt Mike zufrieden. „Mit welchem Knopf geht das hier los?" Er drückt eine Taste. Ich rolle ein Stück nach vorne.

Eine andere Taste, ich rolle zurück. „Gut!", sagt Mike. „Geht ja. Jetzt drehen! Arme hoch! Beine hoch! Vor, zurück!"

Ich gehorche allen seinen Befehlen zwangsläufig. Komme mir vor wie eine Marionette, deren Fäden man viel zu schnell bewegt. Ich schwenke wie ein Soldat mit Armen und Beinen. Drehe mich wie ein Tanzbär, beuge und hebe mich wie ein Butler.

Egal, er muss ja üben.

„Und noch ne tolle Runde!" Mike findet offenbar Spaß an Robin, wie ein kleiner Junge, der mit seinem ferngesteuerten Auto spielt. Er lacht jetzt sogar und freut sich jedes Mal, wenn ich, beziehungsweise der Roboter, seinen Befehlen pariere. Den Strom probiert er auch aus. Dann lässt er mich ganz hinunter, bis ich in der Hocke sitze, als wenn ich kacken müsste!

„Ups. Das war zu viel! Wo gehts wieder rauf?" Er schaut die Techniker an, während ich noch auf dem Boden hocke. „Ah, danke! Geht doch!"

Ich hänge bald wieder senkrecht.

„Jetzt zurück ins Bett!" Er tippt erneut und ich rolle zum Bett. Er schafft es auch, mich wieder parallel und in Matratzenhöhe zu regeln, wenn auch mit einigen Fehlversuchen.

„Geschafft! Ist schon ein tolles Ding, Jungs, was ihr da gebaut habt! Aber wehe, der macht sich noch mal selbstständig! Dann häng ich eigenhändig einen von euch da rein und lass ihn vor die Wand knallen!"

Sie schnallen mich los und schieben mich wieder aufs Bett. Liegen tut jetzt auch mal wieder gut! Ich bin aber sehr glücklich. Ein Anfang! Der erste Schritt in ein hoffentlich neues Leben! Ja, jetzt habe ich noch mehr Hoffnung, dass alles wieder halbwegs gut wird. Wenn nicht ganz, dann doch so, dass ich nicht mehr ganz so hilflos bin. Ach, das wäre schön! Wenn ich wenigstens im Rollstuhl sitzen könnte und die Arme bewegen! Und ein bisschen sprechen! Mich verständlich machen! Wie bescheiden man werden kann! Oder sind meine Wünsche jetzt schon unbescheiden?

Ich spüre meine Zehen heftig wackeln unter der Decke. Ist das nicht auch ein gutes Zeichen? Ich bin so müde. War alles doch sehr aufregend und anstrengend. Müde!

XXII

Ich gehe total müde durch meine schönen neuen Praxisräume.
Morgen ist mein erster Tag! Der erste April. Kein Aprilscherz!
Hat sich so ergeben.

Diese Nacht ist mein Sohn geboren! Unser zweites Kind!
Mein Stammhalter! Bin ich stolz! Und niemand sieht es hier!

Dauerte ziemlich lange, bis der Kerl kam. Hat sich Zeit gelassen.
Ich bin im Krankenhaus eingeschlafen. Die letzten Tage waren
sehr anstrengend. Wir mussten noch allerhand einrichten. Bilder aufhängen. Sauber machen. Tag und Nacht haben wir für
den großen Tag gearbeitet. Dann meldet sich der Junge und will
auf die Welt! Hätte ja auch ne Woche früher oder später kommen können, der Frechdachs! Naja, konnte er ja nicht wissen.

Jetzt ist er da! Kerngesund, ellenlang und spindeldürr. Aber
alles dran, was man als Mann so braucht! Ich bin so glücklich!
Viel glücklicher, als ich erschöpft bin. Er ist so niedlich! Johannes! Mein Hänschen! Er erinnerte mich sofort an meinen
Vater, der vor einem knappen Jahr leider gestorben ist. Wie
eine Reinkarnation meines Vaters sieht mein Sohn aus. Jedenfalls bilde ich es mir ein!

Jetzt sind wir eine komplette Familie! Und ich habe meine
eigene Praxis! Und den Arsch voll Schulden! Ist alles doch viel
teurer geworden. Wir haben die Praxis in die alte Scheune
vom Lindenhof gebaut. Ein neuer Dachstuhl musste schließlich auch noch drauf. Das war nicht geplant. Eine wunderschöne Röntgenanlage! Mein Traum!

Zwei Jahre Ausbildung musste ich dafür in der Röntgenabteilung machen, um die Zulassung zum Röntgen zu bekommen.

Das zieht aber hoffentlich die Patienten! Bestimmt! Alles in einer Hand! Ob das alles gut geht? Wenn nun gar keiner kommt, morgen? Ach was! Allein die Neugier wird einige locken.

Einen Krankenschein habe ich schon! Den von meiner Mutter! Wollte die Erste sein! Ob auch genug Patienten kommen, damit ich all die Schulden bezahlen kann? Jetzt kann ich nur noch vorwärts, und hoffen, dass alles so klappt, wie ich es mir vorstelle. Die letzten Wochen habe ich kaum geschlafen. All die Arbeit! Und die Schulden! Und die Existenzängste! Albträume habe ich viele gehabt! Morgen geht es los!

Irgendwas rauscht doch da! Wie Wasser! Ich gehe dem Geräusch nach. Aus der Dunkelkammer kommt das. Ich öffne die Tür, und schon kommt mir das Wasser fröhlich auf dem Boden entgegengeplätschert. Es spritzt genussvoll neben dem Wasseranschluss für die Entwicklungsmaschine aus der Wand.

Verdammt und zugenäht! Das brauche ich heute noch! Zum Glück habe ich einen Bodenabfluss vorgesehen und der Boden ist gefliest. Habe so etwas sicher geahnt. So ist der Schaden wenigstens nicht so groß. Ich laufe zum Hauptabsperrhahn und drehe ihn zu. Dann hole ich Rohrzangen und anderes Werkzeug. Erst einmal sehen, wo genau das herkommt. Sicher nur der Hahn undicht. Von wegen! Das Wasser kommt irgendwo hinter dem Hahn aus der Wand. Die ist auch gefliest. Also aufbrechen. Das hat mir noch gefehlt. Ich haue eine Fliese herunter und mache dahinter ein Loch in die Wand. Da sehe ich das Unglück. Eine Verschraubung ist gerissen! Ich muss alles abmontieren. Die kaputte Verschraubung raus und eine neue mit Hanf wieder drauf. Den Hahn wieder drauf. Fertig! Wenn es jetzt bloß dicht ist! Das Loch mache ich später zu. Sieht ja hier niemand. Ich drehe den Haupthahn wieder auf. Okay! Alles dicht!

Jetzt erst mal schlafen. Später will ich noch mal zu Gabi und meinem Sohn. Meine Mutter ist hier und passt auf Jane auf. Hat mir das Frühstück gemacht. Sie ist immer selbstlos und jederzeit abrufbar für uns da. Tolle Mutter! Mit allen gut gemeinten mütterlichen Fehlern! Das macht aber nichts. Wir verstehen uns sehr gut und sie ist riesig stolz auf mich. Das weiß ich.

„Wie sieht er denn aus? Wie groß ist er? Wie schwer? Welche Haarfarbe? Welche Augen? Ist alles gesund? Wem sieht er denn ähnlich? Nun erzähl doch schon! Ich warte doch schon seit Stunden auf dich!" Mutter!

„Alles ist gut, Mutter! Alles ist dran und gesund ist er auch! Wir fahren nachher zusammen hin, ja? Dann kannste es selbst sehen! Ich meine, er ähnelt dem Chef!"

„Wirklich?"

Tränen steigen in ihre guten Augen. Den Tod meines Vaters hat sie noch nicht verwunden. Ich versuche zwar alles, sie zu trösten, aber sie kommt einfach nicht darüber hinweg. Sie fühlt sich nur noch als halber Mensch, wie sie immer sagt.

Mutter und ich haben ein Bombenverhältnis. Wir haben immer durch einen Hintern geschissen. Immer zusammen sämtliche Umbauten und Renovierungen – unsere gemeinsame Leidenschaft – geplant und ausgeführt. Streit hatten wir nie. Schon mal Meinungsverschiedenheiten. Das ist wohl normal. Jetzt ist sie aber zu Hause allein und weint viel. Fast täglich kommt sie zu uns. Hält den Hof und den Garten in Ordnung. Bügelt noch die Wäsche und kocht auch oft meine Lieblingsgerichte. Niemand kann so gut kochen wie sie. Gabi fragt immer nach Rezepten und was sie wie macht. Dann ist sie stolz. Wir sind ihr einziger Halt noch im Leben. Zu meinem Bruder und seiner Familie ist das Verhältnis leider sehr abgekühlt. Das macht sie sehr traurig und auch oft depressiv.

„Ich muss erst noch ein bisschen schlafen. Dann fahren wir, ja?"

„Ist gut, Junge! Siehst auch müde und kaputt aus! Musst doch morgen fit sein am ersten Tag in der Praxis!"

„Geht schon!"

„Ach, ich kann es kaum erwarten, den Kleinen zu sehen! Schlaf was schneller, ja?"

„Ja, ja, Mutter! Ich beeil mich!"

Ich lege mich komplett angezogen aufs Bett. Kann sowieso nicht schlafen. War alles zu viel in letzter Zeit. Ich wälze mich im Bett hin und her. Nach einer Weile werde ich wach. Bin wohl doch mal kurz eingeschlafen.

Mutter steht schon fix und fertig mit Jane auf dem Arm bereit. Wir fahren ins Krankenhaus. Gabi liegt mit Johannes an der Brust glückselig im Bett.

„Der ist aber verfressen!", sage ich und küsse beide.

Gabi lächelt.

„Der muss auch trinken! Haste gesehen, wie dünn der ist? Noch dünner als du!"

„Ach gib ihn mir doch auch mal!" Meine Mutter ist ganz nervös. Sie legt Jane auf Gabis Bett und nimmt ihren Enkel in den Arm.

„Ach ist der süß! Ganz der Opa Alfons! Die Augen! Die Nase! Das Mündchen! Die schönen Haare! Ganz der Opa!" Sie kriegt sich kaum noch ein. Sie weint. „Ganz der Opa!"

„Ein bisschen hat er aber auch von meiner Familie!" Gabi schmollt etwas.

„Natürlich!", sagt Mutter versöhnlich. „Klar! Aber das meiste von seinem Opa Alfons!"

„Also untenrum kommt er jedenfalls auf mich!" Ich versuche, die Situation abzumildern.

Beide lachen. „Klar, dass du das sagst!"

Das arme Kind wird weiter ausführlich begutachtet und von allen Seiten bestaunt und bewundert. Ähnlichkeiten werden weiter diskutiert, festgestellt und wieder verworfen. Frauen! Ist doch scheißegal, wem er am ähnlichsten sieht. Auf den Briefträger wird er schon nicht kommen! Hoffentlich! Hauptsache das Kind, mein Sohn, ist gesund!

Irgendwann nach langer Zeit ist die Inspektion des Säuglings abgeschlossen und die streitenden Parteien scheinen einen für den Kleinen akzeptablen Kompromiss bezüglich der Übereinstimmung mit lebenden und toten Personen gefunden zu haben. Gott sei Dank! Er liegt wieder an der Brust, schläft aber bald erschlagen ein.

Es ist schon dunkel und ich fahre mit Mutter und Jane wieder nach Neuenhoven. Ich muss ins Bett. Die Wasserleitung ist noch dicht. Gut. Dann kann es morgen früh losgehen.

Ich schlafe unruhig. Ich träume verworrenes Zeug. Einmal sitze ich in der Praxis und nicht ein einziger Patient kommt den ganzen Tag! Niemand! Ich bin pleite, bevor ich angefangen habe!

Dann wieder ist das Wartezimmer total überfüllt. Die Leute stehen Schlange auf der Straße. Es geht aber nicht voran. Ich weiß nicht, was ich mit ihnen machen soll, wie ich sie heilen soll. Kein einziges Medikament fällt mir ein! Ich laufe über den Hof davon und alle hinter mir her!

Schweißgebadet werde ich wach. Ich stehe lieber auf, bevor ich noch mehr Mist träume. Mutter hat das Frühstück schon fertig. Sie ist noch nervöser als ich. Jane plappert fröhlich vor sich hin.

„Viel Glück Junge! Du schaffst das schon! Ich komm nachher auch mal runter!"

Gut. Dann kommt wenigstens einer!

„Danke! Ich geh dann mal!"

Meine Angestellten sind schon da. Zwei Arzthelferinnen mit Erfahrung. Von dem ganzen Papierkram und den Ziffern für die Abrechnung habe ich ja keine Ahnung. Die können das hoffentlich. Im Wartezimmer sitzen schon drei Leute. Ich begrüße sie freundlich und meine Mädchen auch. Die haben schon ein paar Rezepte fertiggemacht und Überweisungen. Ich unterschreibe blind alles. Wird wohl richtig sein. Ich gehe durch alle Räume. Alles in Ordnung! Alles ist neu und strahlt und blinkt. Nur das Wartezimmer und mein Sprechzimmer habe ich mit antiken Möbeln, Teppichen und alten Bildern ausgestattet. Das moderne Chromzeug, das man in allen Praxen sieht, wollte ich nicht. Jetzt ist es richtig gemütlich hier. Wie in einem Wohnzimmer. Die Patienten sollen sich doch wohlfühlen! Und ich auch! Es gefällt mir alles. Ich sitze an meinem Schreibtisch. Der ist hundert Jahre alt. Mindestens.

Das Telefon ist neu und klingelt. Eins meiner Mädchen.

„Herr Doktor? Da ist die Polizei am Telefon. Soll ich verbinden?"

Die Polizei? Was wollen die denn jetzt? Seit Jahren mache ich für die die Blutproben bei Autofahrern, die Alkohol getrunken haben.

„Klar! Stellen Sie durch!"

Es knackt in der Leitung.

„Polizeiwache. Mojn Doc!"

„Guten Morgen! Was gibts denn so früh?"

„Hier liegt einer auf der Straße. Ist vom Rad gefallen. Können Sie mal kommen? Der hat ein Rezept von Ihnen in der Hand!"

„Natürlich, ich bin schon unterwegs!"

Das geht ja gut los! Zum Glück ist noch niemand für die Sprechstunde da. Ein Rezept von mir? Dann muss der doch eben hier gewesen sein. Wer wohl? Die Namen kannte ich nicht, die auf den Rezepten standen. Die Medikamente auch nicht. Ich laufe in die Garage zum Auto. Habe noch schnell den großen Notfallkoffer geschnappt. Nagelneu! Mit Sauerstoffflasche, Intubationsbesteck und allem, was man so am liebsten gar nicht braucht. Ich rase los.

Zwei Kilometer, dann sehe ich schon das Blaulicht. Zwei Polizisten stehen neben einem am Boden liegenden Mann. Ich stelle meinen Koffer neben ihn und drehe ihn auf den Rücken. Zwei geöffnete Augen mit weiten Pupillen starren ins Nichts! Ich fühle nach dem Puls. Nichts! Ich leuchte in die Pupillen. Keine Reaktion.

„Wie lange liegt der schon hier?"

„Ne knappe halbe Stunde wohl, haben die Anwohner gesagt!"

„Der ist tot! Da hat Reanimation keinen Sinn!"

„Schon klar! Wir brauchen aber nen Totenschein!"

„Ich kenn den doch nicht! Weiß nicht, was der hatte!"

„Der ist doch Ihr Patient! Hat das Rezept hier von Ihnen. Wollte wohl gerade hier zur Apotheke die Ecke rum!"

Ich schaue auf das Rezept. Ja, habe ich eben unterschrieben.

„Ich hab doch eben erst mit der Praxis angefangen. Wisst ihr doch. Aber ich mach den Totenschein. Ist ja wohl kein Unfall oder Mord gewesen?"

„Nee. Die Anwohner haben ja gesehen, wie er einfach vom Rad gefallen ist!"

„Gut. Ich frag mal den Kollegen, bei dem er bis jetzt gewesen ist. Der kann mir sicher was sagen! Ich muss jetzt aber wieder in die Praxis!"

„Viel Spaß Doc! Und viel Erfolg weiterhin!"

Der Polizist grinst. Wie meint der das? Erfolg?

„Wann habt ihr das Rezept hier gemacht?", frage ich meine Mädchen.

„Das war gleich heute Morgen. Der erste Patient. Der sagte, die Tabletten bekäme er immer. Da haben wir sie aufgeschrieben! War das falsch?"

„Nein, nein! Der ist jetzt tot! Sicher nicht wegen der Tabletten! Unser erster Patient am ersten Tag ist schon tot! Das kann ja heiter werden! Hoffentlich ist das kein böses Vorzeichen!"

Das Wartezimmer füllt sich langsam. Nicht ganz. Aber vier, fünf Leute sitzen da. Ich bitte persönlich den Ersten zu mir herein. So wollte ich es. Eine Tür aus dem Sprechzimmer direkt ins Wartezimmer. Kein Nummernapparat oder eine Leuchtschrift ‚Der Nächste bitte'. Persönlich ist besser. Keinen zu großen Abstand schaffen. Soll alles ländlich sittlich sein. Zum Wohlfühlen. Das ist die halbe Heilung, habe ich überlegt.

„Schöne Praxis haben Sie, Herr Doktor! Gut, dass wir jetzt hier auch einen Arzt haben! Dann brauchen wir nicht mehr so weit zu fahren!"

„Danke! Nett von Ihnen! Was kann ich für Sie tun?"

Er ist ein bisschen erkältet. Nichts Schlimmes. Ich höre die Lunge ab, schreibe ihm ein paar Tabletten auf, gebe ihm das Rezept und eine Krankmeldung.

„Gute Besserung!"

„Danke! Bis zum nächsten Mal! Und viel Erfolg! Sie werden viele Patienten hier bekommen. Das hab ich schon gehört!"

Hoffentlich hast du recht! Das gibt mir jetzt aber Mut nach dem ersten Toten von eben. Noch ein paar Patienten kommen. Alle nichts Ernstes. Ich glaube, das Hauptkrankheitssymptom heute ist Neugier. Ist mir aber recht. Ein schwerer Fall reicht ja auch, zumal, wenn er tödlich endet!

Die meiste Arbeit haben meine Mädels an der Anmeldung. Als ich mit ihnen Kaffee trinke, erzählen sie, wie viele Rezepte und Überweisungen sie schon gemacht haben, und dass schon viele Termine für den Rest der Woche und auch für die nächste vergeben wurden. Schön. Ich bin sehr froh. Dann läuft es doch! Es funktioniert. Ich werde nicht bankrott machen. Alles wird gut!

Bald ist Mittag. Da heute Mittwoch ist, ist die Praxis heute Nachmittag geschlossen. Das ist so Tradition. Das will ich auch so beibehalten. Heute kommt es besonders gut. Dann kann ich gleich wieder zu Gabi und meinem Sohn, mit Mutter und Jane natürlich.

Für den Anfang reicht ein halber Tag ja auch. Die Feuerprobe ist bestanden!

XXIII

Ich liege wach. Jemand hat das Fenster geöffnet und ich kann das Gezwitscher der Vögel hören. Es ist noch nicht ganz hell draußen. Ich blicke wieder auf das Kreuz an der Wand. Ich kenne alle Details inzwischen daran.

Ach, lieber Gott, wenn es dich denn gibt, dann lass mich doch wieder gesund werden! Halbwegs wenigstens. Was habe ich denn verbrochen, dass ich hier so lange liegen muss? Es reicht doch, wenn einer von uns beiden so elend dran ist. Ich kann dir nicht helfen. Ist ja schon zweitausend Jahre her, dass man dich da hingehängt hat. Deswegen musst du mich doch nicht auch hängen lassen! Gut, ich liege. Das ist aber auch nicht besser. So auf die Dauer.

Gestern war ich wieder im Roboter. Ist schon ein tolles Gefühl, aufrecht durch das Zimmer zu gehen. Besser gesagt, gegangen zu werden. Aber immerhin. Ich spüre den Boden, wenn meine Füße ihn abwechselnd berühren. Fast wie selber gehen. Fast. Gabi hat mich gestern in dem Ding gesehen. War sichtlich beeindruckt. Ich glaube aber, Zweifel in ihrem Blick erkannt zu haben. Auch etwas Hoffnung.

Heute soll es weitergehen. Ich freue mich schon.

Die Tür geht auf und Gottvater tritt ein und an mein Bett, zusammen mit einem anderen Herrn im weißen Kittel. Der war noch nicht hier.

„Das ist der Patient, über den wir gesprochen haben, Herr Kollege!"

„Ach ja! Erinnere mich. Das fraglich apallische Syndrom! Was macht er denn?"

„Machen? Gar nichts! Überhaupt nichts! Keinerlei Fortschritte! Da besteht keinerlei Hoffnung!"

Der andere tritt näher an mich heran und wedelt mit den Händen vor meinem Gesicht. Dann kneift er mich in Arme und Beine.

„Tja, da ist wohl nichts mehr zu machen!"

Gottvater tritt näher zu ihm. „Doch, Herr Kollege! Sie denken doch genau wie ich, dass jeder noch der Wissenschaft dienen kann!"

„Ja, schon, äh, aber hier?"

„Sehen Sie, verehrter Kollege! Ich habe da noch die Studie mit den Stents nicht ganz abgeschlossen. Sie nehmen doch auch daran teil. Unglücklicherweise musste ich meinen Oberarzt entlassen wegen völliger Inkompetenz! Jetzt ist niemand im Haus, der die Stents legt. Vorrübergehend. Da habe ich an Sie gedacht. Ich lasse den Patienten in Ihre Klinik bringen und Sie erledigen das, wie früher auch! Gegen die entsprechende Vergütung natürlich! Bring ich Ihnen gleich zum nächsten Treffen im Rotary Club mit! In bar natürlich!" Erwartungsvoll sieht er seinen Kollegen an. Der zögert nicht lange mit der Antwort.

„Ja natürlich, Herr Kollege! Das ist kein Problem! Wie viele Stents braucht der denn?"

„Tja, ähm, so viele, wie möglich! Ich dachte so an drei oder vier! Im Sinne der Wissenschaft!"

„Verstehe! Für die Wissenschaft! Also vier. Welche Diagnose? Hat der wenigstens Stenosen?"

„Nicht so direkt. Aber mit etwas Phantasie und natürlich genauer Fachkenntnis sieht man die sehr deutlich!"

„Verstehe! Dann machen wir es so!"

„Ich wusste, dass ich mich auf Sie verlassen kann, Herr Kollege! Ich lasse den Patienten gleich morgen zu Ihnen bringen! Wenn Sie mich mal wieder brauchen, Sie wissen schon! Alles für die Wissenschaft!"

Sie wenden sich ab, als der andere Gottvater fragt: „Wie läuft es denn bei Ihnen mit dem Medikament ‚Longlife'?"

„Bestens! Der hier kriegt das auch! Er lebt ja noch! Hoffentlich noch lange! Dank ‚Longlife‘!"

„Ich hab auch noch keine besondere Wirkung von dem Zeug beobachtet! Außer auf meinem Konto natürlich, haha!"

Sie verlassen den Raum. Ich glaube das alles nicht. Die machen mich zum Versuchskaninchen! Aus reiner Profitgier! Und ich kann mich nicht wehren! Hoffentlich verhindert Gabi das. Wenn die ihr das mit den Stents aber gar nicht erst sagen?

Das war doch nur ein Traum! Ich versuche, wach zu werden. Irgendwie gelingt es mir nicht. Schlafe ich denn noch? Ich weiß es nicht genau. Hatte früher auch schon mal Träume, in denen ich genau wusste, dass ich träume. Dann freute ich mich im Traum schon, dass es ja nur ein Traum war und es gleich vorbei sein würde. Bei einem schönen Traum war das auch manchmal so. Dann versuchte ich, ihn festzuhalten. Jetzt will ich aber wach werden. Den Traum will ich nicht weiter träumen. So kann es doch in Wirklichkeit nicht sein! Das kann ich nicht glauben. Bei aller Schlechtigkeit, die ich den Menschen zutraue, besonders einigen Kollegen, das traue ich ihnen nicht zu. Trotzdem habe ich Angst. Mein Herz rast. Ich schwitze. Mir wird schlecht. Alles dreht sich. Der Monitor piepst immer schneller.

Julia kommt ins Zimmer, beugt sich über mich. Nimmt meine Hand und fühlt den Puls. „Was ist denn los mit Ihnen?"

Ihre freundliche Stimme beruhigt mich etwas.

Ich kanns dir leider nicht sagen, mein Kind. Aber mir ist kotzschlecht! Habe so einen Scheiß geträumt! Sie sieht auf den Monitor. Fühlt wieder nach dem Puls. Dann drückt sie auf einen roten Knopf unter dem Bildschirm. Alles dreht sich immer schneller. Ich spüre einen Schmerz in der Brust. Wie eine eiserne Klammer legt sich etwas um meinen Brustkorb. Ich habe schreckliche Angst. Kommt jetzt das Ende?

Die Tür fliegt auf und zwei Ärzte kommen mit Koffern in der Hand hereingestürmt. Nach einem schnellen Blick auf den Monitor reißen sie die Bettdecke weg und werfen sie auf den Boden. Einer zieht mir das Hemd vom Leib.

„Der flimmert gleich!"

Ich höre die Stimme irgendwie weit weg, wie aus einem anderen Raum. Julia steht bleich am Fußende. Ich sehe sie nur noch verschwommen.

„Infarkt!"

Nein! Wieso? War doch alles in Ordnung bei mir.

„Schnell! Aspirin! Heparin! Mach Adrenalin fertig! Sedieren! Ist der Defi klar? Wenn der richtig flimmert, müssen wir grillen!"

Die Stimmen entfernen sich immer weiter. Sehen kann ich nichts mehr, noch ein bisschen hell und dunkel unterscheiden. So also ist sterben? Hatte ich mir schlimmer vorgestellt. Die Klammer um meine Brust wird immer enger. Ich kriege kaum noch Luft.

Ich spüre, wie alle hektisch um mein Bett laufen und hantieren. Ach, lasst mich doch einfach gehen! Bin doch schon fast weg! Tut einfach nichts! Vielleicht ordentlich Morphium, damit der Weg einfacher wird. Der Weg hinüber.

Der Schmerz und die Enge lassen nach. Schwarze Nacht umgibt mich. Stille. Nur mit Mühe erkenne ich, dass ich jetzt tot bin. So einfach ist das also tatsächlich. Gut! Das hätte ich dann geschafft. Und jetzt? Wie geht es denn weiter? So ist man doch nicht tot. Aber wer weiß das? Ich fühle mich ganz leicht. Als ob ich schwebe, fortschwebe. Wo bleiben die Engelschöre, um mich im Himmel zu empfangen? Steht Petrus nirgends an der Ecke, um mich willkommen zu heißen? Oder ist wenigstens irgendwo ein kleiner Teufel zu sehen, als Gruß aus der Hölle?

Wie von einer unsichtbaren Feder geschleudert fliege ich in die Höhe. Die Arme beugen sich in einem Krampf über meiner Brust zusammen. Die Knie kommen bis an den Bauch geflogen, während sich alle Muskeln zusammenziehen und entsetzlich schmerzen. Ein peinigendes Stechen und Kribbeln erfüllt meinen ganzen Körper. Jeder einzelne Muskel zuckt und will sich nicht mehr beruhigen. Ich schwebe noch immer über dem Bett, bis ich auf einmal wieder zurückfalle und das Zittern im Körper genauso plötzlich wieder verschwunden ist.

Es wird wieder heller. Die Stimmen kommen wieder näher.

„Das war knapp. Jetzt ist er wieder im Sinusrhythmus!"

Die haben mich defibrilliert! Jetzt erkenne ich das Ganze. Der Schmerz ist weg. Die Enge auch. Die Übelkeit bessert sich. Ich fühle mich immer noch wie auf Wolken. Wahrscheinlich haben die mich so zugedröhnt. Gut so!

„Jetzt schnell rüber mit ihm in die Klinik. Katheter legen. Kriegt der Alte doch noch seinen Willen mit dem Stent!"

Sie heben mich auf eine fahrbare Trage, die von zwei Sanitätern hereingebracht wurde.

„Ich fahr mit zur Klinik!", sagt einer der Ärzte. „Sag du dem Alten Bescheid!"

Schon rollen sie mich aus dem Zimmer und durch den Flur in den Aufzug nach unten. Am Ausgang wartet schon ein Krankenwagen mit geöffneter Tür und sofort geht die Fahrt mit Blaulicht und Sirene los. Alles ist vernebelt in meinem Kopf. Fühle mich richtig wohl, sauwohl. Wie bei einem schönen Rausch früher. Mir ist auf einmal alles scheißegal. Was solls! Gestorben bin ich ja jetzt schon einmal. Gerade eben. War doch ganz leicht!

Gut, hat nicht ganz funktioniert. Aber fürs erste Mal doch ganz ordentlich. Probesterben! Beim nächsten Mal klappts sicher!

Der Krankenwagen hält und man bringt mich ein paar Stockwerke höher in einen weiß gekachelten Raum. Da steht schon jemand mit Mundschutz und sterilen Handschuhen und wartet anscheinend auf mich! Die Augen kommen mir bekannt vor. Wo habe ich die schon gesehen? Ist noch nicht lange her. Ich erinnere mich nicht. Ist auch egal. Jetzt erwartet mich wieder das Stechen in der Leiste. Jemand legt einen Stauschlauch um meinen Oberarm und setzt dann eine dicke Spritze mit einer weißen Lösung an meine Armvene. Er drückt den Inhalt komplett in mich hinein. Fast im gleichen Augenblick flimmert es kurz vor meinen Augen und ich versinke in losgelöster Schwerelosigkeit.

Ich höre Gabis Stimme, sehe Julia vor mir und Jesus an der Wand. Ich war doch gerade noch ganz woanders! Das ist wieder mein Zimmer. Wie lange mag ich wohl betäubt gewesen sein?

„Johannes! Johannes! Wie geht es dir?"

Mir gehts prima. Fühle mich richtig wohl. Keine Schmerzen. Keine Enge. Keine Luftnot. War das alles überhaupt? Ich fühle wieder den Sandsack auf meiner Leiste. Dann war doch alles Realität und kein Traum.

Der Professor tritt ein.

„Was ist denn passiert, Herr Professor? Gestern war doch noch alles in Ordnung!"

„Tja, Ihr Mann hat uns einige Sorgen gemacht! Ein kleiner Herzinfarkt und Herzrhythmusstören! Wir hatten aber alles schnell im Griff und konnten Schlimmeres verhindern! Wir sind eben sehr gut organisiert! Alle haben sehr gut aufgepasst! Ein paar kleine Stents mussten wir legen, damit es nicht noch mal passiert. Jetzt bekommt er noch Zusatzmedikamente!" Ein diabolisches Lächeln umspielt seine Mundwinkel. „In ein paar Tagen können wir mit den physiotherapeutischen Übungen fortfahren, die ja sehr erfolgversprechend sind, nicht wahr?"

„Besteht denn jetzt keine Gefahr mehr?"

„Nein, nein! Machen Sie sich mal keine Gedanken! So was kann schon mal passieren! Wir haben alles im Griff!"

„Gut. Und vielen Dank für alles!"

Wirklich ein feiner Kerl, der Professor! Gabi schaut mich glücklich an. „Hörst du? Alles nicht so schlimm! Wird wieder!"

Julia steht stumm und ernst am Fußende. In ihrem Blick entdecke ich fragende Bedenken.

Ich bin doch noch völlig zerknautscht. Sterben, wenn auch nur zur Probe, ist doch ziemlich anstrengend. Und ermüdend. Vor allem, wenn man wieder auferstehen muss. Ich blicke zum Kruzifix. Du hast das doch auch mitgemacht! Warst du danach auch so fertig wie ich jetzt?

XXIV

Viel zu tun heute in der Praxis. Jeden Tag wird es mehr. Gut so! All meine Ängste, dass es nicht klappen würde, sind verflogen. Wird schon bald zu viel! Besser so, als umgekehrt.

Drei Mägen habe ich geröntgt und zwei Dickdärme mit Kontrastmittel. Die Röntgenanlage läuft gut, wenn sie läuft. Schon drei Reparaturen waren erforderlich. Geht noch auf Garantie. Ich habe vorwiegend junge Patienten und auch viele Kinder. Das ist schön. Auch einige Ältere. Die tun sich schwerer, ihren bisherigen Hausarzt aufzugeben.

Bis Mittag geht es nonstop. Eine kurze Kaffeepause mit den Mädchen mache ich trotzdem immer. Muss sein. Das Betriebsklima sollte stimmen. Nach der Praxis habe ich einen Hausbesuch im Altersheim zu machen. Dann muss das Mittagessen eben warten. Praxis geht vor. Gabi ist wenig begeistert, wenn es später wird. Hat sich aber mittlerweile daran gewöhnt.

An der Pforte des Altersheims frage ich, auf welcher Abteilung die Patientin liegt, zu der ich soll. Ist nicht meine, sondern die eines Kollegen, für den ich eine Woche Urlaubsvertretung mache. Kollegialität gehört auch dazu. Ich möchte ja vielleicht auch mal vertreten werden.

Auf der Station angekommen, suche ich das Schwesternzimmer. Eine Pflegerin kommt mir schon im Flur entgegen. Die kenne ich doch!

„Hallo! Waren Sie nicht früher im Krankenhaus?", frage ich sie.

„Klar. Sie waren damals auf der Inneren, nicht wahr?"

„Stimmt! Wo muss ich denn hin?"

„Gleich hier, zu Frau Schmitz! Ich hol eben die Krankenakte!"

Wir kommen in ein relativ kleines Dreibettzimmer. An jeder Wand steht ein Bett. An jedem Bett ein Nachttisch, ein großer Schrank hinter der Tür. Sonst nichts. Alle Betten sind belegt. Die Patientin an der linken Wand ruft immer laut: „Maria! Maria!!" Immer wieder. Ununterbrochen.

„Hier rechts, das ist Frau Schmitz!"

„Wen ruft die andere Patientin denn?", frage ich.

„Keine Ahnung! Ihre Mutter hieß wohl so. Oder sie meint die Muttergottes! Geht Tag und Nacht so!"

„Ah, ja! Was ist denn mit Frau Schmitz?"

„Tja, eigentlich nichts. Hatte wohl diese Nacht ganz leichtes Fieber. Ist jetzt wieder weg. Die Nachtwache hat Sie rufen lassen. Die ist ziemlich unsicher und meint immer, wegen jeder Kleinigkeit müsse ein Arzt kommen!"

„Naja, jetzt bin ich einmal hier. Da kann ich ja mal nachsehen. Wie alt ist sie denn? Schon über hundert?"

„Wird nächsten Monat hundert!"

„Was hat sie denn für Krankheiten? Welche Medikamente bekommt sie denn?"

„Eigentlich ist sie nur alt. Was man dann so hat!"

Ich sehe mir die Patientin an. Höre Herz und Lunge ab. Schaue in den Hals. Messe den Blutdruck. Etwas hoch. Aber für das Alter gut. Die Lunge ist frei. Ein Herzgeräusch hat sie. Darf man mit hundert haben. Der Urin im Beutel vom Katheter ist klar.

„Ich seh da nichts Besonderes! Zeigen Sie mir mal den Tablettenplan, bitte!"

Sie gibt mir die Akte. Sicher zwei Kilo schwer und dicker als das Telefonbuch von Berlin. Eine Seite hat sie aufgeschlagen. Zwei, fünf, acht, zehn, dreizehn, achtzehn, neunzehn, einundzwanzig Tabletten zähle ich. Dazu noch zwei Sorten Tropfen dreimal täglich und morgens und abends eine Insulinspritze!

„Ist das nicht ein bisschen viel?"

„Sie sagen es! Aber der Hausarzt setzt nichts davon ab. Kommt dreimal in der Woche und sonntags auch!"

„Was macht der dann?"

„Nichts! Fühlt allenfalls den Puls und geht dann zur nächsten! Der hat bestimmt zwanzig Patienten hier im Haus. Ist mit unserem Leiter gut befreundet. Die spielen zusammen Golf!"

„Viermal in der Woche Besuche bei zwanzig Patienten? Sonntags auch?"

„Ja! Dem ist die Frau laufen gegangen! Hat jetzt wohl Langeweile zu Hause!"

Ich rechne mal eben im Kopf durch, was der so mit den Hausbesuchen verdient. Allerhand! Hausbesuche sind eigentlich nur erlaubt, wenn sie erforderlich sind. Nicht zum Zeitvertreib. Aber ich will ihm nichts unterstellen. Kenne ihn kaum. Etwas merkwürdig ist er schon.

„Ist die Patientin noch orientiert? Sie sieht so abwesend aus und sagt nichts!"

„Seit zwei Jahren liegt sie nur noch so auf dem Rücken! Sie starrt nur zur Decke oder wer weiß wohin. Sie reagiert auf nichts und niemanden. Liegt einfach nur da mit der Magensonde und den anderen Schläuchen. Vor zwei Jahren hat sie immer noch gesagt, sie wäre müde und möchte endlich sterben. Dann verfiel sie von heute auf morgen in diesen Zustand. Seitdem liegt sie so da!"

„Aber wofür um Gottes Willen bekommt sie all diese Medikamente? Das ist doch nicht normal! Herzstärkende Mittel! Blutdrucksenker und Tabletten, die den Blutdruck anheben! Das widerspricht sich doch! Tabletten gegen Schwindel und Übelkeit! Klar, sonst würde sie die anderen alle auch nicht vertragen. Und Magenschutztabletten! Schmerzmittel und Beruhigungstabletten und noch ein Schlafmittel! Obendrauf noch Insulin! Wie ist denn der Zucker?"

„Meistens sehr niedrig! Dann bekommt sie süßen Saft durch die Magensonde!"

„Schwester, das versteh ich alles nicht! Ist doch irgendwie unsinnig! Ich würd das alles absetzen, wenn es meine Patientin wäre! Das ist doch kein Leben! Das ist inhuman!"

„Ich denk ja genauso. Aber wenn ich so was andeute, krieg ich einen drauf! Der Hausarzt lässt überhaupt nicht mit sich reden! Hat sich zuletzt beim Heimleiter über mich beschwert! Da musste ich dann hin, und dann, na, egal!"

„Was hat der denn gesagt?"

„Soll ich bloß keinem sagen, sonst kündigt er mir! Aber Ihnen kann ich es ja sagen!"

Sie geht zur Tür und sieht in den Flur. Dann schließt sie die Tür. Sie spricht jetzt ganz leise. „Der hat mich ziemlich zusammengeschissen. Ich soll mich um meine Sachen kümmern, hat er gesagt. Die Medikamente gingen mich nichts an. Ich solle sie gefälligst so verabreichen, wie der Arzt es anordnet. Der wüsste schon, was er täte. Besser als ich! Das Haus bräuchte möglichst viele solcher Schwerstpflegefälle, und die müssten so lange wie irgend möglich hier liegen. Sonst könne er schließlich mein Gehalt nicht mehr zahlen!"

„Ist das wirklich wahr?"

„Ich lüge nicht! Sie kennen mich doch!"

„So ein Arschloch!"

„Dann hat er noch gesagt, ich soll mich gefälligst besser und mehr um die Dokumentation kümmern, statt die Patienten außer der Grundpflege noch zu betütteln und mit ihnen zu reden und ein Stück mit ihnen zu laufen! Nach der Dokumentation würde das Haus bewertet, nicht nach dem Wohlbefinden der Patienten! In den Papieren müsse das stimmen. Das andere wär egal! Qualitätsmanagement sei das Zauberwort! Der Dreh- und Angelpunkt jedes Heimes! Die Zertifizierung müsse erreicht werden! Nur darauf käme es an!"

Ich bin etwas sprachlos.

„Ach, Herr Doktor! Ich bin hier so unglücklich! Ich möchte mich um die Patienten kümmern! Mit ihnen sprechen. Über den Flur gehen oder sie in die Cafeteria fahren! Das brauchen die doch! Ihnen etwas Menschlichkeit geben! Stattdessen sitz ich den ganzen Tag in meinem Zimmer und beschreibe nutzloses Papier! Qualitätsmanagement! Ich bin Krankenschwester und kein Bürovorsteher! Genug Personal haben wir ja auch nicht! Daran wird gespart. Die meisten sind ungelernte Hilfskräfte! Ich würde am liebsten kündigen! Wenn ich was anderes finde, mach ich das auch! Aber in den Krankenhäusern und bei den Pflegediensten sieht es ja auch inzwischen nicht anders aus! Ach, was war es früher in unserem Krankenhaus schön! Wissen Sie noch? Da hatten wir Zeit für unsere Patienten! Und sterben durften die auch!"

„Ich weiß das nur zu gut! Ich mach das heute noch so, wie wir es damals gelernt haben, glauben Sie mir! Qualitätsmanagement müssen wir zwar auch machen, zuerst kommt aber der Patient! So wird es auch bleiben! Bei mir jedenfalls!"

Ich schaue noch mal nach der Patientin. Hoffentlich ist sie bald erlöst. Ich kann hier nichts tun. Ich möchte zwar, aber einem Kollegen in die Therapie pfuschen, das geht nicht. Werde aber mal mit ihm sprechen, wenn sich eine Gelegenheit bietet. Ich muss zurück nach Hause.

„Tschüss Schwester! Hoffentlich finden Sie bald was anderes! Ich wünsch es Ihnen! Sie konnten immer so gut mit Patienten umgehen! Schade, dass Sie das hier nicht mehr dürfen!"

„Auf Wiedersehen! Und erzählen Sie niemandem, was ich gesagt habe! Der reißt mir den Kopf aus!"

„Ich hab doch Schweigepflicht! Keine Angst! Gut, dass ich das alles weiß! Wenn ich mal hier einen Patienten habe, wird das anders laufen. Das versprech ich Ihnen! Ich leg mich zur Not mit dem Heimleiter an!"

Ich fahre sehr nachdenklich nach Hause. Was ist das doch für eine Scheißentwicklung im Gesundheitssystem! Wir haben ja auch immer mehr Formulare und Bestimmungen und Vorschriften. Qualitätsmanagement! Hygienebestimmungen! Arzneimittelrichtlinien! Budgets überall! Regelleistungsvolumina! Gemeinsamer Bundesausschuss! Qualitätsprüfungen! Heilmittelrichtgrößen! Und so weiter und so weiter. Und alles wird ständig geändert und neu erfunden, kaum dass man es halbwegs begriffen hat. Immer wieder neu und immer mehr! Manchmal stören die Patienten wirklich bei der Papierverarbeitung! So kann das alles doch nicht richtig sein! Ich kann es aber leider nicht ändern. Muss mitschwimmen, sonst werde ich diszipliniert, von Leuten, die ich selbst auch noch über meine Beiträge finanziere! Ein perverses System!

Was solls! Mir macht mein Beruf immer noch Spaß und ich versuche, das Beste daraus zu machen, sowie den Löwenanteil meiner Zeit den Patienten zu widmen!

Gabi wartet schon mit dem Essen.

„War was Schlimmes im Altersheim?"

„Nee, mit der Patientin nicht!" Warum soll ich Gabi mit meinen Gedanken belasten?

Nach dem Essen habe ich noch etwas Zeit und kann mit beiden Kindern im Arm, wie fast jeden Tag, ein wenig auf dem Sofa kuscheln. Dabei kann ich die Alltagssorgen vergessen! Wie schnell sie wachsen! Bald schlafen sie in meinen Armen ein und auch ich falle in den Schlaf.

XXV

Meine rechte Hand zuckt. Zuckt noch mal. Es tut nicht weh. Ich fühle ein angenehmes Kribbeln in den Fingern. Deutlich beugen sie sich. Fast bis zur Faust. Ich öffne sie wieder. Ich öffne sie wieder? Ich träume noch! Träume, dass ich meine Hand bewegen kann. Weiterträumen! Es ist so schön, zu träumen.

Die Finger beugen sich wieder. Ich strecke sie erneut. Gutes Gefühl! Noch mal das Gleiche. Beugen. Strecken. Beugen. Strecken. Beugen. Strecken.

Das träume ich doch nicht! Ich bin wach! Jetzt noch mal. Finger beugen und strecken. Noch mal und noch mal! Hurra! Ich kann mich bewegen! Wenn auch nur die Hand! Dann kommt der Rest sicher auch noch! Ja, ich bin wach! Kein Traum!

Julia kommt herein, hübsch und jung wie immer und sichtlich gut gelaunt. „Guten Morgen!", flötet sie.

„Gummo!"

Julia bleibt stocksteif stehen. „Haben Sie etwas gesagt?" Sie schaut mich ungläubig an.

„Gummo!" Das bin ich! Bin ich das? Doch! Ich höre es deutlich. Fühle es auch aus meinem Mund kommen. Ganz leise. Undeutlich. Aber es kommt aus mir.

„Sagen Sie es noch einmal!", fordert sie mich auf.

Ich nehme allen Willen und alle Kraft zusammen. Sie hat meine Hand genommen. „Guummoo!" Ich bewege die Finger langsam, sodass ich ihre Hand leicht drücke. Erschrocken lässt sie mich los und geht einen Schritt vom Bett weg.

„Haben Sie meine Hand gedrückt?"

Ich drücke das Kinn leicht Richtung Brust und wieder zurück. Ich will nicken. Ihre Augen weiten sich in sprachlosem

Erstaunen. Langsam drehe ich den Kopf und sehe ihr genau in die Augen.

„Guuummmoo!"

„Sie können ja wieder sprechen und Kopf und Hand bewegen! Ein Wunder! Wie schön! Das muss ich schnell den anderen sagen! Ein Wunder!" Sie läuft aus dem Zimmer, ohne irgendetwas getan zu haben.

Ob die andere Hand auch funktioniert? Langsam bewege ich die Finger. Es geht, wenn auch nur langsam und mit großer Anstrengung. Ich beuge sie so weit, dass sie die Bettdecke umfassen, ganz fest. Ich spüre den Stoff. Ich lasse wieder los, greife wieder zu. Es funktioniert! Gestern war doch noch nichts. Was ist da passiert über Nacht? Egal, Hauptsache, ich kann mich wieder bewegen. Ich wende langsam den Kopf, nach links, nach rechts. Geht auch. Ich hebe ihn an. Ein bisschen schaffe ich, dann fällt er wieder zurück. Ich versuche es immer wieder, bis die Nackenmuskeln ermüden. Ich bewege die Augen. Vom Kruzifix weg zum Fenster. Wieder zurück und zur anderen Seite. Eine lange Wand. Am Ende ein Schrank. Davor ein Bild. Kann ich so seitlich aber nicht genau erkennen. Schön bunt ist es jedenfalls.

„Gummo!" Ja geht denn nur ‚Gummo'? Will ‚Guten Morgen, schöne Welt!' sagen. „Gutt ... morrr!"

Sprechen ist schwer! Muss ich erst wieder lernen. Hat ja damals auch zwei Jahre fast gedauert, bis ich ‚Mama' sagen konnte. ‚Papa' noch länger. Also Geduld. Üben!

„Guttmorr!" Mal ein anderes Wort versuchen. „Aaaa". Sollte ‚Ja' werden. Noch mal. „Aaaah".

Jetzt ‚Nein'. „Nnneiii'. Das geht schon besser!

Julia kommt mit dem Bart im Schlepptau herein. „Schauen Sie sich das an, Herr Oberarzt! Ich hab nicht geschwindelt!"

Der Bart kommt an mein Bett und ich sehe zum ersten Mal ein Lächeln in seinem sonst eher düsteren Gesicht. „Guten Morgen, Herr Kollege! Was höre ich da für wunderbare Neuigkeiten von der Schwester! Sie können wieder sprechen und sich bewegen?"

„Guttmorr!"

Er sieht mich an, als hätte ich Goethes Faust rezitiert oder ein goldenes Ei gelegt.

„Das ist ja phantastisch! Weiter so!" Er nimmt meine Hand und ich drücke sofort zu. „Erstaunlich, Herr Kollege!"

„Aaa!"

„Ja, das ist wirklich sehr erstaunlich! Ich freue mich sehr für Sie! Ehrlich gesagt hatte ich nicht viel Hoffnung mehr nach der ganzen Zeit. Wissen Sie, wie lange Sie schon hier sind?"

„Aaaa!"

„Ich werde sofort Ihre Frau anrufen, ja? Das muss sie sehen und hören!"

„Aaaa!"

Er geht, und Julia beginnt mit der täglichen Pflege. Waschen, rasieren, nett machen. Die ganze Zeit redet sie auf mich ein. Erzählt mir ihr halbes Leben. Fragt mich immerzu irgendwas. Bevor ich mich sammeln kann, um zu antworten, stellt sie schon die nächste Frage. Ich komme nicht zu Wort. So schnell geht das doch noch nicht. Ich nicke zwischendurch leicht. Das scheint ihr zu genügen, um weiterzureden. Ich folge ihren Handgriffen, soweit ich kann. Das registriert sie auch. „Ach, das ist ein schöner Tag! Ich bin so froh! So froh, dass es Ihnen endlich besser geht! Ich muss jetzt aber gehen! Auf Wiedersehen! Bis später!"

„Daaa!"

„Sie brauchen sich nicht zu bedanken! Mach ich doch gerne!" Sie versteht mein Kauderwelsch. Gabi später hoffentlich auch!

„Johannes! Johannes!"

Ich muss wohl wieder eingeschlafen sein. Gabis Stimme hat mich geweckt. Ich wende ihr den Kopf zu und drücke ihre Hand leicht. Ich suche mit meinen Augen die ihren.

„Gagaaab."

„Es ist also wahr! Du kannst tatsächlich wieder reden! Und den Kopf bewegen! Und die Hand! Und die Augen! Ach, ich kann es kaum glauben! Jetzt wird alles wieder gut! Jetzt kannst du bald nach Hause! Was werden die Kinder sagen! Hab sie schon angerufen! Die wollen zum Wochenende gleich kommen! Bis dahin kannst du sicher noch besser sprechen und vielleicht sogar aufstehen!"

„Aaaaa!"

„Hast du Schmerzen?"

„Nneiii!"

„Gott sei Dank! Warum sagst du dann ‚Aaaa'? Ach das soll wohl ‚Ja' heißen?"

„Aaaa!" Ich nicke vorsichtshalber auch mit dem Kopf!

„Dann ist gut! Hab schon einen Schreck bekommen!" Sie sieht mich glücklich an und lächelt. Ich möchte ihr so vieles sagen, aber mir fehlen noch die Worte, beziehungsweise die Möglichkeit, sie zu formulieren. Ich drücke ihre Hand immer wieder. Das ersetzt die Worte.

Ich möchte versuchen, ob ich alleine im Bett sitzen kann. Wie kann ich ihr das klarmachen? Dass sie mir beim Aufrichten hilft?

„Ooch!"

„Was meinst du? Och! Och was?"

„Oooch!" Ich versuche, den Oberkörper etwas anzuheben. Ein klein wenig gelingt es mir. Kostet aber alle Kraft.

„Willst du hoch? Dich setzen?"

„Aaa! Ooch!" Sie versteht mich. Ich nicke noch einmal zur Bestätigung.

„Warte, ich helf dir! Wie soll ich das denn machen? Ich zieh dich an den Armen hoch, ja?"

Ich nicke. Sie beugt sich über mich und nimmt meine beiden Hände in ihre. Ich greife, so fest ich kann, zu. Gabi zieht und zieht. Die Anstrengung steht ihr ins Gesicht geschrieben. Langsam hebt sich mein Oberkörper. Es tut ziemlich weh in den Armen und Schultern. Im Rücken auch. Es knirscht irgendwie alles da hinten. Hoffentlich breche ich nicht auseinander. Ich muss da durch! Koste es, was es wolle! Bald sitze ich tatsächlich aufrecht im Bett. Ist das toll! Gabi stützt mich im Rücken etwas ab, aber ich sitze! Fast alleine! Das ist ein Gefühl! Nach Monaten des hilflosen Liegens!

„Daaa!"

„Wo?"

Danke will ich doch sagen.

„Daaa!"

Gabi sieht in die Richtung, in die ich blicke. „Was meinst du? Da ist doch nichts Besonderes!"

Sie lässt meinen Rücken los und sieht mich fragend an. Noch kurz kann ich mich halten in meiner Sitzposition, dann falle ich wie eine Puppe, die man loslässt, rückwärts ins Bett, dass die Matratze noch mehrmals nachfedert.

„Oh Gott! Hast du dir wehgetan?" Gabi ist ganz erschrocken.

„Nneii!"

„Zum Glück. Das lassen wir jetzt lieber! Nicht alles an einem Tag!"

Mich hat das alles ziemlich angestrengt und ich fühle mich ziemlich schlapp und müde. Sie setzt sich neben mich und erzählt mir von zu Hause.

„Ich hab eben alles stehen und liegen lassen, als der Oberarzt mich angerufen hat! Ich muss jetzt auch wieder zurück. Ich komme ja heute Nachmittag wieder!" Sie umarmt mich. „Gustav ist unten im Auto! Dem erzähl ich das jetzt sofort alles! Der freut sich dann bestimmt auch!"

Ja, bestimmt! Wenn ich ihn doch wenigstens mal kurz sehen könnte! Aber jetzt geht es ja richtig bergauf! Bald bin ich sicher wieder fit. Dann kann ich mit ihm wieder durch den Garten, über die Weide, in den Wald gehen! Das werde ich dann noch viel mehr genießen als vorher. Bald! Ich möchte meine Freude laut hinausschreien! Lasse ich aber lieber! Erst noch eine Runde schlafen. Genesung macht müde!

Schlafen gelingt mir nicht. Die neu aufgekeimte Hoffnung auf Heilung, wenigstens Besserung, die Hoffnung wieder aufstehen und gehen zu können, lässt mich nicht zur Ruhe kommen.

Träumen darf man doch! Wäre das schön! Wieder ein wenig am Leben teilnehmen! Ja! Leben!

Ich hänge noch diesen schönen Vorstellungen nach, als Julia, gefolgt von Mike, ins Zimmer kommt. Sie schiebt einen Rollstuhl vor sich her. „Schau, Mike! Du wirst es nicht glauben!"

Mike tritt näher und nimmt meine Hand. Ich drücke zu, so fest ich kann.

„Tatsächlich!" Mike sieht mich erfreut an.

„Guuttmorr!" Dabei wende ich ihm den Kopf zu und sehe genau in sein Gesicht.

„Das Sprechen geht auch wieder! Donnerwetter! Jetzt bin ich aber platt! Ich dachte, du hättest mich angeflunkert, Julia!"

„Ich flunkere nie! Was meinst du, sollen wir ihn mal ihn den Rollstuhl setzen? Das wär doch toll! Was meinen Sie? Haben Sie Lust und den Mut? Ich fahr Sie dann eine Runde durchs Haus und vielleicht mal nach draußen! Wollen Sie?" Sie sieht mich erwartungsvoll an.

Klar! Mögen würde ich das sicher. Ob ich es aber schaffe?!

„Aaaa! Aaaa!"

„Das heißt ‚Ja', Mike! Ich weiß das! Ich versteh ihn! Komm, wir versuchen es!"

„Weiß der Chef das?"

„Ach, der ist doch heute nicht im Haus! Komm schon! Stell dich nicht so an! Der Patient freut sich doch! Und Krankengymnastik und Bewegung sind doch dein Part! Das ist doch deine Entscheidung! Nun mach schon und fass mit an!"

„Schon gut! Schon gut! Du gibst ja doch keine Ruhe und den Rollstuhl haste ja auch schon mitgebracht!"

Sie setzen mich vorsichtig und ganz langsam im Bett hin. Mike hält mich im Rücken fest, während Julia meine Beine hochnimmt und mich daran herumdreht, bis ich quer zum Bett sitze. Sie lässt meine Beine ganz vorsichtig hinunter. Ich sitze auf der Bettkante! Wieder ein ganz neues Gefühl! Mike hält mich weiter abgestützt. Julia nimmt einen weißen Frotteemantel vom Rollstuhl. Hat sie wohl auch mitgebracht! Meiner ist das nicht. Zu zweit ziehen sie ihn mir an. Beide Arme durch und vorne zugebunden. Dann heben sie mich etwas an und bugsieren mich in den Rollstuhl. Beide Armlehnen klappen sie wieder hoch und legen meine Arme darauf. Die Fußstützen justieren sie so, dass meine Füße bequem darauf lagern.

„Fertig!", ruft Julia begeistert. „Ging einfacher, als ich gedacht habe! Toll! Ein Sicherheitsgurt muss aber um den Bauch, Mike! Hab ich auch dabei!"

Sie befestigen einen Lederriemen um meinen Bauch und um die Rückenlehne. Sehr eng! Geht aber.

„Jetzt gehts aber los!" Julia schiebt mich auf den Flur. Am Ende ist ein großes Fenster. Sie bleibt davor stehen und ich kann hinaussehen. Auf die Straße. Viel Verkehr ist da unten. Da pulsiert das Leben. Autos halten an einer Ampel, Menschen überqueren die Straße und die Autos rollen wieder an. Ich schaue nach rechts und nach links. Wie toll das ist, wieder ein kleines Stück am Leben teilzunehmen! Besser, als auf dem Rücken zu liegen und die Decke anzustarren. Obwohl ich Straßenverkehr und so viele Menschen eigentlich nicht mag. Jetzt kommt es mir wie ein großartiges Erlebnis vor. Wie ein Abenteuer! Obwohl ich lieber im Wald wäre. Das kommt bald auch wieder! Jetzt bin ich sicher! Und wenn es nur im Rollstuhl sein sollte! Damit kann man leben! Müssen viele andere auch. Manche ihr Leben lang! Ich schaffe das auch! Vielleicht sogar ohne Rollstuhl!

„Jetzt fahren wir mal runter in den Park!" Julia hat offensichtlich richtig Spaß. Sie freut sich mit mir oder für mich. Es geht in den Aufzug und dann abwärts, durch die Eingangshalle und hinten durch eine große Glastür in einen gepflegten kleinen Park. Es riecht so gut! Nach Rasen, nach Blumen, nach Bäumen. Nach herrlicher, frischer Luft! Kein Krankenhausmief! Das ist das Leben! Die Natur! Vögel hüpfen über die Wiese. Ein Eichhörnchen flüchtet den Baum hinauf. Ich kann mich gar nicht sattsehen. Herrlich ist das. Viel schöner noch, als ich es in Erinnerung hatte. Wenn man etwas wiederfindet oder wiederentdeckt, ist es viel großartiger und schöner, als vor dem Verlust.

Julia spricht mit einer Kollegin. Die beiden kichern. Ich bin viel zu abgelenkt von all dem Schönen um mich herum, um den beiden zuzuhören. Stolz schaue ich den Vorbeigehenden in die Augen, als ob ich etwas Besonderes hier vollbrächte! Wo bleibt der Beifall? Die müssen doch sehen, was für eine großartige Leistung ich hier vollbringe! Im Rollstuhl sitzen! Allein! Wie eine große Nummer im Zirkus! Gut, die können ja nicht wissen, dass ich wochenlang nichts konnte, gar nichts! Sonst würden sie schon applaudieren oder mir wenigsten etwas Bewunderung zukommen lassen! Ist auch wurscht! Aber ich komme mir toll vor! Wie ein Kind sich fühlen muss, das zum ersten Mal alleine auf dem Töpfchen war!

Dann geht es weiter. Quer durch die Anlage, an einem kleinen Teich vorbei. Ich fühle mich so wohl. Ich möchte mich bei Julia bedanken.

„Da... dan...!"

„Sie brauchen sich nicht zu bedanken!" Sie beugt sich zu mir und lächelt mich von der Seite an. „Ich tu das doch so gerne! Macht mir doch Freude, Ihnen zu helfen!"

Sie ist ein Schatz! Bevor ich hier rauskomme, bekommt sie ein extra großes Geschenk! Das hat sie tausendmal verdient. Sie schiebt mich langsam weiter und wir kommen zu einem großen Parkplatz.

„Kommt Ihre Frau nicht immer um fünf? Es ist kurz vor. Wir warten hier auf sie, ja? Die wird staunen!"

„Aaa! Aaa!" Du bist ein wirklicher Engel, Julia!

Wir stehen noch nicht lange da, als ich Gabis Auto, wie immer in ziemlichem Tempo, kommen sehe. Sie parkt ein, steigt aus und will schon Richtung Eingang gehen, als sie zuerst Julia und dann mich entdeckt. Sie kommt auf uns zugelaufen.

„Ich denk, ich seh nicht richtig! Was ist das denn? Ausflug? Willst du laufen gehen?" Sie umarmt mich. „Ach, ist das schön! Endlich nicht mehr im Bett! Ist das auch nicht zu anstrengend?"

Ich bewege den Kopf langsam hin und her. Meine Stimme versagt. Tränen laufen über meine Wangen.

„Nun wein doch nicht! Oder ist es Freude? Das ist doch wie ein Wunder! Jetzt bist du bald wieder ganz gesund und kannst nach Hause!" Sie streichelt über meinen Kopf.

Ja! Nach Hause!

„Mensch! Ich hab doch Gustav im Auto! Warte, den hol ich jetzt! Der wird verrückt werden vor Freude!" Schon ist sie weg zum Auto. Ich sehe, wie sie die Heckklappe öffnet, Gustav anleint und zurückkommt. Der hat mich schon entdeckt und zieht laut winselnd wie verrückt an der Leine. Er kommt, ohne dass Gabi ihn noch halten kann, auf meinen Schoß mit den Vorderläufen und leckt mir durchs ganze Gesicht. Er hört nicht mehr auf. Nicht nur der Schwanz wackelt, sondern der ganze Hund. Ach Gustav! Mein allerbester Freund! Wie habe ich dich vermisst! Jetzt habe ich dich wieder! Wenn auch nur kurz. Du hast mich sicher auch vermisst. Herrchen lebt noch und kommt bald ganz zurück! Dann gehen wir wieder spazieren und zur Jagd!

Er will und will sich nicht beruhigen. Schließlich kann Gabi ihn mit der Leine etwas zurückziehen. Er setzt sich neben mich und legt seinen Kopf auf mein Bein. Er sieht mich aus seinen treuen braunen Augen an. Er winselt immer noch ohne Unterlass. Ich bewege meine Hand langsam, und es gelingt mir, sie auf seinen Kopf zu legen. Ich streichle ihn, so gut ich kann. Sein schönes weiches, warmes Fell. Wie habe ich das vermisst! Jetzt ist er beruhigt. Winselt nicht mehr. Sieht mich glücklich und zufrieden an. Für ihn ist die Welt wieder im Lot!

„Jetzt können wir beide eigentlich gehen!", meint Gabi lachend zu Julia. „Wenn die beiden zusammen sind, brauchen sie sonst niemanden!"

Das stimmt! Hier möchte ich jetzt noch stundenlang mit meinem Hund sitzen. Auf der Jagd sitzen wir auch so auf einer Kanzel zusammen. Zu Hause auch oft. Im Sommer liegt er mit mir auf einer Liege im Garten. Als Welpe hat er immer wie ein Baby in meinem Arm gelegen dabei. Jetzt liegt er dann zwischen meinen Beinen. Nach Frau und Kindern ist so ein Hund das Größte und Schönste auf der Welt! Oder ist die Reihenfolge umgekehrt?! Egal. Er versteht mich immer und ich ihn! Ein Leben ohne Hund kann ich mir nicht vorstellen! Es würde sich wirklich nicht lohnen, wie Loriot richtig gesagt hat.

„Jetzt müssen wir aber bald wieder aufs Zimmer! Wir machen das aber jetzt jeden Tag so, ja?" Julia streichelt Gustav auch. „Dann kannst du dein Herrchen immer sehen!"

Schade! Aber sie hat wohl recht. Ich merke, wie meine Kräfte schwinden. Ich freue mich sogar aufs Liegen. Allerhand! Aber morgen ist ein neuer Tag! Dann gehts wieder raus! Jeden Tag länger!

Gabi bringt Gustav wieder zum Auto. Er sieht sich immer wieder nach mir um. Er winselt wieder laut. Bis morgen, mein Freund. Wieder Tränen. Julia schiebt mich durch den Haupteingang wieder in die Halle. Als Gabi kommt, fahren wir gemeinsam hoch und in mein Zimmer.

„Ich ruf eben Mike, damit wir Ihren Mann wieder ins Bett bekommen!"

„Ich kann doch auch anfassen!"

„Das ist zu schwer für Sie!"

„Ach was! Das schaff ich schon!"

„Na gut!" Julia klappt die Lehnen herunter, löst den Gurt. Ich fühle, wie ich nach vorne kippe. Sie hält mich aber fest und zieht mir den Morgenmantel aus.

„Jetzt einen Arm im Rücken und den anderen unter die Oberschenkel. Geben Sie mir Ihre Hände! So! Und jetzt hoch auf die Bettkante!"

Schon haben die beiden das geschafft. Ich wiege wohl nicht mehr so viel. Dick war ich eh nie. Endlich liege ich wieder. Hätte nie gedacht, dass ich mich da noch mal nach sehne! Tut das gut! Ich bin völlig gerädert.

„Vielen Dank, Julia! Sie sind wirklich eine tolle Schwester! Ich mache Ihnen das auch gut! Das will mein Mann auch!"

Die beiden unterhalten sich noch und sprechen mich auch immer wieder an. Ich bin aber schon ziemlich weit weg und kann dem nicht mehr folgen. Ein schöner Tag war das! Wie eine zweite Geburt!

XXVI

Statt Kaffeepause bin ich auf dem Weg ins Nachbardorf. Patienten haben angerufen, weil es der Mutter so schlecht geht und sie starke Schmerzen hat. Die kann ich nicht warten lassen.

Die Frau ist noch ziemlich jung. Dreiundvierzig. Bauchspeicheldrüsenkrebs. Unheilbar. Hat immer Schmerzen. Isst kaum etwas. Wenn sie isst, muss sie sofort brechen. Schlimmer Fall! Arme Frau! Schon fast ein halbes Jahr geht das und wird von Woche zu Woche schlechter. Zehrt an meinen Nerven. Ich kann nichts tun, außer ihr Schmerzmittel geben. Kann ich wirklich nicht mehr tun?

Sie war lange in der Klinik. Ist mehrfach operiert worden. Die Wunden heilen nicht. Das liegt an der Chemotherapie, die sie bekommen hat. Alles eitert und suppt. Zum Teil ist es noch offen, und man kann tief in den Bauch sehen. Die Wunde wird täglich vom Pflegedienst gespült und gereinigt. Trotzdem stinkt es sehr nach Fäulnis. Ein schrecklicher Zustand. Ich spritze immer Morphium. Etwas Stärkeres habe ich nicht. Ich muss die Dosis ständig erhöhen, weil es kaum noch wirkt. An der Tür werde ich schon vom Ehemann erwartet.

„Hallo, Herr Goetze! Wie sieht es aus?"

Er sieht mich aus verweinten Augen an.

„Gut, dass Sie so schnell kommen, Herr Doktor! Meine Frau hat so furchtbare Schmerzen! Sie schreit dauernd vor Schmerz!"

Wir gehen zum Schlafzimmer. Schon vor der Tür kann ich die Patientin wimmern hören.

„Guten Tag Frau Goetze! Ist es so schlimm heute?" Ich trete näher an ihr Bett. Ganz gekrümmt liegt sie weinend darin.

„Ich kann es nicht mehr aushalten! Bitte helfen Sie mir!"

„Ich gebe Ihnen sofort die Spritze, Frau Goetze! Etwas mehr als sonst, dann lassen die Schmerzen gleich nach! Sie werden sehen!"

Ich ziehe aus der Morphiumflasche die doppelte Menge in einer Spritze auf, binde den Oberarm mit einem Stauschlauch ab und setze die Nadel an die Vene in der Ellenbeuge. „Jetzt ist es gleich besser. Dann können Sie etwas schlafen!"

„Ja, hoffentlich! Ich kann nicht mehr! Warum muss ich so leiden? Können Sie mir nicht so viel geben, dass ich nicht mehr aufwache? Ich werde ja doch nicht mehr gesund!"

„Nun mal langsam! Schlafen Sie erst mal! Ich helfe Ihnen schon, dass Sie nicht so leiden müssen!" Ich spritze das Morphium langsam in die Vene. Sie wird ruhiger. Die Augen drehen sich langsam nach oben, sie schließt die Lider und schläft ein. Ich packe meine Sachen zusammen.

Vor der Tür spricht mich ihr Mann an. „Wie lange geht das noch, Herr Doktor? Wir können alle nicht mehr! Es ist so schrecklich, sie so leiden zu sehen!"

„Ich weiß es wirklich nicht, Herr Goetze! Das weiß nur der liebe Gott! Wir können nur warten! Ich komme jetzt aber dreimal täglich und spritz ihr was. Zwischendurch geben Sie ihr die Tropfen! Seien Sie damit nicht sparsam! Sie können mich auch jederzeit anrufen!"

„Ja, gut! Danke!"

„Dann bis heute Abend!"

Ich fahre, in Gedanken versunken, zurück. Was kann ich nur tun? Nichts! Abwarten! Morphium spritzen. Ständig erreichbar sein. Sonst nichts! Einschläfern? Wäre sie ein Tier, hätte man das aus Menschlichkeit längst getan. Wir dürfen das bei Menschen nicht. Auch wenn es wirklich menschlich wäre! Ich möchte die Entscheidung auch nicht treffen müssen. Warum eigentlich nicht? Das Gewissen? Angst vor Strafe? Bei meinem alten Chef habe ich ja gelernt, dass man nicht töten soll, aber das Sterben verlängern soll man auch nicht. Durch Nichtstun das Sterben verlängern geht dann aber auch nicht! Außer Morphin spritzen tue ich nichts! Damit verlängere ich das Sterben! Ein Teufelskreis! Ein Gewissenskonflikt! Helfe ich ihr beim Sterben, mache ich mich strafbar. Mord wäre das zwar nicht, dazu fehlen die niederen Beweggründe und die Habgier. Ich hätte einen finanziellen Nachteil. Meine Beweggründe wären ja eher gut und menschlich. Ein Akt der Nächstenliebe. Tötung auf Verlangen ist auch verboten! Gefängnis! Da will ich auch nicht hin! Es gibt keine Lösung. Juristisch zumindest nicht. Wie komme ich aber mit meinem Gewissen klar? Das steht nicht im Gesetzbuch! Ich kann die Frau doch nicht so verrecken lassen! Irgendwie muss ich den Spagat zwischen meinem Beruf und den Gesetzen doch hinkriegen! Aber ist mein Beruf denn, Leben zu beenden? Nein, ganz und gar nicht! Leben erhalten, ja, aber um jeden Preis? Sterben verlängern? Nein? Tatenlos zusehen, wie jemand jämmerlich und mit unerträglichen Schmerzen dahinsiecht? Nein! Was dann? Töten? Nein! Wie würde ich nachher damit klarkommen, wenn ich ihr Leben beende? Habe ich das Recht dazu? Nein? Die Pflicht, sie von ihrer Qual zu erlösen? Ja, oder doch nein? Wenn ich kein Gewissen hätte, wäre es mir egal. Egal, wenn ich sie töte und egal, wenn ich es nicht tue. Ich habe aber eines! Ich habe aber auch Verantwortung gegenüber meiner Familie und meinen anderen Patienten. Und gegenüber dem Leben! Scheißberuf!

Den ganzen Nachmittag ist die Sprechstunde brechend voll und ich habe alle Hände voll zu tun. Ich verdränge Frau Goetze vorrübergehend. Brauche den Kopf für die anderen Patienten. Immer wieder sehe ich sie aber in Gedanken daliegen, schreiend vor Schmerz. Ohne Hoffnung!

Zwischen zwei Patienten komme ich am Medikamentenschrank vorbei. Kurz bleibe ich stehen. Das ist es! Ich greife in die Schublade und nehme eine Flasche Insulin heraus. Ich ziehe eine Fünf-Milliliter-Spritze auf und stecke sie in die Tasche.

Die Sprechstunde ist zu Ende. War viel. Aber so wollte ich es ja. Immer mehr neue Patienten kommen und es macht richtig Spaß. Finanziell ist es noch nicht so üppig, aber es reicht, um die Schuldzinsen zu bezahlen. Essen und Trinken haben wir auch. Frieren müssen wir auch nicht. Also ist alles gut. Wird sicher bald noch besser werden.

Die Mädchen machen alles aus und zu und gehen. Ich laufe die Treppen hinauf zu Gabi und den Kindern. Die spielen noch im Wohnzimmer auf dem Boden. Ich setze mich zu ihnen. Sie krabbeln auf meinen Schoß. Reden gemeinsam auf mich ein. So viele Fragen! Woher immer die Antworten nehmen? Meistens fällt mir etwas ein, wenn es auch nicht immer so ganz stimmt. Das ist egal. Sofort kommt die nächste Frage.

„Papa, spielst du mit uns was?"

„Papa muss noch mal eben weg! Ich bleib aber nicht lange. Dann spiel ich mit euch, ja?"

„Was denn?"

„Was ihr wollt!"

„Ich will verstecken spielen!", sagt Jane.

„Das ist doof!", meint Johannes. „Lieber Karten spielen, ja?"

„Mir ist es egal! Einigt euch bis nachher! Wir können ja beides machen! Nacheinander. Okay?"

Gabi kommt dazu. „Wo musst du denn jetzt noch hin? Ist doch schon ziemlich spät! Das Abendessen ist auch fertig! Wir können doch nicht immer so spät essen!"

„Nur ganz kurz zu Frau Goetze. Hab ich versprochen. Du kennst den Fall doch. Der geht es ganz schlecht!"

„Ach so. Ja. Gut. Das versteh ich. Aber beeil dich, ja?"

„Mach ich, Kind!" Habe sie ja immer ‚Kind' genannt. Sie hat sich mittlerweile daran gewöhnt. Anfangs wollte sie den Kosenamen nicht. Ich gehe hinunter und zum Auto. Ich fasse in die Tasche. Die Spritze ist da!

Langsam fahre ich los. Was soll ich tun? Erst mal sehen! Angekommen, erwartet man mich schon. „Wie stehts?"

„Sie ist noch ziemlich ruhig. Schläfrig. Zum Glück!"

„Das ist gut!" Ich fühle Erleichterung. Brauche ich noch keine Entscheidung zu treffen. Gemeinsam gehen wir zu der Kranken. Ihr Gesicht ist noch mehr eingefallen seit heute Morgen und schmerzverzerrt.

Leise stöhnt sie. Immer wieder. Es ist zum Erbarmen.

„Ich geb ihr noch mal Morphium für die Nacht, dann schläft sie hoffentlich durch."

„Ja, machen Sie das! Ich muss auch ein wenig schlafen! Mein Gott, wie lange soll das bloß noch gehen?"

Ich spritze eine ziemliche Menge. Diesmal in den Pomuskel, oder das, was davon noch übrig ist. Sie ist total abgemagert. Nur noch Haut und Knochen. Intramuskulär wirkt die Spritze etwas länger, dafür nicht sofort.

Beruhigt fahre ich wieder los. Die Kinder warten schon und empfangen mich lautstark bereits auf der Treppe.

„Karten spielen!"

„Verstecken!"

Ich bin so müde, aber Vaterpflichten gehen vor! Macht auch Spaß. Habe viel zu wenig Zeit für die beiden. Was sollen andere Väter sagen, die morgens wegfahren und erst abends spät nach Hause kommen? Da haben wir es viel besser. Ich bin ja im Grunde den ganzen Tag zu Hause.

Wir spielen zuerst Verstecken. Beide sind aber immer so laut in ihren Ecken, dass man sie sofort findet. Macht aber nichts. Sie jauchzen vor Vergnügen!

Wir essen zusammen, dann bringen wir die Kinder ins Bett.

„Papa, liest du uns wieder was vor?"

„Sicher. Mach ich doch immer!"

Abends lese ich ihnen immer noch etwas aus einem Buch vor. Am liebsten hören sie Max und Moritz. Lehrer Lämpel! Ich kann es eigentlich schon auswendig.

„Rums!" Das schrei ich ganz laut. Dann sind beide wieder wach! „Dann geht die Pfeife los, mit Getöse, schrecklich groß!" Lauthals lachen die beiden. Was gibt es Schöneres, als Kinderlachen? Da vergisst man alle Sorgen! Bald sind sie eingeschlafen.

Wir gehen auch sofort ins Bett. War ein langer Tag. Ich bin todmüde, kann aber nicht schlafen. Immer sehe ich die arme Frau da in ihrem Bett leiden. Warum kann sie nicht einfach sterben? Ich drehe und wälze mich die ganze Nacht. Kurz schlafe ich ein, bevor der Wecker klingelt. Vor der Sprechstunde will ich zu Frau Goetze. Ich beeile mich mit dem Frühstück. Habe sowieso keinen Hunger. Zu sehr belastet mich das. Während der Fahrt fühle ich in die Tasche. Die Spritze ist noch da.

„Meine Frau hat ziemlich viel geschlafen diese Nacht. Nicht geschrien. Wohl gestöhnt. Geben Sie ihr noch mal Morphium?"

„Ja klar! Sie soll doch keine Schmerzen mehr haben! Und schlafen soll sie doch auch ruhig!"

„Ja, das ist gut!"

Welche Spritze gebe ich ihr? Morphium oder Insulin? Was ist richtig? Beide sind fertig aufgezogen in meiner Tasche. Die Entscheidung fällt schwer. Sehr schwer. Schläft sie so bald friedlich ein oder nicht? Ich weiß es nicht.

Nach der Injektion fahre ich zurück. Das Wartezimmer ist schon ziemlich voll. Es läuft aber alles zügig. Kurz vor Mittag kommt eines meiner Mädchen und fragt, ob ich heute früher zu Frau Goetze fahren könnte. Die Angehörigen hätten angerufen.

Mein Herz klopft heftig. Ob sie wieder so schreit vor Schmerz wie gestern? Als ich ankomme, steht die Haustür schon auf. Es ist aber alles still. Ich gehe ins Zimmer. Der Mann und die halbwegs erwachsenen Kinder stehen am Bett der Mutter.

„Sie atmet so komisch, Herr Doktor!"

Ich sehe sie mir an und höre Herz und Lunge ab. Sie atmet nur noch stockend. Die Pausen zwischen den einzelnen Atemzügen werden immer länger. Sie ist kaltschweißig, aber ganz ruhig. Die Augen sind geschlossen. Ich taste am Handgelenk nach dem Puls. Sehr schnell und unregelmäßig rast das Herz. Ein tiefer Atemzug noch, der Kopf neigt sich zur Seite, die Augen öffnen sich ein wenig, das Kinn klappt leicht herunter. Ich fühle keinen Puls mehr. „Sie ist erlöst!", sage ich leise zu den Angehörigen.

Die stehen da mit gefalteten Händen und weinen.

„Endlich hat Mutter Ruhe!", sagt der Sohn.

Ich kondoliere und verabschiede mich.

„Vielen Dank für all Ihre Hilfe, Herr Doktor! Wir sind Ihnen sehr dankbar!"

Ich fahre erschöpft, aber zufrieden zur Praxis zurück.

XXVII

Gabi sitzt schon am Bett, als ich wach werde. Habe ich das mit dem Rollstuhl und Gustav nur phantasiert? Oder war das Wirklichkeit?

„Guten Morgen! Ich sitz schon ne Stunde hier! Schlafen kannst du ja hier wenigstens genau so gut wie zu Hause! Könnt ich das doch auch! Endlich bist du wach!"

„Hall... Kinn!" ‚Hallo Kind' sollte das werden. Habe ich extra diese Nacht mal geübt, als ich nicht schlafen konnte.

„Gleich kommt Julia! Dann packen wir dich wieder in den Rollstuhl! Bin extra früh gekommen. Ich fahre dich dann rund! Gustav ist auch im Auto! Und die Kinder kommen auch nachher! Die werden staunen! Es ist so schön draußen!"

Habe ich das also doch nicht geträumt! Schön! Ich freue mich riesig auf den Ausflug! Und auf die Kinder! Und auf Gustav!

Gabi holt den Rollstuhl gerade näher, als Julia auch fröhlich wie immer hereinkommt. „Erst wird sich aber gewaschen und rasiert! So können Sie ja nicht raus!"

Ach, mir wäre das egal! Hauptsache aus dem Bett und raus! Ob gewaschen oder nicht! Wen interessiert das schon! Julia natürlich! Gabi stimmt ihr selbstverständlich zu! Na gut! Kann mich eh nicht wehren. Beeilt euch wenigstens! Es geht auch ziemlich flott. Bald bin ich fertig und die beiden setzen mich wieder in den Rollstuhl und schnallen mich fest.

„Um zwei macht der Chef Visite! Dann müssen Sie aber wieder hier sein!"

Quatsch, der kann mich doch mal!

„Keine Sorge!", sagt Gabi. „Das schaffen wir schon! Ist ja noch früh!"

Und los gehts. Durch die Flure hinunter und in den Park. Die schöne frische Luft! Die Vögel mit ihrem Gezwitscher! Am Teich vorbei zum Auto. Gustav kommt aus dem Kofferraum geschossen, bevor Gabi ihn anleinen kann. Er bellt vor Freude, dreht sich wie verrückt im Kreis und springt immer wieder auf meinen Schoß und leckt mir durchs Gesicht. Als er sich beruhigt hat, streichle ich seinen Kopf.

Wir fahren durch den Grünstreifen, der um den Parkplatz herum angelegt ist. Bis zu einer Bank. Dort halten wir und Gabi setzt sich. Sie schaut auf die Uhr. „Gleich müssten die Kinder kommen. Am besten warten wir hier, damit wir sie nicht verpassen!"

Ich nicke leicht. Das Sprechen fällt mir heute etwas schwerer als gestern noch. Merkwürdig! Dachte, das würde jetzt täglich besser. Überhaupt fühle ich mich heute irgendwie anders als gestern noch.

‚Mir ist es nicht gut', würde Frau Schneider jetzt sagen. Wenn sie sich dann so fühlt, wie ich in diesem Moment, dann hat sie allerdings recht. Ich fühle mich miserabel.

Meine Arme und Beine sind auf einmal auch so schwer. Ich spüre sie wie Ballast. Versuche die Hand zu bewegen. Geht nicht. Ich sehe auf meine Hände. Nichts rührt sich. Ich merke, wie sie von den Armlehnen rutschen und kraftlos beiderseits herabhängen. Den Kopf bekomme ich auch nicht mehr hoch. Ich glaube, mich übergeben zu müssen.

„Johannes!" Gabi schreit vor Schreck, als sie das mitbekommt. „Johannes! Was ist denn? Da kommen die Kinder! Sie winken dir zu!"

Mein Oberkörper fällt nach vorn, soweit der Gurt das zulässt. Alles verschwimmt vor meinen Augen. Ich sehe Lichtblitze. Die Geräusche um mich werden leiser.

„Papa!"

„Vatter!"

Ganz weit weg höre ich die Kinder mich rufen. Dann ist es dunkel und still um mich herum.

Langsam kehrt das Licht zurück. Aus der Ferne höre ich Stimmen. Kommen sie von rechts oder links? Ich kann es nicht genau orten. Warum? Langsam erscheint das Kruzifix an der Wand klarer. Ist das heute weiter weg? Oder näher? Sonst konnte ich doch die Entfernung ungefähr feststellen. Rechts vom Bett erkenne ich Gabi und Julia. Irgendwo höre ich doch die Kinder sprechen! Aber wo? Wo sind sie? Ich versuche, den Kopf zu wenden. Keine Reaktion. Links ist alles dunkel. Die Stimmen klingen alle wie aus einem alten Radio. Monoton. Ich höre nur auf einem Ohr! Ich sehe nur noch mit dem rechten Auge! Mein Mundwinkel hängt herab. Speichel läuft übers Kinn. Julia wischt es ab. Am rechten Auge fühlt sich das Lid auch so schwer an. Arme und Beine spüre ich nicht mehr. Nur der Rücken schmerzt.

„Schwester Julia! Was ist mit ihm? Heute Morgen war doch alles so gut."

„Ich hab schon den Oberarzt gerufen. Der kommt gleich. Ich glaube, Ihr Mann hat jetzt auch noch einen Schlaganfall bekommen! Das Gesicht ist ja ganz schief! Aber ich weiß es auch nicht genau!"

Das wird wohl stimmen, hübsche Schwester. Gerade jetzt, wo alles besser wurde! Das wars dann wohl! Das kann ich nicht auch noch überstehen! Ich will auch nicht mehr! Ich will nach Hause und in Frieden sterben! Es muss ein Ende haben. Genug der Qual!

Ich muss es ihnen klar machen. Irgendwie! Ich sammle alle Kraft, konzentriere mich.

„Hauuuusss! Sterrrben!" Ich schreie es hinaus. Es hört sich verschwommen und undeutlich an.

Gabi und Julia sehen mich erschrocken an.

„Mama, du hast es gehört! Papa will nach Hause. Er möchte sterben! Wir sollten tun, was er will! Er soll zu Hause sterben. Nicht hier im Krankenhaus!" Jane kommt auf die andere Seite, sodass ich sie sehen kann. Wie durch einen Schleier. Johannes steht hinter ihr. „Ja, Mutter. Lass uns Vatter nach Hause holen! Einer von uns kann dann immer bei ihm sein!"

„Ich glaub, ihr habt recht! Er wollte immer zu Hause sterben und den Lindenhof nur mit den Beinen voran einmal verlassen!"

Der Bart tritt an mein Fußende. Sehe ihn nur halb und weit weg. Er leuchtet mit einer Taschenlampe in meine Augen, streicht mit den Fingernägeln durch mein Gesicht. Fühlt den Puls. „Das ist ein schwerer Schlaganfall! Oder eine Blutung im Kopf! Das sieht nicht gut aus!"

Gabi und die Kinder schluchzen. „Wir wollen ihn nach Hause holen, Herr Doktor!"

„Vielleicht haben Sie recht! Jetzt können wir sicher auch nicht mehr viel tun! Ich denke auch, dass es besser ...‟

In diesem Moment kommt der Chef eiligen Schrittes herein, schiebt den Bart zur Seite und sieht mich kurz an. „Das ist ja nur eine kleine Kreislaufstörung! Wir bringen Ihren Mann ein paar Tage zur Beobachtung auf die Intensivstation, dann ist das schnell wieder behoben! Ich veranlasse das sofort!"

„Neiiiii...!" Es dröhnt regelrecht aus meiner Kehle. Bin selbst erschrocken.

Gottvater sieht mich an.

„Herr Professor!" Johannes stellt sich zwischen ihn und das Bett. „Wir haben eben beschlossen, unseren Vater nach Hause zu holen! Veranlassen Sie das bitte!"

„Keinesfalls! Das kann ich nicht verantworten! Das geht aus medizinischen Gründen nicht! Das können Sie nicht entscheiden! Das liegt einzig und allein in meiner Macht! Nur ich entscheide, wer wann nach Hause kommt! Nur ich! Nur ich allein!" Er ist feuerrot geworden im Gesicht, so sehr hat er sich in Rage geredet!

Gut, mein Sohn! Gibs dem Arschloch! Ich möchte so gerne die letzten Tage zu Hause sein. Bei euch! Im Lindenhof!

„Wir haben es so entschieden! Und so wird es geschehen! Mein Vater hat eine Patientenverfügung! An die haben auch Sie sich zu halten! Wenn nicht, hole ich noch heute seinen Anwalt hierher!"

Gottvater schnappt nach Luft. „Wenn es solch eine Patientenverfügung gibt, dann zeigen Sie sie mir gefälligst! Bis jetzt hab ich keine gesehen! Dann werde ich entscheiden! Aber nach meiner ärztlichen Ethik und Verantwortung! Ich habe schließlich einen Eid geschworen! Den Eid des Hippokrates, falls Ihnen das etwas sagt!"

„Ich kann Ihnen diesen Eid sogar auf Altgriechisch aufsagen oder aufschreiben, wenn Sie möchten! Darin steht auch, dass Sie Patienten nicht schaden und ihnen kein Unrecht antun dürfen! Wenn Sie den Willen meines Vaters missachten, schaden Sie ihm aber und ignorieren sein Recht!"

Der Chef ist außer sich vor Wut! Er macht den Mund keuchend auf und zu, wie ein Goldfisch auf dem Trockenen. Er zittert. „Bringen Sie den Wisch, dann werden wir sehen!"

Meine Frau und Jane gehen dazwischen. „Herr Professor! Wir wollen doch nur das Beste für meinen Mann!"

„Papa will hier weg. Eben hat er es noch gesagt! Bitte!"

„Ach was! Schnickschnack! Ich diskutiere mit Ihnen nicht über so was! Guten Tag!" Wie eine Dampflok stampft er aus dem Zimmer.

Der Oberarzt sieht die drei an und sagt leise nach einem kurzen Blick auf mich: „Sie haben recht! Nehmen Sie ihn mit! Hier wäre alles nur noch Qual! Man kann nichts mehr für ihn tun!"

Julia geht mit ihm hinaus.

„Papa hat gar keine Patientenverfügung gemacht, Johannes! Wo willst du die hernehmen?"

„Der hat die Formulare doch sicher irgendwo in der Praxis!"

„Ja, auf dem Rechner!"

„Na also! Dann fahr ich schnell und mach eine! Seine Unterschrift kann ich auch. Ist ja nicht schwer! Hab ich mal für die Schule geübt! Aber natürlich nie benutzt! Ehrlich!"

Clever, Junge! Mach das, damit der Spuk ein Ende hat!

„Dann fahr schnell! Ich halt das auch nicht mehr aus hier!"

„Ich fahr sofort los. Ich ruf unterwegs Jürgen an, falls wir doch noch einen Anwalt brauchen. Der kommt bestimmt sofort!"

Die ganze Diskussion hat mich verdammt aufgeregt. Schließlich geht es um nicht weniger, als um mein Leben. Mehr um meinen

Tod! Der ist genauso wichtig! Hoffentlich klappt das auch alles so! Jane und Gabi sitzen an meinem Bett, halten meine Hände, wischen meinen sabbernden Mund ab. Ich falle in einen oberflächlichen Schlaf. Im Hintergrund höre ich die beiden, wie sie sich leise unterhalten. Verstehen kann ich sie nicht.

Mir scheint nur kurze Zeit vergangen, als Johannes wieder im Zimmer steht.

„So! Alles ist geregelt! Der Alte wollte zuerst die Verfügung nicht mal lesen und hat weiter was von ärztlicher Verantwortung geschwafelt. Jürgen hat ihm dann ordentlich den Marsch geblasen und ihm einen Haufen Paragraphen um die Ohren geschlagen! Als er ihm noch mit einer Klage gedroht hat, hat der Herr Professor klein beigegeben. Danke, Jürgen! Vatter wird in einer halben Stunde nach Hause gefahren!"

Der Anwalt kommt näher und begrüßt Gabi und Jane. Wie immer mit Umarmung und Küsschen!

„Danke, Jürgen, dass du sofort gekommen bist und uns geholfen hast!" Gabi klammert sich mit Augen voller Tränen an ihn.

„Das ist doch selbstverständlich! Johannes wäre auch sofort zu mir gekommen! Geht es ihm denn so schlecht?"

Ach, Jürgen! Mein langjähriger und einziger wirklicher Freund! Gern hätte ich dich bei einer anderen Gelegenheit wiedergesehen. Wie oft haben wir zusammen gejagt! Das ist jetzt Erinnerung! Das letzte Treiben hat begonnen. Bald kommt das Signal ‚Jagd vorbei' und dann das letzte Halali!

Bekannte hat man viele und auch vermeintliche oder falsche Freunde! Wer einen, nur einen einzigen, wahren Freund im Leben hat, auf den er sich immer verlassen kann, kann sich glücklich schätzen! Ich hatte das Glück! Ich hatte dich!

Ich sollte dein Testamentsvollstrecker werden nach deinem Willen! Den Gefallen kann ich dir jetzt leider nicht mehr tun. Ich hätte dich auch nur ungern zu Grabe getragen! Hab noch viel Waidmannsheil und denk bei der nächsten Sau mal an mich!

Ich höre Gepolter irgendwo. Zwei Pfleger schieben eine Tragbahre herein.

Dann umarmt mich wieder eine unendliche Leere.

XXVIII

Kann nicht schlafen. Liege schon seit Stunden wach. Jetzt ist es also endgültig aus. Alle Hoffnungen waren vergebens! Das werde ich nicht überstehen! Aber irgendwann ist eben jedes Leben zu Ende. Wenn es jetzt nur schnell geht! Ich will nicht mehr. Ich will jetzt möglichst schnell weg von dieser Welt, dahin, wo ich hergekommen bin. Gerne würde ich etwas mit hinüber nehmen. Ein gutes Buch vielleicht! Einen Werkzeugkoffer natürlich! Drüben ist sicher auch mal etwas kaputt. Dann hätte ich da wenigstens etwas zu tun! Schade! Das geht ja nicht! Man muss alles zurücklassen. Ich brauche ja auch nichts mehr. Habe genug getan. Jetzt bin ich müde. Müde vom Leben! Schön war es. Der Abschied fällt so schwer.

Warum hängt man so am Leben? Sonst würde man nicht so lange überleben. Wenn es schön ist, und mein Leben war schön, ist es ein ganz großes Geschenk. Manchmal ist es mühsam. Oft ist es anstrengend. Manchmal ist es traurig. Oft ist es lustig. Manchmal romantisch. Voll Liebe, voll Trauer. Voll Freude. Voll Angst und voll Sorge. Im ständigen Wechsel, wie das Wetter.

Wie schön ist das Frühjahr, wenn alles zum Leben erwacht. Auch der Winter hat etwas. Stille und Besinnlichkeit. Weihnachten mit den Kindern! Der Sommer mit endlosen, warmen Abenden und dem Urlaub, auf den man sich immer freute.

Wenn man seinen Beruf liebt, wie ich es immer getan habe, macht auch die schwerste Arbeit Spaß. Die Familie mit den Kindern! Der Mittelpunkt des Lebens! Wie liebe ich meine kleine Familie! Gabi, die mir immer der beste Kumpel war, die mich durch alle Höhen und Tiefen begleitet hat. Die Kinder, die mich nie enttäuscht und mir immer nur Freude gemacht haben! Alle meine Erwartungen haben sie nicht nur erfüllt, sondern übertroffen! Ohne die drei wäre mein Leben sinnlos gewesen.

Und so werde ich in Ewigkeit leben, in meinen Kindern und dann in deren Kindern. Das ist das ewige Leben!

Ich hatte doch ein schönes und auch ziemlich langes Leben. Jetzt also nicht klagen, wenn es bald zu Ende geht! Hoffentlich tut es nicht so sehr weh! Was mag dann sein? Nichts? Ich glaube nicht an ein Leben nach dem Tod. Erfindung der Menschen. Vorher war man ja auch nicht. Warum also Angst vor dem Tod? Vor der Geburt hatte man doch auch keine Angst! Aber das Wissen, dass jetzt bald alles zu Ende ist, ist schon traurig. Traurig, weil das Leben so unendlich schön ist.

Kann ich einfach gehen? Habe ich auch alles erledigt? Nichts vergessen? Wenn doch, ist es jetzt zu spät. Keine Zeit mehr, etwas nachzuholen. Vieles hätte ich noch tun wollen. Ideen hätte ich noch genug gehabt. Das Wesentliche habe ich aber geschafft, glaube ich zumindest. Meine Pflichten immer erfüllt. Hoffentlich habe ich so gelebt, dass niemand sich schämen muss, mich gekannt zu haben. Ein Gutmensch war ich nicht. Aber ehrlich und aufrichtig war ich immer. Meine ich jedenfalls. Fehler habe ich auch gemacht. Hoffentlich keine Gravierenden, von denen ich gar nichts weiß!

Ich habe Sehnsucht! Sehnsucht nach der Vergangenheit! Nach meinem Vater, den ich so sehr geliebt habe und an dessen Sterbebett ich Tag und Nacht gesessen habe, bis er die Augen schloss. Er hat nicht lange gelitten. Drei Tage. Ich konnte es ihm nur erleichtern. Sehnsucht nach meiner Mutter, mit der ich so eins war, die mitten aus dem Leben in meinen Armen starb, ohne dass sie es merken konnte. Wie habe ich um die beiden getrauert! Unfassbar, plötzlich keine Eltern mehr zu haben! Ich war Waise! Mit über vierzig Jahren! Aber ich hatte meine Frau und meine Kinder. Ich war nicht alleine.

Der Tod ist doch etwas ganz Natürliches. Warum, verdammt, hat man so Angst davor? Ich habe auch Angst. Vor dem Tod weniger als vor dem Sterben. Obwohl es doch eine Erlösung ist. In meinem Zustand zumal. Könnte man doch noch mal wiederkommen! Ob das wirklich gut wäre? Eher wohl nicht. In eine Welt zurück voller Kriege, die immer mehr und schlimmer werden. Eine Welt voll Korruption und Neid und Hass. Das Leiden Christi, sein Tod und die Auferstehung haben die Welt nicht verbessert. Alles ist immer schlimmer geworden. Bald wird die herrliche Natur ausgebeutet und zerstört sein und unsere schöne Erde von Generationen Rollatorschiebender, dementer Greise, die man nicht sterben lässt, bevölkert werden! Und mit einer heranwachsenden Sorte Jugendlicher, die aus dem Mutterschoß direkt in Massenaufzuchtanstalten namens Krippe geschleust werden, in denen sie keine Nestwärme erfahren und keine Liebe, dafür aber nach den neuesten wissenschaftlichen Edukationsmethoden dressiert und ideologisch geprägt werden. Sie werden niemals Liebe geben können, da sie selbst keine Liebe erfahren haben und sie werden deshalb lebensunfähig sein!

Nein, besser ich komme nicht mehr zurück! Ich mache mich jetzt auf den Weg! Den Weg hinüber. Den Weg zurück! Trauert nicht so lange um mich!

Zuerst will ich aber noch ein wenig schlafen. Ich höre schon die ersten Vögel singen. Die Drossel schlägt in der Tanne draußen. Die rosenfingrige Morgenröte ...

XXIX

Etwas Feuchtes, sehr Feuchtes bewegt sich auf meinem Gesicht. Über die Stirn. Über die Wangen. Über Mund und Nase. Es kitzelt. Angenehm. Es winselt. Das Winseln wird lauter und mein Hirn kommt langsam zu Bewusstsein.

Gustav steht mit allen Vieren auf meinem Bett und leckt mir freudig durchs Gesicht. Mein Freund, mein bester Freund! Könnte ich dich doch einmal noch streicheln!

„Gustav! Gustav! Kommst du wohl da runter!"

„Ach Mama! Lass ihn doch! Papa mochte das doch immer so!" Jane kommt an mein Bett.

Es geht mir nicht so gut heute. Mir ist innerlich so kalt. Ich friere nicht, spüre aber eine Eiseskälte in mir. Übelkeit ist schon seit Tagen mein Begleiter. Angst habe ich. Das Atmen fällt mir immer schwerer. Es brodelt tief in meiner Lunge. Das Denken gelingt nur noch mit Mühe. Die Abstände zwischen Wachsein und Schlaf verkürzen sich. Oft weiß ich nicht, ob ich wach bin oder schlafe.

Ist es bald zu Ende? Hoffentlich! Ich kann nicht mehr! Ich habe abgeschlossen. Ich denke nur noch an den Tod und die ewige Ruhe, die dann hoffentlich kommt. Keine Schmerzen mehr haben! Frei sein! Wann ist es endlich soweit? Wann helft ihr mir, von hier weg zu kommen? Es war so schön mit euch, mein Leben, unser Leben. Jetzt ist es bald vorbei. Schenkt mir zum Abschied einen schönen Tod! Bitte! In Würde! Lasst mich nicht so elend verrecken! Ich liebe euch!

„Ich glaube, Papa will nicht mehr. Er hat immer gesagt, dass er so nicht sterben will, Jane!"

„Ja, das hat er immer gesagt. Aber was sollen wir denn machen? Wir stehen hier hilflos an seinem Bett und sehen, wie es immer schlechter wird. Das geht doch nicht!" Jane schlingt die Arme um Gabis Hals und schluchzt.

Sie haben mein Bett ins Wohnzimmer gestellt, mit Blick aus der Glastür zum Garten. So kann ich immer hinausschauen und, wenn die Tür offen ist, die Vögel hören. Das ist so schön. Mein Sehen ist täglich schlechter geworden. Das Hören lässt auch immer mehr nach. Außer meinem Gesicht spüre ich den restlichen Körper nicht mehr. Habe wenigstens auch keine Schmerzen mehr.

Gabi sitzt alleine neben meinem Bett. „Ich weiß, was du von mir erwartest. Hast es mir ja oft genug gesagt. Ich hab die Spritze auch besorgt. Ich kann es aber nicht. Hab immer gedacht, ich könnte das. Es geht aber nicht. Noch nicht. Den Kindern kann ich doch nicht sagen, dass sie es tun sollen. Ich hab es dir aber versprochen. Und ich werd es auch tun. Hab noch etwas Geduld, ja?" Sie weint.

Jane und Johannes kommen herein. „Wein doch nicht, Mama! Paps sieht ganz friedlich aus. Er hat bestimmt keine Schmerzen! Bald ist er sicher erlöst!"

„Bald, ganz bestimmt!" Gabi flüstert es mir ins Ohr.

„Was hast du ihm gesagt, Mama?"

„Ach, nichts!"

„Kommt, wir legen ihn etwas höher. Dann kann er besser in den Garten sehen. Den liebt er doch so! Es ist so schönes Wetter heute!"

Draußen scheint die Sonne. Die drei sitzen um mich herum und sprechen leise miteinander. Mir ist eiskalt. Ich muss vorher gehen. Bevor Gabi ihr Versprechen einlösen wird. Ich will es jetzt nicht mehr. Hätte ich ihr dieses Versprechen doch nicht abgenommen! Ich kann sie nicht mit dieser Last auf dem Herzen alleine zurücklassen!

Ich schaffe das! Ich muss nur loslassen! Endlich loslassen! Wie geht das?

Ich höre ihre Stimmen nur noch ganz leise und verschwommen. Dafür ertönt irgendwo eine wunderschöne, leise Musik.

Geigen? Harfen? Flöten? Wie wunderschön! Ist das nicht Bachs ‚Air‘?

Die Sonne verfinstert sich langsam und es wird düster um mich herum. Plötzlich ist es strahlend hell. Ich sehe jetzt grüne Wiesen und Wälder. Auf den Wiesen laufen Jane, Johannes und Gabi mit Gustav und spielen mit ihm. Ein klarer Bach plätschert munter vor sich hin. Ich sehe Rehe und Hirsche. Vögel fliegen am Himmel. Wie herrlich ist das alles! Dazu die berauschenden Klänge! Wie schön ist die Welt! Wie schön das Leben!

Die Kälte ist aus meinem Körper verschwunden und einer wohligen Wärme gewichen. Ich stehe auf und laufe mit ausgestreckten Armen zu meiner Familie auf die Wiese, als der schwere Vorhang fällt.

Drei Menschen stehen in einem großen Garten unter hohen Bäumen nah beieinander. Ein warmer Frühlingsabend. Vor ihnen ist ein kleines Loch ausgehoben. Der junge Mann hält ein bemaltes Tongefäß in den Händen. Er hebt den Deckel ab und schüttet langsam den Inhalt in die Erde.

Eine feuchte Hundenase beschnuppert die Asche in dem kleinen Grab. Der Hund legt sich, den Kopf auf die ausgestreckten Vorderpfoten gesenkt, daneben und winselt leise.

„Leb wohl, Joha...!"

„Tschüss, Papa ...!"

„Ciao, Vatter ...!"

Einige Tropfen salziger Regen fallen trotz Sonnenschein auf die Asche ...

Ende

Epilog

Angekommen! Endlich! Im Nichts. In der Ewigkeit zurück. Keine Engel. Keine Himmelspforte. Zum Glück keine 99 Jungfrauen! Keine Wiedergeburt. Keine Hölle. Kein Fegefeuer.

Nur Ruhe. Unendliche Ruhe und Frieden. Raum und Zeit. Das ewige Leben. Keine Qualen mehr. Nur Ruhe!

Das Staubkorn ist zu seinem Ursprung zurückgekehrt. Zu den anderen Staubkörnern. Gemeinsam fliegen sie wieder durch das Universum.

Sie werden angezogen und auseinander gedrängt. Zusammengeballt und wieder zerrissen. Sie werden wieder zu großen Staubballen gepresst.

Sie werden immer größer. Sie werden zu Zellen …

Der Kreislauf des Lebens.

Danke

möchte ich allen sagen, die an der Entstehung dieses Buches mitgewirkt haben.

Zunächst einmal mir selbst, da ich es schließlich geschrieben habe. Es hat mir einen Riesenspaß gemacht.

Meinen Freunden Jürgen und Gisela Frenz, die als Erste das Manuskript gelesen und mich bestärkt haben, es zu Ende zu schreiben.

Frau Marion Kallus, die mir geholfen hat, einen Verlag zu finden, der es druckt.

Kerstin Litterst und Zsolt Majsai sowie ihrem Team vom „Verlag 3.0 – Buch ist mehr". Ohne deren immer freundliche und hilfreiche Unterstützung wäre es vielleicht nie veröffentlicht worden.

Sabrina Lim, die es liebevoll lektoriert hat.

Wolfgang Tümmers, der das Cover in akribischer und geduldvoller Kleinarbeit kreiert hat.

Meiner Frau, die nicht immer Verständnis hatte für meine neue Leidenschaft.

Nicht zuletzt allen, die durch ihre Existenz und ihr Verhalten den Stoff für diesen Roman geliefert haben, auch, wenn sie es gar nicht wissen. Sie werden sich erkennen!

Danke Euch allen!

Der Autor

Ich bin Baujahr 1953, also schon ein älteres, aber noch recht funktionsfähiges Modell. Nach meinem Medizinstudium und der Promotion, sowie einer fast sechsjährigen Facharztaus-bildung habe ich 1987 eine Landpraxis in einem kleinen Drei-hundertseelendorf im Rheinland eröffnet, die mich heute noch erfüllt. Wenn ich an so manches jetzt schon denke, an Ruhe-stand gewiss nicht. Ein Leben ohne meine Praxis kann und will ich mir, zumindest zum jetzigen Zeitpunkt, überhaupt nicht vorstellen. Die Begriffe Langeweile oder Untätigkeit sind für mich Fremdworte. In gewisser Weise bin ich rastlos. Seit 1984 bin ich verheiratet, immer noch mit derselben Frau. Wenn auch so manches Gewitter durch unsere Ehe gezogen ist, so darf ich doch behaupten, dass wir bis heute sehr glücklich ver-heiratet sind. Wir haben zwei wundervolle Kinder, eine Toch-ter und einen Sohn, die uns nie enttäuscht, sondern immer nur, oder wenigstens fast immer nur, Freude bereitet haben. Sie waren auch immer der Garant für unsere Ehe.

Daneben haben wir noch Hunde, Pferde, Kühe, Schafe und Ziegen. Alles eben, was man so auf dem Land unbedingt braucht, damit keine Langeweile auftritt. Mit meiner Frau ver-binden mich auch fast alle Hobbys. Zum Beispiel die Jagd. Sie führt aber zum Glück keine Waffe, das wäre mir dann doch zu gefährlich für mich. Oder Reisen mit dem Wohnmobil. Einmal durch Europa und zurück waren wir in all den Jahren, früher mit Kindern, heute ohne, nur mit den Hunden. All die anderen Tiere fahren natürlich nicht mit in Urlaub, aber das ganze Jahr über wollen sie auch fressen, und Weiden und Ställe machen eine Menge Arbeit, schöne Arbeit. Das hat so etwas Ursprüngliches und Autarkes. Unsere Hauptbeschäftigung, neben der Praxis, in der meine Frau auch tätig ist, ist die ständige und immerwährende Renovierung, Erhaltung und Pflege unseres Hauses, das ein viel zu groß geratener alter Bauernhof ist, in dem sich auch die Praxis befindet. Da ich ein leidenschaftlicher Handwerker bin und meine Frau ein ausgezeichneter und geschickter Handlanger, machen wir fast alles alleine. Darum werden wir wohl auch niemals fertig.

Alle Autoren behaupten ja, immer sehr viel gelesen zu haben. Ich auch. Ich lese immer noch sehr viel, mehr als früher. Neben dem Inhalt begeistern mich vor allem gute Formulierungen, gelungene Metaphern und feinsinnige Charaktere.

Auch dass man schon als Kind gerne Aufsätze geschrieben hat, gehört zum obligatorischen Lebenslauf eines Autors. Klar, wer nicht gerne schreibt, schreibt schon gar kein Buch. Ich habe natürlich auch gerne Aufsätze geschrieben. Sein erstes Buch zu schreiben, ist aber nicht einfach so eine Idee, wie etwa mal in Urlaub zu fahren. Ich denke, man braucht dazu eine Inspiration, die langsam reifen muss, wie guter Wein, oder noch länger.

Meine Inspiration für mein erstes Buch war meine Praxis. In fast dreißig Jahren erlebt man so allerlei. Schönes und weniger Schönes. Man macht gute und schlechte Erfahrungen mit Patienten, mit Kollegen und Krankenhäusern, mit Pflegeheimen und deren Personal, mit Verwaltungen und Standesorganisationen. Und, und, und. All diese Erfahrungen wollte ich irgendwann zu Papier bringen. Auch hatte ich immer den Wunsch, Ausschnitte aus meinem Leben niederzuschreiben, einfach nur so, aber auch für meine Nachkommen. Eine Art

Hommage an das Leben wollte ich schreiben, eine Würdigung des Todes, einen Dank an meine Familie, ohne die mein Leben sinnlos gewesen wäre. Ein Vermächtnis wollte ich hinterlassen, jetzt, wo doch der letzte Lebensabschnitt längst begonnen hat und das Ende täglich kommen kann.

Aus all diesen Gedanken formte sich dann langsam, ganz langsam aber beständig, die Idee, das alles in eine Romanform zu bringen. An eine Veröffentlichung hatte ich zunächst überhaupt nicht gedacht. Erst als das Buch unter meiner Hand Gestalt annahm, fiel mir auf, dass all diese Dinge vielleicht auch andere Menschen interessieren könnten. Ich dachte, ja, das könnte den ein oder anderen wachrütteln, zum Nachdenken bringen, sensibilisieren. Die Welt verändern zu wollen, wäre vermessen und größenwahnsinnig. Ein klein wenig dazu beizutragen, die Dinge anders, skeptischer zu sehen, das ist eher schon realistisch.

Übrigens schreibe ich, bei schöner Musik bequem in einem Sessel in meiner kleinen Bibliothek sitzend, mein Hund zu meinen Füßen in seinem Korb, Pfeife rauchend, eine Flasche Bier dazu, abends alles mit einem kleinen Schreibprogramm auf meinem iPhone! Mit einem Finger! So kann ich fortlaufend schreiben und beim Tippen, das ja etwas länger dauert, den nächsten Gedanken fassen. Es mag etwas umständlich erscheinen, ich finde es sehr entspannt.

Beim zweiten Buch wurde mir dann eigentlich erst richtig bewusst, welch fantastische Möglichkeit es ist, einen Roman zu schreiben. Es hat etwas mit der Schöpfung gemein. Man hat zunächst eine Idee ohne feste Form, dann entsteht plötzlich auf einem zunächst leeren Blatt eine Geschichte, deren Inhalt man vorher selbst nicht genau kennt. Man erschafft Personen, gibt ihnen einen guten oder schlechten Charakter, lässt sie leben oder sterben, Gutes tun oder Schlechtes. Man weiß es vorher nicht, es entwickelt sich von Seite zu Seite selbst, immer weiter, wie im wirklichen Leben. Auch die Welt um diese Personen herum erschafft man sich in der Phantasie. Landschaften, Gebäude, einfach alles. Sogar ob die Sonne scheint, oder ob es regnet bestimmt man selbst. Man fühlt sich ein wenig wie der Schöpfer, ein Landschaftsgestalter, ein Architekt und der Wettergott, alles in einer Person. Es ist einfach faszinierend, ein Buch zu schreiben. Es belastet auch nicht. Im Gegenteil, es entspannt und befriedigt. Besser noch, als eines zu lesen. Bei mir ist es fast zur Sucht geworden. Einzig die Renovierung unseres Hauses leidet etwas darunter. Was solls? Das schaff ich in diesem Leben sowieso nicht mehr!